U0408856

Out of Africa

走出非洲

（丹）凯伦·布里克森－著

刘琬莹－译

北京理工大学出版社
BEIJING INSTITUTE OF TECHNOLOGY PRESS

图书在版编目（CIP）数据

走出非洲 / (丹) 凯伦·布里克森著 ; 刘琬莹译
. -- 北京 : 北京理工大学出版社, 2022.4
ISBN 978-7-5763-1078-8

Ⅰ. ①走… Ⅱ. ①凯… ②刘… Ⅲ. ①自传体小说—丹麦—现代 Ⅳ. ①I534.45

中国版本图书馆CIP数据核字（2022）第032780号

出版发行 / 北京理工大学出版社有限责任公司
社 址 / 北京市海淀区中关村南大街 5 号
邮 编 / 100081
电 话 / （010）68914775（总编室）
（010）82562903（教材售后服务热线）
（010）68944723（其他图书服务热线）
网 址 / http: //www.bitpress.com.cn
经 销 / 全国各地新华书店
印 刷 / 三河市冠宏印刷装订有限公司
开 本 / 880 毫米 × 1230 毫米 1/32
印 张 / 12.25
字 数 / 270千字
版 次 / 2022 年 4 月第 1 版 2022 年 4 月第 1 次印刷
定 价 / 55.00元

责任编辑 / 李慧智
文案编辑 / 李慧智
责任校对 / 刘亚男
责任印制 / 施胜娟

序

PREFACE

《走出非洲》是丹麦女作家凯伦·布里克森（笔名伊萨克·迪内森）创作的长篇自传体小说。该如何形容这本书呢？应该说，这是一本你随便翻开一页都能完美融入的书。书中讲述了作者在非洲十八年间的种种经历，以及遇到的形形色色的人。作者娓娓道来，字里行间无不流露着对非洲风土人情的款款深情，一字一句足以令人动容。

凯伦·布里克森这一生可谓跌宕起伏，正如她在书中形容朋友时所写的那样："她的人生如戏，不活过两遍，都不好意思说自己真正活过。"1885年4月17日，凯伦·布里克森在丹麦龙斯泰兹呱呱坠地。她出身贵族家庭，家境优渥，父亲是政治家兼作家，母亲出身于富裕的中产家庭，祖父迪内森男爵是著名的冒险家，1830年参加过法国对北非的征服。她曾先后在哥本哈根、巴黎和罗马学习艺术，学成归来后与远房表兄布洛·布里克森·芬内克男爵结婚，而后，在家人的建议下，二人共同前往非洲肯尼亚经营一座农场，自此，凯伦·布里克森开启了自己的全新生活。

正如作者自己所说，她"来到非洲不过几周，便对原住民产生了深厚的感情"，无论对老人还是孩子，甚至是动物，她都满怀深情。

她与原住民一同在咖啡种植园中劳作，共同游猎，建立起了深厚的友情。作者曾笃定自己会在非洲终老，最后自己将与这绝色山水融为一体。

然而作者一颗纯净、坚定的内心却抵不过命运安插的重重磨难。她先是经历了婚姻破裂，而后干旱、蝗灾等灾难连番袭来，咖啡工厂也在一场大火中付之一炬，十几年苦心经营的产业毁于一旦。她不得不将心爱的农场拱手让人，自己收拾行囊准备回家。而在此期间，她的挚友惨遭飞机失事，不幸丧生。最后，作者在1931年回到故乡丹麦。自此，她的非洲生涯惨淡落幕，余生再也没回过非洲。

回家之后，凯伦·布里克森成为一名职业作家，她将在非洲经历的一点一滴用笔墨记录了下来，便是这本《走出非洲》。该书文采飞扬又不失真情实感，诙谐幽默又深邃隽永，可谓活色生香，让读者一会儿捧腹大笑，一会儿又黯然神伤，读着读着，自己仿佛也置身于非洲大草原之上，望着恩贡山连绵起伏的峰峦，呼吸着美酒般甘醇的空气，与野生动物一同尽情徜徉，不知不觉沉醉其中，流连忘返。

作者以一个殖民者和基督徒的身份走进了肯尼亚，在与原住民的朝夕相处中拓宽了视野，净化了心灵，完成了与大自然的完美共生，也进入了与原住民共情知意的境界。作者将人物形象刻画得入木三分，直抵灵魂，让读者获得了巨大的精神力量。

作者回到故乡丹麦之后，常常收到非洲友人的来信。原住民大多不会写字，但他们却会不辞辛苦地跑到邮局请人代笔。一封封来信承载着原住民的深情和期望，漂洋过海，送到了作者手中，有时因为代笔人能力有限，往往文字词不达意，不知所云，但作者依然能在破碎的文字中感受到老友的呼唤和浓厚的情谊。他们一遍一遍说着“我们知道，你不会忘记我们”，如此怀念那个给人带来希望的农场，迫切地希望作者能够回来。而这份遗憾却化成了喉中之鲠，成为一声叹息。

1985年12月10日，由《走出非洲》改编的同名电影在美国上映。电影中，女主角垂老之际，依然常常梦回非洲，耳畔响起草原上的声声狮吼，眼前闪过自己在农场上、恩贡山上一次次发足狂奔的情形，还有朋友们温暖的笑颜，口中一遍遍说着“在非洲的恩贡山脚下，我曾经有一个农场”。电影风格浪漫典雅，节奏松弛有序，故事情节丰富，人物形象饱满，令人回味无穷。

1986年，该影片获得第58届奥斯卡最佳影片、第43届美国金球奖剧情类最佳影片等奖项。凯伦·布里克森也因为《走出非洲》获得两次诺贝尔文学奖提名，被誉为与安徒生齐名的丹麦“文学国宝”。1954年10月，当美国著名作家海明威上台接受诺贝尔文学奖时，他说如果《走出非洲》的作者得到这个奖项，今天会更高兴。《蒂凡尼的早餐》的作者杜鲁门·卡波特认为《走出非洲》是“二十世纪最唯美的一本书”。

初读这本书时，我心有戚戚，又感到些许不安，怕自己文笔稚嫩，不能传达书中文字的神韵。作者看似在漫不经心地肆意挥洒，却能在不经意间打动人心，而这就是最为珍贵的地方。

本书的故事情节并没有太大的起伏，作者似乎只是在平铺直叙，用极大的耐心将故事娓娓道来，而你也会浸润在平静而又温情的故事中，仿佛在海底悠闲地漫步一般梦幻奇妙，故事结束时，你会陡感怅然若失，而又会品尝到阵阵回甘。

我在翻译这本书时心境大抵如此：刚开始时非常平静，耐心地随着作者做着层层铺垫，而后，在不经意间心中泛起层层波澜，甚至会在某一个点情绪波动极其剧烈，甚至需要调整情绪才能继续翻译。一次是在羚羊露露离家出走时，还有一次是在作者挚友丧生时，我一边敲打着键盘一边泪流不止，不得不站在窗边平复好心情再继续翻译。还有几次，我的心就像坐上过山车一样跌宕起伏，翻腾动荡。大酋长喝了一杯“我”送上的酒后离奇“死去”，夜半一声枪响引发的一系列事件，老努森与“我”的秘密行动，恩格玛上的风波，每每都令我心潮起伏，不能自拔。而究竟是怎样的情节如此引人入胜，令人心潮澎湃、甚至肝肠寸断呢？还需读者自己去悉心探寻。

凯伦·布里克森的文字总会传达出一种赤诚和童真，字里行间涌现出生生不息的希望，那种生机勃勃的力量总能令人心生期待，备受鼓舞。但阅览作者生平时，我却感到了一种强烈的反差。作者只写到战争时她不畏危险、长途跋涉地为丈夫送去物资，却没写到两人失败的婚姻，以及这段婚姻给她带来的痛苦；她只提到自己曾回欧洲拜访亲友，却没说过自己曾遭受病痛的折磨，有几次回去是为了治愈伤病；她深情地忆起父亲写的家书，却未曾透露政治家兼作家的父亲在她十岁的时候自缢而死的真相。这让我不禁为她的隐忍而感到心疼，不由得在心里问她：为何如此逞强？

译完全书之后，我终于恍然大悟，这并不是逞强，这是作者本身的力量，抑或是她想传达给读者的精神力量，那就是希望的力量。作者的挚友丹尼斯去世时，即便她已经痛彻心扉，却并没有描写自己如何流泪伤神，只说到自己如何竭力为朋友安置好埋身之处，想让他“住”在一个视野开阔之处。直到最后，即使是在失去自己的农场之后，她依然不遗余力地四处奔波，帮基库尤人找到栖身之处，成功之后才安心离开。她从不自怨自艾，只是一次一次地在绝望的废墟中重建希望，在命运的层层巨浪中一步一步艰难前行，从不停歇。

这本书名为《走出非洲》，而作者穷其一生，精神上却从未走出非洲。凯伦·布里克森将在非洲的回忆视为珍宝，余生数十年日日回味，每每都能从回忆里翻出新的东西。与此同时，往事亦一件件历历在目，不曾忘怀。作者曾如此迫切地渴望融入、渗透进非洲那片土地之中，即便离开非洲之后，仍无法斩断那千丝万缕的牵绊。

书中有这样的一个情节：离开非洲的那天，她嘱咐仆人们关好门窗，但当她提着行囊走出大宅，回头一望，仆人们将门窗全部推开，因为他们相信，她一定还会回来。这是一种怎样的情分！即便后来她身在灯火辉煌的大都市，我相信她依然在怀念那片草原、那座农场、那群真诚的朋友。她曾在草原上策马奔腾，曾和朋友们开枪猎过狮子，曾在飞机上观察过水牛，也曾站在农场上构建一个又一个希望。或许身体的离开并不是真正的离开，她的心永远都留在了那片热土上。

我想，所谓一本好书，大概就是能引起人们的共鸣，给人以力量吧。《走出非洲》曾让我沉思良久，让我哈哈大笑，也让我黯然落泪。它触碰到了我心中最柔软的地方，同时让我内心某一部分坚硬起来；它让我看到了生活的苦楚和心酸，也让我看到了人性的美好和纯真；它让我明白了一个道理，人活一世，势必要面对重重苦难，而任何人，无论经历过什么，都要重建希望。最后，用凯伦·布里克森的一句话与诸君共勉：我无非是经过遥远的旅程被派出的信者，来告诉人们世界上还存在着希望。

刘琬莹

2020年7月

目录

CONTENTS

目录

C O N T E N T S

目录

CONTENTS

凯伦·布里克森
（*1885—1962*）

“驭马、射箭、说真话”

第一章

卡曼特与露露

“从森林中，从高原上，我们来了，我们来了。”

恩贡山农场

在非洲的恩贡山脚下，我曾经有一个农场。恩贡山向北蔓延百余英里[①]处，赤道在这里横穿而过，我的农场就在海拔六千英尺[②]的高原上安静地伫立着。白天，这里会有一种身居高处的感觉，仿佛伸手就能触碰到太阳；清晨和傍晚则安静舒适；到了深夜，气温骤降，夜风凛冽。

独特的地理位置和高度让这片土地创造出世间绝无仅有的美妙景观。这里的土壤不够肥沃，植被也不够丰富，但这里仿佛是六千英尺高空之上的一片净土，是整片大陆最为浓烈、凝练的精华。这里的颜色是烧灼过的褐色，仿佛是用陶土创造的艺术品。这里的树十分独特，叶子颜色略浅，纹理纤细，结构与欧洲的树截然不同。它不是弓形或圆形，而是层层叠叠地向水平方向伸展着，犹如高耸的棕榈树；又像准备齐备的船只，正蓄势待发，即将扬帆起航，浪漫又威风。树冠边缘外观奇特，仿佛整棵树正在微微颤动。宽广的草原上散布着

① 1英里=1 609.344米。

② 1英尺=0.304 8米。

弯曲的、光秃秃的老荆棘树，地上的草散发着好似百里香和桃金娘科植物的芬芳，有时浓烈的香味冲进鼻子令人晕眩。平原上或原始森林里，藤蔓植物上长出的花朵都很小巧，像是长在小山包上一样——在雨季刚刚开始的时候，大雨倾泻在平原上，香气浓郁的大朵百合花便争先恐后地钻出地面，随即蔓延开来。这里视野开阔，一望无垠，目光所及之处都显得自由而伟大，显出了无与伦比的圣洁。

天空是这里风景的主要特色，也是最富有魅力的地方。回顾在非洲高原上的旅居生活，我会不由得错愕地问自己，难道我生活在天空中吗？这片天空几乎总是淡蓝色或淡紫色，美丽非凡，摄人心魄。千变万化的云朵高高地在天空中轻盈地飘过，似乎也沾染上了天空的蓝色，显得生机勃勃。云朵距离山脉如此之近，将清新的蓝色喷洒向山峰和树木。正午之时，空气突然开始升温，像是燃起的火焰，它闪烁着、涌动着、发着光，就像奔涌的流水，映射着万事万物，创造出美不胜收的海市蜃楼。在这里你会感觉呼吸非常顺畅，心中涌现出无限的热情和希望。早晨醒来之时，便会对自己说：我来了，这就是属于我的地方。

恩贡山自南向北纵横蔓延，四座雄伟的主峰为其加冕，使其更加气势磅礴，在天空的照映下就像静止的蓝色潮水。山体海拔八千英尺，东部高出周边地区两千英尺；但是西部地势低垂，险峻陡峭，一路跌入东非大裂谷，令人叹为观止。

高原之上，东北风阵阵吹过，吹向非洲和阿拉伯半岛海岸，当地人称这种风为“东风”，恰恰是所罗门大帝最爱的坐骑的名字。强劲的风力，似乎要将大地推向浩渺的苍穹。风径直扑向恩贡山，使得恩贡山上的斜坡成为滑翔机试飞的理想场所，滑翔机被一路吹过山顶，直入云霄。随风飘来的云，或撞向山边，或在山的周围盘旋，或者被困在山顶上，愁容满面，只得下起雨来，但有些选择了更高的方向，离开山脉，向西飘去，消失在大裂谷炙热的沙漠上。许多次我从家出发，追随这声势浩大的队伍，然后惊奇地看着它们骄傲地向前进军，飘过山脉，之后融进蓝天中。

一天之中，山峰形态不一，变幻莫测，有时似近在咫尺，有时又似远在天涯。到了傍晚，天色越来越暗，当你注视它的时候，会发现天际似乎有一丝银线勾勒出了山的轮廓；夜幕降临，四座山峰变得更加平坦圆润了，好像山脉在舒展自己的筋骨。

站在恩贡山上，你能看到绝无仅有的景观，向西会看到这个伟大国家一直蔓延到乞力马扎罗的广袤国土，向东北会看到山脚边被森林围绕的美丽花园和基库尤[①]保护区。保护区地势崎岖不平，一直向肯尼亚山蔓延，一共有一百英里，中间错落的方形的玉米田、香蕉林和草地交织成一幅有趣的马赛克图。一些原始村落散布其中，炊烟徐徐升起，生活气息浓郁，远看就像一个个鼹鼠丘。但是西面地势低洼，土壤干燥，像月球表面一样凸凹不平，是典型的非洲低地地貌。零星的灌木丛点缀在棕色的沙漠里，深绿色的溪流在弯曲的河床上蜿蜒而过，那是亭亭如盖、棘刺如钉的含羞树带。这里是仙人掌的家园，还是长颈鹿和犀牛的家园。

走进丘陵地带，视野变得极其开阔，风景如画，十分神秘，让人

---

① 基库尤人属于非洲肯尼亚民族，又称阿基库尤人。

不由自主地想探寻一番。这里分布着各式各样的长谷、灌木丛、绿油油的山丘和岩石峭壁。向上看时，会看到在一座山峰下，竟有一丛竹子拔地而生。山间也不乏清澈的泉眼和水井，我常常在这里露营，乐在其中。

白天，水牛、马鹿和犀牛常在恩贡山中出没。老一辈的原住民说这里曾经生活着大象，我常常为恩贡山没有完全被划分在野生动物保护区内而感到遗憾。此处只有小部分是猎区，西面山峰上面的灯塔标志着界线。当殖民地繁荣发展起来，首都内罗毕发展成一座大都市的时候，恩贡山成了一个得天独厚的大猎场。在内罗毕的最后几年，我记得有很多年轻的商人会在周末骑着摩托车来到恩贡山，尽情狩猎。我想，野生动物应该已经穿过荆棘丛，走过石头地，离开恩贡山，向南迁徙而去。

在山脊或者四座山峰上行走时，你会发现地面其实十分平坦。草坪上面的短草中点缀着一些灰色的石头。一条动物踩出来的羊肠小道盘旋在山脊和山峰之间，角度平缓，呈“之”字形。一天早晨，我在这儿露营的时候，发现这条干净的小道上散落着一些驼鹿的粪便。通过粪便的排列方式可以看出：这种体型庞大、性情温和的动物一定是在日出之时排成一列从这里缓缓走过，而且不难猜出，它们来这里只是为了俯瞰脚下平原的风景，没有其他原因。

我们在农场里种植咖啡。这里地势过高，咖啡很难成活，如果单以农场为生，我们成不了有钱人。但是种植咖啡这件事本身其乐无穷，让人十分留恋，不想离开；而且农场上总有忙不完的事，让你无法脱身，总是差那么一点点，工作永远也做不完。

这座城市的土地如泼出的墨汁一般，杂乱无章且形状不规则，但是在这里，我们开拓出了一块方方正正的土地，按规矩种植咖啡，并悉心照料。这块地看起来非常整齐，令人心旷神怡。当我乘飞机飞过非洲的上空时，在空中看到了我的农场，就像见到了老朋友一般，顿时浓情满满，我对咖啡园的情意如潮水一般涌上心头。在那片灰绿色的土地上，这一块翠绿如此令人瞩目，我突然感受到了蕴藏万物的几何之美。内罗毕周围的国家，特别是北边的城镇，都以类似方式排列着。这里居住的人，每天脑袋里思考的、嘴上讨论的都是关于种植、修剪树木、采摘咖啡豆的话题，就连夜里躺在床上，大家思考的还是如何改进咖啡工厂的事情。

种植咖啡绝非一朝一夕的事。在种植过程中，你会发现很多事情并不能如你所愿。那时你还年轻，满怀希望，冒雨从温室里取来咖啡豆幼苗，把它们栽进一列列早已挖好的小坑里，还为它们准备了用灌木枝搭成的凉棚，保护娇嫩的咖啡幼苗不被太阳灼伤。需要四五年的时间，这些幼苗才能挂果，在这期间干旱、虫灾接踵而至，顽固的本地杂草也肆意蔓延，怎么都除不尽——有一种叫“海盗旗”的豆荚类植物，细长粗糙的果皮总是挂在衣服和鞋袜上，甩都甩不掉。有些树在栽种时主根种歪了，当要开花的时候就会枯萎死去。一英亩地大概要种植六百多棵树，而我有六百英亩地；我的老黄牛拉着耕耘机，在田间来来回回地穿梭，孜孜不倦地走过了数百英里的路，等待着未来给予的奖赏。

大多数时候，咖啡园里的景色都有着别样的美。雨季刚开始的时候，咖啡园中花团锦簇，在迷雾和细雨中，六百英亩土地宛如一大团洁白的云朵，非常震撼，摄人心魄。咖啡花散发出淡淡苦涩的香气，有点儿像黑刺李的花香。田里的浆果变红的时候，所有的妇女和孩子——人们称他们为“托托”——和男人们一起，争先恐后地采摘树上的咖啡豆，然后再用马车或者手推车把它们运到河边的工厂。我们的机器状态一直都很不稳定，但是我们一心想建造属于自己的工厂，依然对其抱有厚望。有一次，一场大火把整个工厂烧为灰烬，但我们却在灰烬上建成了新工厂。巨大的咖啡烘干机转啊转，咖啡豆在它的铁肚子里翻滚摩擦，发出海浪冲刷石子的声音。就算是在深夜，我们也要不辞辛苦地工作。咖啡豆烘干出炉的那一刻，真是一幅有声有色的精彩画面。工厂昏暗的房间里挂着防风灯，到处都是蜘蛛网和咖啡壳。在灯光的照射下，烘干机旁一张张热切的脸泛着光，这场面别有一番风味。我们的工厂在这不同寻常的非洲夜晚中，犹如阿比西尼亚人[①]耳垂上的一颗耀眼的珍珠。随后，大家开始动手去壳、分类、亲手过筛，再装袋，最后用马鞍针将麻袋封口，一套流程下来才算结束。

最后，在天还未全亮的清晨，我还躺在床上，就能听到一袋袋咖啡已经被装上牛车。十二袋就是一吨，每辆牛车拴十六头黄牛，车夫在牛车旁快步跑着，吆喝着，赶着牛车沿着山路向内罗毕车站赶去。我欣慰地想，所幸这是他们路上唯一要经过的山坡，因为农场海拔要比内罗毕城镇高出上千英尺。晚上，我出门迎接归来的队伍，看到已经空了的牛车前，黄牛都已经精疲力竭，耷拉着脑袋，领头的一位瘦小的托托满脸倦容，车夫们也没有了出发时候的劲头，手里的鞭子垂

① 又称“哈布希”，印度历史上对皈依伊斯兰教并被带入印度的黑奴的统称。

落在尘土飞扬的路上。至此，我们的工作已经完成。一两天之内咖啡豆就会被运送出海，我们能做的就是祈祷我们的咖啡豆能够在伦敦卖个好价钱。

我拥有超过六千英亩[①]的土地，除了咖啡种植区，土地还有剩余，其中一部分是原始森林，还有大约一千英亩被棚民擅自征用了，他们称之为“自留地”。棚民都是原住民，他们与家人一起，在白人的农场里自行种植几亩薄田，作为回报，他们每年要为农场工作一定的天数。我想，棚民们与我们对此事一定看法不同，因为他们大部分都在这里土生土长，有些从父辈就生活在这里，所以可能他们认为我只是一个地位比较高的“棚民”。棚民耕种的那块地比农场的其他部分更加热闹，一年之中的景象随着季节的更替而变换。穿梭在沙沙作响的青纱帐间，脚下的田埂被踩得硬硬的，看到两旁的玉米高出头顶时，就意味着收获的时节到了。妇女们收割田间成熟的豆子后，把豆粒敲打出来，然后把茎和豆荚都拢在一起焚烧，所以某些季节，田里到处薄雾朦胧、烟雾缭绕。基库尤人还种红薯，藤蔓状的叶子在地上盘根错节，像是一层厚厚的编织垫。地里还有很多种黄绿相间、长着斑点的大南瓜。

无论何时，当你穿行在基库尤棚民区的时候，一定会第一眼注意到一个瘦小的老妇人忙碌的身影，她弯腰驼背，就像一只把头埋在沙子里的鸵鸟。每个基库尤家庭都有几个尖顶小棚屋和库房。棚屋之间小过道上的泥土像水泥一样坚硬，通常这里会非常热闹：大人们忙着

---

① 1英亩=4 046.86平方米。

晒玉米、挤羊奶，而孩子们和小鸡嬉笑玩闹。天色蔚蓝的傍晚，我曾站在红薯地里的棚屋旁射击鸡鹑，欧鸽正在叶片如穗的高树上响亮地唱着歌。我的农场当初是一片浓荫密布的森林，如今还有一些高大的树三三两两地散落在棚区。

我还种了几千英亩的草。高高的草不假时日就快速蔓延开来，在劲风的吹动下如同翻涌的绿色海浪，基库尤牧童就在这里牧牛。到了寒冷的季节，他们会从小屋里拿出柳条筐，把里面燃烧的炭倒在草地上，稍不注意就会引起草原大火。这对于农场上的牧草无疑是一场灾难。在干旱的年头，斑马和驼鹿常常到农场的草原吃草。

内罗毕距离我们城镇有十二英里，在一片平坦的土地上。政府大楼和中央办公厅都坐落在那里，里面忙碌的官员管理着整个国家。

生活在其中，整座城市的一切都会深入你心，成为不可或缺的一部分；谈论起来时，无论你对这座城市是褒是贬，都无甚差异。它就像万有引力一样吸引着你，让你魂牵梦绕。夜晚，当我站在农场上时，在某些角度竟能看到微微发光的雾霭。一瞬间我思绪万千，不由得想起了欧洲夜晚灯火辉煌的大都市。

起初来到非洲的时候，这个国家还没有汽车，我们要骑马，或者驾一辆由六只骡子拉的小货车赶去内罗毕，到那里之后，把骡子拴在高原运输公司的马厩里。内罗毕是一个鱼龙混杂的地方，各种建筑也参差不齐。新落成的石头建筑物美轮美奂，高大雄伟，一些冷冷清清、尘土飞扬的路边也散落着一些瓦楞小铁房、办公室和小平房。高等法院、本地事务所和兽医院的办公室环境都很糟糕，那些政府官员在这样炎热、简陋的小房子里也能从容地完成所有工作，实在令人佩服。

无论如何，内罗毕毕竟是一座城市，在这里，你可以购物，可以听新闻，可以在酒店里享用午餐和正餐，也可以在俱乐部里面纵情舞蹈。这是一个生机勃勃的地方，一切都如流水一般奔涌而过，日新月异，就像一个正在成长的年轻人。倘若你出去游猎一些时日，回来时就会发现这里发生了天翻地覆的变化。新的政府大楼已经落成，有着富丽堂皇的舞厅和色彩缤纷的大花园的酒店拔地而起，农业也是一番欣欣向荣的景象，各色花朵竞相开放，移民区的准精英剧团时不时上演轻松的情景剧。仿佛内罗毕在你耳边轻语："活在当下，享受生活吧——我们再次相遇时，你我将不再年轻，不再如此放浪不羁，不再如此贪得无厌。"我对内罗毕一直有一种心意相通、惺惺相惜的情结，一次开车驶过城镇街道时，我不禁想道："再无别处可以代替内罗毕的街道了。"

原住民与有色人种移民居住的区域，与白人区相比，要大得多。

去往穆海咖俱乐部沿途的斯瓦希里城镇却没有什么好名声，这里人声喧闹，脏乱不堪，花哨艳俗，每时每刻都有各种人间戏剧在这里上演。这里多数建筑都是用压扁的旧煤油桶铁皮搭成的，到处都锈迹斑斑，就像珊瑚岩或风化石。你会感到现代文化精神从这里抽离减退，渐行渐远。

索马里城镇离内罗毕要更远一些，索马里妇女有不可抛头露面的风俗。有一段时间，几个移居到集市这边的年轻漂亮的索马里女人，给内罗毕警察带来了不少麻烦，搞得当时的内罗毕市民人尽皆知。她们聪明可人，令人着迷。但是通常情况下，索马里女人几乎都大门不出、二门不迈。索马里城镇没有树荫的庇护，常年受强风摧残，沙尘四起，这画面一定常常让索马里人想起自己家乡的大沙漠。而在这里居住已久、甚至几代人都生活在这里的欧洲人，依然无法接受游牧民族生活区周围的脏乱环境。索马里人的房子不规则地散布在光秃秃的地面上，就像用四寸长的钉子钉起来的一样，看起来只能勉强维持一个星期。但令人惊讶的是，当你走进这些小屋时，会发现别有洞天，一切都井井有条，整洁清新。房间里散发着阿拉伯香料的芳香，地上铺着颇为考究的地毯、墙上挂着帘幔，黄铜容器和银器作为装饰被精心摆放着，墙上挂着象牙刀柄的锋利刀具，颇有贵族气质。索马里女人以其自有的端庄温柔，展现着别样的热情。她们含蓄而快乐，笑声像银铃一般清脆动听。托我的索马里仆人法拉·亚丁的福，我在索马里的时候，感觉十分自在，就像在家一样，我也参加过许多索马里的家庭盛宴。索马里婚礼是盛大的传统盛典。作为贵宾，我被请到了新娘室，那里的墙上和婚床上挂着有些陈旧的、散发着柔和光芒的针织绣品。年轻的新娘不安地瞪着黑色的眼睛，身着厚重的丝绸，穿金戴银，整个人被束缚得非常僵硬，活像元帅手中的权杖。

索马里的牛贩子和商人遍布全国。他们在村庄里养了一些灰驴来运输货物，我在这里也看到过一些骆驼：它们是沙漠的产物，傲慢而坚韧，蔑视世间所有的苦难，像仙人掌一样，也像索马里人一样。

索马里部落间争端不断，骇人听闻，给他们自己带来不少麻烦。对此，他们的感受和观点与旁观者截然不同。法拉属于哈布尔·尤尼斯部落，所以从个人感情上来讲，我站在他们这边。曾经有一段时间，在索马里城镇，杜尔巴·汉蒂斯和哈布尔·乔洛两个部落之间爆发了一次大战，现场枪声四起，有十一二人当场死亡，直到政府出面干预才平息下来。法拉曾在其部落有个要好的年轻朋友，名叫萨伊德，性格温柔沉稳。后来萨伊德去拜访哈布尔·乔洛的一户人家，一位杜尔巴·汉蒂斯狂暴的族人越过墙开枪扫射，误伤了萨伊德的腿。我听家中仆人说完这件事后，心中难过，将这件事告知了法拉。他情绪非常激动，声嘶力竭地喊道："什么？萨伊德竟然出了这样的事？算他命大，他为什么非要去哈布尔·乔洛的人家里喝茶？"

内罗毕的印度人垄断了当地集市的主要商贸业务，腰缠万贯的印度人在城镇边缘还有小别墅：杰万吉、苏莱曼·维尔吉、阿里蒂娜·维斯拉姆都有。他们都对石艺品情有独钟，石台阶、石栏杆、石花瓶等都用本地的一种软土雕刻而成，做工粗糙，就像小孩子做游戏时用的粉色装饰砖块。他们常常在别墅花园里举办茶会，用印度糕点招待客人。他们聪明过人，彬彬有礼，阅历惊人，但同时也是贪婪圆滑的奸商。聊天时，你永远不知道他是普通人，还是公司的总裁。一次，我去苏维曼·维尔吉家里，发现他仓库大院里旗子降了半旗。

我问法拉："苏维曼·维尔吉去世了吗？"

"就快死了。"法拉回答道。

"人还没死就下半旗了？"我问道。

"维尔吉还活着，"法拉说，"但苏维曼已经死了。"

接管农场之前，我一直热衷于打猎，曾去过很多野生动物猎场。但我成为一名农场主之后，便将我的步枪束之高阁。

马赛是个以养牛为主的游牧民族，就住在河的另一边，是农场的近邻。他们时不时会来到我这里，抱怨狮子又拖走了他们的牛，恳求我拿枪帮他们把狮子赶走。我总是尽我所能地帮助他们。有时，在周六，我会拿着枪出去散散步，到奥龙吉平原上射击一两只斑马犒劳农场的工人们。也会在农场猎杀鸟、鸡鹑和豚鼠，味道好极了。但我很多年都不再外出狩猎了。

在农场里，我们常常谈起曾经去过的野生动物园。野营的体验让我久久难以忘怀，仿佛我已经在那里度过了漫长的一生。我会清晰地记得马车在草原上的行动轨迹，就像对朋友的脸孔一样熟悉。

在野生动物园，我曾见过一群水牛，一共有一百二十九头，在古铜色的天空下，清晨的雾霭中，一头接一头地走出来。它们体型巨大，浑身漆黑，如同钢铁锻造而成，巨大的牛角在头上来回地晃动，看似没有前进，下一秒又突然出现在你的眼前，就像刚刚被锻造成一般。我也曾见过一群大象在茂密的原始森林中穿行，阳光透过层层叠叠的树叶，星星点点地落在它们身上。它们脚步从容，仿佛要去这世界的尽头赴约。辽阔的原始森林仿佛一块古老而珍贵的波斯毛毯的边缘，绿色、黄色和深棕色交汇在一起，色彩深沉而高贵。我一次又一次地看过平原上前进的长颈鹿，它们长相奇特，带着一种别样的优雅，仿佛它们并不是一群动物，而是一簇缓慢移动的、稀有的、有着斑点图案的巨大长茎花束。我曾在清晨悄悄跟在两头犀牛的身后，屏气凝神地观察它们——黎明时分，空气冷冽，呼吸的时候会感觉鼻子疼——两只犀牛呼哧呼哧地吸着气，就像两块在长长的山谷中翻滚的棱角分明的巨石，好不快活。一次日出之前，我看到一只有王者之风的狮子。残月之下，它越过灰蒙蒙的原野，踏上归途，带着劫后余生的壮美，在银色的草地上留下深色的孤影，它的脸颊到耳朵都被鲜血染红了。还有一次，我看见狮子一家在矮草地上惬意地小憩。在这片非洲狮子的乐园里，金合欢树展开宽宽的枝叶，狮子趴在清凉如泉水的树荫下满足地安睡着。

我在农场感到无聊的时候，想想这些也不失为一件乐事。这些野生动物还在这里安然地生活着；只要我来了兴致，就可以随时去看看它们呀。它们的陪伴给农场带来了快乐。法拉，我的原住民老伙计，尽管随着时间的推移，逐渐对农场事务产生了强烈的兴趣——但他依然对下一次游猎充满了期待。

野外的生活经历让我学会了不要轻举妄动。在这里，你所见到的生物都很害羞且警惕，它们天生机敏，即使在你很想见到它们的时候，它们也会警觉地躲开。没有任何家禽能像野生动物一样沉稳。文明社会的人们已经无法忍受静默的生活。你要学会安静，才能与这里融为一体，就像水融于水。动作要轻柔，切勿做突发性的动作，这条定律是猎人们首先发觉的，更恰当地讲，是猎人们的照相机先捕捉到的。猎人们不能随心所欲，要随风而动，浸染和藏匿在自然的气味和颜色里。他们必须去适应这里的节奏，一切方能水到渠成。有时猎物会反反复复做相同的动作，猎人们也必须以极大的耐心去等待。

抓住了非洲的节奏之后，你会发现它们也渗透进非洲的音乐里面。我在野生动物身上学到的东西，让我在与当地人打交道时越来越游刃有余。

爱女人和女人的味道是男子气概的表现；爱男人和男人的气质则是女人的本能。南部国家和民族的特质，是北欧人无法抗拒的。诺曼人注定要爱上的异国风情，首选法国，其次是英国。那些在十八世纪历史作品或者小说里出现的人物，常常作为旅客在意大利、希腊和西班牙出现，他们不是南方人，却被这与自己家乡截然不同的异域风情所深深吸引，不能自拔。德国和斯堪的纳维亚的老一辈画家、哲学家、诗人和罗马人，都为南方风情献上了自己的膝盖。

这些毫无耐心的人，却对异邦风情有着令人称奇又不合逻辑的好脾气，就像一个真正的男人永远不会对女人发火。对女人来说，只要男人还有男子气概，就不会轻视他们，也不会认为他们毫无魅力而将其拒之门外。这些红头发的北欧人平时毛毛躁躁的，却能够与热带国家和民族的人和平共处，表现出极大的耐心。他们对于本国人甚至是自己的亲戚都没有这样的耐心，但是他们却以谦卑的态度，顺从地承受着非洲高原的干旱、高温、牛群中肆虐的瘟疫，以及原住民仆人的无能。他们早已失去了个性，只是不停地在寻找克服困难继而与对方打成一片的可能性。南方人和混血人种却没有这种特质，他们有时满口怨言，有时又目空一切。有男子气概的硬汉鄙视多愁善感的情种；对自己的男人早已不胜其烦的理性女人，对格里泽尔达[①]这样逆来顺受的女人也嗤之以鼻。

我来到非洲不过几周，便对原住民产生了深厚的感情。不管是老人孩子，还是男人女人，我对他们都心怀爱意。对黑色人种的了解，拓宽了我对整个世界的眼界和格局，就像是一个天生对动物有同理心而之前生活环境里并没有动物的人接触到了动物；又像天生钟情于树

① 出自维瓦尔第歌剧《格里塞尔达》，歌剧讲述了萨利国王Gualtiero和牧羊女Griselda之间的婚姻故事。

木和森林的人，在二十岁的时候第一次踏入森林中一样；又或者像有些人对音乐有着天生的鉴赏力，而成年之后才听到第一首曲子。我的情况也大致如此。遇到原住民之后，我便全情投入这交响乐一般的生活里，难以自拔。

我父亲曾任丹麦和法国军队的军官，在他非常年轻还是一位中尉的时候，有一次从德佩尔寄来一封家书："回到德佩尔之后，我成了队伍的长官。这项工作十分艰苦，我每日步履维艰，但又倍感光荣。我对于战争的热爱与对其他事物的热爱不相上下，对士兵的感情就对年轻的姑娘热爱——近乎疯狂，但又不专一，这点姑娘们应该知道。对女人，一次只能爱一个，不能见异思迁；但是对士兵，却要用大爱去拥抱整个军队，要尽可能地去爱每一个人。"我与原住民之间的感情大致如此。

想要了解原住民并非易事，他们总是竖着耳朵，敏感而羞涩，一旦受到惊吓，就会马上缩回到自己的世界里，就像被突然的动作吓到的野生动物一样瞬间逃开，仿佛从未出现一样。

在你真正了解一名原住民之前，想直接从他们的嘴里得到答案简直比登天还难。比如你问他们有多少头牛，他们会给你一个千篇一律的答案——"就像我昨天跟你说的那么多。"对于欧洲人来说，这样的回答不合礼仪，会让他们感觉很不舒服，而对于原住民来说，这样的问题本身就让他们感觉不舒服。如果我们继续施压或者追问他们为什么要这么做，他们就会极力地搪塞敷衍，然后用荒诞幽默的方式转移我们的注意力，搞得我们一头雾水。对于这样的情形，即使是小孩也深谙其道，就像一个老练的扑克玩家，不管你是高估还是低估了他手里的底牌，只要你捉摸不透，就算他赢了。在你成功打入原住民的生活圈子后，他们就会像蚂蚁一样，就算你用棍子捅进蚁穴，他们也会不厌其烦地默默修复被损坏的地方——好像抹去了一切不当行为的痕迹一样。

我们总是搞不懂、也无法想象他们对我们的恐惧。他们对我们的惧怕，类似我们害怕平地惊雷的恐慌，而非对于厄运和死亡的恐惧，但是又很难辨别，因为原住民精通模仿艺术。清早的棚区，鸡鹑在马前慌乱地跑来跑去，仿佛被折断了翅膀，害怕被狗抓住一样。但实际上它们的翅膀完好无损，它们也并不怕狗——狗一旦接近，它们能立即窜出老远——只不过是它们的一窝小雏就在附近，而它们在极力转移我们的注意力。就像鸡鹑一样，原住民的恐惧很可能是伪装出来的，或许在他们的内心深处有我们并不知晓的更深的恐惧，又或者他们只是在跟我们开一种荒诞的玩笑——这些害羞的人从来没有害怕过我们。与白人相比，原住民对于生活中的危险可以说是浑然不知。在野生动物区或农场里，危险迫在眉睫之际，但当我看同伴的眼神，一瞬间便知道了何为“身在咫尺，心在天涯”。对于面前的危险，他们不仅无动于衷，而且对于我们的恐惧感觉匪夷所思。这不禁让我反思，那些我们惧怕的东西，对于他们来说或许只是生活中的要素，就像生活在深水中的鱼儿们，永远不能理解我们对于溺水的恐惧。他们的自信与生俱来，技能从未失传，而我们自父辈就已经丧失了这种技能。在所有大陆上，唯有非洲能告诉你：“上帝与魔鬼原为一体，神明和魔性共生，不可分割。”因此，原住民对人的判断不会被外物所蒙蔽，也不会把事物一分为二地割裂开来。

无论是在农场里，还是在狩猎中，我与原住民都建立了一种稳定的、不可言说的深厚情感。我们情同手足。我深知自己永远都不能透彻地了解他们，而他们却把我看得一清二楚。在我对于某些问题犹豫不决、难以取舍的时候，他们早已预料到了我的决定。我在吉尔-吉尔有个小农场，我常常坐火车来往于吉尔-吉尔和恩贡山之间。我在那里住的是帐篷，一旦下雨，就会临时决定回家。到基库尤车站的时候，距离农场还有十英里，此时，我的某位伙计早已准备好了一头骡子在那里等着接我回农场。当我问他们如何得知我要回来时，他们马上移开视线，变得局促不安，既惊惧又无奈，好像我们非要一个聋哑人给我们解释交响乐是怎么回事儿一样。

原住民一旦适应了我们的一惊一乍之后，对待我们会比欧洲人更加能敞开心扉。他们算不上十分可靠，但是有一种得体的真诚。一个好名声——就是我们所说的威信——在原住民的圈子里显得至关重要。在某些时刻，大家会不约而同地对你做出评价，此后你的形象便被定型了，很难再改变。

农场生活非常孤独，夜晚一片寂静，仿佛空气都是静止的，只有钟表嘀嗒作响，生命仿佛随之一分一秒地流逝。此时我非常渴望能有个白人跟我说说话，但是静默覆盖了一切，原住民仿佛生活在另一个平行世界里，只有我自己的声音不断回荡着。

原住民的血肉之躯就是非洲的缩影。大裂谷上耸入云霄的隆戈诺特火山、河流两岸迎风摆动的含羞树、大象和长颈鹿，都只是这广袤土地上的小小影子，只有原住民最能体现非洲的特质。这一切人与物，都是对同一个概念的不同诠释，对同一主题的不同表现。它们不是异质原子的组合，而是同质原子的融合，就如同橡树叶、橡子和橡木都是橡树的一部分。西装革履、步履匆匆的我们是这风景中不太搭调的画面，但原住民与这里早已血肉相融。一个个皮肤黝黑、清瘦黑眸的原住民在田里辛勤耕作、牧牛，有时纵情舞蹈，有时向你娓娓道出一个又一个的故事。这是非洲人在漫游，在舞蹈，在敞开怀抱欢迎着你。非洲人出行时，总是一个接一个的，排成一长列，所以这里的交通要道也不过是一条条羊肠小道。在非洲高原上，每每令人想起这样的诗句：

在这里，看到了，
平淡无趣，如我，
圣洁高贵，如他。

自打我来到非洲，殖民区日新月异，发生着翻天覆地的变化。我尽可能地记录我在农场的所见所闻，包括对于这个国家、平原上和森林里生活着的人们的种种，或许会有一定的历史价值吧。

一个原住民男孩

卡曼特是一个基库尤男孩，一个棚民的儿子。我通常很了解棚区的孩子，因为他们都在农场为我干活儿，还常常在大宅附近的草坪上放羊，他们似乎认定这里一定会有好玩儿的事情发生。但卡曼特在这里生活多年，我却从未见过他。我猜想他一定像受伤的野兽一样，过着与世隔绝的日子。

有一天，我骑马穿过农场，他正在那里为家人放羊，那是我第一次遇见他。他是我所见过的最可怜的小东西。他脑袋很大，身体却出奇地瘦小，手肘和膝盖关节都很突出，就像棍子上的疙瘩，他的双腿从大腿到脚跟长满了疮，与这辽阔的草原相比，他看起来非常渺小，我会不禁为他心痛：小小的人儿竟要承受这么多的痛苦。我停下来开始跟他说话，但是他没有回答，就像没看见我似的。他小脸扁平，瘦骨嶙峋，一身倦态，却又透露出了无限耐力。他双眼无神，死一样暗淡。他看起来时日无多，我仿佛能看见秃鹰的身影——那永远与死亡相伴的死神之鸟，在他头上惨白沸腾的空气中盘旋着。我告诉他明早来我家，我想试着治治他的病。

每天上午九点到十点，我几乎都在农场上充当医生，给人看病。

就像所有的江湖医生一样，我有一大群病人，每天我家门外的病患，少则两三个，多则十二三个。

基库尤人早已学会接受各种不可预见的情况，对于各种意外也能泰然处之。他们与白人截然不同，大部分白人都在极力预防所有未知的情况和意外，而黑人一直在与命运和平共处，将自己的命运完全交给了命运女神；从某些角度来说，命运女神就是黑人的家的化身。他们熟悉小屋里昏暗的光线，深深的泥土，那是他们扎根的地方。他们对于生活中的任何改变都能坦然接受。我想，他们对于雇主、医生或者神灵的期待和要求，首要应当是想象力吧。正因如此，在非洲人和阿拉伯人心中，哈里发哈伦·阿里·拉希德[①]一直都是最为理想的领袖。在他的领导之下，所有人都心满意足，但他行踪莫测，没人知道在哪里能找到他。非洲人谈论起上帝，就好像在讲述《一千零一夜》或者《圣经》中的故事，那天马行空的想象力，让他们念念不忘。

正因为他们有着这样的特质，我作为一名“医生”在这里名声大噪，广受好评。我第一次来非洲旅行时，同行的船上有一位优秀的德国科学家，这是他第二十三次来到非洲，专为研究治疗瞌睡症的方法而来。他随行带着一百多只小白鼠和豚鼠。他跟我说，他与原住民相处的难题，从来都不是因为他们缺少勇气——事实上面对手术的痛苦他们无所畏惧，但是他们极其厌恶常规的、反复的、系统性治疗方法；对此，这名出色的德国医生百思不得其解。但是当我对原住民的

① 阿拉伯帝国阿拔斯王朝最著名的哈里发，因与法兰克的查理曼大帝结盟而闻名西方。

了解日益加深后，这反而成为我最喜欢的一种特质。他们当真无所畏惧：能够坦然接受危险——面对造物主对他们命运的宣判，他们勇敢以对；面对天空的发言，他们是地球上有力的回应者。我有时会想，他们内心深处最怕的是我们卖弄学问、故弄玄虚；面对这样的书呆子，他们会无聊得生不如死。

病人们通常在门外的平台上等我。骨瘦如柴的老人蹲在地上，抑制不住地咳嗽，撕心裂肺，涕泗横流；年轻瘦弱的小伙子血气方刚，动不动就打架斗殴，眼圈发黑，嘴唇发紫；心急如焚的母亲抱着发烧的孩子，可怜的孩子就像一小簇枯萎的干花，无力地依偎在妈妈的肩膀上。我常常会遇见情况较为严重的烧伤病患，因为基库尤人晚上在小屋里围火而眠，成堆的木材或者煤炭会烧裂坍塌，滚落到他们的身上——有时候药材用尽了，我发现蜂蜜作为药膏治疗烫伤的效果也不错。露台上人声喧嚷，还带着几分刺激，有点儿像欧洲的赌场。我一踏出门，窃窃私语的声音便戛然而止。但这沉寂中有无限的可能性，此时此刻什么情况都有可能发生。他们总是静静地等待着我挑选第一位问诊的病人。

我的医学知识甚少，只有在初级急救课上学的那一点儿，但阴错阳差地治愈了几个病患后便声名远扬，即使偶有失误，也未曾折损。

假如那时我能手到病除，起死回生，不知前来的病患数量会不会减少呢？如果那样，人人都会以为我医术高超——活脱脱就是从伏拉维亚来的名医——但原住民还会认为我内心纯净，与神同在吗？他们对上帝的了解来自大旱年头，来源于夜晚平原上的狮子，还来源于孩子们单独在家的时候在房子周围徘徊的猎豹，还有那成群飞来的蝗虫——没人知道它们从何而来，只知道它们所经之处寸草不生，片叶不留。当蝗虫借路没有在此停留，人们欣喜若狂的时候；或者到了春天，雨水丰沛，平原上、田地里花朵竞相绽放，农作物蓬勃生长的时候，神明的形象在人们心中愈发鲜活。而我这医术高超的名医面对人们生活中真正伟大的事物，只是一个渺小的旁观者。

第二天清晨，我惊奇地发现卡曼特出现在我家门前。他与其他三四位患者保持着一定的距离，身体僵硬，直直地站着，脸色惨白，看起来快死了，但他似乎对活着还有一丝眷恋，下决心抓住最后一丝生的机会。

他是一位不错的病人，总是按时前来，我告诉他三四天之后来复诊，他也会准时赴约，这在原住民中并不常见。他以一种我难以想象的坚韧，承受着痛苦的治疗。他在方方面面都表现得不错，我应当把他立为其他病患学习的榜样，但我没有那么做，因为与此同时，他也让我内心十分不安。

我极少遇到这样一个完全与世隔绝的生命，他有着绝不与外界交往的决绝。我提问的时候，可以强迫他回答，但他从未自愿说过一个字，也从未直视过我的眼睛。他对于自己身上发生的一切从不自怨自艾，听到其他生病的孩子在清理和包扎伤口时的哭声，还会嗤之以鼻，好像在说："这算什么，再难的事我都经历过。"他也从未正眼看过他们。他不想与这世界上的任何人有任何联系，任何的接触对他来说都是伤害。他在面对痛苦时脸上流露出的坚毅，像一个久经沙场的老兵。厄运不会让他大惊小怪：他所经历的一切以及形成的人生观，让他能够坦然接受一切苦难。

生活给他养成的举止气度让我不禁想起普罗米修斯的宣言："痛苦是我身体的一部分，正如仇恨是你身体的一部分。将我撕碎吧，我不在乎。"以及"雷霆雨露我都不会拒绝，您是万能的。"这样的气度竟蕴藏在如此瘦小的身体里，实在令人心痛。我暗自思忖："上帝看到这样一个小小男子汉时，会做何感想？"

我还记得他第一次抬头看我，跟我说话的情景。那是在我们相识一段时间以后了，当时我放弃了第一个治疗方案，尝试了一种新方法——我在书里查到的一种热膏药。我迫切地想看到这种药的疗效，于是把药膏蒸得热气腾腾的，然后"啪"的一下拍在卡曼特的腿上，并且开始拍上面的辅料，正在此时，他开口说道："姆萨布。"并深深地看了我一眼。原住民称呼白人妇女用的就是这个印度词汇，但是他们的发音有点儿不同，意思也发生了变化，把它变成了一个非洲词汇。

卡曼特说这个词，既有呼救也有警告的意思，就像一个忠实的朋友对你提醒，阻止你做一件不值当的事。事后想起来，我倒是看到了希望。作为一名医生，我自然是满怀雄心壮志，我很抱歉把药材弄得太烫了，但同时又很开心，因为这孩子终于跟我有了眼神的交流。这个历经苦难的孩子，对未来的期望除了迎接苦难，没有别的指望，但这一次，我不会让他继续遭受痛苦。

治疗持续进行着，但情况并没有好转。在很长一段时间里，我反复清洗和包扎他的腿，但我心有余而力不足。有时疮口会稍有好转，但隔一段时间又会在其他地方卷土重来。最后我决定送他去苏格兰教会医院。

这个决定对他来说至关重要，它暗含着各种可能性，不知是福是祸。卡曼特的第一个反应是——他不想去，但他的经历和世界观都让他无法反抗。我将他送入高高的医院大楼，他看着周围陌生而神秘的一切，瑟瑟发抖。

苏格兰教会教堂位于农场西北方十二英里，是我的近邻，海拔比农场所在位置要高出五百英尺；法国天主教堂在农场向东十英里处，地势平坦，海拔比农场要低出五百英尺。我不偏不倚与他们和睦相处，并为他们之间的敌对关系感到遗憾，他们本可以化敌为友的啊！

我与法国神父们关系十分要好，常常在周日早上跟法拉骑马去听他们做弥撒，一来练习法语，二来骑马的过程实在有趣。途中我们会经过林业部原来的金合欢种植园，金合欢树浓烈、清新的香味十分甜美，让人神清气爽，心生雀跃。

罗马教堂有着独特的魅力，无论建在哪儿，都令人神往。神父们在原住民的帮助下，亲自规划建造了他们的教堂，他们对此非常骄傲自得。那是一座气势恢宏的灰色大教堂，顶部有一个大钟；它坐落在一个宽敞的大院里，阳台和台阶一应俱全，中间有一块咖啡种植园，历史悠久，打理得很精心。在庭院两侧，是拱形圆顶的餐厅和修道院建筑，河道两畔还坐落着学校和磨坊。去往教堂的途中，有一座由灰色石头建成的拱桥，骑马经过时，你会发现桥身设计得干净利落，两旁景观怡人，仿佛身处瑞士南部或意大利北部。

弥撒结束后，亲切的神父们会站在教堂门边排成一列等待着我，邀请我穿过庭院，去宽敞凉爽的休息室稍做休息。对于在这片殖民地上发生的大事小情，他们都如数家珍，就连最偏远地方的逸闻趣事也烂熟于心，与他们交谈实在是一件乐事。而在气氛欢快、亲切友善的谈话的伪装下，他们也会试图打探任何关于你的故事，就像一小群热忱的毛茸茸的棕色蜜蜂——在花朵的周围盘旋着，想要采集蜂蜜。神父们都长着又厚又长的胡子，看起来还真像蜜蜂。不过，他们虽然对海外殖民生活甘之若饴，但依然沿用法式生活习惯。对大自然的一切安排，他们都安然接受，并心怀感恩。如果不是那神秘而权威的力量安排他们留在这儿，他们绝不会在此逗留，而带着钟楼的灰色教堂、拱形建筑、学校，或者那些井井有条的种植园，甚至是传教团也根本不会存在。只要一纸调令，他们会立即抛下殖民地上的所有事物，一窝蜂地奔回巴黎。

在我参观教堂、光顾餐厅的时候，法拉一直牵着两匹小马等着我。回去的时候，他往往会发现我非常欢欣雀跃——他是虔诚的伊斯兰教徒，滴酒不沾，但他认为，弥撒和饮酒对我来说是非常重要的仪式。

法国神父们有时会骑着摩托车来农场用午餐，会给我讲拉封丹《寓言》中的故事，还会在咖啡种植方面给我中肯的建议。

我对苏格兰传教团不甚了解。教会所在地视野开阔，能够纵览基库尤秀美的乡村景色。但传教团的成员给我一种不明就里的感觉，看起来浑浑噩噩的。苏格兰教会费尽心力让原住民穿上欧洲人的衣服，但我认为无论怎么讲，这件事对他们都没有丝毫好处。他们有一家非常优秀的医院，彼时我来到这里的时候，它由聪慧机敏的亚瑟博士——慈善机构的一名成员掌管着。医生们救死扶伤，挽救了农场上很多人的生命。

卡特曼在苏格兰教会医院住了三个月，在此期间我探望过他一次。我骑马前往基库尤车站的路上，途中经过那家医院。在栅栏外，我瞥见卡特曼的身影，他与其他康复期的患者保持着一定的距离，自己站在一旁。看起来他状况已经好了很多，都能够跑步了。当看到我时，他来到栅栏前一路小跑，跟随着我。从马背上向下看，他就像一匹小马驹。他一直注视着我的马，却不发一言。到了医院的拐角处，他不得不停下来，而我没有停下，继续骑马前行。片刻之后，我回过头，看见他直直地站着，就像一座雕像，又像一匹小马在向我行注目礼。我挥了挥手，起初他毫无反应，而后突然将手臂笔直地伸起，就像抽水机的把手一样，不过他只举了这一次手。

一个复活节的周日的早晨，他回来了，来到我的房子前，将医生的一封信递给我。信里说：经过治疗，他的情况好转，不会再复发了。卡曼特一定知晓信的内容，我看信时，他认真地看着我，但是他并不想讨论信的内容，他心里有更重要的事。一直以来，他总是泰然自若，自尊自持，但是这一次，喜悦的情绪跃然脸上。

所有的原住民都喜欢戏剧化的效果。卡曼特仔细地用旧绷带将腿部一直到膝盖的部分缠了起来，他要给我一个惊喜。很明显，他知道这一刻至关重要，有幸得到命运的眷顾，他很想无私地将这份喜悦与我分享。在为他治疗的时候，面对一次又一次的失败，我感到非常沮丧，他可能把我当时的情绪记在了心里，他也知道医院的治疗结果很令人惊喜。他当着我的面慢慢地、一层层地解开绷带，露出一条皮肤光滑的小腿，上面只有一点儿浅浅的灰色疤痕。

我喜出望外，十分为他开心，而他先是不动声色地看着我，继而展开笑颜，然后对我说：“我信奉基督教了，我现在跟您一样了。”然后又补充道我应该给他一个卢比，因为今天是基督升天的日子。

从我家离开后，他去看望了他的家人。他的母亲是个寡妇，住的地方离农场很远。后来我听她说，他一定是在那天下定决心，要告别过去的一切。他向她敞开心扉讲述了他在医院见到的陌生人，和他所经历的事。探望完母亲之后，他回到我家，似乎理所当然地认为自己已经属于这里了。此后他一直为我干活儿，直到我离开这个国家——那已经是十二年之后了。

我们第一次相遇时，卡特曼看起来只有六岁，他有个兄弟，貌似八岁，但是兄弟两个都说他才是年长的那个，所以我猜测，他常年病痛缠身，发育受到了限制，那个时候他至少九岁。他现在长大了许多，但还是发育不良的小矮子形象，身体有些畸形，又说不好是哪里导致的。随着时间的推移，他棱角分明的脸圆润了起来，腿一直细得像柴火棍一样，但轻手利脚，行动矫捷，整个人看起来顺眼了许多，我多半是以创造者的角度在审视他。他一直都是一个奇幻的小孩，一半是开心果，一半是小恶魔，只需稍加装饰，他就可以坐在巴黎圣母院的尖顶之上，冷冷地审视这世间的一切。他的内心深处明亮鲜活，如果出现在画里，他一定是浓墨重彩的那一笔，而他也给这座大宅院添上了不同寻常的笔触。他的脑子不算灵光，白人们大多觉得他是一个怪人，但他心思非常缜密。可能是历经磨难，他已经大彻大悟了，不管遇到什么事都习惯性地去审视，然后对所见的事加以判断。他一直都活在自己的世界里，独树一帜，颇有自己的风格。即使当他跟其他人做同一件事的时候，采用的方式也别具一格。

我为农场的人开设了一所夜校，由原住民教师执教。学校教师都是我从传教团聘来的。我在非洲期间雇用过三个教师——天主教的、英格兰圣公会的以及苏格兰长老会的。这个国家的原住民教育要严格遵照宗教要求；据我所知，这里除了《圣经》和赞美诗，没有任何一本书被翻译成斯瓦希里语。因此我在非洲期间一直计划着为原住民翻译《伊索寓言》，但是一直腾不出时间。学校一直是我在农场上最爱的地方，是我精神生活的中心。教室由瓦楞铁搭成的旧谷仓改造而成，在那狭长的教室里，我度过了许多美好的夜晚。

卡曼特有时会与我同去，但是不会和孩子们一起坐在教室里。他会有意跟孩子们保持距离，仿佛刻意捂住耳朵，拒绝学习，并且对学生们的学习热忱感到好笑。但当他自己在厨房的时候，我看见过他在凭记忆写些什么东西，速度缓慢，内容也不知所云，都是一些他在学校黑板上看到的字母和单词。我知道他不想、也不会跟其他学生坐在一起学习；早期的经历让他内心扭曲封闭，现在对他来说，那些正常的事反倒不正常。他深知自己与这个世界格格不入——侏儒仿佛都很傲慢自大，会与这个世界划清界限，认为这世界的一切都是扭曲的。

卡曼特在钱上很是精明，他生活节俭，几乎不怎么花钱，曾经与其他基库尤人合作买卖过很多次山羊，都有不错的收益。他早早便结婚了，结婚在基库尤人的世界里是一件奢侈的事，要花费大笔的资金。我曾听过他发表的颇具哲学性的言论——钱财就是粪土。他说得头头是道，想法独到，颇有见地。他用一种独特的方式将自己与世界连接起来：他掌控它，却不赞赏它。

他天生不懂得欣赏别人。他了解动物的灵性，常对它们赞不绝口，却只称赞过一个人，那是我们相识以来唯一的一次，那是一个几年之后来到农场生活的索马里女人。无论何时何地，他的脸上都带着一种轻嘲，尤其是面对那些自吹自擂、浮夸造作的人。所有的原住民内心都有阴暗的一面，别人遭殃，他们便幸灾乐祸，这点让欧洲人非常反感。卡曼特简直将这一点体现得登峰造极，甚至变成一种特殊的自嘲，他用自己的不幸和灾难寻开心，仿佛那是旁人的事一样。

我在许多年老的原住民妇女身上也发现了这一点，她们常年在艰难困苦里摸爬滚打，被命运反复捉弄，但无论命运怎么折腾她们，她们都安然容忍、接受，视命运女神为姐妹。有一段时间，我让仆人们在周日早上给老妇人们分发鼻烟——原住民称之为“淡巴菰”。因此，周日早上我的院子里总是站着一些奇奇怪怪的客人，弄得院子就像一个鸡窝，站满了光秃秃、皱巴巴的老母鸡；她们微微的嘀咕声——原住民很少大声说话——透过窗户，传进我的卧室。一个周日的早晨，情况却有些不同，基库尤人的低语柔声却突然变成了掀起的音浪，笑声汹涌如瀑布。我把法拉叫了过来，问他外面发生了什么好笑的事。法拉吞吞吐吐地不愿意告诉我，原来他忘记买鼻烟了。那些大老远赶来的老妇人只好空手而归，都说自己竹篮打水一场空啊。这场意外竟成为基库尤老妇人的趣事谈资。有时候，我在玉米田的小路上会遇到其中某位老妇人，她站在我的面前，用弯曲的、瘦骨嶙峋的手指着我，苍老黝黑的脸上绽放着灿烂的笑容，脸上的褶皱都聚在了一起，就像被一根隐藏的线拉扯着一样。她提醒我说，那个早晨她和老姐妹为了鼻烟长途跋涉来到我家，结果发现法拉忘记买了，一根烟丝都没有啊——哈哈哈哈，姆萨布！

白人们常说基库尤人毫无感恩之心。卡曼特绝不是这样的人，他甚至亲口说对我有责任。打从我们相识起，这么多年来，只要我需要帮助，不用我张口，他就会主动来帮助我。我问他原因，他说，要不是我，他早就死了。他还用其他方式对我表达谢意：他对我总是格外友善和热心，甚至可以说是百般容忍，也许是因为他心里一直记得跟我同属基督教吧。我想，在一个满是傻瓜的世界里，对他来说，我应该是一个更大的傻瓜吧。从他进入我的世界，与我的命运相联系的那一刻起，那双警觉的、富有洞察力的眼睛就一直盯着我。对我糊里糊涂的处事方式，他会给出中肯清晰的评价。我相信，起初我不辞辛苦地执意为他治病的行为，在他看来应该是一种无药可救的怪癖吧。但是他一直都对我有着极大的热情和同理心，并会耐心地引领无知的我走出迷雾。有时我发现，他会花费时间去分析难题，然后特意精心准备阐述的方式，让我更容易理解答案。

卡曼特刚来我家时，只在大宅里负责喂狗，而后成了我给人看病时的小助手。我发现，尽管从表面看不出，但他真是有一双巧手。之后我把他送到厨房做帮厨，给我的老厨师埃萨打下手。而在埃萨被谋杀之后，他便一跃成为主厨。我在非洲期间，他一直为我掌厨。

原住民对动物往往没有特殊的情感，但卡曼特一如既往地表现出了与众不同之处。他是一个权威的养狗能手，而且与狗儿们心意相通，常常过来跟我沟通狗的心中所想、心中所需或者心中所盼。他把狗养得干干净净的，尽量不让它们生一只跳蚤——非洲的害虫会让狗狗痛不欲生。我和他常在深夜被狗的哀嚎声惊醒，然后在防风灯的灯光下，他将狗儿们身上的食肉蚂蚁“萨福”一只一只挑出来。萨福们总是成群结队，来势汹汹，所到之处，不管遇到什么都照吃不误。

卡曼特在教会医院住院时一定做了细心的观察——治疗病人时也是如此，既不畏首畏尾，也不妄加判断——所以他是一个思维缜密、见解独到的医疗助手。他离开办公室之后，有时会突然从厨房过来，打断我的治疗，提出一些中肯的建议。

但是作为一名厨师，他又表现出另外一种面貌，简直无人可与其比肩。他打破了某种约定俗成的规则，直接完成了质的飞跃，以能力和才华主宰了发言权；在与天才相处时，你会感觉一切既神秘又奇妙。在厨房的烹饪世界里，卡曼特简直天赋异禀，甚至还要面对天才的厄运——空有才能却不能大展拳脚。如果卡曼特生在欧洲，在一名有智慧的老师手下学习，他可能已经名声大噪，并被载入史册了。不过，即使在非洲，他也算是远近闻名——他的厨艺颇具贵族之风。

我自己对烹饪也兴趣盎然，在我第一次回欧洲的时候，曾在一家非常有名的餐厅与一名法国名厨学习过厨艺，因为我觉得能在非洲做出美食必是一件有趣的事情。大厨佩德罗先生被我对烹饪艺术的热情所打动，邀请我和他一起进入餐厅后厨进行参观学习。当我在卡曼特身上发现了这种熟悉的精神后，对烹饪的热情再一次熊熊燃烧起来。我认为，我们的合作会有不错的前景，没有什么会比原住民对于烹饪的天分更神秘莫测的了。这让我重新审视了我们的文明，可能冥冥之中，有些事早已注定。我感觉自己就像一个重拾信仰的人——只因为颅相学学者向我指出神学雄辩术在人脑中的位置。如果神学雄辩术的存在可以得到证实，就说明神学是真实存在的。也就是说，上帝是存在的。

在处理厨房所有事务时，卡曼特得心应手，令人称奇。所有高难度技巧和费时费力的工作，在他黝黑弯曲的手里，都不过是小孩子的把戏。煎蛋饼、烙酥皮馅饼、调制各种酱汁和做蛋黄酱，对他来说都不在话下。他天资非凡，做什么事都易如反掌，就像传奇故事里讲的一样：圣婴基督用黏土捏了一只小鸟，然后只需一声口令，小鸟便展翅高飞。他瞧不上所有复杂的厨具，对那些东西很不耐烦，我给他的打蛋工具也被他放在一边生锈，他只用一种除草的工具打蛋，打出来的蛋白像洁白的云朵一样高耸坚挺。作为一名厨师，他具有火眼金睛，一眼就能挑出养鸡场里面最肥的那只母鸡，随手掂量掂量，马上便知道这只蛋是何时生出来的。为了改善我的伙食，他费尽心机，不知用了什么法子，从一位住在偏远乡村朋友的雇主那里给我弄到了一些优质的莴苣种子。这些种子我寻觅多年无果，令我喜出望外。

他记食谱的能力极强。他不识字也不懂英文，所以料理书对他来说并没有什么用处，但他会把所有知识储存在那看似不怎么好看的脑袋里，以自己独特的一套系统运行着。至于如何运行，我不得而知。他会以当天的见闻给菜品起名，会称某种酱汁为“劈树之雷”，或者“灰马之死”。他从来没有把这两道菜搞混过。只有一点是我竭尽全力让他记住却屡屡失败的，就是上菜的顺序。于是每次当我打算宴请客人的时候，我都事先画一张菜单：先是汤，然后是鱼，再然后是鹧鸪或者朝鲜蓟……他的这个缺点并非因为记忆力欠佳，而是他心里有自己的考量，绝不在琐事上浪费时间。

与鬼才共事实在痛快。名义上厨房是我的，但是在我们合作的过程中，我感觉不单是厨房，所有事务都在卡曼特的掌控之中。他能准确理解我所希望达到的效果，并能做到尽善尽美，有时甚至不用我张口，便已经达到我的期待。我不知道他是如何做到的，或为何这样做。对我来说，一个人丝毫不懂得艺术的真谛，甚至是抱有鄙视的态度，却能将这门艺术做到炉火纯青，无出其右，实在匪夷所思。

卡曼特并不知道这些菜的滋味。虽然他信奉了基督教，与现代文明产生了联系，但是基库尤血统依然深深扎根于他的血脉中，他对本民族文化传统有着至死不渝的忠诚。他有时会尝一口自己做的食物，随即便是满脸的嫌弃，就像巫婆喝了一口自己调制的药一样。他依然钟情于玉米一类的食物。有时候他不知道抽什么风，会让我品尝一些基库尤食物——一块红薯或者一块肥羊肉——就像一只已经跟人类生活了很长时间的狗，还是会送人一块骨头当作礼物。我能感觉到，他一直认为我们为了食物竟能如此折腾自己，简直愚蠢至极。有时我想听听他的心里话，他时而直截了当地表达，时而缄口不言。所以当我们并肩在厨房工作时，彼此各自保留意见。

内罗毕有一家名叫穆海咖的俱乐部，我有几个好朋友在那里掌厨，每当我在那里吃到美味的菜品，就会送卡曼特去那里学习。卡曼特还是学徒的时候，我家在殖民地就是颇有名气的老饕之居了。这对我来说无疑是件开心的事。我希望有人能够欣赏我的艺术，也很高兴我的朋友能来跟我一起用餐，但是卡曼特对于别人的夸赞没有表现出丝毫的开心。尽管如此，他仍然将那些常客的口味牢记在心。“我会为伯克利科尔先生用白葡萄酒烹调一只鱼，他自己带了葡萄酒，让我把鱼放进去。”他沉重地说道，就像提到一个疯子。为了得到权威人士的意见，我有时会邀请我的老朋友——居住在内罗毕的查尔斯·布尔派特先生与我一同用餐。布尔派特先生是老一辈的旅行家，也是斐利亚·福格的后辈。他周游过全世界，品尝过各地的美味佳肴，永远及时行乐，不考虑明天。早在五十年前，他的故事就曾出现在一些关于运动和登山的书里，包括他在做运动员时的壮举，书中还描述了他在瑞士和墨西哥的登山事迹。还曾有一本名叫《易得易失》的书，专门记录世界上著名的打赌活动。书中记载，他曾经跟别人打过一个赌，说自己可以穿着晚礼服，戴着高帽游过泰晤士河——之后，更富有戏剧性的是，他竟然效仿利安得和拜伦勋爵，游过了达达尼尔海峡。他能来这里同我一起用餐，我倍感荣幸；而且能用自己做的食物款待我所钦佩的人，更令人欢欣雀跃。作为回馈，他给了我一些关于食物的意见，给我讲述了一些奇闻逸事，最后还亲切地跟我说："这是我迄今为止吃过的最好吃的一餐。"

威尔亲王也曾光临农场用餐，我受宠若惊，他对我们的坎伯兰酱汁赞不绝口。原住民们都非常敬重王储，常常对此津津乐道，我向卡曼特传达了威尔对他厨艺的夸赞，那是卡曼特唯一一次对别人的夸赞感兴趣。数月之后，他渴望再次听到表扬，突然用法语阅读书里那样的句子，一板一眼地问我："苏丹王子喜欢那猪肉调味汁吗？他是不是全吃光了呢？"

不只是厨房事务，在其他的事务上，卡曼特也对我也帮助良多。他会根据他对利弊福祸的判断，对我施以援手。

一天深夜，他突然提着防风灯走进我的卧室，一言不发，就像巡逻一样。那时候他刚来不久，看起来非常瘦小。他站在我的床边，大大的招风耳好像迷路的蝙蝠，手里提着灯，仿佛一团磷火。他郑重其事地对我说："姆萨布，我认为你最好马上起床。"我不知所措地坐了起来；如果真的有什么要紧的事发生，我想也应当由法拉来通知我，但是当我告诉卡曼特走开时，他没有动。"姆萨布，"他再次说道，"我觉得你应该立即起床，我想神灵就要降临了。"我听了之后并没有起床，而是问他为什么这么想。他一脸凝重地带我走进餐厅。透过朝西的临山的落地窗，我看见了神奇的一幕。一场熊熊大火正从山顶一路烧到平原，从大宅看去，大火就像一头巨大的异兽，张牙舞爪地沿直线向我们走来。我怔怔地看着，卡曼特就站在我身边。然后我开始向他解释情况，想让他冷静下来，因为我觉得他一定被吓坏了。但是面对我的喋喋不休，他没有任何反应。既然已经通知到我，他的任务便达成了。"好吧，"他说，"可能是这么回事吧。但是我认为你还是赶紧起床吧，万一上帝他老人家真来了呢？"

原住民在我家

那一年，雨季迟迟没有到来。

对于经历过这场大旱的农民来说，那是极度恐怖的灭顶之灾，让人永生难忘。多年以后，即使我已经离开非洲，生活在湿润的地区，夜里听到雨水倾泻而下的声音，还是会立即仰天欢呼：“下雨了！终于下雨啦！”

正常情况下，雨季从三月份最后一周开始，一直持续到六月中旬。临近雨季之前，一切都变得越来越干燥、焦灼，温度持续升高，比欧洲暴雨前夕更加闷热。

住在河对岸的邻居——马赛人，在雨季前开始烧荒，烧掉地表那些干枯的硬壳。这样一来，第一波雨水就能让新鲜的嫩草破土而出，这是牛儿们的最爱。草原上的空气在大火中扭动、舞蹈；长长的、闪烁着彩虹色泽的灰色烟雾四处蔓延，耕田上弥漫着焦煳的气味，到处热气腾腾，就像一个大火炉。

巨大的云朵在苍穹中聚集又消散；远处淡淡的雨雾，在地平线上画出一条蓝色的斜线。此时所有人只有一个念头。

黄昏之后，你会突然发现所有的风景都更加清晰了，蓝绿色的山川仿佛近在眼前，看起来充满活力又满含深意，一草一木都格外清晰。几小时后走出屋子，星光已隐，晚风微凉，仿佛无限恩宠即将降临。

突然，你会听见从头上传来唰唰声，那是风吹过树梢的声音——不是雨；然后风开始在地面上疯跑，撩拨得灌木丛和长草沙沙作响——不是雨；玉米地里传来哗啦哗啦的声音，那依然是风——听起来非常像你梦寐以求的雨，一次又一次，如此反复，你甚至已经有了满足感，就好像你渴望了许久的表演终于被呈上舞台——但这仍然不是雨。

当地面上终于发出低沉的轰鸣声，周围四下处处笙歌的时候——终于下雨了，就像百流入海，就像重回爱人的怀抱。

但有一年，雨季始终没有来，就好像这个宇宙已经弃你而去。起初几天，天气骤然降温，空气中毫无湿润的感觉。一切都越来越干燥，越来越坚硬，仿佛所有力量和美好都从这世界抽离而去了。天气已经没有好坏之分，只透露出否定的信号，似乎死到临头，老天都不会下一滴雨。冷风刮过你的头顶，周围所有的颜色都消褪殆尽。田野里、森林里所有的气味都从空气中消失。被众神抛弃的绝望紧紧扼住了你，就要窒息。南边的草原失去了生机，被火烧过的余烬只留下黑灰色的焦块和灰白色的条纹。

每天我们都徒劳地盼着下雨，一切对于农场的期望都逐渐被耗尽。几个月来的耕作、修剪和栽种，都不过是痴人做的蠢事。农场的一切工作都逐渐放缓，直至完全停滞。

山间和平原上的泉眼渐渐干涸，各种不常见的鸭子和鹅都争相来到我的池塘。足足有两三百头斑马，排着长长的队，赶在清晨和黄昏时到农场边的池塘喝水。幼崽紧紧跟着母亲，就算是我骑马从它们身边经过，它们也并不害怕。池塘里面的水在逐渐减少，为了给自己的牲口留口水喝，我们尽量把它们赶走。无论如何，来到池塘边仍是一件乐事，泥沼中长出的灯芯草就像棕色的画面上一大块鲜绿的补丁。

干旱让原住民越来越沉默。你可能会认为他们更了解天气的征兆，但是从他们嘴里一个字都打听不出来。他们常年在各种困境中挣扎。在大旱年间损失八九成的牲畜，对他们或者对他们父辈来说都不是什么新鲜事。他们的自留地龟裂干涸，几株幸存的番薯和玉米膝酸脚软地垂着头。

过了一段时间，我渐渐明白了他们的态度和处世方式，不再跟他们讨论时局艰难，或是向他们抱怨，就像一个人羞于谈及耻辱的往事一样。但我是欧洲人，而且在这个国家还没有生活得久到能理解原住民的被动，而那些已经在非洲住了几十年的欧洲人可以做到。我还很年轻，有很强的自我保护意识，只要我还没被农场的风沙卷走，或化成一缕青烟，我就必须把精力集中在某件事上。于是，我开始在每天晚上写小说、神话传说、爱情故事，在写作中我总是浮想联翩，任自己在异国他乡或不同的时代来往穿梭。

如果我的朋友来到农场，我会把我的故事讲给他们听。

我站起身走到外面，劲风迎面，天空澄碧，群星闪耀，大地干涸，万物死寂。

起初我只在晚上写作，后来早上也写，即使在那个时候我应该去农场。我们是否应该翻整玉米地，再次试着种点儿玉米呢？我们是否应该摘掉干枯的咖啡果来保住咖啡树呢？一切都很难抉择。日子过了又过，计划拖了又拖。

我过去常常坐在餐厅写作，桌子上铺满了纸张，因为在写作期间，我还得算账，为农场的未来做计划，还要回答农场经理给我写在便条上的问题。我的仆人问我在干什么，我说我在试着写一本书。他们把这看作艰难时期里拯救农场的最后一次尝试，对我的书产生了浓厚的兴趣，不时询问我进展如何。他们有时会进来，在我奋笔疾书的时候站在我身边，久久注视着。他们的肤色跟护墙板的颜色一样，到了晚上看起来就像一件件白袍在空中飘荡着，他们背靠着墙，陪伴着我。

我的餐厅朝西，透过三扇长窗可以看到露台、草地和森林。窗外的斜坡直通到河边，这条河便是我和马赛人的分界线。从房子里看不到河流，但是河流两岸高大的深绿色金合欢树显示了河流的走向。河流对面，地势逐渐走高，树木繁茂，穿过树林，一片青翠的草原一直延伸到恩贡山脚下。

“若我意志坚定可移山，我便令山行至我身边。”

东风阵阵刮过，餐厅的西门总是敞开着，原住民很喜欢在大宅西侧活动，他们总是在门外溜达着，时刻注意里面有什么动静。原住民牧童也把羊赶来这里吃草。这些小男孩一边帮家人放山羊或者绵羊，一边闲逛，为羊群寻找合适的草源。他们在无形之中将大宅之内的“文明社会”与野外的原始生活巧妙地联系起来。我的仆人们并不信任这些孩子，不允许他们进到大宅之内，但是这些孩子对文明社会有着强烈的热忱；对他们来说，这里非常安全，因为只要他们愿意，随时可以转身跑开。他们认为这里的核心标志就是餐厅墙上挂着的一个古董布谷鸟时钟。在非洲高原上，时钟无疑是极其奢侈的物件。一年到头，每一天你都可以根据太阳的位置来判断时间，在这里，你不必赶火车，可以根据自己的意愿随意安排时间，时间成了微不足道的存在。只是这个时钟着实有趣，时钟上有一团粉色玫瑰花，每逢整点，一只小布谷鸟就会从一个小门中飞出来，用一种清晰而又有些傲慢的声音报时。每次小布谷鸟现出身影，都会给农场的孩子们带来新鲜感和快乐。他们能够根据太阳的位置准确地判断时间，每到中午十二点十五分左右，他们便会跟在羊群后面，从房子周围慢慢走过来。他们绝不敢丢下羊群不管。孩子们和山羊群在森林的灌木丛和长草之中穿行，他们的头露在外面，看起来就像池塘里面的青蛙。

然后，他们会把羊群留在草坪上，光着脚，无声无息地跑来。他们中年龄稍大的有十岁左右，最小的才两岁，他们的行为都很得体，每次来访都保持着一种自觉的礼节：他们认为只要不碰到任何东西、不坐下、不随便说话，就可以在房间里自由活动。只要布谷鸟一冲出来，这小小群体中就会立即迸发出欣喜而又极力压制的笑声。有的时候，也会有一两个对羊群没什么责任感的小牧童在早晨独自前来，久久地站在时钟前，不发一言地凝视着，然后用基库尤语低声唱起一首关于爱情的歌谣，最后又沉重地默默走开。我家的仆人总是嘲笑那些牧童，跟我揶揄那些孩子们无知，说他们竟然认为那只布谷鸟是真的。

我的仆人们常跑来看我用打字机工作。卡曼特有时会在晚上过来，靠着墙，一站就是一个小时，他的眼睛就像睫毛下面的两滴黑色水珠，滴溜溜地转着，仔细地研究着这台机器，似乎准备把它拆成碎片再组装回去一样。一天晚上，我抬起头，正好撞上他意味深长而又专注的眼神。片刻之后，“姆萨布，”他说，“你相信你能写完这本书吗？”

“我不知道。”我这样回答道。

卡曼特每次与人聊天的时候，会在句子中间进行长长的、意味深远的停顿，似乎是为了让对话更有意义。所有的原住民都掌握了这种停顿的艺术，他们总是自己设计一些留白，然后再对某些事情发表自己的观点。

卡曼特停了好长一会儿，然后说：“我不相信。”

我身边再无别人可以跟我讨论这本书了，于是我放下书稿，问他为什么不相信。我发现他早已思考过这个问题，并且心里已经有了答案。他从身后拿出来一本《奥德赛》，放在了我的面前。

“姆萨布，你看，”他说，“这才是一本好书。你看它每一页都牢牢地粘在一起，就算你拿起来使劲晃它也不会散开。写这本书的人一定非常聪明，但是再看你写的，”他带着一种轻蔑且同情的语气继续说道，“这儿一页那儿一页。如果忘了关门，纸就会被风吹得到处都是，甚至会掉到地上，到时候你又会发火。它肯定不会成为一本好书。”

我跟他解释说，在欧洲会有专业人士把书装订好。

“那你的书会像这本书一样重吗？”卡曼特问道，手里掂量着那本书。

我迟疑了。他见状把书递给我，仿佛是为了让我自己心里有数。

“不会，”我说道，“不会那么重，但是图书馆里也会有很多比较轻的书啊。”

“那你的书会像这本书一样硬吗？”他问道。

我说：“做成这样要花很多钱。”

他默默地站了一会儿，对我表达了他对这本书的期待，同时也为自己提出的质疑感到抱歉，然后捡起地上散落的纸张放在桌面上。但他仍然没有走开，只是站在桌边等待着，然后语气严肃地问我：“姆萨布，书里都说了些什么？”

我挑出《奥德赛》中英雄奥德修斯与独眼巨人波吕斐摩斯的那一段故事讲给他听：奥德修斯称自己为“没有人”，他挖出了波吕斐摩斯的一只眼珠，被绑在公羊腹下死里逃生。

卡曼特听得津津有味，不时发表自己的观点，他说：那头公羊一定跟住在埃尔门泰塔的郎先生家的绵羊是一个品种，他在内罗毕牲畜展览会上见过。他又问了关于波吕斐摩斯的一些问题，问我那独眼巨人是不是黑人，就像基库尤人一样，当我回答“不是”之后，他又想知道奥德修斯是否与我属于同一宗族。

“那么他是怎么用自己的语言说‘没有人’这个词的呢？给我讲讲。”

“他说的是‘乌提斯’，”我回答说，“他称他自己为乌提斯，在他的语言里就是‘没有人’的意思。”

“你也必须写这样的故事吗？”他问道。

“不是，”我说，“想写什么就写什么，我也可以写你呀。”

就像突然提起这个话题的时候一样，卡曼特突然又沉默了。他低头看看自己，然后低声问我打算写关于他的什么。

“我可能会写你生病时的事情，或者你在草原上牧羊的事，”我问，“你觉得怎么样？”

他的眼珠转啊转，然后含含糊糊地说：“Sejui”——我不知道。

“那个时候你害怕吗？”我问他。

停顿之后，他坚定地回答道：“是的，草原上的男孩有时难免会感到害怕。”

“怕什么呢？”我问道。

卡曼特沉默了一会儿，然后看着我，表情镇定而深沉，眼神很有穿透力。

“害怕乌提斯，”他说，“草原上的男孩害怕乌提斯。”

几天之后，我听见卡曼特跟其他仆人说，我会把书拿到欧洲，那里会有人帮我把书订好，还会有像《奥德赛》那本书一样硬硬的壳，我得花一大笔钱。然后他又拿出《奥德赛》来给大家展示，而他自己却并不相信我真的能完成这本书。

卡曼特有一个在我家特别实用的独门绝技：任何时候，只要他想，立即就能哭出来。

如果我表情严肃地责骂他，他就会直直地站在我面前，一边警惕地留神我的眼色，一边露出悲伤的表情。紧接着，他的双眼变得泪汪汪的，大颗大颗的泪水缓慢地顺着他的脸颊滚落。我知道这纯粹是鳄鱼的眼泪，换了别人我丝毫不会动容，但是在卡曼特身上却有不一样的效果。每每这种时刻，他那扁平、呆板的脸上，会突然涌现出一种无尽的孤独，似乎又陷入禁锢他多年的那个黑暗的世界里。这让人不禁想到，当他还是个孩子，独自站在草原上，身边只有羊群做伴的时候，也曾默默落下这沉重的眼泪吧。他的泪水让我于心不忍，换个角度想想，那些错事也没什么大不了的，没必要再计较。从某种程度上讲，他的泪水会让我的情绪低落。我一直相信我和他之间存在着真正的共情，卡曼特也知道我感受到了他的悔悟，也知道我没打算计较下去——但事实上，与其说他装可怜求原谅，倒更像是对权威力量的一种屈服。

他经常称自己为基督教徒。我不知他是否知道其中的含义，有那么一两次，我试图诘问他，然而他对我说，他所信仰的正是我所信仰的，我当然知道我所信仰的是什么，所以我就没理由再去盘问他了。我发觉这不仅是一种逃避，更是一种积极的应对方案，或者说是对信仰的告白。他已经完全将自己奉献给了白人的上帝。他甘愿去执行任何指令，但是他没打算深究这套系统里面的详情，即使这套系统并不合理，就像白人们自己的工作制度一样。

我的行为与苏格兰教会的教义相冲突的时候，卡曼特会刨根问底地问我谁对谁错，毕竟他是在那里受洗的。

原住民基本不对任何事情抱有偏见，这是一件让人颇为震惊的事，因为你会期望在原始人中找到秘密的禁忌。我认为，这源于他们与各民族各部落都有密切往来。在非洲东部，人际交往非常活跃，起先是古老的象牙商人和奴隶贩子打开了这扇大门，现在这个时代是殖民者和大型野生动物猎手们。原住民中的每一个人，哪怕是草原上的小牧童，都曾接触过与自己国家和文化截然不同的民族的人：英国人、犹太人、布尔人、阿拉伯人、索马里人、印度人、斯瓦希里人、马赛人和卡维龙多人，对他们来说，与异族人打交道，就像西西里人和爱斯基摩人打交道一样。原住民们源源不断地接收着外来新鲜事物，他们远比乡巴佬、外地人或者传教士更像外国公民，那些人都在一成不变的社区长大，被一套死板的理念束缚着。白人和原住民之间之所以会存在误解，是因为他们不了解这一点。

作为一名基督徒，生活在原住民之中，实在是令人胆战心惊的体验。

有一位名叫基他乌的年轻基库尤人，来自基库尤人居留区，也在大宅里干活儿。他心思缜密，细致专注，我很喜欢他。三个月后的某一天，他问我是否可以帮他写一封推荐信给我的老友希克·阿里·宾·萨利姆——一名在蒙巴萨负责海岸事务的一名长官。基他乌曾在我家与他有过一面之缘，现在打算去为他工作。基他乌对家中事务的流程了如指掌，我很舍不得他，不想让他离开，于是对他说，我愿意多付给他工钱。他回答说，自己并不是为了更高的报酬而离开，也绝不会留下。他对我说，早在居留区的时候，他就已经下定决心，以后要么成为一名基督徒，要么成为一名伊斯兰教徒，只是现在对这两个教派还不甚了解。因为这个，他来到这里为我工作；因为我是一名基督徒，他在我家停留了三个月，是为了观察基督徒的“特斯特德”——生活方式和习惯。从这里离开之后，他会去位于蒙巴萨的希克阿里家待三个月观察穆斯林教徒的生活方式，然后就可以做出选择了。我想，就算是大主教在面对这种情况时，也会说，或者至少是在心里想：“我的老天爷啊，基他乌啊，你刚来的时候就应该告诉我啊。”

无论任何动物，在没有用正统礼俗切割过喉咙之前，穆斯林教徒都是不会吃的。这在游猎途中无疑是个难题，我们能带的食物有限，仆人们只能依赖我猎来的食物。每当我开枪射中一头牛羚时，仆人们就会飞奔过去，在它临死之前迅速切开它的喉咙，这时候你只能目光炯炯地看着，心提到嗓子眼儿，因为如果看到牛羚耷拉着四肢和脑袋，就说明它在执行仪式之前就已经死了，你就只能去跟踪下一头牛羚，帮你扛枪的人也会挨饿。在战斗刚刚开始时，我拴好马车，正打算出行，出发前一晚我刚好遇见了一位穆斯林圣裔，我问他在我们游猎期间能不能网开一面。

这位穆斯林圣裔是一位年轻智慧的男人，他与法拉和伊斯梅尔交谈了一会儿，然后宣布："这位女士是一名基督教徒。她在开枪的时候会说，或者是在心中默念：以上帝之名。如此，她的子弹便有同穆斯林切割礼俗一样的效力。在此次游猎途中，凡是她射杀的动物，你们都可以吃。"

在非洲，基督教的威严在教派的冲突中被削弱了。

我在非洲的时候，曾在圣诞节的夜晚驱车前往法国教会听夜间弥撒。此时的天气往往比较炎热，开车穿过合欢树种植区时，就能听到远处教堂的钟声在清新而又炎热的空气中回荡。到达目的地后，你会看见欢欣雀跃、热情洋溢的人们早已簇拥在教堂周围，在内罗毕开店的那些法国和意大利的商人们携家带口全家出动；修道院学校的修女们也在场；一大群原住民衣着光鲜，有说有笑。富丽堂皇的大教堂在数百支蜡烛的照映下熠熠生辉，教堂玻璃窗上有神父亲手绘制的彩绘。

卡曼特来到大宅之后的第一年，圣诞节来临之前，我告诉他，既然他现在信奉基督教了，就可以跟我一起去做弥撒，然后跟他描述了那里的盛况和那些神父的翩翩风度。卡曼特听完之后非常动心，立即换上了最华丽的衣服。但是到要上车的时候，他却慌慌张张地跑了回去，说不能跟我一起去。他含含糊糊，闪烁其词，最后才吞吞吐吐地告诉我说，他不能跟我一起去了，因为他突然想到我可能要带他去法国天主教教会，住院的时候，有人曾经警告过他务必要抵制这个教会。我解释说这一切都是误会，他现在必须跟我走。听到这儿，他的身体变得像石头一样僵硬，简直像死掉了一样，直翻白眼，汗如雨下。

“不，不，姆萨布，”他低声说道，“我不会跟你一起去的。我知道，在那座大教堂里有一个姆萨布‘姆巴亚萨纳’（坏透了）。”

听了他说的话，我感到非常悲伤。可我觉得，在这个节骨眼儿上真应该带他去亲眼看看，让圣母玛利亚来教化他。神父们用纸板做了一个真人大小的圣母像，圣母身着白蓝相间的服装，即使大多数原住民并不能参透其意，却能与其共情。我向卡曼特承诺会保护他。他寸步不离地跟着我，当走进教堂那一瞬间，一切顾虑都荡然无存。那次恰好是教会举办过的最盛大恢宏的圣诞弥撒。教堂里陈列着耶稣降生的布景——一个刚刚从巴黎运来的人工洞穴，里面碧蓝的天空中群星闪耀，周围有一百只玩具动物，木制的牛和纯白的棉木羔羊做得十分精致，可谓“麻雀虽小，五脏俱全”。这一切一定让在场的基库尤人心潮荡漾。

卡曼特成为基督教徒之后再也不怕触碰死人了。

早些年间，他非常惧怕死人。曾经有一个人被担架抬着，放在我家露台上，后来死了。卡曼特也像别人一样伸出一只手，帮大家抬了一下担架。他没有像别人一样退到草坪上，只是一动不动地站在人行道上，就像一小座黑色纪念碑。为什么基库尤人并不十分惧怕死亡，却害怕触碰尸体，而惧怕死亡的白人面对尸体时却能泰然自若，这其中原因我不得而知。通过这件事，你能感受到他们理解的现实与我们所理解的现实大相径庭。但是所有的农场主都知道，你不要试图控制原住民，早点儿放弃控制他们的想法能给你自己省掉许多麻烦，因为他们宁可去死，也不愿意改变自己做事的方式。

而现在，卡曼特心里的恐惧已经消失了，还会嘲笑亲戚们胆小。他时不时炫耀一番，仿佛要展示上帝赐给他的力量。有时候机缘巧合，我还可以检验一下他的信仰。在我的农场生活中，卡曼特一共跟我抬过三次死人。第一个是一个年轻的基库尤女孩，她被牛车碾过，死在了大宅外面；第二个是一个年轻的基库尤人，他在森林里砍树的时候被压死了；第三个人曾来农场生活过一段时间，在我的农场生活中占据过一席之地，最后在这里去世了。

第三个人是我的老乡，丹麦人，名叫努森，他早年双眼失明。我在内罗毕的时候，有一天，他一路摸索着找到了我的车，向我介绍自己，然后说他已经无家可归了，问我是否可以在农场上给他一处地界。那时我裁减了种植园中的一些白人员工，刚好空出来一个小屋可以借他居住，于是他就跟随我回到农场，在那里生活了六个月。

他在高地农场上是个独一无二的人物：就像一个海中生物，又像我们身边一个被剪断了翅膀的信天翁。他身心早已被挫折、病痛和酒精击垮，弯着腰驼着背，红色的头发随着时光的流逝，神奇地褪成了白色，就像被生活碾碎了的骨灰撒在了头上，也像他为了凸显自己的个性，把头发用盐渍过了一样。但是，在他已经被淘空了的身体里，却有任何灰烬都掩埋不了的熊熊燃烧的火焰。他出身于丹麦渔民世家，曾经是一名水手，后来成为非洲的早期先驱之一——是什么风把他吹来了呢？

老努森这一辈子几经风雨，做过不少尝试，尤其偏爱跟水、鱼或者鸟有关的工作，但是最后结果都不太理想。有一次他跟我说，他曾经在维多利亚湖拥有一家大型渔产公司，有好几英里长的世界上最优质的渔网，还有一艘摩托艇。但在战争期间，他失去了一切。他讲述这场悲剧的时候，总会提到一段黑暗时期：一个致命错误，或者一场朋友的背叛。至于其中细节，我不太记得了，因为每次故事内容都有所不同。每当老努森触及那一个点的时候，都会伤感至极。故事一定也有真实的成分，他在农场住的时候，政府每天会给他一先令的赔偿金。

所有的这些故事都是他来我家的时候讲的。他在小屋子待得不舒心的时候，总是过来跟我聊聊天，散散心。我派给他做仆人的原住民男孩们一次又一次地从他身边跑开，因为他总是拄着拐杖，出其不意地向他们冲过去吓唬他们。兴致高涨的时候，他会坐在大宅的门廊边上喝上一杯咖啡，然后兴致勃勃地给我唱丹麦国歌。有他能跟我讲丹麦语真是一件高兴的事儿，于是在我们聊农场上发生的小事的时候，总是动不动就切换语言模式，只是为了好玩儿。但我有时也会对他不耐烦，因为一旦他来了，就会喋喋不休，一时半会儿走不了。可想而知，平常的他就像《古舟子咏》中的老水手，或者像《一千零一夜》中的海洋老人一样。

他是制作渔网的艺术家，他曾说自己做的渔网天下第一。他有时会在农场小屋里制作河马鞭——原住民使用的一种鞭子，由河马皮制成。他会从原住民或者奈瓦沙河畔的农民手里买河马皮，运气好的话一张皮能做出五十根鞭子，还送过我一根，我至今保留着，真是一条好马鞭。这项工作弄得他的屋子里常常发出一股恶臭味，就像老秃鹰的巢穴一样臭气熏天。后来，我在农场上建了一个池塘，几乎每天都能看见他在池塘边沉思，水面上倒映着他的身影，让他看起来就像动物园里的水鸟。

老努森衰老凹陷的胸膛里，跳动着一颗男孩一般单纯、勇猛、易怒、狂野的心，燃烧着好斗的火焰。他曾是一个有着浪漫主义精神的恶霸和战士，极易燃起恨意，对所有接触过的人或事莫不义愤填膺，动不动就吹胡子瞪眼。他向上帝祈祷，将烈火和风雨雷电都降到他们身上吧，这在丹麦的说法就是"在墙上画魔鬼"，还有一丝米开朗基罗壁画的韵味。每次他看到别人打架都乐不可支，就像小男孩教唆两只狗打架，或让猫狗打架一样。老努森的灵魂中仍然留有令人印象深刻和心怀敬畏的部分——度过了漫长艰难的一生，在生命的最后时刻，他被命运的洪流冲进了一个平静的港湾，原本可以趁势收帆，随波逐流——但他像一个男孩一样，发出了对命运的疾呼，与逆境对抗。他像熊皮武士一样的灵魂，让我万分敬仰。

他说起自己的事，总像讲别人的故事一样，称自己为"老努森"，一说起来便滔滔不绝，内容莫不是一些漫无边际的狼烟大话。

在老努森的口中，这世界上没有他征服不了的人和事，没有他打不倒的世界拳击冠军。只要谈及别人，他就是极端的悲观主义者，称能预见到这些人的悲惨下场——悲剧马上就会降临在他们身上，他们全都活该，不足怜惜。但是一谈到自己，他又是一个绝对的乐观主义者。他在去世之前曾经给我透露过一个秘密计划，称此计划非同小可，请我务必保密，还说这个计划会让他富可敌国，足以让敌人们再也抬不起头。他的计划如下：自开天辟地以来，奈瓦沙湖底堆积了上十万吨水鸟的鸟粪，他会把所有的鸟粪都捞出来。为了这最后一搏，他离开农场，来到了奈瓦沙湖，去仔细研究所有的细节，然后制订了详细计划。而最终，他死在了这梦幻之中。这计划包含了他内心深处钟爱的所有元素：深水、鸟、隐世宝藏，甚至有些事都不应该对女士提起。在老努森的心中，他已站在海浪之巅，手持三戟叉，驾风驭浪，活脱脱一副绝世英雄的姿态。但我不记得他曾说过到底要如何把这些鸟粪从湖底打捞起来。

每次老努森在跟我讲述他的雄图伟业及功勋伟绩的时候，都与他力不从心、年老体衰的样子大相径庭。听到最后，我会感觉面对的是两个独立的、本质上截然不同的个体。老努森雄壮的身影从背景中缓缓升起，看起来坚不可摧，仿佛被无数胜利的功绩加冕，是所有冒险故事中涅槃的英雄；而我熟悉的是那个已经年老病衰、弯腰驼背、衣衫褴褛的老人，是那个总是喋喋不休地给我讲故事的老人。这个瘦小、卑微的老人，穷其一生都在塑造和传扬“老努森”这个名字，至死不渝。只有他自己和上帝看过老努森的真身，别人都不曾见过，既然如此，他就容不得别人对老努森说一句不好。

只有一次，我听到他用第一人称称呼自己，是在他去世之前的几个月中的事，他有非常严重的心脏病——这也是他最后死去的原因。有好几周我都没有看到他，于是我到他的小屋去看他，然后我在臭气熏天、光秃秃却并不整洁的屋子里看到了他，他正躺在床上，面如死灰，黯淡无光的双眼深陷在眼窝里。我跟他说话，他也不吭一声。我在那里坐了许久，起身要离开时，他突然用沙哑的嗓音小声说："我病得很严重。"那一刻，那个百病不侵的老努森的身影荡然无存，在我面前的还是那个"老仆人"，这是他唯一一次允许自己表达个人的脆弱和痛苦。

老努森在农场上总是百无聊赖，于是有时会锁上小屋的门，不告而别，消失在大家的视野中。我猜，多半是他听到了曾经光辉岁月中的老友抵达了内罗毕的消息。他会离开个一两周，在我们几乎忘了他的存在的时候，又重新回到农场。他每次回来的时候都气息奄奄、疲惫不堪，走路都成问题，甚至连锁都打不开，然后他会把自己关在小屋里待几天。我相信在这个时候他一定很怕看见我，因为他认为我一定不会原谅他的不告而别，而且认为如果我看到他的病态，一定会以高高在上的态度对待他。老努森啊，尽管他常常唱起"水手的新娘爱海浪"一类的歌，但内心深处仍有着对女性的极度不信任，并且出于本能地把女性看作男人的敌人，一想到女人，他便兴致全无。

他在去世的前两周一直音讯全无，农场上的所有人都不知道他回来了。那一天，他一定是想破例来大宅看看我，却在种植园小路上倒地不起，与世长辞。那天下午，我和卡曼特去平原的短草坪采蘑菇，在一条小路上发现了他，彼时正值四月，雨季才刚刚开始。

准确地说，是卡曼特发现了老努森的遗体，在农场上所有的原住民中，他最能跟老努森产生共鸣。他对老努森非常感兴趣，算是两个离经叛道之人对彼此的惺惺相惜吧。他时不时地给老努森送鸡蛋，还会盯着服侍老努森的小托托们，不让他们一起溜走。

老人平躺在地上，帽子在他跌倒时滚出去一段距离，眼睛还没有完全闭上。此时的他看起来非常平静。“你终于找到了你的归宿，老努森。”——我想。

我想把老努森的遗体抬回大宅，但我知道叫在棚区周围散步或者干活儿的基库尤人也没什么用；他们如果知道我的目的，一定会拔腿便跑。我让卡曼特回到大宅把法拉叫来帮助我，但是卡曼特没动。

“为什么你想让我离开？”

“哎呀，你自己看吧，”我说，“我自己扛不动老努森，你们基库尤人又傻傻地不敢碰尸体。”

卡曼特带有嘲笑意味地笑了一声。“你又忘了，姆萨布，”他说，“我是基督教徒。”

他抬起老人的脚，我托着老人的头，把老人抬回他的小屋。一路上，我们时不时把老人的遗体放下，休息一会儿；然后卡曼特会立正站好，低下头，看着老努森的脚，我想这是苏格兰教会面对死者必须要有的礼仪吧。

我们把老人的遗体放在床上，卡曼特在屋子里走来走去。他走进厨房，想要找一条毛巾盖住老人的脸，但是他只找到了一张旧报纸。“医院里面的基督徒是这样做的。”他解释道。

很长时间之后，一想到我对于这件事的妄自判断，卡曼特依然觉得很好笑。有时我们一起在厨房干活儿，他先会暗自窃喜，然后突然爆发出一阵笑声。“你还记得吗？姆萨布，”他说，“那次你忘了我是基督徒，还以为我会因为害怕而不帮你抬那个‘米松乌姆赛’（白人老头）。”

成为基督徒的卡曼特，也不再害怕蛇了。我听到过他跟别的男孩说：基督徒随时都能抬起脚，一脚把蛇踩死。不过我倒没看见他这样做过，但有一次，一条鼓腹巨蝰出现在厨房小屋的屋顶上时，我看见卡曼特站得很近，挺着腰板，双手背在身后。大宅里其他的小孩都吓得连连后退，就像风中的谷糠。法拉进屋里拿出我的步枪，一枪打死了它。

风波都平息了以后，马夫的儿子恩约尔问卡曼特：“卡曼特你怎么没抬起你的脚，一脚把蛇踩死啊？”

“因为它在房顶啊。”卡曼特说。

有一次，我尝试射箭。我可不是什么娇弱女子，但是我实在拉不动法拉弄来的万德罗博弓；经过很长时间的训练之后，我终于成了训练有素的弓箭手。

卡曼特那时还很小，他过去常常站在草坪上，满脸疑惑地看着我射击。一天他对我说：“用弓箭射击还算是基督徒吗？我以为基督徒都应该用步枪呢。”

我给他看我的插图版《圣经》，以夏甲之子的故事为例：“上帝与这位少年同在。他在旷野中长大，成了一名弓箭手。”

“好，”卡曼特说，“他就像你一样。”

卡曼特对治疗生病受伤的动物很有一套，就像他帮我治疗病人时一样。他曾从狗爪里面挑出尖刺，也曾治愈过一只被蛇咬伤的狗。

有一段时间，我在大宅里养了一只翅膀受伤的鹳。它十分大胆：每天在房间里走来走去，一进到我的卧室，便会昂头挺胸，振翅高呼，如手持轻剑一样，立即与镜子里的自己展开激烈的搏斗，势要一决雌雄。它总是跟在卡曼特身后，屋里屋外地来回走。说出来你可能不信，它将卡曼特僵硬稳重的步伐模仿得惟妙惟肖。他们的腿几乎一般细。那些原住民小孩们一看到他们俩经过，就嘻嘻哈哈地嘲笑个不停。卡曼特知道别人在嘲笑他，但是他从不理会别人的看法，只管打发那些小孩去池塘为鹳抓青蛙吃。

卡曼特还承担起了照看露露的工作。

一头瞪羚

就像卡曼特从平原而来，露露从森林中来到了我家。

恩贡山森林保护区坐落在农场的东边，那里几乎都是新鲜树种。老树都被砍倒，种上了桉树和银桦，在我看来这是一件非常伤感的事；这片森林原本的风景独一无二，本可以成为内罗毕绝无仅有的梦幻花园。

非洲原始森林是一片神奇的领域，看起来就像一块古老的织锦，当你骑行至深处时，会发现有的地方已经褪色，有的地方随着时间流逝变得暗淡，但是整体依然苍翠欲滴，简直不可思议。那里青枝绿叶层层叠叠，根本看不到天空，阳光透过厚厚的枝叶洒落下来，光影斑驳，仿佛让人置身于梦幻世界。树上长出的灰色菌类，像垂落的胡须，藤蔓植物向四面八方蔓延，给原始森林平添了一种神秘的、引人遐想的气氛。在农场无事可做的时候，我和法拉常常在周日一起骑马来这里，沿着山坡上上下下，穿过小小的、蜿蜒的丛林溪流。森林中的空气清凉如水，弥漫着各种植物的芳香。雨季刚开始的时候，藤蔓植物花朵初放，骑车经过时，一阵又一阵的芳香让人仿佛置身仙境。这里还有一种非洲月桂树，开着黏黏的奶白色小花，香气袭人，像丁香花或者野百合的香气。这里的树枝上到处挂着用绳子绑住的空心树干；这是基库尤人在吸引蜜蜂筑巢，以便获取蜂蜜的装置。有一次，我们在森林里转个弯，竟看见有一只花豹卧在路上，通体覆盖着锦绣般的花纹，威风凛凛。

半空中居住着一群每日叽叽喳喳，十分恼人的小灰猴。这群猴子所到之处，留下的气味久久不散——一种干燥的霉味，有点儿像老鼠的气味。继续骑马前行，会听到头上传来唰唰的跑动声，就像军队过境。如果站在原地，你可能会看见一只小猴子一动不动地站在树上，片刻之后，你会发现身边围满了大大小小的猴子，气氛一下子热闹起来。它们就像树上长出来的果实一样，在不同的光线下呈现的颜色不一，或黑或灰，每一只都拖着长长的尾巴。它们的叫声就像一记响吻之后又咳嗽了一声，非常奇怪；如果你站在地上模仿这种声音，它们会假模假式地左右张望；如果你猛地一动，一瞬间它们就会消失不见。它们上蹿下跳，在树林中快速穿行，最后完全消失，就像鱼群隐没于海浪之中，只留下树叶窸窸窣窣的声音。

一个酷热的中午，我在恩贡森林中穿行，途经一条小路时，罕见地发现了野猪。它拖家带口，飞快地从我身边经过。野猪一家有大有小，动作整齐划一，在森绿色的背景下，像一张张黑色纸板剪出来的剪纸，又像森林中池塘里的倒影。这美妙的一幕，只有千年之前才会发生。

露露是丛林中的一只幼年瞪羚，属于南非林羚种——所有非洲羚羊中最漂亮的一种。它们体型比黄鹿稍大一点儿，生活在森林中，或者在灌木丛里，性格胆小羞怯，所以在平原上不常看到它们的身影。

恩贡山和周围村庄灌木丛茂密，是南非林羚聚集的好地方。如若在山中野营，在黎明或者黄昏之时出来打猎，便会看到它们从灌木丛中跑到林间空地上。在阳光的照射下，它们的皮毛闪着红铜色的光泽。雄性羚羊的角弯弯的，美丽而精致。

露露是以这样的方式进入我的生活的：

一天早上，我驱车从农场前往内罗毕。农场的磨坊前不久被烧毁了，所以我不得不来来回回进城很多次，去办保险，争取赔偿金。这天早晨，我满脑子都是数字和预算，经过恩贡公路时，几个基库尤小孩站在路边朝我大声呼喊，手里拎着一条小瞪羚羊，举给我看。他们可能是在灌木丛中找到了一只幼崽，想卖给我，但是我急着去内罗毕赴约，无心思考这种事，便继续赶路，没有理会。

晚上回程的途中，我又一次经过此地，路边再次传来叫喊声，那一小群人还聚在那里，看起来疲惫而失望。他们已经在这儿叫卖一整天了，但毫无收获，很想在天黑之前做成这笔买卖，于是把这只小东西高高举起，试图吸引我的目光。但我忙了一天，保险的事也办得不太顺利，根本不想停车，也不想说一句话，所以径直开了过去。回到家的时候，我早已把这件事忘在脑后，吃过饭便去睡觉了。

但就在入睡的那一刻，我突然醒来，心中陡然涌起一阵恐惧。男孩和小羚羊的画面重新在我心里拼凑起来，历历在目。我坐了起来，心中惊恐万分，就像有人要蓄谋掐死我那样。那些在炎热天气中站了整整一天的孩子们，和那个四脚被绑起来的小羚羊，他们都怎么样了呢？它还太小了，自己肯定无法生存下去。我一天之中两次经过它的身边，却熟视无睹，仿佛是个祭司利未人[1]，而此时此刻它在哪呢？迫于巨大的恐慌，我赶紧起床，叫醒了家里所有的仆人。我告诉他们务必找到那只小羚羊，明天一早必须送到我面前，不然我会解雇他们所有人。他们听罢立即开始商量对策。当天与我同行的还有两个小男仆，当时他们对这只小羚羊毫无兴趣，但是这个时候站了出来，跟其他人交代了关于时间、地点和那几个男孩的身世等一系列细节。那晚月光皎洁，家里的仆人全员出动，四处寻觅那只小羚羊的下落，不时聚在一起讨论对策。我只听到他们不停地在陈述一个事实：如果找不到这只小羚羊，明天所有人都得卷铺盖走人！

第二天一早，法拉给我端来一杯茶，朱玛也同他一起走了进来，怀里抱着那只小羚羊。它是一只雌性羚羊，我们给它取名为露露，斯瓦希里语中意为“珍珠”。

露露那时候只有一只猫那么大，紫色的眼睛大大的，看起来很沉静。它的腿十分纤细，让人不禁担心它能否经得住起卧屈伸的动作。她的耳朵像丝绸般光滑且极具表现力，小鼻子就像一颗松露，精致的蹄子让它看起来有一种旧中国小脚女性的气质。把这样完美的小东西捧在手里，真是一种奇妙的体验。

露露很快就适应了大宅的生活，行为举止非常自在，就像在家一样。一开始的几周里，在房间的抛光地板上走路对它来说是个难题，每次一踏出地毯，它的四条腿就立即向四个方向撇开，看起来真是一

---

① 利未是以色列利未支派的祖先，他是雅各和利亚的第三个儿子。《圣经》描写利未性情暴烈，曾参与杀害异母弟弟约瑟。

场灾难，但是它很快就解决了这个难题，学会了如何在光滑的地板上行走，小脚在地板上发出一连串的哒哒声，听起来还带着一些怨气。它非常爱干净，有时候会像一个孩子一样任性，每次我阻止它做什么事的时候，它都会用行动告诉我：光看不碰还有什么意思。

卡曼特用奶瓶把露露喂养大，到了晚上，他就会把露露关起来，因为夜里猎豹常常在房子周围出没。所以它很依赖他，总是跟在他身后。当感觉自己被忽视了，它就用小小的脑袋撞他纤细的腿。露露是如此的漂亮可人，他们俩站在一起的画面简直是《美女与野兽》的一种荒谬版诠释。露露以它的美丽和优雅，在大宅里赢得了至高无上的地位，深受大家尊重。

在非洲，除了苏格兰猎鹿犬，我从未养过其他品种的狗，它们十分高贵且通人性。它们与人类一起生活了数百年，已经完全适应并融入了人类的生活。你会在一些古老的画作或织锦中看到它们的身影，因画面内容的不同而呈现各种形象和状态，但是始终带着一种古典气质。

我的第一只猎鹿犬名叫黄昏，是别人送我的新婚礼物，从我坐上“五月花号”踏上非洲之旅起，它就一直陪伴着我。它大胆勇敢，性格温顺。第一次世界大战刚开始的那几个月，我用牛车为政府做运输工作，来往马赛人居留区，它一直伴我左右。但几年之后，它不幸被一匹斑马踩死了。露露来到大宅的时候，黄昏的两个儿子还在我身边。

苏格兰猎鹿犬在非洲生活得如鱼得水，与原住民也相处甚好。这大概要归功于海拔的高度——三者都有着同样的高原热情——而到了海平面以上的蒙巴萨，它就显得没那么协调了，仿佛它让那广阔无垠的风景——那平原、山川和河流更完整了一样。所有的猎鹿犬都是优秀的猎手，它们的嗅觉比灵缇更加灵敏，但它们主要靠视觉打猎，两只猎鹿犬在一起合作的时候更是如虎添翼，着实痛快。我去野生动物猎区骑马打猎的时候，都会带着它们，虽然有违规定。它们会把平原上的斑马和牛羚吓得四处乱蹿，就像天空中的群星在飞蹿一样。有它们在，我射中的动物都不会从我眼皮子底下逃脱，绝无漏网之鱼，每次打猎必定满载而归。

在原始森林深深浅浅的绿色中，它们深灰色的影子非常和谐，它们中的任意一只都能独自猎杀一只年老的雄性狒狒。在一场激烈的战斗中，其中一只的鼻子被狒狒咬穿，稍微破坏了它的高大形象，但农场里的每一个人都认为这是一个光荣的疤痕，因为狒狒极具破坏性，人人得而诛之。

猎鹿犬非常聪明，他们能从众多仆人中辨别出来谁是伊斯兰教徒，穆斯林是不允许摸狗的。

在非洲的最初几年，我有一个索马里扛枪手，名字叫伊斯梅尔，我还在非洲的时候，他就去世了。他是那种老派的扛枪人，现在这个职业已经没有了。二十世纪初，他受教于老一辈狩猎行家，当时非洲是名副其实的猎鹿场。他对文明社会的了解仅仅局限于此，只会用英语说一些狩猎专用词汇，所以他总是跟我讨论我的大大小小的枪支。伊斯梅尔回到索马里之后，我收到了他的一封信——寄给“雌狮布里克森”，开头是“尊敬的雌狮”，内容如下：伊斯梅尔是一个虔诚的穆斯林教徒，一生绝不会触摸狗，这也是他职业生涯中的一个难题。

但是他为黄昏破了例，也从不介意我带着黄昏跟他同坐一辆驴车，甚至允许黄昏跟他睡在一个帐篷里。因为他知道黄昏通人性，知道谁是穆斯林教徒，并且从不会主动触碰他们。确实，伊斯梅尔曾经非常有自信地跟我说，只需一眼，黄昏就能够在心里辨认出谁是穆斯林教徒。“我知道黄昏跟你是一家的，它也会对人笑呢。”

狗儿们对露露的力量和地位心知肚明，那些傲慢的专业猎手在它面前也化成一汪细水。露露会把它们从牛奶碗前推开，也会把它们从最爱的炉火旁赶走。我曾在露露的脖子上系了一个小铃铛，有一段时间，只要小狗们听见铃铛响动的声音，就立即从火炉旁温暖的小窝里一跃而起，去房间的别处趴着。然后，露露动作十分优雅地款款走来，卧在小窝里，就像一位美丽的女士优雅地拢了拢裙子，动作庄重得体，极具魅力。它喝牛奶的时候，彬彬有礼却又略显不耐烦，就像因女主人的过度热情而稍感压力。它喜欢别人搔它耳后的皮肤，神色娇羞而又克制，就像一位娇美的年轻妻子委身接受丈夫的爱抚。

露露一转眼就出落得亭亭玉立，娇美可人，就像一朵含苞待放的花儿。从鼻子到脚趾每一寸的弧线都精致柔美，不可方物，就像海涅诗篇中精细的插图，诗中吟唱的正是恒河畔灵气柔美的羚羊。

但露露的内心并不温柔，而是隐藏着一只俗称“恶魔”的小东西。她极度维护自己的女性形象，不允许人对她有丝毫的侵犯，她一丝不苟地守护着自己的完美无缺，面对任何威胁，都会竭尽全力愤然回击。可她在对抗谁呢？是整个世界吗？她的情绪阴晴不定，难以预料，如果我的马惹她不高兴了，她也绝不放过。我还记得住在汉堡的老哈根贝克对我说过：“在所有动物中，包括食肉动物，最不能信赖的动物就是鹿，你甚至都可以信任一头猎豹，但是如果你信任一头小鹿，它迟早都会在背后袭击你。”

露露是大宅所有人的骄傲，即使是在她没羞没臊地卖弄风情的时候，但我们始终无法讨她欢心。有时候她会离家出走几个小时，或者是整整一个下午。有时候她来了精神，对周围环境的不满达到高潮的时候，她会在大宅前自顾自地跳一种打架似的舞蹈，看起来就像在向撒旦祈祷。

“哦，我的露露啊，”我想，“我知道你很强壮，能跳得比自己还高，你憎恨我们所有人，恨不得我们都去死，如果你能屈尊动动手，可能我们真的就完蛋了。但是你想象中的问题并不存在，是我们在你面前设置了障碍物吗？伟大的跳高运动员，我们怎么会那样做呢！根本不是我们为你设置了障碍物，露露啊，你心中有无穷的力量，但你在心里也筑起了高墙。一切问题的关键是，时机还未到来啊！”

一天晚上，露露没有回家，我们苦苦找了她一周，却徒劳无功。这对于我们所有人来说都是沉重的打击。家里没有了露露独特的印记，看起来平平无奇。我总担心河边的猎豹会伤到露露。那个夜晚，我与卡曼特聊起了此事。

如往常一样，卡曼特先慢慢消化了我的浅薄，停顿一段时间后再作答。几天之后他又来跟我讨论这件事。“你觉得露露死了，是吗，姆萨布？”他问。

我不想直接承认，只是对他说，我不明白露露为什么一直不回来。

“她没有死，”卡曼特说，“而是结婚了。”

这真是一个令人欣喜若狂的好消息，我问他是怎么知道的。

“没错，”他说，“她结婚了，和丈夫住在森林里，但是她没有忘记我们，她经常在早晨回来。我会在厨房后面留下碾碎的玉米，在太阳升起之前，她会从森林中走过来，然后把玉米吃掉。她丈夫也会跟她一起来，但因为他没有跟人打过交道，很怕人，总是站在草坪边的一棵大白树下，不敢走过来。”

我告诉卡曼特，下次露露再回来，一定要记得叫我。几天之后的一个黎明，卡曼特过来叫我出去。

那是一个怡人的早晨，万籁俱寂，澄澈安详的天空闪烁着淡淡星光，深沉而静默。小草上挂着露珠，树下的斜坡上露珠闪闪。早晨的空气很清冷，皮肤会感觉有些刺痛，在北欧国家这就意味着快要霜冻了。然而不管你经历过多少次，还是难以置信，这一刻的凉爽凛冽，过不了几个小时就会被毒辣刺眼的阳光所替代。灰蒙蒙的雾盘旋在山丘上，留下形状奇特的影子；如果此时有野牛在那里吃草，一定会冻到发颤，就像身处云端一般。

我们头上的苍穹渐渐明亮起来，阳光注入天空，仿佛溢出杯子的美酒。突然间，山顶上透露出第一缕阳光，只一瞬，山峰就被染成了红色，像羞红了脸的大姑娘。慢慢地，太阳离我们越来越近，山脚下草木葳蕤的山坡被染成了香槟金色，马赛人的树林也变得低矮了许多。靠近农场的河流边，丛林里树木的顶端闪耀着古铜色。此时，在河对面森林中栖息的大紫色鸽子也争先恐后地飞过来，到这边树林里的好望角栗树上找坚果吃。它们每年在这里停留的时间不长。这些鸟飞行速度极快，就像空气中来势汹汹的骑兵。我在内罗毕的朋友们喜欢起早来农场猎鸽子。拂晓之前，他们早早出发，绕过我家车道时车灯还亮着。

站在这清凉的树荫下，我们抬头仰望金色的山峰和透亮的天空，一瞬间仿佛置身海底，水流奔涌，擦身而过，再一抬头，海面近在眼前。

一只鸟开始吟唱，然后我听到在不远处的森林里响起了叮叮当当的铃铛声。太令人高兴了！露露回来了！回到它的老家来了！随着她不断走近，我能感受到她步伐的节奏；走走停停，停停走走，最后绕过一个男仆的小屋，出现在我们面前。许久未在家附近看见羚羊，我突然有一种陌生而又奇妙的感觉。露露突然停下脚步，她似乎对于卡曼特在这里早有准备，却不知我也会在。但是她并没有离开，只是用一双无所畏惧的大眼睛看着我，似乎早已忘记了我们从前的小冲突，忘记了自己的忘恩负义——她的不告而别。

丛林里的露露心境早已改变，看起来高贵而独立，就像我认识的一位年轻公主，流亡中依然觊觎着王位，而在我们重逢的时候，她已经重新夺回王位，以女王的姿态站在我面前，我和露露的重逢正如此般。法国国王路易·菲利普曾经宣称，已经忘记了与奥尔良公爵的种种恩怨，露露此时表现出了和这位国王一样的气度。她现在是完整的个体。那种咄咄逼人的攻击状态已经荡然无存，还要攻击谁呢？为什么要攻击呢？她静静地站在那里，仿佛拥有神授的权利。她还记得我，知道我不会伤害她。有那么一分钟，她只是直直地盯着我，雾蒙蒙的紫色大眼睛里没有任何情感，甚至都没有眨一下。我突然想起神灵也从不眨眼，那一刻我感觉站在我面前的是女神赫拉。她轻轻咬住一片嫩草，从我身边跳了过去，动作轻盈，然后走到厨房后面，卡曼特已经在那边的地上撒好了玉米。

卡曼特用手指轻轻碰了碰我的胳膊，然后指向树林。我顺着他指的方向看去，只见一棵高大的好望角美树下，一头雄性羚羊正站在那儿，它长着一对非常漂亮的角，此时一动不动，就像树干一样。卡曼特观察了一会儿，突然哈哈大笑起来。

“你看，”他说，“露露已经跟她丈夫解释过了这里很安全，但是他还是一样害怕。每天早上他都跟露露一起过来，但是看见这座房子和这些人之后，就紧张得不得了，就像有一颗冰石头在胃里翻腾。”——这在原住民的世界里是一件稀松平常的事，他们经常因为胃疼而误工——“所以每次他都站在树下。”

很长一段时间，露露每天早晨都会回到大宅。清脆的铃铛声宣告着太阳已经升起来了；我常常躺在被窝里，等待着她的到来。有时候，一两周都不见她的踪影，想得厉害了，我就会叮嘱那些上山打猎的人留意露露的踪影。之后某一天，我的仆人又会告诉我：“露露回来啦。”就好像出嫁的女儿回娘家一样。有几次我看见那头雄羚羊在树林间的身影，但卡曼特说得对，他还是无法鼓起勇气走过来。

我刚从内罗毕赶回来，卡曼特正在厨房门外翘首期盼等着我，一看见我，他立刻走过来，兴奋地告诉我，露露来过农场了，她还带着一个小托托——她的孩子。几天之后，我有幸在男孩儿们的小屋附近看见了她。她看起来很警惕，不好惹的样子，脚边有一只幼崽。小东西动作缓慢而优雅，就像我们最开始看见露露时一样。彼时长长的雨季刚刚结束，一整个夏天，露露常常在下午和黎明回到大宅附近，有时甚至在白天也会回来，在小屋外乘凉。

露露的孩子可不怕猎犬，还会允许猎犬在它身上闻来嗅去，但是对原住民和我并不熟悉，如果我们想试着抱住它，母子二人一定会双双逃走。

自从露露第一次离家之后，每次回来都会与我们保持一定距离，不让我触碰它。而在其他方面，她还是很友善的，知道我们想看她的孩子，还会吃我们手心里的甘蔗。

有一次，她走向开着门的餐厅，看着被暮光笼罩的房间，静静沉思着，但始终没有跨过门槛。就是这一次，她的铃铛从脖子上滑落下来，自此以后，每次她回来或者离去都静悄悄的，几乎没有一点儿声音。

家里的仆人建议我把露露的孩子抓过来，养在家中，就像当初把露露抱过来一样。但是露露如此优雅自信地面对我们，那样做分明破坏了我们的君子之交。

对我来说，羚羊与我家的联系是一件非常罕见且让我倍感荣耀的事。露露能从野外回来看我们，表明了我们之间的友谊非常深厚，她将大宅与野外完美地融合在了一起，让人分不清哪里是终点，哪里是起点。露露知道森林中野猪的藏身之处，也见过犀牛交配。在非洲的丛林深处，有一种布谷鸟会在炎热的白天里吟唱，那美丽而又奇特的声音就像世界的心跳声，我从未有幸见过这种鸟，认识的人中也没有人见过，没人能告诉我这种鸟长什么样。但露露在森林深处的绿色小路上行走时，可能一抬头就能看见站在枝头上的布谷鸟。那时，我读了一本关于中国慈禧太后的书，书中说，这位叶赫那拉氏太后在诞下皇子之后，曾乘坐一顶带着绿色吊穗的金色轿子，自紫禁城出发，回娘家省亲，声势浩大，风光无限。我想，这里对于露露来说，就像是这位年轻皇后的娘家。

这两头羚羊一大一小，整个夏天都在大宅周围闲逛；有时中间会隔上两三周，但平时每天都会过来。第二个雨季刚刚开始的时候，仆人告诉我露露又带回来一只幼崽。我没有亲眼看见，因为这次他们没有靠近大宅，但之后我在树林里看见了三只羚羊的身影。

露露一家与我家持续交往了很多年。我家附近常常出现羚羊的身影，他们从树林中跑出来，然后再回去，就好像我家这块地界也是野生王国的一部分。多数时候，他们在日出之前过来，先是在树林中活动。他们在树林中穿行的身影就像是绿色背景中精致的黑色剪影。他们出来的时候，已是下午了，午后的阳光洒落下来，给他们的皮毛镀上一层金属的光泽。其中之一就是露露，她会在大宅周围端庄地散步，有车经过，或者我们打开窗户时，她会立即竖起耳朵，猎狗们也都很熟悉她。随着年龄的增长，她皮毛的颜色逐渐变深。一次我和朋友开车回家，发现三只羚羊正站在大宅露台上，舔着地上本来给牛准备的盐粒。

这真是一件奇怪的事，除了露露的“丈夫”曾出现在好望角美树下，还未曾有过雄性成年羚羊出现在我家附近，似乎我们接触到了丛林中的母系社会。

猎人们和自然学家们对我家附近的羚羊颇感兴趣。一位野生动物狩猎区监督官员曾驱车来到农场来参观；一位记者还专门为他们写了一篇报道，发表在《东非标准报》上。

与露露一家常来常来、彼此做伴的那些年，是我在非洲最快乐的时光。

因此，我把和羚羊们的情谊看作是老天赐予我的恩惠，是我和非洲友谊的象征。整个国家的情感都蕴含在其中，是吉兆，是旧时的誓约，是一首美丽的歌谣：

快来啊，

我的爱，

化作一只牝鹿，

或是那年轻的雄赤鹿，

在那群山之中，

纵情玩耍吧。

我在非洲的最后几年，露露一家露面越来越少。我走的前一年，我以为他们不会再来了。这里已经物是人非，农场南面的土地转让给了农民们，那边的森林全部被砍伐殆尽，各种建筑拔地而起。拖拉机在林间空地上来来回回地忙碌，新来的居民都很热爱户外运动，猎枪的声音此起彼伏。我想大型动物们一定都撤回到了西面，回到马赛森林保护区了。

我不知道羚羊能活多久，或许露露早已经死去。

有很多次，在破晓时分，露露的铃铛声依然会在我的梦中响起，即使是在睡梦中，我依然欣喜万分。在我醒来的时候，我多么希望神奇而美好的事会发生，即便只有一刻。

我在床上思念露露的时候会想，树林里的她是否也会梦见铃铛的声音？是否那些人、那些狗的画面，也会像湖中掠影一样，在她心头一闪而过？

如果我会唱一首非洲的歌，我会唱关于长颈鹿的故事，新月之光倾洒在它的背上是那样美丽，我会唱“田里的耕犁”，我会唱“咖啡农汗涔涔的脸庞”，但非洲是否会唱一首关于我的歌呢？草原上的空气中是否会保留我的衣服的颜色？孩子们是否会用我的名字来命名一个新的游戏？满月之光是否会在车道上投下一个跟我很像的影子？恩贡山的雄鹰们是否会找寻我的身影呢？

我离开之后，再也没有听过关于露露的消息，但常常收到卡曼特和其他非洲仆人的来信。上个月我还刚刚收到卡曼特的信。这些来自非洲的信让我有一种奇特的、不真实的感觉，像是幻影或海市蜃楼，又像是天外来信，超脱现实。

卡曼特不会写信，也不懂英语。于是他和其他人想给我写信时，就会找专门替人代笔的印度人或原住民，向他们口述要说的内容。代笔人在邮局门外摆了一张桌子，纸、笔、墨齐全，一副煞有其事的样子。这些代笔人也并不怎么懂英语，也不太会写，只是自以为会写信。为了炫耀自己“高超”的写法，他们还会用花字体来写信，这让信的内容更难辨认了。他们还习惯用三四种不同的墨来写信，我不知道是何缘故，不过看起来就像墨水不足，只能挤干各种颜色的最后一滴墨才能完成。如此这般，千辛万苦之后的成果就是一封就像德尔斐神谕[1]一般的信。我能感受到这信中有着深沉的含义；感受到他们沉甸甸的心意和迫切地想同我说话的热情，他们不辞辛苦，长途跋涉地从基库尤保留区一路走到邮局。但那深沉的含义却被笼罩在黑暗之中，不被人知。这廉价而又脏兮兮的一片纸，穿越了千里万里来到我的手里，看似在滔滔不绝地抒发情感，甚至是在声嘶力竭地宣泄，而我却一头雾水，不知其所云。

卡曼特采用的方式与别人大不相同。他有自己通信的方式。他会在同一个信封里塞三四封信，并标明序号：一号、二号……以此类推。信的内容大多雷同，一遍遍重复相同的事。可能他是想让我印象更加深刻，每当他想让我理解或者记住什么事的时候，总有自己的一套方法。可能他觉得与相隔千里的老友说上几句话的机会来之不易，总想多说几句。

卡曼特在信中告诉我，他已经失业很久了。我并不惊讶，只是遗憾旁人无法欣赏他的价值。我培养出了一个皇家御厨，却把他留在了早已物是人非的殖民区。在他身上发生的一切，就像"芝麻开门"的故事一样。现在咒语失效，石门禁封，里面的宝藏永远无法重见天日。这位伟大的厨师才思泉涌、满腹学识，而在别人眼中，他也不过是一个长着扁平呆板的脸和罗圈腿的基库尤小矮子。

卡曼特来到内罗毕，站在那贪婪傲慢的印度代笔人面前，想让自己的心里话穿越半个地球抵达老友的手中时，他想说什么呢？信的内

① 在3 000年前，希腊德尔菲神庙阿波罗神殿门前的那三句石刻铭文："认清你自己""凡事勿过度""承诺带来痛苦"。这三句话曾引起无数智者的深思，后来被奉为"德尔斐神谕。"

容乱七八糟，不合逻辑。但卡曼特的灵魂是如此独特而伟大，让人即使在那破碎混乱的断章中也能辨出他动人的音符，好似听见了小牧童大卫弹奏的竖琴的回响。

这是“二号”信：

> 尊敬的姆萨布啊，我从未忘记过你。你离开后，你的所有仆人都不再开心了。如果我们是鸟，我们一定会飞去看你，然后再回来。从前的农场对于牲畜和我们黑人都是个好地方啊。现在那里什么都没有了，牛、山羊、绵羊，什么都没有了。现在那些坏人们都喜笑颜开，因为你的老仆人们穷困潦倒。上帝心里明白得很，偶尔也会帮帮你的老仆人们。

在“三号”信中，卡曼特展示了原住民是如何表达他们的深情厚意的，他写道：

> 如果你回来了，请一定告诉我们。我们知道你一定会回来。为什么呢？因为我们知道，你永远都不会忘记我们。为什么呢？因为我们知道，你永远都会记得我们的脸和我们母亲的名字。

一个白人如果想对你表达情谊，他会写道：“我永远不会忘记你。”而非洲人却会说：“我们知道，你永远都不会忘记我们。”

第二章

农场上的枪支走火事件

枪支走火事件

十二月十九日晚，上床睡觉前，我出门散步，去看看是否可能下雨。我相信高原上有许多农民在那个时间也在仰望天空。在好年景里，圣诞节前后会痛快地下几场大雨，这对于十月份小雨过后刚刚开花的咖啡幼苗来说，是一件极好的事。这天夜里，没有任何要下雨的迹象。宁静的天空和闪耀的群星，都在沉默中欢庆胜利。

赤道上的星星比北半球更密集，生活在这里的人们常常在晚上出门闲逛，欣赏美丽的星光。在欧洲北部，冬夜里特别寒冷，让人没有赞美星光的闲情逸致。到了夏天，天空苍白得像野生的紫罗兰一般，淡淡的星光与天空难舍难分，很难辨别出星星来。赤道的夜晚就像罗马天主教的教堂，愿意与人亲近；而北欧的夜晚则像新教的教堂，拒人于千里之外，非宗教事务不得入内。在一个大房间里人来人往，一切按部就班。在阿拉伯半岛和非洲白天的太阳光太过毒辣，简直晒死人，夜晚才是外出活动的好时机。这里的星星都有名字，数百年来这些星星指引着人们前进的方向，不论是在沙漠里还是在大海上，不论是向东、向西、向南还是向北，这些星星都会指引他们走出迷途。夜里开车也是一件令人心旷神怡的事，你会逐渐养成在夜间去城里拜访朋友的习惯。在新月的光辉下，你一路奔驰，享受着月光的洗礼。习惯这样的生活后，如果你回到欧洲，就会觉得人们很奇怪，他们竟然完全不理会月亮的存在，生活作息也与月亮的阴晴圆缺毫不相关。新月为赫蒂彻驼队提供指示，月亮一旦出现在天空中，他的驼队全员即刻出发。他向月而行，成为一位研究宇宙中月球系统的哲学家，他一定常常抬头向月亮示意，月亮也早已成为他征服世界的标志。

我在原住民中小有名气，有几次，我恰好成了农场上第一个看到新月的人，月亮出现在夕阳的余晖中，就像一把纤细的银弓。更神奇的是，连续两三年，我都是在伊斯兰斋月期间第一个看见新月的人，斋月可是穆斯林的圣月啊。

农民们缓缓抬起眼皮，望向遥远的地平线。他们先向东望，如果新月从东面升起，就意味着快要下雨了。室女座的角宿一星[①]独居一隅，独自闪耀；然后再向南望，向南十字星致意。南十字星是世界的守护神，是旅行者忠实的朋友，深受他们的依赖和喜爱；向上看，璀璨的银河系下面是半人马座的α星和β星。西南方向，天狼星在闪闪发光，耀眼夺目，还有仿佛在沉思中的老人星；向西望，恩贡山的轮廓若隐若现，上面有猎户座的参宿七、参宿四和参宿五，清晰完整地展现在人们眼前，犹如一颗颗钻石，优雅生辉；最后再回到北边，这个方向能够看到大熊座，它似乎一直静静地倒立着，看起来真的像熊一样傻笨傻笨的，如果把这个笑话讲给北欧移民们听，他们一定会哈哈

① 室女座（拉丁文：Virgo），占星学的处女座。室女座中亮于5.5等的恒星有58颗，最亮星为角宿一。

大笑。

到了晚上，人们会酣然入睡，在梦里感受到一种别样的幸福，这种幸福仅限于夜晚，白天感受不到，那是一种平静的狂喜，心情极度放松，像嘴里含着蜂蜜一般甜蜜。人们知道，梦境真正的伟大之处在于，在梦里你将拥有绝对的自由。那不是一种独裁者的自由——权势滔天，天下众人唯他是从，而是一种属于艺术家的自由，是一种无欲无求，脱离世俗欲望的自由。做梦的快乐不在于探寻梦的实质，而在于在梦中，所有的事物不会受到任何限制，也不受任何人的控制。无数美好的景象奔涌而出，创造出各种绚丽夺目的颜色，从未见过的阡陌交通、高楼大厦都将以一种奇特的方式出现，还有素昧平生的陌生人，也会以朋友或敌人的身份与你交谈。飞翔、奔跑的念头反复出现，令人欣喜若狂。每个人的谈吐都那么幽默风趣。如果你在白天回想起自己的梦境，会觉得一切都那么不真实、不合逻辑，这是因为它完全属于另一时空。从一个人躺下进入梦境开始，现实的大门迅速关闭，人们又会进入梦带给人的绝妙感受。那无尽的自由、无上的欢乐就像空气和阳光一样，在你的身边鱼贯而过。从那一刻起，你就是天选之子。你什么都不用做，所有美好的事物都会送到你面前，他施国[①]国王会亲自向你赠礼。你会进入战场，或参加舞会，无论身在何处、在何种场合，你只管躺在那里，接受眼前的一切。突然，自由的感觉消失，生活中的琐事开始进入梦境，比如要赶去什么地方，要写一封

① 他施，泛指远方的富庶国度。据《历代志下》9：21记载：所罗门王有一支往返他施的船队，每三年一次运来金银、象牙、猿猴和孔雀。

信，要赶火车，要去完成什么工作，要去赶马车，一不小心枪走了火等。这一刻，梦幻世界迅速坍塌，变成了梦魇，变成了最糟糕、最令人厌恶的梦。

现实中，最接近梦境的是都市之夜，这里的人们互不相识；或是非洲之夜，也有无尽的自由：命运的戏码与人间的悲喜如期上演，所有人都在参与各种各样的活动，而这一切都与你无关。

太阳刚一落山，蝙蝠就开始肆意飞蹿，发出的声音就像车轮在柏油马路上摩擦；夜鹰也会疾速飞过，它们落在马路上，在汽车车灯闪出红光的一瞬间，突然拍打着翅膀径直向天空飞去；小春兔也会跑到马路上来，以自己的节奏和方式移动着，它有时安静坐下，有时又突然跳开，就像一只微型袋鼠；知了在高高的草地里没完没了地唱着歌，地面上散发出独特的气味；星星在空中低悬，就像脸颊上滚落的泪珠。这一刻，你依然是天选之子，一切美好的事物都会送到你面前，他施国的国王会为你献礼。

几英里外的马赛人居留区，斑马群依次前行，迁往下一片草场，它们漫步在草原，像一条条飘动的浅色条纹，水牛在山坡上悠闲地吃草。农场的年轻小伙三三两两地走着，在草地上留下了窄窄的黑影；他们步履不停，显然是赶着去什么地方。他们此时不需要工作，因此，他们去哪里也不是我该操心的事。他们看到大宅外还有没熄灭的烟头，便放慢步伐，边走边向我打招呼。

“你好，姆萨布。”

“你们好啊，莫拉尼（年轻的武士）。你们要去哪里呀？”

“我们要去卡塞古村，去参加那里的恩格玛。再见，姆萨布。”

如果他们组队同去参加大型派对，通常会带上自己的鼓，伴奏助兴。随后，你便能听到远远传来的鼓声，就像手腕上的脉搏在夜里微微跳动。然后声音变得极其微弱，就像空气里的一次震颤，又像远处传来一声狮吼——它在等待着，蓄势待发，一有动静便会突进狩猎。仅此一声，却突然拓宽了你的视野，谷底和水潭霎时间近在眼前，仿佛触手可及。

我站在房前，突然听到一声枪响，声音不是很远。只有一声，周围万物又恢复了宁静。草丛里的蝉也都突然住了口，仿佛它们也听到了那枪声，但随即又唱起了单调的歌曲。

夜里的一声枪响的确有些蹊跷。就像有人发出的求救信号，但只有一声，就此打住。我站了一会儿，琢磨着其中的原因。这个时间没有人会去打猎，而且如果有人想吓跑什么东西，至少也会开上两枪才是。

会不会是印度老工匠普兰·辛格开的枪呢？总有一些土狼悄悄溜进磨坊，想偷吃挂在那里的牛皮皮带。皮带就挂在院子里，下面悬着一些石头，用来做马车的缰绳。普兰·辛格并非什么英雄，但为了那些缰绳，他有可能会推开门，端起那支老猎枪，向土狼开火。但他那支老猎枪是双管猎枪，开枪后会响两声，而且他一旦尝到当英雄的甜头，绝不会只开一枪就罢手，一定会把子弹上膛，再开一枪。但是只有一声枪响，就恢复了平静，这是怎么回事呢？

我等了一会儿，想听听会不会有第二声枪响，然而什么都没发生。我抬头望了望天空，也没有要下雨的迹象。我拿起一本书，准备上床读会儿书睡觉，屋里的灯一直亮着。在非洲，从欧洲海运货物中挑到一本值得读的好书时，就会不忍放下，就像作者希望你读他的书一样。你一边读一边祈祷后面的情节能像开头一样扣人心弦。此刻的我正沉浸其中，思绪驰骋在一条绿色的小道上。

两分钟后，我听到摩托车飞驰的声音，接着停在我家门前，然后我听到有人在拼命地敲客厅的窗户。我急忙套上裙子、外套和鞋，提着灯走了出去。外面站着的是我的磨坊经理，灯光下他的眼睛睁得大大的，汗水涔涔。他叫贝尔纳普，美国人，是一个才华横溢的技工，但他的心态不太稳定。在他心里，所有的事情都很极端，上一秒还在千禧年派对中狂欢，下一秒就掉进无望的深渊。

他刚到农场的时候，总是喋喋不休地讲着对农场前景和状况的各种看法，让我的心情就像坐上了秋千一样大起大落，而后我便慢慢习惯了。面对他这样情绪不稳定的人，这些跌宕起伏不过是日常的情感操练，即使生活并没有那么戏剧化，但仍然很有必要操练操练；对于一个生活在非洲精力充沛的年轻白人来说，这种现象十分常见，尤其对于早年生活在城镇里的人来说，更是稀松平常。此时的他，就像刚从一幕悲剧中挣脱出来，还未决定是应该充分渲染这件事，以满足自己饥饿的灵魂，还是大事化小，避重就轻。进退维谷的他像一个刚刚死里逃生的小男孩，四处奔走相告这出惨剧。他结结巴巴、吞吞吐吐，最后决定采用轻描淡写的方式，因为在这出戏里他不是什么吃重的角色，命运再次让他失望了。

此时，法拉也从家里赶了过来，同我一起听他的描述。

贝尔纳普告诉我，悲剧发生前，一切像往常一样安详快乐。他的厨师今天请假了，七岁的帮厨托托——卡贝罗在厨房里开起了派对。

他的父亲是农场的邻居，名叫卡尼纽，是棚区的“老狐狸”。到了晚上，厨房里的气氛变得非常热烈，卡贝罗拿来了他主人的猎枪，对着来自平原和自留区的朋友们演起了白人。贝尔纳普钟情于饲养家禽：阉割公鸡，割掉母鸡的卵巢，专门当作肉鸡卖，还去内罗毕市场买了很多纯种雏鸡。他在走廊里放了一杆枪，用来吓走老鹰和薮猫。讲到这里时，他反复强调，那杆枪里是没有子弹的，肯定是那些孩子们自己找到弹夹，装上子弹，但我觉得是他记错了，就算那些孩子想装子弹也做不到啊。我想，那杆枪在被放在走廊前，就已装上了子弹。无论如何事已至此，年轻气盛、颇有人气的卡贝罗举起那杆装着子弹的枪，对着他的小客人扣动了扳机。随后，枪声响彻整座房子。三个孩子受了轻伤，惊恐万分，从厨房跑了出去。两个孩子留在那里，一个受了重伤，一个已经死了。贝尔纳普讲完后开始咒骂非洲，咒骂刚才发生的一切，之后才闭上嘴。

说话间，我的仆人们也出来了，镇定自若地听他讲完，进屋拿了防风灯、消毒药水和纱布，穿戴整齐后走了出去。开车会浪费时间，我们干脆快步穿过森林，直奔贝尔纳普家。防风灯的光来来回回地把我们身后的影子从小路的一边甩到另一边，一路上只听一连串短促、沙哑的哀号——那是一个孩子垂死的尖叫声。

厨房的门倒在地上，好像死神刚闯进去，又风一般地出来了。这里一片狼藉，完全被毁了，好似被獾洗劫一空的鸡舍。厨房里还燃着一盏防风灯，黑烟缭绕，空气中弥漫着火药的味道。枪放在桌上的防风灯旁边，厨房里到处都是血，我踩在上面滑了个大跟头。用防风灯很难照出细节，却让整个屋子明亮起来，灯光下的一幕，就此定格。

我认识中枪的那两个孩子，他们住在农场的平原上，曾在草地上帮家里人牧羊。瓦迈——乔戈纳的儿子，一个活泼的小男孩，之前上过学，此时却躺在门和桌子中间的地上，处于濒死的状态。此时的他已经神志不清，发出微弱的呻吟声。我们把他抬到一边，便于移动。还在尖叫的那个孩子是万扬格里，他是这次厨房派对中年龄最小的孩子。他半坐在地上，朝防风灯的方向倾斜着；他的脸——如果还能称为脸的话——鲜血不断向外喷涌，就像水管喷水一样。他当时一定正对着枪管，因为他半个下巴已经被轰掉了，双臂在两侧像水泵摇杆一样上下摆动，就像被砍掉脑袋的鸡不停挥动翅膀的样子。

面对这样的情况，似乎只有一个做法——在猎场和农场上常用的补救办法：不要考虑任何后果，立即结束这种痛苦。但此时的我浑身被恐惧席卷，深知自己下不了手。我绝望地用手按住这孩子的头，就像我真的杀了他一样。他突然停止了尖叫，直直地坐在那里，手臂失去了力量，变成一个木头人。我总算体会到了基督教中按手礼[①]的治疗效果了。

为一个只剩半边脸的病人包扎非常困难，止血的动作可能会让他窒息。我不得不把小男孩抱到法拉的膝盖上，让法拉按住他的头，因为如果头向前倾，我就没法绑绷带了，向后倒，血就会灌满他的喉咙。最后，他总算坐稳了，我一层一层地为他绑好绷带。

接着，我们把瓦迈抬到桌子上，提起防风灯照着他的脸。子弹从

① 基督教仪式，一般用于派立神职人员，多由主教、牧师把手放在受礼者头上，念诵规定文句，表示赐予受礼者以圣灵的祝福和权柄。

他的喉咙一直蹿到胸腔里。他倒是没流太多血，只有细细的一道血从嘴角流下。原住民的孩子鲜有如此安静的时候，平时他们就像一只只精力充沛的小鹿。我派法拉回家取车，我们不能再浪费时间了，要立即把孩子们送到医院。

等待的时候，我问起了卡贝罗——那个制造了这场血案的孩子。贝尔纳普讲了一个关于他的故事，这个故事颇为奇怪：几天之前，卡贝罗从他那儿买了一条短裤，说费用从他的工资里扣除。枪声响起后，贝尔纳普跑进厨房，看见卡贝罗正站在厨房中央，手里的枪还冒着烟。他盯着贝尔纳普看了一会儿，然后把手伸进短裤口袋里——正是他刚买的那条短裤，他为了这场派对特意穿上的。他用左手拿出一卢比，放在桌子上，然后又用右手把枪放在了桌子上。算完了这笔账，他便消失得无影无踪。而那时我们还不知道，他就以这样一种姿态，消失在了所有人的视线中。这种行为在原住民中实属反常，他们欠账不还是常事，尤其是欠白人的钱，他们立即就会忘到九霄云外。也许对卡贝罗来说，这一刻看起来很像是审判，他觉得自己必须努力表现一下；又或许在这样的危急时刻，他正在努力争取一个朋友；还有可能，那突如其来的惊吓、震耳欲聋的轰鸣声和朋友的死亡，打乱了他小小的脑袋里面的全部思绪，让他大脑外围的少量信息钻入了意识的中心区域。

那个时候，我有一辆老越野车。我绝不会说任何关于它的坏话，多年以来，它一直兢兢业业地为我服务。但它极少有两个气缸同时工作的时候，车灯也总出故障，所以我开车去穆海咖酒吧跳舞时，总会用红色丝绸手帕包起一盏防风灯，放在车里备用。而且，它需要人推一把才能启动，在这样一个夜晚，我们真是费了好大劲儿才让它跑起来。

来我家的访客总是抱怨路不好走，今天走夜路我才知道他们说的是对的。起先我让法拉开车，之后我觉得他总是存心把车开到坑里，或是开到牛车道上，我索性接过方向盘自己开。我手上全是血，不得不把车停在池塘边，摸黑把手洗干净。通往内罗毕的路如此漫长，长到仿佛是开往丹麦。

一进入内罗毕城镇，就能看见山上的内罗毕医院。此时它一片漆黑，十分安宁，我们费尽周章才把门叫开。我们焦急地抓住一位来自印度果阿[1]的老医生，也可能是医生助理。他身上的制服看起来很奇怪。他身材微胖，举止文雅，还有个奇怪的习惯，用一只手做完手势之后，还会用另一只手重复一遍。我帮忙把瓦迈从车里抬出来时，感觉他动了一下，还微微伸展了一下身体。但是在我们把他抬进医院明亮的大厅里时，他却断了气。这位老医生朝着他挥了挥手，说道：“他死了。”然后又朝万扬格里挥了挥手说：“他还活着。”我此后再也没见过这位老人，因为我再也没在夜间去过这家医院，可能他只在夜间当值。那时我觉得他的动作非常讨厌，回想起来，仿佛命运被裹进一层又一层的白大褂里，与我们在大宅门口频频碰面，支配着生死，不偏不倚，刚正不阿。

我们带万扬格里去医院的路上，他从昏迷中醒来，随即陷入极大的恐慌当中。他不想被抛下，紧紧地抓着我和身边的人，痛苦地哭泣

① 印度西南部的一个邦，1961年之前为葡萄牙殖民地。

着。这位老医生给他注射了镇静剂，然后透过眼镜看了看我说："他还活着。"我把孩子们留在了医院的担架上，一个死了，一个活着，造化弄人啊。

贝尔纳普一直骑着摩托车跟着我们，这样车熄火的时候还能搭把手。他觉得我们现在应该把这场事故报告给警方。于是我们驱车进城，来到河岸警察局，就这样奔入了内罗毕的夜生活。

我们到的时候没有白人警官当职，他们派人去找他时，我们在车里等待着。街道两旁种满了高高的桉树，这种树在高原移民城里很常见。到了晚上，长长窄窄的树叶散发出一种独特、宜人的香气，在街灯的照映下，树的样子看起来很奇特。

一个丰满的斯瓦赫里妇女被一群原住民警察押送到警察局，她竭尽全力地反抗着，胡乱抓他们的脸，发出像猪一样的号叫声；一群打架闹事的人骂骂咧咧地被押送过来，显然还在气头上，在警局的楼梯上还厮打着；还有一个看起来像小偷的人，似乎刚被抓住，沿街走来，身后还跟着一群喝醉酒的人，有些人为小偷辩解，有些人为警察说话，吵吵嚷嚷地讨论着这件事。

最后，一位年轻的警官露面了，我觉得他一定刚从某个气氛热烈的派对过来。贝尔纳普对他很失望，因为他一开始兴趣很浓，用惊人的笔速做着笔录，但随后他陷入沉思，放慢速度，最后干脆不写了，把铅笔放回了口袋。我在夜晚的冷风中瑟瑟发抖。终于，我们可以开车回家了。

第二天早晨，我还没起床，感觉大宅外面静悄悄地站了很多人。我知道外面是谁，农场的老人们蹲坐在石头上，咀嚼、嗅着烟草，往地上吐痰，不时跟身边的人耳语。我也知道他们想要什么：他们是来告诉我，要为昨晚的枪击事件和死去的孩子设立一个基阿玛。

基阿玛是农场上的元老议会，通常由政府委任，用以处理本地棚民之间的矛盾纠纷。基阿玛的成员们常常就犯罪案件或意外事故展开讨论，一讨论就是好几个星期，他们一边讨论，一边大吃羊肉，最后一个个变得膘肥体胖。我知道现在这些老人想要跟我讨论这件事的前因后果，他们也想——如果可以的话——让我去法庭对这个案件做最后的裁决。我不想就昨晚的悲剧跟他们讨论个没完没了，所以牵着我的马溜了，离他们远远的。

从大宅里跑出去之后，我发现，果不其然，这些老人们围坐在大宅的左侧仆人们住的小屋旁边。顾及自己的尊严，他们假装没有看见我，直到他们意识到我真的走了，随后开始拖着他们的老腿，急急忙忙地追上来，不停地朝我挥动手臂。我也向他们挥了挥手，然后绝尘而去。

在保留区骑行

骑马穿过一条河，进入马赛保留区，继续向前，十五分钟后，就是野生动物保留区了。在农场上想找一个能骑马过河的地方并不容易。尽管回去的路上有很多石头，另一侧的山坡又非常陡峭，但一旦进入保留区内，便顿感神清气爽、心旷神怡。

一百英里的草原和旷野在眼前铺陈开来，绵延起伏，广阔无垠。这里没有篱笆，没有沟渠，也没有人工修筑的道路。除马赛人的村庄，其余地方再无人烟，伟大的游牧民族也把牛羊群赶去了别的牧场，所以那些村庄已经荒废了大半年了。平原上长着低矮的荆棘树，深谷绵长，河床早已干涸，散布着大块平石，若想通过这里，就得找到动物常走的小道。片刻之后，你会发现这里一片宁静祥和。触景生情，我还作过一首小诗：

青草长，

平原广，

身在此处心荡漾；

无人伴，

风儿现，

共同享乐人世间。

现在回想起在非洲的生活，我总结为：一个习惯了喧嚣忙碌的人，来到一个安静的国度，而后修身养性，沉浸其中。

雨季来临前，马赛人会烧掉枯草，整个平原上空全是黑烟，目光所及一片废墟，这个时候来旅行可不是明智的选择：马蹄一抬，灰尘四起，弄得人满身满眼的灰。烧焦的草茎像玻璃一样锋利；猎犬的脚都会被割破。但雨季真正来临后，嫩绿的小草破土而出，会有种在春天里骑马的感觉，马儿们欣喜若狂，尽情撒欢儿。各种瞪羚都来到草原上吃草，站在远处看，就像一张大大的台球桌，上面摆满了各种各样的动物玩具。还可能会邂逅一大群羚羊，这些强大而又温和的动物先是接受了你的亲近，然后再跑开，它们伸长脖子，长长的角从脖子向后延展，胸前的皮软软地耷拉着，垂成一个长方形，跑起来左摇右晃。它们像是从古老的埃及碑文中走出来的生物，但耕起地来却是一把好手，亲切而又温驯。长颈鹿的栖息地则在保留区的更深处。

雨季开始的第一个月，一种白粉色的野花会开满整个保留区，芬芳扑鼻，从远处看，就像整个平原被披上了一层雪。

我从人类世界中逃出来，躲进了动物世界。此时，我的心情因那晚的悲剧而十分沉重，坐在大宅前的老人们令我不安。很久以前，人们怀疑悲伤是隔壁的巫婆在作祟，她一直在监视他们，恰巧她的袍子里还藏着一个蜡人，并用亡孩们的名字为他洗礼命名。我的心情大抵如此。

在法律事务上，我与原住民的关系一直都比较奇怪。无论如何，我都希望农场一切太平，所以不能袖手旁观，因为棚民们的矛盾如果得不到妥善解决，就会后患无穷，就像得了一种非洲脓疮——他们叫作“草原疮”：如果你放任不管，过段时间表面上看起来可能已经痊愈，但实际上它会在暗地里溃烂流脓，直到它被连根挖出。原住民们也知道这一点，如果他们想妥善处理一件事，就会来问我的意见。

我对他们的法律一无所知，每次出现在大型裁决法庭上时，我就像忘了台词的女主角，只能即兴发挥。此时，我的老伙计们随机应变，极其耐心而又冷静地解决着问题。有时，女主角若感到自己被冒犯，还会上演挥挥衣袖，下台辞演的戏码。这超越了我的观众们的理解范围，他们只能认为这是来自命运的重锤，先是沉默以对，然后开始朝地上吐口水，大加诅咒。

欧洲人和非洲人对于公正的理解截然不同，而且彼此都认为对方难以忍受。对于非洲人来说，消除灾难的唯一方法就是赔偿。他们根本不关心这件事发生的动机。无论你是蓄意暗中埋伏然后伺机割开敌人的喉咙；还是从树上掉下来，无意中砸死了一个粗心大意的陌生人，原住民对你的处置方式都一样，总之都是为群体带来了损失，那就一定要有个人来补偿。

原住民们不会花时间和精力去权衡谁是谁非，赏谁罚谁，他们认为这些都与正题无关。他们只会孜孜不倦地想这些罪行值多少只绵羊或山羊——花费多少时间都没有关系。他们严肃认真地把你引入了一个诡辩迷宫，而他们的这些做法与我心中对公正的定义大相径庭。

所有非洲人都以这种方式处理案件。索马里人的想法与基库尤人大相径庭，他们对基库尤人深恶痛绝。但他们也会在索马里召开大会，坐下来讨论和权衡，算一算这些谋杀、强奸或欺诈案能在索马里换回多少牲畜——比如他们珍爱的母骆驼和马。对他们来说，这些牲畜的名字和血统早已烂熟于心。

有一次，内罗毕传来消息说，法拉十岁的弟弟在一个叫布拉穆尔的地方捡起一块石头，扔到了另一个部落一个男孩脸上，打掉了他两颗牙齿。针对这件事，两个部落的代表在农场会面，代表们在法拉家席地而坐，夜以继日地进行谈判。来人中，有一位瘦弱的老人，戴着绿色的头巾，曾去过麦加；也有桀骜不驯的索马里年轻人，平日里他们是出色的欧洲旅行家和猎人的持枪手；还有黑眼睛、圆脸的男孩儿们，他们代表家里长辈出席，神色紧张羞涩，一句话也不说，但是会认真地倾听和学习。法拉告诉我，这件事之所以这么严重，是因为这孩子完全被毁了容，等他到了适婚年龄，就会发现很难找到结婚对象，女孩子们可能会嫌弃他面貌丑陋。最后，罚金被定为五十只骆驼，相当于半个驼群，一百只骆驼是一整个驼群。在索马里，十年后，五十只骆驼足以让一个索马里少女不去计较她的新郎少了两颗牙；这或许是另一出悲剧的开端，但法拉觉得这样的结果已经是从轻发落了。

农场的原住民从来没有意识到我对他们的法律制度的看法，当他们遭遇不幸时，第一反应还是来找我索要赔偿。

有一年咖啡采摘季，一个叫万博的基库尤女孩在我家门口被牛车碾死。当时，牛车正把咖啡从田里送到磨坊，而我早已禁止任何人乘坐牛车。否则，每次都会有一群采摘咖啡的女孩儿和男孩儿坐在牛车上，热火朝天地聊着天，牛车走得慢慢悠悠——任何人都能比牛车走得快——这样一来，牛的负担就更重了。

年轻的车夫们无力招架这些眼神梦幻的姑娘们，她们不停地追着车跑，央求车夫让她们上车玩。车夫只好告诉她们，到了大宅附近就要跳下去。但万博在跳下去的时候，不幸跌倒了，车轮轧过她小小的黑色头颅，碾碎了她的脑壳，车辙里留下了点点血印。

我派人去找她年迈的父母，他们从咖啡园里走过来，一看到女儿的尸体就恸哭不已。我知道这对他们来说是极大的损失，因为女孩儿已经到了适婚年龄，他们本可以收到绵羊或山羊又或者一头小母牛作为聘礼。从她出生开始，他们就一直在盼望着那一天。我正考虑有什么可以帮他们时，他们却先发制人，气势汹汹地要求我赔偿他们的全部损失。

“不行，”我说，“我不会付钱的。”我早就告诉过农场上的女孩们不要坐牛车，所有人都知道。老人们点点头，他们认为我的话无可辩驳，但他们依然坚持自己的说法，他们认为必须要有人赔钱。他们不懂何为相关性，只知道规则不可动摇。这也不能说是贪婪所致或成心刁难。我终止了对话，转身离开，他们就一直跟在我的车后面，仿佛我身上有某种磁力一样。

他们坐在大宅外，静静地等待着。他们贫穷、瘦小且营养不良，看起来像是一对獾，坐在我的草坪上。他们一直坐在那里，直到太阳落山，身影与草坪融为一体，难以分辨。他们陷入了极大的悲痛当中，丧亲之痛和失财之痛已然将他们击垮。

法拉那天不在，晚上，屋里的灯都亮了，他还没有回来，我只好自己出去，给了他们一些钱，让他们买羊肉吃。这是一个错误的举动，让他们以为，面对他们的围剿我开始缴械投降了，这就是第一个信号，所以他们坚持不懈地又坐了一个晚上。要不是他们想到了去找那位年轻车夫赔偿他们的损失，我不知道他们还会在这儿坐多久。

带着这个念头，他们突然一声不吭地就从草坪上抬起屁股走人了，第二天一早就去了达戈雷蒂，我们的地区专员住在那里。

这样一来，这起谋杀案被无限期地延长了，许多耀武扬威的年轻原住民警察经常在这里大摇大摆地走来走去，但他们给这对老人的承诺只是以谋杀罪的罪名绞死那位年轻车夫。但在他们搜集到证据之后，就放弃了这个想法。助理专员和我没再理会，农场上的老人们也就没有就这件事召开基阿玛。到最后，老人们只能像别人一样，被迫接受他们根本就不理解的相关论了。

有几次，我实在无法忍受基阿玛的老人了，就直言不讳地说出了对他们的想法："你们这些老头儿，把那些年轻小伙子都罚成了穷光蛋，因为你们，他们就快活不下去了，难道你们以后要把所有的姑娘都买下来吗？"这些老人认真地听着，小小的黑眼睛在他们干枯褶皱的脸上闪闪烁烁，薄薄的嘴唇微微颤抖，像是在重复我的话。其实他们很愿意听，因为终于有人能讲出一些有建设性的言论。

尽管我们的观点千差万别，但为他们主持公道这件事拓宽了我的眼界，给我带来了很多可能性，这对我来说极其宝贵。我那时还年轻，曾思考过公正与不公正的问题，但都是从被审判者的角度出发，还没有从法官的角度考虑过。

而现在，既要维持农场的和平，又要坚持公正，对我来说实在是个难题。有时候，我实在不知道该如何解决，便会选择离场，走出去仔细思考一番，进入自己的精神世界，不准任何人找我聊天。这个方法很有效，一段时间后，我听到他们以尊重的口吻说，那个案件错综复杂，没人能在一周内琢磨透彻。如何让原住民敬佩你呢？只需要在难题上比他们花更多的时间就行了，不过这很难做到。

至于原住民为什么一定要听我的判断，为何如此重视我的裁定，答案只能从他们的神学思维和理论上寻找。欧洲人已经失去了构建神学体系或新教理的能力，在这一点上，我们一直都在“吃老本儿”。而非洲人的思维却能不费吹灰之力地步入这条幽深而又神秘的小路，并随之不断变化，而且变化得如此自然。在他们与白人交往时，这种天赋显现得尤其明显。

他们在短暂接触过一些欧洲人后，会给他们起外号。如果你想叫一个跑腿的帮你给朋友送一封信，你一定得记住这些外号，不然你就得开车自己去送。在原住民的世界里，只有这些外号才管用。我有一个不爱社交的邻居，他从不接待任何客人，他的外号是“萨哈·内莫贾”——意思是“一个盖子”。我的瑞典朋友埃里克·奥特的外号是“里萨塞·莫贾”——“一颗子弹”，意思是他只需要一颗子弹就能击中猎物，这是个挺棒的外号。我认识一个汽车狂热爱好者，他的外号是“半人半车”。当原住民用动物给某个人起外号时——鱼、长颈鹿、大肥牛等——他们的灵魂一定是游走在古老的寓言中，我相信，他们内心深处一定认为这些白人本来就一半是人，一半是兽。

这些外号还有一种魔力：一个多年来一直被称为某种动物的人，最后看见那种动物时，会感到非常亲切，并且觉得自己与这个动物之间存在着一定的联系：他从这个动物身上看到了自己。回到欧洲后，就再也没人将他与这种动物联系在一起了，这让他感觉很奇怪。

有一次，在伦敦动物园，我遇到了一位已经退休的政府官员，在非洲时我们就已经相识，那个时候他的外号是“博瓦纳坦布”——大象先生。他独自站在大象馆前，深情地注视着它们，陷入了沉思。可能他经常光顾那里，或许他的原住民仆人知道他为什么会去那里，我在那儿逗留的几天里，也看穿了他的心思，但除了我，千千万万的伦敦人恐怕只会觉得莫名其妙吧。

原住民的想法总是天马行空，他们认为奥丁神自愿放弃了一只眼睛，只为把这个世界看得更加清楚。他们认为爱神还是小孩子，根本不懂爱。农场上的基库尤人认为我是一位伟大的法官，其实我对法律一无所知。

可能是出于对神话的天赋，原住民总能做出一些让你无力招架又无法摆脱的事情。他们会把你变成一个符号，我深知其中滋味，并把这个过程定义为：他们把我变成了一条铜蛇[①]。与原住民交往多年的欧洲人会明白我的意思，尽管根据《圣经》里的解释，“铜蛇”这个词用得并不准确。在非洲这片土地上，尽管我们开展了那么多活动，尽管科学和机械制造已经有了极大的进步，尽管我们带来了英国强权下的和平，但我们身上唯一让原住民觉得有用的，就是充当铜蛇。

并不是所有白人都会被当成铜蛇，他们对不同的人会区别对待。他们会根据我们的实用性划分等级。我有很多朋友——丹尼斯·芬奇-

① 铜蛇是《圣经·民数记》中一个缠绕在杆子上的铜制蛇形物体。

哈顿、加尔布雷斯、伯克利·科尔，以及诺斯拉普·麦克米伦先生，他们在原住民中的地位都很高。

其中德拉米尔勋爵的地位最高。我记得有一年我去高原地区旅游时，恰巧遇到蝗灾。蝗虫在前一年刚来过，现在它们的子孙后代又卷土重来，所到之处，片叶不留，势必要把这里吃个精光。原住民的损失极其惨重，他们难以承受这样的打击。心碎欲绝，泪水涟涟，声嘶力竭地哭嚎着，就像垂死的狗一样，甚至会去撞墙。我跟他们讲，我曾开车穿过德拉米尔的农场，看到他的小牧场和草原上到处都是蝗虫；我还补充道，德拉米尔勋爵也怒不可遏，心灰意冷。听到我说的话后，所有人都安静下来，平静了许多。他们让我再重复一遍德拉米尔勋爵的话，然后就恢复平静，不再说什么了。

我这样一个“铜蛇”，承担不起德拉米尔勋爵这样的盛名，但在有些情况下，原住民们认为我还是非常有用的。

“一战”期间，由原住民组成的运输部队“卡列尔军队”占领了整个原住民世界，农场上的棚民常常聚集围坐在大宅附近。他们一言不发，彼此间也不说话，时不时对我翻白眼，把我当作“铜蛇”。我看他们并没有什么恶意，所以也没赶他们走，而且就算我把他们赶走，他们也会再找一块地方坐下来。这实在让人难以忍受。那时，我哥哥的部队正要向最前线维米岭开拔，我终于能够喘口气了，我可以向他翻白眼，把他当作“铜蛇”。

基库尤人认为我是丧主、“悲伤的女人”，是使农场遭遇不幸的人。枪击事件发生后，我在他们心中就是这样的形象。我对孩子们的遭遇悲痛不已，所以农场上的人就暂且不讨论这件事了，让时间来平息吧。面对这些不幸，他们看我就像教堂中的教徒看着牧师一样，牧师会代表他们喝掉杯子里的酒。

这就像是巫术，一旦降临到你头上，你便无法全身而退。我对成为众矢之的这件事感到极其痛苦，迫切希望能摆脱这种处境。多年后，我仍然会时不时地问自己："为什么要这样对我？我曾经可是一条'铜蛇'啊！"

骑马回农场的途中需要穿过一条河，蹚水时我遇见了卡尼纽的儿子们——三个年轻男人和一个小男孩。他们扛着矛，迅速移动着。我拦住他们，打听他们的兄弟卡贝罗的消息。他们站在及膝深的水中，面无表情，眼睛看向水面，说话慢吞吞的："卡贝罗没回来。"他们说，"从他逃走的前一晚开始，我们再没收到关于他的任何消息。"他们确定他已经死了，要么绝望地自杀了——自杀这件事在原住民中司空见惯，甚至连孩子也有可能自杀——要么在灌木丛中迷路，然后被野兽吃掉了。他的兄弟们一直在四处找他，他们现在正动身去保护区继续搜寻。

我沿着河岸继续往前走，回到了自己的地盘，转过身扫视整个平原。农场比保留区的海拔要高得多，平原上没有人的身影，只有长颈鹿在远处吃草，或匆匆跑过。

河对岸，一组搜寻小队正在灌木丛中穿行，一个接一个，快速移动，接着又在草地上蜿蜒前行，就像一条毛毛虫。阳光照在他们的武器上，闪闪发光。他们似乎对前进的方向很有自信，但是方向在哪儿呢？在他们搜寻失踪孩子的过程中，唯一的向导就是空中的秃鹰，它们能精准地找到平原上的尸体，然后在尸体上方盘旋，它们的出现透露了被狮子猎杀的尸体的位置。

但他们要找的是一个小小的身体，对天上那些饕餮之徒来说打牙祭都不够：会有很多秃鹰对他虎视眈眈，而且它们不会停留太久。

想到这些，我不禁悲从中来，策马朝家中走去。

瓦迈

我曾经跟着法拉去过基阿玛，我和基库尤人打交道时总会带上他。他和其他索马里人一样，一旦涉及部族感情和世仇，就完全失去理智，立即下意识地与人争辩。但解决别人的分歧时，他总是很有智慧和判断力。此外，他还是我的翻译，他的斯瓦赫里语讲得十分流利。

去之前我就料想到，这次会议目的是瓜分卡尼纽的财产。他的羊群将被瓜分殆尽，一部分要赔偿给死者和伤者的家人，另一部分还要用来维持基阿玛的饮食。一开始，我就不同意这样的安排。我认为卡尼纽和那些失去儿子的父亲一样，也在承受着丧子之痛。而且，他的孩子承受的痛苦不比别人少，甚至要更多。瓦迈已经死了，万扬格里住在医院，还有人照顾着他，而卡贝罗却完全被抛弃了，且尸骨无存。

现在，卡尼纽只是一头任人宰割的肥牛。他是农场上最富有的棚户区居民之一，根据棚户区名单上的记载，他有三十五头牛，五个妻子，六十只山羊。他的村庄离我的树林很近，因此我常常能看见他的孩子们和羊群，还总能看到他的女人们来树林里砍树。基库尤人对奢侈没什么概念：他们中最富有的人也过着和穷人一样的生活，如果你走进卡尼纽的小屋就会发现，除了一把可以坐的小木椅，几乎什么都没有。

卡尼纽的村庄里还有很多小屋，老妇人、年轻人和小孩子经常聚在一起，热闹非凡。黄昏时，挤奶时间到了，奶牛们排成一列穿过平原向村子走来，蓝色的影子温柔地落在身边的草地上。瘦小的老人身穿皮披风，黝黑的脸上皱纹密布，满是泥土，但此时的他仿佛头戴光环，整个人散发出一种农场富豪的光辉。

我和卡尼纽曾有过许多次激烈的争吵。我曾威胁要把他赶出农场，因为他在农场上搞特殊交易。卡尼纽与近邻马赛部落交情甚好，他嫁了四五个女儿到马赛部落去。卡尼纽的后代相貌周正，他曾用年轻的女儿们从保留区边境换来许多皮毛光滑、活泼的小母牛。在这个时期，以这种方式暴富的基库尤家长不在少数。据说，基库尤的酋长吉南朱伊，陆陆续续把二十多个女儿都嫁给了马赛人，换回了一百多头牛。

但好景不长，一年后，马赛保留区突然爆发口蹄疫，变成了隔离区，不得输出任何牲畜。这使卡尼纽陷入困境，因为马赛是游牧民族，时常根据季节、雨水和草源变换住处，而他们的畜群中属于卡尼纽的牲畜将被移到一百英里以外，而且没人知道这期间会发生什么。马赛人都是不讲道德的牲畜贩子，对他们鄙视的基库尤人更是不近人情，但他们是勇猛的战士，据说也是可靠的爱人。卡尼纽的女儿们嫁过去之后，就像古代的萨平妇女[1]一样，卡尼纽现在也不能信赖她

---

① 罗慕洛初建罗马城时，城里妇女很少，邻国的妇女也不愿下嫁到罗马城。为此，罗慕洛设下圈套，劫走了临城萨平的妇女。这些妇女们后来在罗马城生下了孩子，在后来罗马人和萨平人之间将要爆发战争时，她们站出来阻止了战争。

们了。

因此，这位老谋深算的老基库尤人，在晚上趁着地区专员和兽医部门睡觉的时候，偷偷将属于他的牛运过小河，带到我的农场上。原住民们都了解隔离管理条款，也都在严格遵守，卡尼纽此举属于明知故犯。如果有人看见这些牛出现在我的农场上，那么整个农场也要跟着被隔离。因此我派看守员沿河去抓卡尼纽的仆人，宁静的月夜里危机四伏，戏剧性的伏击在此上演，有人在闪着银光的小河边逃窜，而最受关注的主角——小母牛也被吓得四处逃窜。

承受丧子之痛的父亲——乔戈纳是个穷人。他只有一位年老色衰的妻子和三只山羊。我很了解乔戈纳，他是个老实人，也不会再养更多的羊了。事故发生的前一年，那个时候基阿玛还没有成立，农场上发生了一桩可怕的谋杀案。我在河边有一个磨坊，海拔比河岸稍高一些，有两个印度人租下了这个磨坊，用来为基库尤人磨玉米。一夜之间，这两个人双双被杀，货物也被洗劫一空，却不知道凶手是谁。

这起谋杀案发生后，本地所有的印度商人和店主都吓跑了，就像被一阵风暴带走了一样，我不得不给普兰·辛格配备了一支猎枪，让他留在磨坊，尽管如此，我还是费了九牛二虎之力才说服了他。谋杀案发生后的头几个晚上，我时常听见大宅附近有脚步声，所以整整一周，我都安排人在那里整晚看守，那个人就是乔戈纳。他太温柔了，如果真的要跟杀人犯对抗根本不是对手。他性情温和友善，跟他聊天会很开心。他宽大的脸上总是带着充满热情、振奋的表情，举止就像个快乐的孩子，每次看见我都会露出笑容。他在基阿玛上看见我时，似乎觉得很开心。

那段时间我正在研读《古兰经》，里面说："你不可为穷人的利益而背离正义。"

在场所有人，除了我，至少还有一人很清楚，这次会议的目的是要把卡尼纽拆骨剥皮，那个人就是卡尼纽自己。老人们围坐一圈，神情专注，在裁决的过程中集思广益。卡尼纽坐在地上，将大大的羊皮斗篷拉过头顶，时不时发出抽泣的声音，就像一只已经哭到筋疲力尽的狗，一口气上不来就咽气了。

老人们想先讨论万扬格里受伤这件事，对于此事，他们能讨论个没完没了。如果万扬格里死了该怎么赔偿？如果被毁容了又该怎么赔偿？如果失去说话能力了呢？法拉代表我告诉他们，在去内罗毕见到医生之前，我不会对此事发表任何看法。他们咽下了自己的失望，继续讨论下一个案件。

我让法拉告诉他们，这一切都由基阿玛裁决，请快速做出决定，不要没完没了地讨论下去。所有人都很清楚，这不是一起谋杀案，只是一场可怕的意外。

基阿玛的成员们聚精会神地听我讲话，他们很尊重我的发言，但话音刚落，他们就立即提出了反对意见。

"姆萨布，我们对此一无所知，而且据我们了解，你对这件事也不是完全清楚，你所说的我们明白了一部分。当时是卡尼纽的儿子开了枪，但为什么只有他自己毫发无伤呢？如果你想了解这件事的真相，梅格会告诉你，他的儿子当时也在场，还被打掉了一只耳朵。"

梅格是农场上最富有的棚民之一，也是卡尼纽的对手。他体格雄壮，尽管说话语速很慢，时不时还要停下来想一想，但他说的话依旧很有分量。“姆萨布，”他说，“我儿子告诉我，男孩们都拿过这把枪指着卡贝罗，但他没有教他们该如何开枪，一句话也没说。最后他把枪拿在自己手里，随即便开了枪，伤到了所有的孩子，而且杀死了瓦迈——乔戈纳的儿子。这就是这件事的经过。”

“我早就知道了，”我说，“只能说倒霉，或是一场意外。我在家开枪也可能会走火。你呢，梅格？你就没在家里走过火吗？”

这在基阿玛中掀起了一阵骚动。他们纷纷看向神色不安的梅格，然后他们又小声、缓慢地谈论了一会儿，随后又重新拾起话题。“姆萨布，”他们说，“我们不懂你的意思。你用来福枪很顺手，但对猎枪就没那么熟悉了，如果是来福枪的话，你说的就是对的。没人能从你家或者梅格家一枪射到‘博瓦纳’米南亚的房子里，然后杀死屋里的人。”

我停顿了一下，然后说道：“大家都知道是卡尼纽的儿子开了枪。卡尼纽会赔给乔戈纳一定数量的羊作为补偿。但大家也都知道卡尼纽的儿子不是坏孩子，他不是有意杀死瓦迈的，卡尼纽也不会按照蓄意杀人罪来赔偿。”

此时一位名叫阿瓦鲁的老人开口说话了，他曾在监狱里待过七年，比其他人更熟悉文明社会。

“姆萨布，”他说，“你说卡尼纽的儿子不是坏孩子，因此卡尼纽不用赔那么多的羊。但如果他的儿子本就有意杀死瓦迈，而且就是个坏孩子，那么这对卡尼纽来说，是不是捡了个大便宜呢？他会不会感到庆幸？因为他本该赔更多的羊啊。”

“阿瓦鲁，”我说，“卡尼纽也失去了他的孩子。你去过学校，知道那孩子上学时很聪明，其他方面表现得也不错，对于卡尼纽来说，失去这个孩子本来就是一件糟糕透顶的事。”

他停顿了许久，会场内没有一点儿声音。最后，一种被遗忘的痛苦或责任突然间涌上了卡尼纽心头，他发出了长长的哀号声。

“夫人，”法拉用斯瓦赫里语对我说，“让这些基库尤人说说他们心里的数字吧。”这样，在场的人都听明白他的话，这成功地引起了他们的不安，因为数字是一个太过具体的东西，没有人愿意说出来。法拉扫视了一圈，然后用傲慢的语气说：“一百头！”一百头实在过于梦幻，没人敢这么想。基阿玛又陷入了沉默。老人们觉得自己受到了索马里人的嘲弄，所以他们选择不回应。一位老人低声说：“五十头。”但他的话似乎没什么分量，随着法拉的玩笑话一同飘走了。

过了一会儿，法拉语速很快地说：“四十头！”语气就像对数字和牲畜非常了解的、经验老到的牛贩子。这个数字掀起了不小的风浪，他们开始热烈地讨论起来。他们现在需要时间不断地讨论和权衡，但现在，起码谈判的基础已经确定了。我们回到家时，法拉笃定地说：“你瞧着吧，那些老头儿一定会从卡尼纽那里拿走四十头羊。”

在基阿玛，卡尼纽还要经历另一重折磨。当时一位农场上比较富有的棚民——大腹便便的卡塞古站了起来，提议说要一头一头地筛选卡尼纽交上来的羊。卡塞古家族人丁兴旺，他是父亲，也是祖父。这并不合乎基阿玛的任何礼数，乔戈纳自己不可能产生这样的想法，我猜肯定是卡塞古为了一己私利，撺掇乔戈纳这样做的。于是我等了一会儿，静观其变。

一开始，卡尼纽表现得像殉道者，垂下头啜泣着，好像谁要检查一只羊，他就要被拔掉一颗牙似的。最后，卡塞古犹犹豫豫地选了一头没有角的大黄山羊，卡尼纽登时心痛欲绝，终于崩溃了。他突然向前一步，跨出斗篷，看起来气势汹汹的。然后他像一头红牛一样开始对着我狂吼、嘶吼着求助，那是一种可怕的、绝望的呼救。我快速与他对视了一下，他随即发现我是站在他这边的，他不会失去那只大黄羊，于是冷静下来，沉默地坐下了，然后狠狠地瞪了一眼卡塞古。

基阿玛的会议持续了一周，又开了一些小会，最后赔偿金定为四十只羊，由卡尼纽赔给乔戈纳，但不必指定赔偿哪些羊。

两周后的一天，我正在吃晚餐，法拉给我更新了案件的最新消息。

他告诉我，前天，三位基库尤老人从涅里来到了农场。他们在涅里镇的家中听说这个案子后，便长途跋涉赶来，声称瓦迈并不是乔戈纳的儿子，而是他们的弟弟的儿子，因此他们才是赔偿金的合法接收人。

我对这种厚颜无耻的行为不禁哑然失笑，我对法拉说，这正是涅里镇基库尤人的一贯作风。法拉沉思之后说，他认为他们是对的。乔戈纳的确是在六年前从涅里镇来到农场的，并且据法拉所知，瓦迈不是乔戈纳的儿子，“从来都不是。”法拉这样说道。他还说，两天前，乔戈纳刚刚到手四十只羊，真是天上掉馅饼，走大运了。不然卡尼纽会把羊都赶到涅里镇去，眼不见心不烦，免得自己难受。但乔戈纳还是要保持警惕，那些涅里镇的基库尤人可不是省油的灯。他们已经移居到了农场上，并且威胁说要把案子捅到地区长官那里。

如此一来，我已做好了心理准备，打算几天后，就在大宅前会一会这些涅里人。涅里人在基库尤人中属于低等阶级，他们像三只邋里邋遢、脏污不堪的鬣狗，嗅着瓦迈鲜血的味道，鬼鬼祟祟地从一百五十英里以外溜来。乔戈纳随即也过来了，他被这些事搅得心烦意乱，一直唉声叹气。双方态度不同可能是因为涅里的基库尤人一无所有，而乔戈纳却有四十只羊。

这三个陌生人坐在石头上，看起来死气沉沉的，羊身上的跳蚤都比他们更有生命力。我丝毫不同情他们，他们对那死去的孩子根本毫无兴趣，同时我也为乔戈纳感到难过，他在基阿玛一直本分做人，而且我相信他曾为瓦迈心碎过。但我向乔戈纳发问时，他只是浑身颤抖，长吁短叹，根本说不出个所以然来，谈话只能不了了之。

两天后的早上，乔戈纳早早赶来，那时我正坐在打字机前。他请求我为他记录下他与那可怜的死去的孩子之间的感情，以及孩子与原生家庭之间的纠葛。他想把这份报告递到地区长官那里。乔戈纳当时的举动明确而决绝，令人印象深刻。他对这件事的感触很深，描述得十分客观，且没有添加任何个人想法。显然，他对自己当前的解决方法也感到震惊，而且可能要面临一定的风险，但他还是带着敬畏之心上路了。

我花了很长时间为他写下这份声明，内容非常复杂，涵盖了六年来的种种情况。乔戈纳在描述的过程中，时不时停下来仔细思考一番，然后再重新进行描述。他用双手托着下巴，不时重重地拍拍头顶，像是要把记忆拍出来一样。有一次，他还走了出去，把脸靠在墙上，那痛苦的样子和基库尤妇女生孩子时一模一样。

我做了一份报告的副本，至今仍保留着。

报告的内容很难懂，里面描述了很多复杂的情况和一些不相关的细节，乔戈纳回忆起来十分艰难，令我惊讶的是，他竟然还能回想起那些事实。报告开头是这样的：

> 涅里镇的瓦韦鲁·瓦迈临终前（用斯瓦赫里语说就是：想去死的时候）已经娶了两个妻子。其中一个妻子生了三个女儿，瓦韦鲁死后她就改嫁了。另一个妻子的聘礼还没付清：他还欠她爸爸两头羊。这位妻子在抬柴火时用力过猛，导致流产，没人知道她还能不能再生育……

整篇报告的风格大致如此，将读者带入基库尤人错综复杂的生活状况和人际关系当中：

这位妻子有一个年幼的儿子，名叫瓦迈。那个时候瓦韦鲁生病了，大家都说他得了天花。瓦韦鲁非常爱他的妻子和孩子，垂死之际，他还在担心妻子在他死后该如何生活。于是他出发去找他远方的朋友乔戈纳·坎亚戛。之前，乔戈纳·坎亚戛为了买一双鞋，欠了瓦韦鲁三先令一直没有还。瓦韦鲁提议说，他们可以先立个协议……

协议内容如下：乔戈纳在瓦韦鲁死后接管他的妻子和孩子，并帮瓦韦鲁支付聘礼要求的两头羊。报告下面罗列了乔戈纳自收养瓦迈以来的花销。他声明，这孩子生病的时候，他曾为其购买过非常昂贵的上好药材。

他发现这孩子吃玉米长不快，便从印度人那里买大米给他吃。还有一次，他曾付给住在隔壁的白人农民五卢比，因为那人说瓦迈把他的一只火鸡追到池塘里去了。这最后一大笔钱，可能是他费尽周折才筹到的，深深地印在乔戈纳的脑海里，他不止一次地提到那笔钱。从乔戈纳描述时的表现来看，他已经忘了那个孩子不是他的亲生骨肉了。而涅里人的到来，以及他们的态度让他非常震惊。心思简单的人似乎天生就适合收养孩子，他们会将收养的孩子视如己出，没心眼儿的欧洲农民们也能毫不费力地做到这一点。

乔戈纳讲完了他的故事，我一字一句悉数记下，告诉他我会读一遍给他听。我读的时候，他转过身去，唯恐自己分心。

我读到"然后他出发去找住在远方的朋友乔戈纳·坎亚戛"时念到了他的名字，他听到后突然将脸转向我，目光灼灼，然后发出了充满活力的笑声，那笑声极具魔力，仿佛这个老人突然变成了孩子，洋溢着青春的活力。文件下面有他的手印，手印下有他的签名，读到这儿，我又念了一次他的名字。他那充满热情的眼神又出现了，这次变得更加深邃和冷静，显露着尊严。

上帝用泥土创造亚当时，亚当也是这样望了上帝一眼，然后上帝朝他鼻孔里吹了一口气，赐予他生命，然后他就变成了活生生的人。我也以某种方式创造了乔戈纳，让他看到了自己：乔戈纳·坎亚戛在某种程度上获得了永生。我把报告递给他，他虔诚而又迫切地接了过去，小心翼翼地叠起来，放在斗篷的口袋里，还用手紧紧护住。这报告里面存放着他的灵魂，是他存在过的证据，他无论如何也不能把它弄丢。它是乔戈纳·坎亚戛的一种表达方式，会永远保留着他的名字：这是用血肉打造的文字，那里面的真诚永不泯灭，将一直以优雅的姿态存活下去。

我来到非洲生活的时候，文字世界刚刚向非洲原住民敞开大门。那个时候，只要我想，就可以趁机抓住过往的尾巴，并在我们自己的历史中占据一席之地。在过去，欧洲大部分人也会同样珍惜信件。在丹麦，几百年前文字才出现在人们的视线中。在我小的时候老人们常常给我讲述过去，根据他们的表述，我推测欧洲人和非洲人看到文字世界时的反应如出一辙。然而，普通人很少会谦卑而又热情地投身于艺术本身。

年轻原住民之间的交流依赖于专业代笔人，尽管一些思想先进的老人愿意学习书写，但是，来我的学校苦学字母表的基库尤人寥寥无几，大多数人还是抱着怀疑的态度。

识字的原住民只占少数，所以我的仆人们、棚民们和农场上的劳工们常常带着信过来，请求我读给他们听。我会展开信，一封一封地研究，但还是认为这些信的内容过于琐碎。文明世界的人常会带有这种偏见。当诺亚方舟的鸽子带回那根小小的橄榄枝后，你可能会将其收集起来，仔细研究。无论它是什么样子，都比方舟里的所有动物更有价值，它蕴含着一个全新的绿色世界。

原住民的信都相差无几，大多以一种“神圣”的模式一以贯之。内容大多如下：“我亲爱的朋友卡莫·莫尔富，此刻我提起了笔——”（非字面意思，这是专业代笔人写的）“想要给你写封信。我一直都想给你写信，我过得很好，愿上帝保佑，希望你也过得不错。我母亲也很好，但是我妻子状况不佳，愿上帝保佑，希望你的妻子一切都好。”接下来会列出一长串人名，对每个人都报告一番，内容大多很琐碎，但也不乏一些精彩的片段，然后信就结束了。“我的朋友卡莫，我时间有限，不得不停笔了。你的朋友恩迪韦蒂·洛里。”

一百年前，年轻热情的欧洲人若想传信，就会让骑手们跳上马鞍，策马飞奔，吹响传信的号角，还要用带着金边的专用信纸。人们收到信后欢天喜地，对其珍爱有加，小心翼翼地把信收藏起来；我自己也有幸看过几封这样的信。

在学会斯瓦赫里语前，我与原住民之间的关系很奇怪：我能一字一句地读出他们写的内容，却一个字也看不明白。以前的斯瓦赫里语没有书面语，最后还是白人承担起了记录斯瓦赫里语的重任。斯瓦赫里书面语的拼写与读音严格对应，不存在让读者迷惑的“传统写法”。

我会坐下来，尽可能规范地、一字不漏地读出他们的信，收到信的人围在我身边，屏住呼吸，认真聆听，而我根本不知道信里说的是什么意思。有时候，我读着读着，他们泪水突然夺眶而出，或者会握紧自己的手腕，有时还会开心地欢呼起来；大多数时候，在我读信的过程中，他们会开怀大笑。

随着时间的推移，我越来越能明白信里的内容是什么了。我深知一条信息以书面形式传达出来以后，它的影响会变得十分广泛。口头传出的消息可能会被怀疑，或者被忽视——因为所有的原住民都是怀疑论者——而以书面形式出现时，却十分令人信服。

原住民们非常擅于捕捉人们言语中的差错，这样的失误能让他们拥有一种充满恶意的快感，而且他们永远都不会忘记，还可能给一个嘴瓢了的白人起外号，这个外号会跟随他一辈子。但如果因为抄写员的无知，相同的错误出现在信件中时，他们会认真地解读它，或许会思考或讨论一番，最后不管这个错误多么荒谬，他们都不会计较，而是会选择相信它。

一次，我给农场上的一个孩子读信，在众多信息中，有一条很简洁："我煮了一只狒狒。"我跟他解释说，他一定是想说他抓住了一只狒狒，因为在斯瓦赫里语中，这两个词比较相似，但收信人并不赞同我的话。

"不，姆萨布，不是的，"他说，"他在信里是怎么说的？信里是怎么写的？"

"他是这样写的，"我说，"他煮了一只狒狒，但是他怎么可能煮了一只狒狒呢？如果真是这样，他不是应该详细说明他为什么这么做，怎么煮的呢？"

面对我的质疑，这位年轻的基库尤人开始变得局促不安，他让我把信还给他，然后小心地叠起来，走开了。

乔戈纳的这篇报告成了对他非常有利的证词，地区专员读完后，宣布涅里人的上诉无效，他们灰头土脸地回到自己的村庄，连根羊毛都没捞着，白忙了一场。

这份文件成了乔戈纳最宝贵的财富，我之后又看见过一次。乔戈纳还为它做了个皮袋子，穿上小珠子，用绳套绑起来，挂在了脖子上。有时，大多是在星期天早上，他会突然出现在我的门前，把包摘下来，拿出报告让我读给他听。有一次我大病初愈，破天荒地出去骑马，他在远处看见了我，赶紧向我跑来，上气不接下气地站在我的马旁，把文件递给了我。每次给他读文件，他的脸上都会露出虔诚与喜悦的表情，读完后，他迫切地把文件接过来，小心地展平，然后再叠起来，放回袋子里。这封文件在乔戈纳心里的分量没有随时间推移有丝毫减轻，反而与日俱增。往事依稀，每次回忆起来都像蒙上了一层面纱，而这文件中的一切都已经被牢牢抓住，并且在他眼皮底下被定型了。它已经变成了历史，有了它，一切都有据可循，不再变幻莫测。

万扬格里

后来我又去了一趟内罗毕，去原住民医院看望万扬格里。

我的农场上生活着许多棚户区家庭，总有病人在这里住院。所以我也算医院里的常客，并与护士长和勤务人员有点儿交情。我从来没有见过哪个人能像护士长那样，涂那么厚的胭脂水粉；在她白色的头巾里，那张宽阔的脸看上去就像俄罗斯的木制套娃一样——打开最外层，会发现里面还有一个，一层套一层。这些娃娃以卡廷卡的名义出售，看起来善良又能干，而这位护士长也是如此。每逢周四，她们会把病房里所有的床都搬到一个空旷的广场上，一边打扫病房，一边通风，到处都是欢声笑语。从院子里可以看到辽阔壮美的风景，前面是干涸的阿西平原，远处是唐约・萨布卡青山和长长的穆山山脉。身上盖着白布单的基库尤老妇看起来很奇怪，就像筋疲力尽的老骡子，或是不堪重负的牲畜；她们虽身处困境，但还是会对我微笑，笑容带着一丝苦涩，因为原住民害怕医院。

我第一次在医院见到万扬格里时，他因为恐惧浑身颤抖着，我甚至认为对他来说死掉反倒是最好的解脱。医院里的一切都让他害怕，我和他在一起时，他一直哭哭啼啼，乞求我把他带回农场。

一个星期后我又来看他，发现他变得镇定自若，也有了些精神，很体面地接待了我。他见到我很高兴，勤务员告诉我，他一直迫不及待地等我来看他。他现在吐字还很艰难，嘴里插着一根管子，但他还是非常自信地跟我说，他一天前已经从鬼门关走过一次了，过几天还会面临生死考验，可能还不止一次。

治疗万扬格里的医生曾参加过法国战争，为很多人做过手术；他不辞辛劳地照顾他，最终成功了。他用一根金属条作为颌骨，与脸上残存的骨头拧在一起，又把碎裂的肉块缝了起来，为这孩子做了一个下巴。万扬格里告诉我，医生甚至从他肩膀上取了一块皮来进行缝补。治疗结束，解开绷带后，我们看到他的脸型变了很多，样子很奇怪，因为没有下巴，看起来就像一只蜥蜴的头。幸运的是他能够像正常人一样吃饭、说话了，哪怕有点儿口齿不清。治疗期长达几个月，我来探望万扬格里时，他总管我要糖吃，我便用纸包上几勺糖带给他。

原住民对于未知十分惧怕，除非是身体瘫痪或麻痹，否则他们总是在医院里咆哮、抱怨，甚至计划逃跑。死亡也是其中一种可能，但他们不怕死亡。欧洲人建造了医院，为医院提供设备，在医院里工作，还要处理病人的各种麻烦事儿。他们心酸地抱怨说，原住民根本不懂得感恩，不管你为他们付出多少，他们都无动于衷。

原住民的这种心理让白人感到厌恶和屈辱。无论你对他们做什么，都是白费力气；一旦离开，他们就会把你忘得一干二净。他们不会感谢你，但也没有恶意，哪怕是让他们恨你也很难做到。他们对你的存在视若无睹，并会强加给你一个角色，好像你是自然界的一种现象，比如天气。

索马里移民在这方面就截然不同，你的行为很大程度上影响着他们。这个从沙漠来的热情如火的民族，总是一本正经而又很敏感，很容易受到影响，甚至受到伤害。他们有强烈的感恩之心，但也非常记仇。滴水之恩，或些许冒犯，都会被他们记在心里。他们是虔诚的伊斯兰教徒，作为穆斯林，会用一套道德准则来评判你。面对索马里人，你可能片刻间就获得良好的声誉，也可能转瞬间令其付之东流。

马赛人在原住民部落中显得非常与众不同。他们会记得你的一切所作所为，他们懂得感恩，也很记仇。他们对白人怀恨在心，而且只要这个民族存在，这种仇恨就不会消失。

基库尤人、瓦坎巴人，或卡位朗多人对他人没什么偏见。他们认为大多数人都很有能力，无论你做什么都很难让他们感到震惊。可以说，对一贫如洗、自甘堕落的基库尤人来说，你所做的一切都对他们毫无影响。天性使然，再加上民族传统，他们只会把人类活动当作大自然的一部分。他们不会评判你，但他们却是敏锐的观察者，他们观察的结果就是对你的评价，到那时，名声好坏自有定论。

这样看来，欧洲的穷人就像基库尤人一样，他们不评判你，但会对你的行为进行“总结”。如果他们爱你、尊敬你，就会以敬爱上帝的方式对待你——不是因为你对他们有多大恩泽，而是因为你这个人本身。

有一天，我在医院里闲逛时，看到三个新来的病人。一个皮肤黑得出奇，脑袋很大，头发浓密；另外还有两个男孩儿，这三个人的喉咙处都包扎着绷带。病房里一个驼背的看护是个话痨，很喜欢给我讲家里的趣事。看到我在新来的病人床前停了下来，他就走过来，给我讲这三个病人的故事。

他们是努比亚人，是英皇非洲步枪队的肯尼亚黑人士兵。两个男孩儿都是鼓手，另一个是吹喇叭的号角手。这位号角手与别人发生了口角，争吵中失去理智——这一点和原住民很像。他先是在营房里开枪，弹匣空了之后，就把自己和两个男孩儿关在他那间用瓦楞铁皮搭建的小屋里，用刀割他们和自己的喉咙。

上个星期他们被送过来时，浑身都是血，看护为我没能看到现场而遗憾。如果我看见了，一定会认为他们已经死了。现在他们脱离了危险，这位行凶者也恢复了理智。

这位看护讲故事时，床上的三个人也聚精会神地听着。他们时不时打断看护的话，更正一些细节，两个男孩儿说话还很困难，总是转向中间病床上的行凶者，请他帮忙确认，他们相信他会帮助我更加了解事情的经过。

“你是不是口吐白沫，大声尖叫了？”他们质问他，“你是不是说要把我们切成碎片，切成蚱蜢那么大？”

这位行凶者神色悲伤地答道：“是的，是的。”

有时我会在内罗毕停留半天，等着参加某个商务会议，或者等待从欧洲寄来的邮件，但从港口开来的火车晚点了。在这种情况下，无所事事的我常常开车去原住民医院，带几个疗养员出去兜风。

万扬格里住院时，州长爱德华·诺西爵士在政府大楼的院子里暂时放了几头幼狮，当时他正要把它们送到伦敦动物园去。住院的人都被它们吸引了，所有病人都想去看幼狮。

我答应过这三个来自英皇非洲步枪队的病人，等他们身体好了就带他们去看幼狮，但他们非要一起去，要么就一个也不去。号角手恢复得最慢，其中一个男孩儿在未完全康复前就出院了。这个男孩每天都回医院打听号角手的状况，好跟他一起坐车去看幼狮。一天下午，我在外面看到了他，他告诉我号角手依然头痛得厉害，但这也不稀奇，毕竟他的脑袋里充满了邪恶的念头。

最后，他们三个一起去看了幼狮。站在笼子前，他们陷入沉思。其中一只小狮子由于被盯得太久，十分恼火，突然站了起来，伸了伸懒腰，发出一声短促的吼叫。三位观众被吓了一跳，最小的男孩躲在了号角手后面。我们开车回去的路上，小男孩对号角手说："那只小狮子跟你一样邪恶。"

这段时间里，万扬格里一案在农场上平息了下来。除了他弟弟，关心他的人时常来问我他近况如何，但他们似乎很害怕去医院里看他。一天夜里，卡尼纽也来到我家，像一只侦察敌情的老獾似的，向我打听这孩子的情况。法拉和我有时会揣测他承受的痛苦，计算他的痛苦能换多少只羊。

事故发生几个月之后，法拉来向我报告这个案子的最新动态。

他通常会在我吃饭时走进来，直直地站在桌子尽头，以引起我的注意。法拉的英语和法语都说得很好，但也会犯一些错误，而这些错误也只有他才会犯。比如：他会在应该说"*except*"（除了）的地方说成"*exactly*"（恰好）——"所有的牛都回来了，恰好那头灰色的牛"。我没有纠正他，而是用同样的表达方式跟他说话。他的表情自信而庄重，但一旦开口说话，开头总是含糊不清。"夫人，卡贝罗……”这算是开始了，我等着听他想说什么。

停顿片刻后，法拉重新拾起话题：“夫人，你认为，”他说，“卡贝罗已经死了，被土狼吃了吧？不过他没死，他跟马赛人在一起。”

我心不在焉地问他是怎么知道的。“哦，是这样，”他说，“卡尼纽的很多女儿都嫁给了马赛人。卡贝罗知道，除了马赛人，再没人能够帮他了，所以他去投奔了他姐夫。那个时候他的确很难熬，在树下坐了一整夜，土狼在周围徘徊，虎视眈眈地看着他。现在他跟马赛人生活在一起。有一个富有的老马赛人，有几百头牛，但膝下无子，他很愿意收留卡贝罗。卡尼纽对这事一清二楚，去跟马赛人谈过很多次。但他不敢告诉你，他认为一旦白人知道了这件事，卡贝罗就会被带到内罗毕绞死。”

法拉提到基库尤人时语气总会有些傲慢：“那些马赛人的妻子，”他说，“都没有孩子，他们很乐意收留基库尤小孩。那些孩子偷过太多东西。还有，卡贝罗啊，”他继续说道，“长大以后还是会回到农场，他不想像马赛人那样活着，总是搬来搬去。基库尤人都很懒，不愿意搬家。”

农场上的我们，年复一年地见证着河对岸马赛部落的消亡。他们本为战士，却不能战斗，就像垂死的狮子被削掉了利爪，这是一个已经被阉割了的民族。他们锋利的矛和霸气的盾都被夺走了。在大型动物保护区，狮群还会对他们的牛群穷追不舍。有一次，我把农场上的三头小公牛阉割了，为了让它们好好犁地、拉车，之后把它们圈养在了工厂大院里。晚上，土狼嗅到了血腥味，蹿到工厂大院里，杀死了它们。我想，这就是马赛人的命运吧。

“卡尼纽的妻子，”法拉说，“一直在为失去儿子悲痛不已。”

我没去找卡尼纽，因为我不知道该不该相信法拉的话，但他来到大宅后，我走过去问他：“卡尼纽，卡贝罗还活着吗？他现在跟马赛人在一起吗？”原住民向来都会对一个人的反应做好心理准备，但这一次，卡尼纽想到他失去的儿子，泪水顿时夺眶而出。

我静静地听着他的哭声，看了他一会儿：“卡尼纽，”我开口说道，“把卡贝罗带到这儿来吧，他不会被绞死的。他妈妈可以带着他在农场上生活。”卡尼纽泪水涟涟地听着，他肯定听到了“绞死”这个不吉利的词。他的哭声变得更加低沉了，他开始喋喋不休地向我讲述他对卡贝罗的承诺，以及对他的偏爱。

卡尼纽多子多孙，他的村庄离大宅很近，经常能在大宅附近看到他们。其中一个小孙子，是他嫁到马赛的女儿所出，但她后来带着孩子回到了卡尼纽的村庄。这个孩子名叫西朗加，特殊的血统让他散发出奇妙的活力。他充满了创造力和奇思妙想，简直不像人类，更像一小团火焰、一只夜莺、一个农场里的小精灵。他有癫痫，正因如此，其他孩子都怕他，不敢和他一起玩，还叫他“希塔尼”——魔鬼——所以我把他留在大宅里。

他有病在身，干不了什么活，但他可以陪在我身边，逗我开心。我走到哪儿他就跟到哪儿，就像一个甩不掉的小黑影子。卡尼纽知道我对这孩子的感情，每次看到他，脸上总是挂着慈祥的微笑；卡尼纽抓住这一点，竭尽所能地利用它大做文章。他斩钉截铁地说，他宁可让希塔尼被豹子吃掉十次，也不愿失去卡贝罗，而现在他已经失去卡贝罗了，那就让希塔尼也走了算了，反正也没什么差别——因为卡贝罗可是他的掌上明珠，心尖儿上的肉啊。

如果卡贝罗真的死了，那就真的是一出大卫和押沙龙[①]的悲剧了：大卫因其子押沙龙之死而悲痛欲绝。但如果他还活着，而且藏在马赛人那里，那就是另外一回事了，这个孩子一生都要纠结是战斗还是逃跑。

在平原上，我曾见到过瞪羚玩的一种小把戏，它们会把自己的幼崽藏起来，当你无意间闯入时，它们会跳到你面前开始跳舞、踏步、蹦蹦跳跳，甚至装作跛脚的样子——只是为了转移你的注意力，以保全幼崽的性命。突然间，就在马蹄下，你会看到它的幼崽，它们一动不动，小小的脑袋趴在草坪上，在它的母亲跳舞时尽可能地伏下身。鸟儿们也会用这种把戏保护幼雏，拍打着翅膀，甚至发挥出高超的演技，装作受伤的样子，拖着“受伤”的翅膀在地上行走。

这也是卡尼纽正在耍的把戏。这个基库尤老人惦念着危在旦夕的儿子，竟然展现出如此温情的一面。“跳舞”的时候，他的老骨头嘎吱作响，甚至变换了自己的性别，表现得像个老妇，或像一只老母鸡、一头母狮子——这显然是女性的行为。这种表演很可笑，同时又很值得尊敬，就像公鸡和母鸡会轮流孵蛋一样。面对这样的场景，任何一个女人都会为之动容。

“卡尼纽，”我对他说，“如果卡贝罗想回来就让他回来吧，没

---

① 押沙龙，《圣经》中的人物，大卫的第三个儿子，深受大卫宠爱。在他被堂哥约押杀死之后，大卫悲痛欲绝。

有任何问题，但你一定要带他来见我。”卡尼纽沉默了，他低下头，悲伤地走了，仿佛失去了世界上最后一个朋友。

值得一提的是，卡尼纽把我的话记在了心里，之后他也确实这么做了。五年后，我几乎完全忘记了这件事，有一天，他通过法拉传话，希望与我见面。他站在大宅外，重心落在一条腿上，神态庄重，内心深处却非常不安。

他亲切地告诉我：“卡贝罗回来了。”彼时的我早已懂了停顿的艺术，于是我没有说话。这位老基库尤人因为我的沉默，感觉气氛有些沉重，他把重心转移到另一条腿上，眼皮微微颤抖着。“我的儿子卡贝罗回来了。”他重复道。我问他：“他从马赛人那里回来了？”在我开口的瞬间，卡尼纽便认为我们已经和解了。他脸上的皱纹狡猾地挤出一个微笑，皮笑肉不笑的样子：“是的，姆萨布，他从马赛人那儿回来了，”他说，“他回来给您干活儿来了。”政府现阶段正在向基潘德制度过渡——就是要把国内每个原住民都登记在册。所以我们要从内罗毕请一位警官过来，将卡贝罗登记为农场上的合法居民。卡尼纽和我约好了日期。

那天，在警官到达之前，卡尼纽父子早早地就赶来了。卡尼纽神色欢快，心里却为他失而复得的儿子感到紧张。这也在情理之中，曾经投奔马赛保留区的小绵羊，现在已长成了一只年轻的猎豹。如今，卡贝罗的身体里一定流淌着马赛人的血，单靠在马赛保留区生活、耳濡目染是不可能促成这样的质变的。现在的他，从头到脚，活脱脱就是个马赛人。

马赛武士个个身姿挺拔，英姿飒爽。这些年轻人把“品位”发挥到了极致；尽管看起来大胆狂妄，但他们仍坚定不移地忠于自己的本性和内心的理想。他们的风格不是装腔作势，也不是模仿；它蕴含在血液中，是种族及其历史的一种表达，他们的武器和服饰已经成了自己的一部分，就像鹿头上的鹿角一样。

卡贝罗的发型完全是马赛式的，长长的头发梳成一个大辫子，额头上绑着皮绳，他的脸型也是马赛式的，下巴向前突出，像是要把他的愠怒、傲慢的脸放在托盘上送到你面前。他有着莫拉尼人般的死板、被动和粗犷，行为举止引人注目，仿佛一座雕像展示在世人面前，而他自己却看不见这世界。

年轻的马赛人以牛奶和鲜血为食，可能正因为这样的饮食习惯，他们的肌肤十分柔软光滑。颧骨高高的，下巴突出，脸上没有一条皱纹，深不可测的双眼好像在马赛克画面中嵌入的两颗黑石头。所有的马赛勇士都很像马赛克，他们脖子上的肌肉高得吓人，就像发怒的眼镜蛇、雄性猎豹或是战斗中公牛的脖子，满身的肌肉象征着阳刚之气，看起来就像要与全世界开战一样，唯独将温柔的一面留给自己的女人。他们光滑的脸高高隆起，粗壮的脖子和宽大浑圆的肩膀与极窄的手腕和臀部形成了鲜明的对比，却又莫名和谐。他们的腿又长又直，十分健美，让人联想起一种经过严酷训练之后，变得贪婪无度、暴饮暴食的生物。

马赛人走路的姿势很僵硬，纤细的腿机械地交替着，但他们手臂、手腕和双手却十分灵活。在马赛人用弓箭射击时，他们放开弓弦，你便能听到他们手腕上的肌肉和箭在空气中一起鸣唱的声音。

从内罗毕赶来的年轻男警官，刚从英格兰调过来，对工作充满热情。他的斯瓦赫里语说得很流利，但我和卡尼纽都听不懂，他对枪击事件非常感兴趣，并就此事不断盘问卡尼纽，直到把这个老基库尤人问得哑口无言。问完之后，他对我说，他认为卡尼纽遭受了极不公正的待遇，这个案件应该交给内罗毕当局重新审理。“那也意味着，你我还要花很多年的时间来处理这件事。”我说。他征得我同意后说，如果为了公正执法，就不该考虑其他因素。卡尼纽看向我，有那么一瞬间，他肯定觉得自己被骗了。最后的结局是，这个案件年代久远，已经超过了审理期限，而且再审理也不会有什么改变，现在能做的就是把卡贝罗注册为农场上的合法居民。

那件事已经成为过去，这五年里，卡贝罗消失在大家的视野中，与马赛人一起颠沛流离，而卡尼纽也不得不独自面对很多事。在这件事平息之前，四面八方涌来的压力紧紧地攥住了他，将他碾成了碎渣。

对此我没有太多发言权。第一，他们都有不得已的苦衷；第二，那个时候我自己也发生了很多事，注意力并不在卡尼纽和他的命运上，渐渐地，这件事就只被认定为“农场事务”，被我埋在心底，就像远处的乞力马扎罗山一样，时隐时现。在这种时候，农场上的原住民很体贴，不来叨扰我，好像我从他们存在的世界中腾空而起，进入了另一个时空似的。我回来后，他们会跟我说起这段时间身边发生的事：“你跟白人在一起的时候，”他们说，“有棵大树倒了，我的孩子被砸死了。”

万扬格里痊愈后，我把他接回农场。后来，我偶尔才能见到他，有时在恩戈马，有时在平原上。

他回来几天后，他的父亲韦奈纳和祖母来到了大宅。韦奈纳身材矮胖，这在基库尤人中十分少见，他们大多体型偏瘦。他留着一撮稀疏的胡子，并且从不与人对视，这一点非常奇怪。他的表情看起来像是发了疯的穴居人，只想自己一个人待着，不想任何人靠近。同行的还有他的母亲，一位老迈的基库尤妇人。

原住民女人都要剃头，圆圆的头骨被剃得精光，看起来就像某种黑壳的坚果，而你看到时并不会觉得奇怪，而会觉得这就是一种女性的象征。在原住民中，女人留头发会被认为没有女人味儿，就像男人的胡子一样。韦奈纳的老母亲干瘪的头上留了一撮白头发，看起来就像没刮胡子的男人，给人一种放荡、不知羞耻的感觉。她拄着拐棍，让韦奈纳做发言人，但她沉默时同样火光四射。这个老太太全身充满了不知廉耻的气息，而她的儿子没有遗传到这一点。我后来才知道，这两个人其实就是现实中的尤卡拉和拉斯卡罗[①]。

他们拖着沉重的脚步来到我家，为的是心平气和地跟我商量一件事。万扬格里的父亲告诉我，万扬格里现在没法嚼玉米，他们很穷，家里没有面粉，也没有奶牛，问我能不能在万扬格里的案子审理完毕之前，从我家拿一些牛奶回去。不然他们不知道在赔偿金到账之前，怎么养活这个孩子。法拉那天不在家，他去内罗毕处理自己的索马里诉讼案了，于是我同意从我的牛群中每天挤一瓶奶给万扬格里送去，并安排了一个仆人每天早上去做这件事。但奇怪的是，面对这项安

① 尤卡拉和拉斯卡拉，海涅讽刺诗《阿塔巨兽》中的人物。尤拉卡是拉斯卡拉的女巫母亲，帮助他设置陷阱，诱杀巨熊。

排，仆人显得非常不情愿，甚至觉得不太舒服。

两三周过去了。一天晚上，卡尼纽来到大宅。我当时刚用完晚饭，在炉火旁读书，他突然出现在房间里。通常，原住民更喜欢在屋外谈话。不过出于礼貌，他关上了身后的房门，像是让我做好准备一样，因为接下来谈的内容会十分惊人。第一件让我感觉很吃惊的事是，卡尼纽突然变得很蠢。他能言善辩的舌头像被人割掉了一样，卡尼纽就这样站在房里，一言不发。这位高大的基库尤老人看起来无比衰弱，他拄着拐棍，斗篷里看起来空荡荡的，眼睛死气沉沉、暗淡无光，他不停地用舌头舔着嘴唇。

最后他终于开口说话了，语速缓慢，而且语气沉闷，他说他觉得事情变得越来越糟糕了。过了一会儿，他像是突然想起了什么，又含糊地加了一句：他现在已经把十多只羊交给了韦奈纳。他继续说，现在韦奈纳还想拿走一头母牛和一头小牛，而卡尼纽会让他如愿以偿。"为什么要那么做？"我问他，"在没有做出裁决的情况下为什么要那样做？"

卡尼纽没有回答，甚至没有看我。这天晚上的他，就像一个居无定所的旅行者或朝圣者，只是途中经过我的房子向我报告一番，然后又重新启程了。我忍不住想他是不是真的病了。短暂的停顿之后，我说我明天带他去医院。他快速而痛苦地看了我一眼——昔日的老滑头今天也被别人取笑了。但在离开之前，他做了一件奇怪的事，他举手掩面，像抹眼泪一样。如果卡尼纽真的流泪了，那可真是一件怪事，就像朝圣者的香杖上开出了花一样，当着陌生人的面流再多的眼泪也徒劳无功啊。我不禁想，在我忙其他事情的时候，农场上都发生了些什么啊。卡尼纽走后，我派人找来法拉，询问原委。

法拉不愿意讨论原住民的琐事，好像他们的事不值一提一样。最后，他答应告诉我。他一边望着窗外的星星，一边跟我讲这件事的实情。在卡尼纽内心深处，他真正忌惮的是韦奈纳的母亲，她是一个女巫，已经对他下了咒。

“但是，法拉，”我说，“卡尼纽久经世事，头脑也算聪明，不应该相信咒语一类的事啊。”

“不，”法拉慢慢说道，“不是这样的，夫人。依我所见，这位基库尤老妇人真有这样的能力。”

这位老妇人让卡尼纽趁早把牛交给韦奈纳，这样他的牛群便会安然无恙，不然卡尼纽的牛就会一头接着一头地瞎掉。卡尼纽心如刀绞，就像古时候承受酷刑的人一样，随着身上重量的增加，最后骨头碎裂，肌肉裂开，极其痛苦。

法拉说起巫术时语气平静而又有些担忧。巫术就像农场中的口蹄疫，看不见摸不着，但牲畜确确实实会因此死掉。

那天夜里，我久久不能入眠，不断想着农场中的巫术。想象着它从旧坟头里爬出来，正用鼻子抵着我的窗玻璃，看起来无比丑陋。我听到河边某处，土狼正在哀号，突然想起基库尤人中流传的狼人传说，老妇人会在夜晚变身狼人。可能韦奈纳的母亲现在正在河边徘徊，她的獠牙在这月夜里闪闪发光。

我逐渐接受了巫术这个概念，觉得它似乎也有合理之处，在非洲，在这样的夜晚，太多的事难以解释了。

“这位老妇人太坏了，”我用斯瓦赫里语自言自语着，“她用这种卑鄙的伎俩让卡尼纽的母牛都瞎掉，还每天从我这里剥削一瓶奶，养活她孙子。”

我又想：“这场意外以及衍生出的其他事端，都在侵蚀着农场，这全是我的错。我一定得搬救兵，不然农场会陷入噩梦之中。我知道我现在该做什么，我要派人去请吉南朱伊。”

一位基库尤酋长

吉南朱伊大酋长住在农场东北约九英里的基库尤保留区内，离法国布道会很近。这位酋长管理着十多万基库尤人。他酋长的位置并非世袭，全凭自身实力。许多年前，英国人无法和前任酋长愉快合作，于是册封了他为新任酋长。他圆滑世故，举止得体，甚至称得上是一位伟大的老人。

吉南朱伊是我的朋友，曾多次向我施以援手。我骑马去过几次他的村子。那里和其他基库尤村子一样，肮脏不堪，到处都是苍蝇，但面积却比其他村子都要大。坐上酋长位置后，吉南朱伊尽享齐人之福。他妻妾成群，遍布整个村子。从骨瘦如柴、没有牙齿、拄着拐棍儿的老妪，到面颊圆润、眼睛像瞪羚一样灵活的少妇，各个年龄段的都有。她们的胳膊和长腿上都绑着亮闪闪的铜丝。他子孙满堂，成群结队，就像苍蝇一样。他年轻的儿子们身姿挺拔，头上戴着饰品，在村子里横行霸道，到处惹是生非。吉南朱伊曾经告诉过我，那时他有五十五个儿子，他们都有莫拉尼血统。

这位老酋长常来我的农场，或是进行一次友好的拜访，或者仅仅是从繁忙的政府事务当中偷个闲。他过来时会穿一件宽大的毛皮斗篷，由两三个白发苍苍的参议员和几个他的武士儿子陪同。他来之前，外廊的椅子会提前为他搬到草地上。他就坐在其中一把椅子里，抽着我递给他的雪茄，度过整个下午。他那些顾问和护卫们会蹲坐在草地上，围着他。每次一听到他要来的消息，我的仆人和棚民们就会跑过来，跟他讲一些农场上发生的事情逗他开心，整个景象看起来就像是某种大树下的政治俱乐部。在这样的集会中，吉南朱伊有自己独特的行为方式。如果他觉得这种讨论拖得时间太久了，他就会向后靠在椅背上，任指尖的雪茄燃着，闭上眼睛，缓慢而深沉地呼吸，低沉有规律地打着鼾。那是一种官方的、形式上的假寐。这种方式也许是他在国务委员会中养成的。有时我会把椅子搬出去和他单独聊聊。在这种情况下，吉南朱伊会把其他人都赶走，表示此刻要谈正事了。我刚认识他时，他已经不复盛年，岁月带走了他太多东西。我们单独相处时，他总是畅所欲言，天马行空，让我看到他充满创造性、勇气和想象力的精神世界。他曾认真审视过生命，有一套独特的生活理念。

发生在几年前的一件事情，加深了我和吉南朱伊之间的友谊。

有一天他来到我家，当时我正陪一位准备移居外地的朋友用午餐，在送走朋友之前，我抽不出时间来招待他。吉南朱伊在等候我的期间很期待能喝上一杯酒，因为他顶着大太阳走了很长一段路才来到这儿。但是，我家里的酒都不够一杯的量，所以我和朋友就把家里各种不同种类的烈酒掺进了一个杯子里。我当时认为，酒越烈，吉南朱伊就喝得越久，于是我亲手把这杯酒拿给了他。吉南朱伊双唇沾了沾酒，温和地对我笑了笑，然后他突然深深地瞥了我一眼，从未有人这样看过我，接着他便仰起头，一口干了那杯酒。

半个小时后，我的朋友驾车离开了，仆人却跑进来和我说：“吉南朱伊死了。”那一刻，我觉得悲剧和丑闻就像死神的巨大阴影一样横在我面前。我立即跑出去看他。

他躺在厨房的阴影里，面无表情，嘴唇和手指泛紫，像死尸一般冰冷。这种感觉就好像你刚刚射杀了一头大象：你只用了一个动作就结束了面前这个无所不能、庄重威严的生命。上一秒他还充满活力地散着步，对所有事情都有自己独特的想法，而现在他却再也不能动了。基库尤人往他身上泼了水，并把他身上那件宽大的猴皮斗篷扒了下来。此时的他威严扫地，全身赤裸，就像一只被扒了皮的动物——好像我就是为了这些战利品才杀死他的。

我让法拉去找医生，但车子死活启动不了。那些基库尤人不停地乞求我们，求我们再等一会儿。

一个小时后，我怀着沉痛的心情，准备出去和他们谈谈，这时，仆人再次跑进来对我说：“吉南朱伊已经回家了。”据说他突然就站了起来，抓起斗篷遮住身体，一句话也没说，被家臣们簇拥着走了九英里，回到了自己的村子。

我想吉南朱伊当时一定很理解我，因为我们是不被允许给原住民提供任何酒的，他知道我冒了那么大风险，只是为了让他开心。之后他还来过农场和我们一起抽雪茄，但他再也没提过喝酒的事。我想，如果他再次提出要酒喝，我一定还会给他，但我知道他不会再提了。

我派了一个仆人去吉南朱伊的村子送信给他，向他解释了整件事的来龙去脉。我让他到农场来一趟，把这件事做个了结。我建议我们把母牛和牛犊送给韦奈纳，这是卡尼纽之前已经说好的，这件事就算了结了。我很期待吉南朱伊的到来，因为他有一种珍贵的品质——非常注重效率。

这件事本来已经风平浪静了，但我的这封信再次掀起飓风，上演了一幕戏剧性大结局。

一天下午，我骑马回家时，看到有辆车开了过来，速度惊人，四个轮子转得飞快。那是一辆猩红色的车，车身镀了一层厚厚的镍。我认识这辆车，它属于美国驻内罗毕领事馆。我不解，究竟是多么紧急的事情能让领事馆的人以这样的速度开车来我家。当我在后院下马时，法拉出来告诉我，吉南朱伊酋长来了。他是坐着自己的车过来的，他前一天刚从美国领事馆买下它。他说什么也不肯下车，就想让我看看他坐在车里的样子。

吉南朱伊一动不动地坐在车里，就像一尊雕像。他穿着一件巨大的蓝色猴皮斗篷，头上戴着一顶用羊胃制成的帽子——一种基库尤式的传统帽子。他总能给人留下深刻印象：身材高大魁梧，全身没有丁点儿多余的脂肪；脸又瘦又长，额头像印第安人一样微微倾斜，脸上总是带着骄傲的神情；大而显眼的鼻子成了他身体的中心点，仿佛整个庄严的形象似乎只是为了衬托那个大鼻子——就像大象的鼻子一样，胆大、好奇而又极其敏感，能够精准地进攻和防御。吉南朱伊整个人宛如大象的化身，虽然不够机智，却拥有一颗最伟大而高贵的脑袋。

我对他的车极尽赞美之词，吉南朱伊却一言不发，只是目视着前方。我就只能看到他的侧脸——看起来就像奖牌上刻着的人头像。我绕到车前，他便转头，只留给我庄严的侧脸。或许在他心目中，印在卢比上的国王头像就是他自己。为他开车的是他的一个儿子，一直没给车熄火。我郑重地恭请他下车，他用高贵优雅的方式拢了拢身上的斗篷，然后从车上迈了下来。就在那一刻，他仿佛回到了两千年前，开始履行基库尤法官的职责。

我家西侧墙下有一个石凳，石凳前面有一张用磨盘石做成的桌子。这块石头有着非常悲惨的历史。它原本是磨坊里的磨盘石，但磨坊主——两个印度人——被谋杀了。谋杀事件发生后很长一段时间内，没有人敢接管这个磨坊。所以它一直无人问津，被闲置了很久。于是我便把它带回家当作一个桌面，不知为何，它总让我想起丹麦老家。印度磨坊主曾和我说过，这块磨石是他们漂洋过海从孟买运过来的，因为非洲的石头不够结实，没法用来碾磨。桌子的正面刻有花纹，上面有一些大的棕色斑点。仆人们认为那是印度人的血，弄不掉的。这张磨石桌在某种程度上成了农场的中心。因为我曾坐在后面处理所有和当地原住民有关的事务。我和丹尼斯·芬奇-哈顿在元旦夜坐在它后面的椅子上，一起观看双星伴月的奇景，金星木星出现在新月两旁，如梦幻般不可思议，打那之后我再也没有见过。

现在，我就坐在石桌后面，吉南朱伊坐在我左侧的凳子上，法拉站在我的右手边，谨慎地看着基库尤人。他们开始在大宅周围聚集起来，他们来这里是因为听到了吉南朱伊来我家的消息。

法拉对原住民的态度非常奇怪，就像马赛武士的装束和面容，绝非朝夕而就，而是几个世纪形成的产物。这种态度蕴含的精神力量极其强大，能够让一座座高大的石头建筑拔地而起，但是在很久之前，它们就已经坍塌崩裂，化为尘埃了。

当你第一次来到这个国家，踏上蒙巴萨岛的土地时，会看到古老的浅灰色猴面包树。远远看过去，不太像植物，反倒像一种多孔的、石化了的巨大箭石。这些猴面包树中间散落着一些灰色的房屋、尖塔以及水井的石头遗址。沿着海岸线一直向北走，你会在塔卡普纳、卡利菲、拉穆岛找到许多同样的遗址。那里曾经是古代贩卖象牙和奴隶的阿拉伯商人建起的繁华商镇。

驾着三角帆船的商人熟悉所有的非洲航路，他们沿着这条蓝色航线来到位于桑给巴尔岛[1]的中心市场。在很久以前，他们就对这些路线烂熟于心。在那个时候，阿拉丁派了四百名黑奴护送着满船珠宝向苏丹王进贡。苏丹王妃趁丈夫外出打猎时，偷偷设宴私会黑奴情人，结果被苏丹处死。

随着财富的积累，商人们很可能会把妻子们接过来，带到蒙巴萨和嘉里非，而他们自己留在印度洋边的别墅里，远观银浪滔滔，近看花朵绽放。此时，他们派出的探险队正向高原出发。

这片荒凉坚硬的旷野中，到处都是焦灼干燥的平原，干涸的河道无边无际地延伸，河道边长满了荆棘树，香味扑鼻的矮野花从黑土地中破土而出。自此，大量财富源源不断地涌入他们的口袋里。在这片非洲的屋脊上，一种聪慧、威严、长着象牙的庞然大物在这里漫步。它们沉思着，与世无争，只想求一份清净，却总被世人叨扰。万德博罗人暗放毒箭企图射杀它们；阿拉伯人一路尾随，将长枪对准它们，

---

① 桑给巴尔是坦桑尼亚联合共和国的组成部分，由20余个小岛组成，与坦桑尼亚大陆最近距离为36千米。

射出银色的子弹，将它们击毙。它们被拐入圈套，落入陷阱，只因人们对那光滑、浅棕色的象牙虎视眈眈。而富商们正在桑给巴尔望眼欲穿，静候着象牙的到来。

在森林里，一个爱好和平的民族砍掉了一些树，焚烧整合出一片土地，种上了红薯和玉米。他们不喜欢战争，也不擅长发明创造，与世无争，安贫乐道。他们手上的象牙在市场上供不应求。

这里汇集了大大小小的掠食之鸟：

> 这些喜食人肉的鸟啊，
> 都汇集到了一处；
> 有些在啄食头骨上的肉渣，
> 有些栖息在绞架上，
> 用翅膀抹净自己褐黄色的喙，
> 还有一只，正振翅离开断裂的黑色帆索。[①]

冷酷剽悍的阿拉伯人来到这里。他们生于商业时代，蔑视死亡，满脑子都是天文学和代数，身边妻妾成群。与他们一同前来的，还有那有着一半阿拉伯血统的年轻兄弟——索马里人，他们性情暴躁，争强好胜，饮食上有禁忌，贪婪成性，为弥补自己出身上的不足，他们成了虔诚的伊斯兰教徒，严格遵守祖先戒律，比纯种阿拉伯人更虔诚。同行的还有斯瓦赫里人，他们出生就是奴隶，内心也有奴性，他

① 引自雨果（1802—1885年）诗集《历代传说》。

们残忍、淫秽、手脚不干净、多愁善感还总爱插科打诨，年纪一大身体就开始发福。

随着向高地的不断深入，他们遇到了本土猛禽——马赛人。他们一声不吭，像一道道又高又窄的黑影，拿着长矛和重盾，他们非常警惕，绝不信任那些会出卖自己兄弟的陌生人。

来自天南地北的猛禽一定聚在一起商谈过。法拉告诉我，从前，索马里人还不曾从索马里带来同族女人时，在全国各个种族中，索马里的年轻男子只能与马赛姑娘成婚。不管从哪个角度来看，这种联姻看起来都非常奇怪。因为索马里人都很虔诚，而马赛人没有任何宗教信仰，甚至对地球上任何事物都不感兴趣，索马里人很爱干净，总是不辞辛苦地沐浴清洁，而马赛人总是不修边幅；索马里人非常重视新娘的贞操，但年轻的马赛女孩对这点满不在乎。法拉对此做出了解释。他说，这是因为马赛人从来就不是奴隶。他们绝不为奴，也不可能被关押。如果他们被关进监狱，三个月内定会暴毙，所以本地的英国法律对马赛人不设监禁，只需缴纳罚金即可。由于无法在枷锁下生存，马赛人在所有的土著部落中是最独立自由、地位超然的种族，与移民贵族并驾齐驱。

在这里，所有猛禽都目光灼灼地盯着地面上温顺的啮齿动物，索马里人也是猛禽中的一员。他们做不到独善其身，冲动易怒是他们的本性，无论去到哪里，就算没有外部力量的干涉，一定会在自己的道德体系内自相残杀，浪费时间和精力。但他们也是很好的领导者，可能是因为阿拉伯商人逗留在蒙巴萨享清福的时候，总是向他们委以重任：派他们冒险去做较难的生意或让他们长途跋涉，管理运输工作。

因此，他们与原住民的关系就像牧羊犬和羊群。他们亮出利齿，不知疲倦地看管着羊群。它们能撑到上岸吗？它们会逃走吗？索马里人极度渴望金钱和价值，他们会为了工钱废寝忘食地工作，每次远征回来后都瘦得只剩一把骨头。

这个习惯深深地藏在他们的血液里。以前，我们在农场上得了西班牙流感时，法拉虽然病得很重，但还是跟着我到处走。他发着烧，浑身发抖，把药拿给棚民，强迫他们吃下去。他听说石蜡治疗这种病非常有效，就立即去帮大家买来。他的弟弟阿卜杜拉当时跟我们在一起，也得了流感，病情严重，法拉非常担心他，但也只是藏在心底，并没有任何偏心的举动。对于农场劳工来说，责任、面包和声誉重于一切，就像一只牧羊犬，哪怕在垂死之际，也会恪尽职守。法拉的洞察力非常强，对原住民圈子里大小事情都了如指掌，但我并不知道他都是从哪儿得来这些消息的。除了几位地位较高的人，他与基库尤人鲜有往来。

而“绵羊们”——这个弱势群体——没有尖牙利爪，手无缚鸡之力，也没有人保护，天生温顺，只能选择逆来顺受。他们不像马赛人那样宁死不屈，也不像索马里人那样，在遭受伤害、欺骗或怠慢时激烈地反抗。远在异国他乡时，即使镣铐加身，他们也要与神为友。他们对迫害者有着独特的解读方式，认为迫害者的收益和声望要“仰仗”自己——自己就是追逐和贸易的中心，就是商品本身。绵羊走过一条长长的血泪之路，于是在阴暗愚蠢的内心里，建立了一套卑贱者的哲学体系，并且轻视牧羊人和牧羊犬。“你们整天忙忙碌碌，”他们说，“跑来跑去，气喘吁吁，累得舌头都伸了出来。晚上瞪大双眼不睡觉，白天眼睛干涩难忍，不就是为了我们吗？你们全都仰仗着我们，你们因我们而存在，而非我们因你们存在。”农场上的基库尤人有时会存心招惹法拉，就像一只绵羊突然跳到牧羊犬面前，只为吓他一跳。

法拉和吉南朱伊在此地相会，就像一只牧羊犬和一只领头羊的相遇。法拉戴着红蓝相间的穆斯林头巾，身穿黑色刺绣阿拉伯背心和阿拉伯丝绸长袍，腰板挺得笔直，看起来聪明睿智，端正得体，这样的人在世界各地都能见到。吉南朱伊坐在石座上，几乎全身赤裸，只在肩膀上披着猴皮，这个原住民老人，就像用非洲高原上的泥土捏成的泥人。他们彼此之间彬彬有礼，而当他们不需要直接接触时，为了遵从礼数，彼此会装作没看见对方。

看着这两个人，可以想象出他们在一百多年前就转让奴隶一事进行会谈的画面：奴隶在部落中非常不受欢迎，吉南朱伊极力地想摆脱他们；而法拉表面不动声色，实则在抑制自己扑向老酋长这块肥肉、将他收入囊中的冲动。吉南朱伊对法拉的想法心知肚明，坐在一旁静观其变。会议过程中，他一直掌控着局势，承受着压力，这压力一部分也源于他自己的恐惧和紧张。因为他是这场会议的中心，他就是商品。

这次大会旨在为枪击案做一个了结，会议开始时气氛平静和谐。农场上的人看到吉南朱伊后都很高兴。年长的棚民们纷纷起身，上前与他交谈几句，然后回到草地上坐下。人群边上的几位老妇扯着嗓子向我问好：“你好，杰莉。”杰莉是一个基库尤名字。农场上的老妇们都这么称呼我，小孩儿们也这么叫我，但年轻人和成年男人从不叫我杰莉。卡尼纽也出席了，他坐在一大家子人中，像一个突然活过来的稻草人，目光灼灼，神情专注。韦奈纳和他母亲也来了，坐在地上，跟其他人保持着一定的距离。

我首先站起来发言，语速缓慢且简洁，阐明卡尼纽与韦奈纳之间的事务已被裁定，且有书面证明。韦奈纳站出来证实了。卡尼纽将交给韦奈纳一头带子母牛，然后这件事就此了结，因为没人能继续忍受下去了。

协议内容已经提前通知了卡尼纽和韦奈纳，卡尼纽也按照指示准备好了一头母牛和牛犊。韦奈纳的行为活像一只地下生物，像一只鼹鼠在白天钻出了地面，小心翼翼，畏首畏尾。

我读完决议后，吩咐卡尼纽带一头母牛过来。卡尼纽站起身来，向他在小屋后牵着牛的儿子们挥动手臂。人们纷纷让开一条路，母牛和牛犊被带入会场。

正在此时，会场上的气氛骤变，就像一场风暴从地平线上袭来，疾速爆发。

这世上没什么比一头母牛和牛犊更能引起基库尤人的关注了。血腥杀戮、魔法巫术、肌肤之亲或白人世界的任何奇观，都在他们对活生生的牲畜燃烧起的欲望面前化为乌有。这欲望带着旧石器时代的气味，就像钻木生出的火焰。

韦奈纳的母亲突然长声哀号起来，然后抬起干枯的手臂，朝着母牛指来指去。韦奈纳也大声吵嚷起来，只是声音断断续续的，像是有人借他之口在传达些什么。然后他声嘶力竭地说自己不会接受这头母牛，它是卡尼纽牛群中最年老的一只，再也生不出小牛了，这只牛犊是最后一头了。

卡尼纽愤怒地打断他，吼叫着，罗列出这头母牛的种种优点，话语中你能感受到他的苦楚和对死亡的蔑视。

面对一头母牛和一只牛犊，农场上的人无法保持沉默了，每个人都七嘴八舌地发表着自己的意见。老人们抓着旁边人的手臂，拼尽最后一口气发表着对这头母牛的言论，褒贬不一。老妇人们也叽叽喳喳地附和着，声音就像加农炮的轰鸣声。年轻男人们嗓音低沉，不时表达几句尖刻的言论。有那么两三分钟，我家前面这片空地上，就像女巫沸腾的大锅，咕嘟咕嘟地翻滚着。

我看向法拉，他也看了我一眼，神情有些恍惚。此时的他就像即将出鞘的宝剑，即将冲进争执的人群中左右劈杀。毕竟，索马里人本身就是饲养和买卖牲畜的专家。卡尼纽看了我一眼，神情就像一个即将被水流冲走的溺水者。我看了看那头母牛：它通体发灰，头上的角很弯。此时的它正耐心地站在风暴中央，所有人都对它指指点点，而它表现得很镇定，只是默默舔着牛犊。我认为，它看起来确实很老了。

最后，我转头看向吉南朱伊，我不知道他是否真的看过这头母牛。总之他的表情始终没有一丝变化，只是一动不动地坐着，仿佛只是一个庞大的躯壳，没有善恶，无关悲悯。他将脸转向人声鼎沸的人群，那一刻我看到了他的王者之容。这是原住民特有的天赋，只需一个微小的动作，就能瞬间凝固。我知道，此时的吉南朱伊不会开口说话，也不会做任何动作，因为那样无异是火上浇油。他只需静静坐在那里，就能镇住所有人，除了他，没人能做到。

慢慢地，大家冷静下来，停止了尖叫，恢复了平常的样子，最后一个接一个地沉默了。韦奈纳的母亲以为没人会注意到她，拄着拐杖蹒跚地走近母牛，想仔细查看一番。法拉回过神来，脸上浮现出一丝笑意。

一切平静下来之后，我们让案件的当事人来到磨石桌旁，用大拇指蘸着车上的油膏，在协议文件上按下拇指印。韦奈纳非常不情愿，一边按手印一边小声嘟囔，就像被灼伤了一样。协议内容如下：

> 协议于九月二十六日达成；地点为恩贡山；当事人为韦奈纳·瓦·贝姆和卡尼纽·瓦·木秋。酋长吉南朱伊亲自到场见证。
>
> 依据协议，卡尼纽将交付给韦奈纳一头母牛和一只牛犊。母牛和牛犊将被赠予韦奈纳之子——万扬格里，其于去年十二月十九日被卡尼纽之子——卡贝罗失手用猎枪误伤。母牛和牛犊将成为万扬格里的财产。
>
> 母牛和牛犊交付完毕之后，本案就此完结。
>
> 此后，任何人不得就此事发表任何言论。
>
> 恩贡山，九月二十六日
>
> 韦奈纳手印
>
> 卡尼纽手印
>
> 本人在此听取协议内容。
>
> 酋长吉南朱伊手印
>
> 母牛和牛犊在本人亲眼见证下已完成移交。
>
> 布里克森男爵夫人。

第三章
农场来客

“失去一切之后”

盛大舞会

农场上常有很多访客，在异国他乡拓荒，热情好客十分必要。我们不仅对旅客敞开怀抱，对定居者也不能怠慢。每一位访客都是朋友，会带来不同的消息，无论好坏，对于偏居一隅的灵魂而言，都是可贵的精神食粮。来访的挚友更像是来自天堂的信使，为我们带来天国的美味。

丹尼斯·芬奇-哈顿每次远征回来后，都非常渴望能跟人说说话，他发现我也望眼欲穿地想找个人聊天，因此我们常常坐在餐桌旁彻夜畅谈，想到什么就说什么，然后反复玩味，常常笑得前仰后合。常年与原住民生活在一起的白人，也养成了直言不讳的习惯，因为他们没必要、也不需要加以掩饰，所以在与白人重逢时，他们还会保持原住民说话的语言风格。我们还得出一个结论：住在山脚下的马赛人，从他们的小屋里遥望我灯火通明的房子，就像在看夜空中的星星一样；

当年翁布里亚[1]的农民也曾这样凝望过圣方济各[2]和圣克莱尔[3]的住所，两位圣人在里面畅谈神学，意兴盎然。

农场上最盛大的社交活动是恩格玛——大型原住民舞会。届时，我们会招待一千五到两千位宾客。招待的方式比较简单：为舞会上的年轻武士和少女们的秃头老母亲们分发鼻烟；有些原住民会带孩子出席，卡曼特会用木勺给孩子们发糖吃。有时我也会请示地区专员，准许我们给棚民们调制“提姆布”——一种用甘蔗酿的酒，但酒劲儿很大。舞会上真正的亮点是那些不知疲倦的年轻人，他们丝毫不受外界影响，只管尽情享受自己内心的甜蜜和热情。他们只有一个要求：给他们一席之地，让他们纵情舞蹈。而大宅附近恰好就有这么一块地方：树下的草坪地势平坦，仆人们居住的林中小屋中间那块地方也算是方方正正的。因此，农场成了这里的年轻人梦寐以求的地方，我的舞会邀请函更是一票难求。

恩格玛有时在白天举行，有时在夜里。白天举行时，到场的观众和舞者一样多，空间总是不够用，因此舞会地点就会被挪到草坪上。大多数情况下，舞者们会围成一个大圈和一些小圈，不停地跳上跳下，向后甩头，或者根据节奏用脚打着节拍，身体随着踏步的动作前后摇摆；或者面朝圈内，缓慢而严肃地绕圈。爱出风头的舞者们会离

① 翁布里亚为意大利中部一州。

② 意大利修道士，出生于翁布里亚，是天主教方济各教会和方济各修女会的创始人，后被封为圣人。

③ 意大利修女，在圣方济各影响下，放弃世俗生活，追随他进行布道活动，曾在圣方济各的协助下创立克莱尔安贫会，提倡神贫。

开圈子，跳到中间来，纵情跑跳，尽情地展示自己。白天激情四射的恩格玛结束后，草坪上会留下大大小小的棕色圆圈，就像草被烧过一样，这些奇妙的圆圈会随着时间的推移慢慢消失。

白天的恩格玛与其说是舞会，不如说更像是集会。与舞者们一同前来的观众，三五成群，站在树下。如果举办恩格玛的消息传得足够远，甚至能吸引来内罗毕的卖笑女郎（斯瓦赫里语中称她们为“玛丽亚”，一个美好动人的词）。她们乘坐阿里可汗的骡车来到农场，穿着华丽的印花长裙，坐在草坪上，像一朵朵绽开的花朵。农场上老实本分的女孩子们都穿着传统的、被油浸过的皮裙和斗篷坐在她们旁边，直白地讨论着她们的穿着和言谈举止，但镇上的美女们都盘着腿，就像木制娃娃一般一言不发，只管抽着她们的小雪茄。孩子们看到那热情的舞蹈都欣喜若狂，迫切地想学着模仿，从一个舞圈蜂拥至另一个舞圈，或在草坪边上围成自己的舞蹈圈，上蹿下跳，好不快活。

基库尤人在去恩格玛之前，会用一种淡红色的石粉涂遍全身，这种粉在这里供不应求，能让他们的皮肤呈现出奇怪的金色。这种颜色既不属于动物也不属于植物。这些年轻人涂完石粉后，看起来就像一座座刚完成的雕像作品。姑娘们的穿着得体端庄，皮衣上串着珠子，绣上了图案，她们的衣服和皮肤上都涂满了石粉，就像一座浑然天成的雕像，甚至连每一处褶皱、每一处装饰都像是由技艺高超的艺术家精心雕琢而成的。年轻男子都打着赤膊，发型很别致。他们把石粉拍在发辫上，石块一样的头抬得高高的。我在非洲的最后几年，政府禁止人们往头上拍石灰粉。但是，无论男女，石灰粉都能让他们大放异彩：它彰显了热烈的盛典气氛，即便全身戴满金银珠宝也无法与之媲美。远远看去，浑身淡红色的基库尤人与身后的风景相得益彰，散发出浓浓的节日狂欢的气息。

白天举办露天舞会的缺点在于难以界定舞台的范围。这舞台无边无际——从哪里开始，又在哪里结束呢？舞者们全身涂满了石粉，脑袋后面飘着一片鸵鸟尾羽，脚后跟上绑着疣猴皮做成的装饰品，酷似骑士的马刺。他们在树下跳舞时看起来不免有些杂乱。舞者围成的大大小小的圈、成群结队的观众、跑来跑去的孩子们——这一切让你目不暇接。整个场景就像一幅战争年代的老照片，你会看到骑兵在一边昂首阔步地前进着，另一边的炮兵已经就位，而炮兵指挥官则孤零零地从中间斜穿而过。

白天的恩格玛很像是人声嘈杂的集会，笛声、鼓声淹没在人群的喧闹声中。男舞者们会跳这样一种舞：他们腾空而起，将矛挥过头顶，舞姿特别，神态优美。这时，女舞者们会发出一种奇怪的尖叫声，把尾音拖得极长。坐在草坪上的老人们喋喋不休地聊着天。上了年纪的基库尤妇女们拿着酒葫芦，热烈地交谈着，画面令人动容。她们回想着往日纵情舞蹈的样子，越想越激动，脸上绽放出幸福的光彩；到了下午，太阳开始下山，她们酒壶里的提姆布酒也见底了，个个醉眼蒙眬，飘飘欲仙。有些时候，她们的老伴也会加入人群中，跳起舞来。此情此景，不禁让某一位基库尤妇女回想起自己年轻时的样子，她站起身来，蹒跚几步，胡乱摆动着手臂，又跳了几步。陶醉于欢乐之中的人群不会注意到她，她身边的同龄人却报以热烈的掌声。

然而，夜晚举办的恩格玛则更加隆重，像是一场盛事。

秋天，玉米收割完之后，在满月的光辉的映照下，恩格玛如约而至。恩格玛本身并没有任何宗教意味，但表演者和观众的一举一动却透露出了神秘与庄严。这些舞蹈似乎已经流传了一千年了。但一些深受舞者们喜爱的舞蹈，却被白人形容为“有伤风化”，并被明令禁止。有一次，我从欧洲度假归来，正值咖啡采摘季节，却发现我的25个壮劳力被农场经理送进了监狱，原因是他们在夜间恩格玛上跳了那种伤风败俗的舞蹈。经理告诉我，他的妻子实在忍受不了这样有伤风化的舞蹈。我训斥了年长的棚民，责问他们为什么要把恩格玛开在经理家附近。他们郑重地向我解释说，他们是在卡塞古的村子里跳舞的，离经理家至少有四英里。之后我不得不赶到内罗毕与地区专员进行交涉，后来他把这些舞者放回了农场，让他们回来采摘咖啡。

夜间舞会的场面都十分盛大，如果你有幸见到，演出的规模一定会使你感到震撼。舞会现场到处都是火焰，火光所到之处皆为舞台。事实上，火焰就是恩格玛的核心。他们点火并不是为了照明，非洲高原上的月光皎洁纯白，足够明亮，点火只是为了营造气氛。火焰会让舞台看起来更加一流，它将五光十色和千姿百态都融合到了一起，看起来浑然天成。

原住民们一般不会过分追求效果，所以也不会点燃一丛巨大的篝火。舞会前一天，农场上的棚户妇女们会将柴火提前抬到举办舞会的场所，堆到舞圈的正中央，俨然一副宴会女主人的姿态。老妇人们的出席更是让舞会蓬荜生辉，她们围着篝火席地而坐，四周还点起了几丛小篝火，就像点点繁星，为了不让它们熄灭，还要有人不时地给它们添点儿柴火。舞者们以黑夜中的森林为背景，围着篝火尽情地跑跳。舞会场地一定要够大，不然热气和浓烟会跑进观众的眼睛里，呛得她们眼泪直流，但同时也要足够私密，就像一个公用的大房子。

原住民丝毫不懂什么叫“对比”，他们没有这种感觉或意识。他们与大自然相连的脐带还未完全切断。他们只会在满月之夜举办恩格玛。月圆之夜，他们会献出自己最好的表演。这一天，天穹中柔美的月光倾泻在非洲大地上，人们接受着月光的洗礼，畅游其中，翩然起舞，为非洲大地献上自己那一点儿炽热的光亮。

宾客们总是成群结队地赶来，有时两三个，有时十几个，有时朋友们约好一同前来，有时在路上遇见了便结伴同行。很多舞者为了参加恩格玛，要走上十五英里的路程。路途漫漫，他们会随身带着笛子或鼓。于是，在舞会这一天，全国各地的街道或路径上都回荡着音乐，就像人们在对着月亮摇铃铛一样。人们会在舞会入口处停下，等待放行；有时有远道而来的贵客，或临近部落酋长的儿子们也会来，会有年长的棚民、一流的舞者和舞会监督员专程出去迎接。

恩格玛的监督员是农场里的年轻人，他们肩负着维持舞会秩序的重任，尽忠职守。舞会开始前，他们在舞者面前皱着眉、沉着脸，大摇大摆地走来走去；舞会气氛逐渐热烈起来时，他们便在舞圈里来回跑动，确保一切都正常。他们手里都拿着家活什儿——一捆绑在一起的木条，为了保证其中一端一直燃烧着，他们还不时把木条放进火里烤一烤。

他们警惕地看着舞者们，无论何时，只要瞧出一点儿端倪，便会立即冲过去，表情狰狞地大声咆哮，并把燃烧的木条猛掷过去，燃烧的那一端会直接打在不守规矩的人身上。挨打的人疼得弯下了腰，却一声不敢吭。可能他们认为从恩格玛带点儿伤回去，不是什么不光彩的事。

有一种舞蹈是这样的：女孩儿们故作端庄地站在年轻男子的脚背上，紧紧抱住他们的腰，而年轻“武士”们会从女孩儿头的两侧伸出手臂，双手紧握长矛，时不时举起，再用全身力气用力插向地面。这画面非常美好：部落里的年轻女子们在危险来临时，依偎在她们男人的怀中，把他们当作避风港，而保护着她们的男人们甚至让她们站在脚背上，保护她们不受毒蛇或者地面上任何危险的威胁。这舞蹈会持续好几个小时，舞者们沉迷其中，脸上满是幸福的狂喜，就像他们已经做好为对方万死不辞的准备了。

他们还会跳另一种舞蹈：舞者们不停地在火焰中跑进跑出，领头的舞者会做出高难度跳跃动作，还会舞起长矛。我相信，这种舞蹈一定是从猎狮中得到的灵感。此外，恩格玛中还有阵阵歌声、笛声、鼓声此起彼伏。有些在国内声名显赫的歌手在收到邀请后，会长途跋涉地赶来。与其说他们是在唱歌，倒不如说他们是在有节奏地朗诵。他们是即兴艺术家，出口成章，而舞者们在一旁认真聆听，很快就能与之合唱。晚风徐徐，歌声让人心旷神怡。一开始，只有一个温柔的声音娓娓倾诉，而后声调扬起，一些稚嫩的声音加入进来，随后反复吟唱。但如果这歌唱上一整晚，配上时响时停的鼓声，就会渐渐变得乏味，让人倍受折磨，多听一句都会忍受不了，只希望它赶快停止。

我在非洲的时候，见过最有名气的歌手来自达戈莱蒂。他的声音清亮有力，歌技一流。他唱歌时，会在舞圈内大步奔跑或滑行，一步一屈膝。他总是摊开一只手掌罩在嘴边——可能是为了聚声吧——

有一种一个危险的重大秘密即将被公之于众的感觉。他就像非洲大地上的回声，总是能轻易地用歌声左右观众的情绪，一会儿使人幸福洋溢，一会儿让人义愤填膺，一会儿又让人笑得不能自已。他会唱一首令人心生敬畏的歌曲——那是一首战歌，每每听起，我的眼前总会浮现出这样的画面：歌手奔走穿梭在各个村庄之间，号召整个国家的人参与到战争中去，并向人们描述着敌人烧杀抢夺的残忍画面。倘若在一百年前，这首歌一定会让白人移民者寒意顿生，汗毛倒竖，好在他这个人看起来没有那么恐怖。大多数歌并没有那么吓人。有一天晚上，他吟唱了三首歌，我让卡曼特翻译给我听。第一首歌描绘了一个奇幻的画面：舞会上所有舞者都随他一起登上了前往沃莱亚的大船，扬帆起航；第二首歌，卡曼特给我解释道，是为了歌颂歌手、舞者们的母亲和祖母。这首歌听起来非常甜蜜，歌曲很长，娓娓道出了基库尤老妇们的智慧与善良，那些没有牙齿的秃头老妇们围坐在正中央的篝火旁，不住地点头；第三首歌很短，却让在场所有人笑得前仰后合。歌手不得不提高声调，以保证大家听得清楚，他一边唱着，一边自己也忍不住笑意。老太太们被人奉承得十分高兴，于是拍打着大腿，张大嘴巴哈哈大笑，像鳄鱼一样。卡曼特很不情愿地翻译给我听，他说这根本就是瞎扯，所以翻译得非常简洁。这首歌的主题很简单：时疫蔓延，政府将华盛顿地区的老鼠们明码标价，称只要上交死老鼠，就能得到赏金——这首歌描述了被全民通缉的老鼠，如何在部落里的老妇人和年轻女人的屋中避难，以及之后发生的种种故事。这首歌的细节之处肯定很有趣，但我却不知道，因为卡曼特不太愿意翻译给我听，还时不时地嘲讽讥笑。

一天晚上，恩格玛上上演了戏剧性的一幕。我回欧洲探亲前不久，大家为我举办了一场饯别晚宴。今年收成不错，晚会整体氛围也很热烈，大概有一千五百位基库尤人到场。舞蹈持续了几个小时。我睡觉前又出去看了看，他们为我搬来一把椅子，背靠着仆人小屋的方向，我坐在椅子上观赏舞蹈，之后几个年长的棚民走了过来，热情地跟我聊起了天。

突然，舞圈中掀起了一阵骚动，人们又惊又怕，发出奇怪的叫喊声，听起来就像一阵风扫过灌木丛的声音。舞蹈动作慢了下来，越来越慢，但还没有完全停止。我连忙问人群中一位老人发生什么事了，他用低沉的声音快速答道："马赛人要来了。"

应该是跑腿的先来通风报信了，但等了好半天也没什么动静；可能基库尤人也派人给客人送去了口信：我们在此，恭候大驾。马赛人参加基库尤的恩格玛是违法的，因此以往生出过不少事端。我的仆人们跑过来，站在我的椅子旁，大家都屏住呼吸，看着舞会的入口处。马赛人刚一踏入舞会，大家立即停下了舞蹈动作。

十二个年轻的马赛武士走了进来，向前走几步后便停下了，目不转睛地看着篝火。他们打着赤膊，手拿武器，头上戴着精致的头饰。其中一个戴着马赛武士出征时才会戴的头饰，小腿上垂直画着一条宽宽的猩红色条纹，仿佛血液顺着腿流下来一样。他们笔直地站着，双腿僵硬，昂着头，一声不吭，气氛一时极度沉重；他们的态度就像胜利者面对死囚一样，就像来恩格玛并非自己所愿。看来，舞会上的鼓声穿过河流传进了保留区，一直向保留区深处传去，撩拨着那里年轻武士的心弦。最后这十二个武士没经得住诱惑，情不自禁来到了这里。

基库尤人感到非常不安，但他们还是非常礼貌地接待了这些来宾。农场上领头的舞者将他们带入舞圈中，他们一言不发，默默就位，随后，舞会再度开始。但是，气氛还是与之前有些不同，沉重了许多。鼓声越来越大，节奏越来越快。如果恩格玛就这样进行下去，我们应该能看到一些激动人心的表演，基库尤人和马赛人会尽情摆动腰肢，不遗余力地展示自己的活力和高超的舞技。但结果却不如人所愿：我本将心向明月，奈何明月照沟渠！

我并不知道发生了什么，突然间，舞圈开始晃动，然后断裂开，有人在放声尖叫。霎时，我面前的人群开始推推搡搡，四处逃窜，我听到了撞击声和身体倒在地上的声音，头上的空气随着挥动的矛震颤着。我们都站了起来，睿智的老者们也站了起来，他们扶着篝火的木头踉跄起身，连忙去看发生了什么。

气氛平静下来后，奔走四散的人群又重新聚拢在了一起，我发现自己正站在人群中间，周围还被留出了一些空间。两个棚民走了过来，不情愿地解释着发生了什么：马赛人坏了规矩，先挑起了战争。目前的结果是：一个马赛人和三个基库尤人都身受重伤——他们的原话是："被砍成了碎片。"他们严肃地问我，要不要把那几个人缝起来？——不然一旦政府发现了，大家都要跟着倒霉。我问那位老人："打架的人哪里被砍掉了？""脑袋。"他的语气中带着一丝骄傲——一副原住民看到别人大祸临头时幸灾乐祸的模样。正在此时，我看到卡曼特拿着长长的织补针和我的针线盒从人群中穿过。我还在犹豫，老阿瓦鲁走上前来。他在监狱的七年里曾学过针线活儿，他一定一直在等待可以动手实践的机会，以展示一下自己精湛的手艺。他毛遂自荐，自告奋勇地要揽下这活儿，一时间，目光焦点都落在了他身上。他确实缝得不错，在他的精心照料下，他们之后也逐渐康复了。这件事发生后，他经常夸耀自己的壮举，但卡曼特偷偷告诉我，那人的脑袋本来就没掉。

马赛人参加恩格玛是违法的，我们不得不把受伤的马赛人藏了好长一段时间。农场上有几间小屋是为白人访客的仆人们准备的，我把他们藏在了那里。他们康复之后不告而别，甚至没有对阿瓦鲁说一句谢谢。我想，对于马赛人来说，被基库尤人打伤，又被基库尤人治愈，一定很难接受吧。

恩格玛之夜快结束时，我走出去询问伤员的消息。在灰蒙蒙的晨曦中，火焰仍未被熄灭。我看到一群年轻的基库尤人在火堆周围活动着，他们在一位棚民老妇——瓦奈纳的母亲——的指挥下，蹦跳着、用长长的棍子在火堆里面乱戳。他们正在施咒，诅咒马赛人和基库尤女孩的爱情永远不会开花结果。

亚洲访客

恩格玛为亲近邻里提供了契机，又起到了传承文化传统的作用。我还记得农场里在恩格玛上起舞的第一批舞者们，起先他们的弟弟妹妹加入了舞会，后来他们的儿子和女儿也来一展舞姿。

有时，也有来自遥远国度的友人们来访。从孟买吹来的季风，将智慧过人且饱经世故的印度长者们乘坐的船只吹到了非洲，把他们带到了农场。

内罗毕有一位名叫乔利姆·侯赛因的印度木材商人，他是一位虔诚的伊斯兰教徒，也是法拉的朋友，我刚到农场开始垦荒时，跟他常有生意往来。一天，他来到大宅，说想带一位印度大阿訇[1]来参观，问我是否可以。乔利姆·侯赛因对我说："他远渡重洋而来，是为了监督他在蒙巴萨和内罗毕的信众。信众们也翘首以盼，期待着他的大驾光临，但他们绞尽脑汁也想不出有比参观农场更好的接待方式了。"他问我是否同意让他来，我说了欢迎后，乔利姆·侯赛因又继续向我解释了这位老人的身份是何等尊贵，形象是何等神圣，异教徒用过的

① 伊斯兰教教职称谓。波斯语音译，意为"教师""学者"。

锅具做出来的菜他是断然不会吃的。但他又迅速补充道："您不必担心这件事，住在内罗毕的伊斯兰信徒会准备好饭菜，准时送到这里，您是否允许大阿訇在您家用餐呢？"我再次表示同意，过了一会儿，乔利姆·侯赛因面露难色地说道："还有一件事，最后一件了。依照礼节，大阿訇所到之地都应由友人赠礼，在您这样的房子里，礼品价值应该不少于一百卢比。"他又连忙补充道："但是这点您也不必担心，这些钱会由内罗毕的伊斯兰教徒们筹齐，您只需要亲手献给阿訇就可以了。"我问道："但阿訇会相信这是我送给他的礼物吗？"乔利姆·侯赛因闪烁其词，没有明确地回答我，这些有色人种说话总是畏首畏尾的，一开始我很抗拒为我安排的这个角色，但看着乔利姆·侯赛因和法拉失望的脸和闪烁着希望光芒的双眼，我放下了自尊，心里想，就由着这位大阿訇来吧。

到了那天，我把这件事忘得一干二净，正在田里试驾我的新拖拉机。卡曼特的弟弟——提提被派来叫我回去。拖拉机的声音震耳欲聋，我根本听不见他在说什么，我不敢熄火，因为启动它太难了。提提穿过田野，一路追着我的拖拉机，就像一只小疯狗似的"啪啪"跑着，跑得上气不接下气，脚下灰尘四起，直到田边，我们才一起停下来。"大阿訇们来了。"他朝我喊道。"什么阿訇？"我问道。"所有的阿訇。"他骄傲地说。他们每六个人乘坐一驾马车，总共四驾马车已经到大宅门口了。我随他一同回到大宅，快到的时候，我看到一群身穿白袍的人散布在草坪上，就像一群白色大鸟突然从天而降，落在我家附近，也像一群天使突然降落到农场上。

印度一定是派了整个宗教法庭来非洲延续他们的信仰之火，来的人实在不少。不过倒是不难辨认出哪个是大阿訇，此时的他在两位随从的保护下，向我走来。乔利姆·侯赛因站在他身边，保持着适当距离，以示敬意。他个子不高，但面容非常精致，就像在古老的象牙上刻画出来的图画一般，气质文雅。乔利姆·侯赛因随从我们走进屋内，在我们谈话时守在旁边，随后便退下了，因为客人想同我单独交谈。

他不懂英语，也不懂斯瓦赫里语，我也不懂他的语言，我们根本无法交流，只能通过手势表达对彼此的敬意。看得出来，他已经参观过大宅了。家里所有的盘子都被摆上了桌子，鲜花也按照印度和索马里人的风格摆放妥当。然后，我随他一同走向院子西边，坐在了石凳上。此时，围观的人都屏住呼吸，目不转睛地看着我俩。我双手向他奉上那一百卢比，这些钱被包裹在乔利姆·侯赛因的绿色手帕中。

不知怎的，我突然对这位墨守成规、又老又矮的大阿訇产生了偏见，有那么一瞬间，我觉得他应该会为这种情况感到尴尬吧。但当我们一同坐在午后的斜阳下，不必再费尽心机假装对话，只是作为朋友互相陪伴时，我再没有从他身上感受到一丝尴尬的气息。坐在他身边，我感到一种莫名的安全感。他行为举止彬彬有礼，我指着远处的山和树给他看时，他不时微笑着点头示意，似乎对一切都兴趣盎然，但对任何事都不会感到惊讶。

我在想他的这种镇定自若，是因为对这世上的恶一无所知，还是用自己深厚的知识和宽广的胸怀全然接受一切呢？我不得而知。因为无论是这世上本无毒蛇，还是你在被注射毒液后身体对其产生了免疫，其实结果并没什么不同。老人表情平静，就像一个还不会说话的小婴儿，对什么都好奇，而且天生对任何事物都不会感到惊讶。在这午后一个小时的时光里，我就像陪着一个小婴儿，一个身份高贵的婴儿，或是某位老画家笔下的圣婴耶稣——时不时还用他圣洁的小脚踢着摇篮的摇臂。老妇人通常也都有和他一样的表情——洞察一切，对一切事物了然于心。这并不是一种有男子气概的表情——通常与襁褓中的婴儿和女人的裙子相称，此时却与我身边身穿华美羊绒白色长袍的客人也相得益彰。除了马戏团里机灵的小丑，我还没在哪个男人的脸上看见过这样的表情。乔利姆·侯赛因想带其他阿訇们去河边参观磨坊，但老人们略感疲惫，不想起身。他看起来就像一只鸟，但他对鸟也很感兴趣。有一段时间，我曾在大宅里养过一只鹳，还养过一群鹅，我不会杀它们，养在这里只是为了增添一点儿丹麦的气息。这位老阿訇对它们很感兴趣，在地图上的各个角落指来指去，想要知道它们来自哪里。我的狗正在草坪上悠闲地散着步，它们让这午后美好的时光更加完美。法拉和乔利姆·侯赛因一定想过把狗关在狗舍里，伊斯兰教徒到农场上办事的时候，看见狗总是不免心惊胆战。现在，它们就在一群身穿白袍的神职人员中穿行，俨然一副站在绵羊旁边的狮子的模样。伊斯梅尔曾说过：这些狗一眼就能看出谁是伊斯兰教徒。

他们离开之前，大阿訇赠予我一串珍珠项链，作为此次拜访的留念。此时我觉得除了那份冒名送上的一百卢比，也应该回赠一份礼物。于是我让法拉去取了一张前不久我们在农场上射杀的狮子的皮。老人抓起一只巨爪放到脸上，想试试爪子的锋利度，眼神清澈而又专注。

他走了以后，我总是在想，农场上的一切能否留在他那消瘦、高贵的脑袋里，还是会消失得无影无踪？但我确定他对农场还是有些印象的。因为三个月后我收到了一封来自印度的信，信的地址写错了，因此被延误了很久。信件来自一位印度王子，他在信中说，阿訇曾跟他提到过一条大灰狗，他想把这条狗买下来，价钱由我来定。

索马里女人

有这么一群访客，在农场上有着举足轻重的地位，但我不能写太多，因为她们不喜欢这样。她们是法拉家的女人。

法拉结婚以后，曾把妻子从索马里带到农场，随行的还有一群活泼温顺的小灰鸽：他妻子的母亲和妹妹，还有一个从小在他家长大的表妹。法拉告诉我，这是他家乡的传统。索马里的婚姻要依照父母之言，而这些年轻人的出身、财富和声誉统统在考虑范围内。在家境极好的人家，新娘和新郎直到结婚那天才会见面。但索马里是一个有骑士精神的国家，男人要时时刻刻保护他们的女人。出于礼数，结婚之后，新婚丈夫要在妻子的村子里住上六个月，在这期间，她仍然是一个女主人、一个有文化修养、在当地颇有影响力的人。有时新郎官因故不能去往新娘的家中，新娘家的女眷们就会毫不犹豫地陪新娘到新郎家住一阵子，哪怕背井离乡，去遥远的国度漂泊。

后来法拉收养了一个没有母亲的小女孩，她让我家的索马里妇女圈显得更加完整。收留一位快到适婚年龄的女孩，未必没有功利心，毕竟有例在先：莫底改收养了以斯帖[1]。这个小女孩冰雪聪明，活泼可爱。家里的女人都将她视为掌上明珠，精心地照顾着她，从总角[2]少女培养成了亭亭玉立的大姑娘。我看着她一天天长大，不禁感慨这真是个奇妙的过程。她来到我们身边时才十一岁，经常从管教严格的家里跑出来，跟我四处游走。她会骑上我的小马，拿上我的猎枪，或者跟基库尤托托们一起跑到鱼塘去，挽起衣袖，赤着双足，拿着抄网，在长满灯芯草的岸边疯跑。索马里少女一般会把头发剃掉，只留一圈黑色鬈发，和头顶上长长的一撮。这种样式很漂亮，让孩子们看起来就像活泼顽皮的小和尚。但随着时间推移，在那些成年姑娘潜移默化的影响下，她渐渐发生了变化。她对这种变化十分着迷，走路变得慢悠悠的，就像腿上绑了重物，总是敛首低眉，十分注意自己的姿态，一有陌生人来访就立即消失得无影无踪，很怕影响自己的声誉。她开始蓄发，头发长到一定的长度，就让别的女孩帮忙编成一个个小辫子。“吾家有女初长成”，这位“初长成”的少女严肃而又骄傲地面对着成长过程中的所有仪式，不辞辛苦，排除万难，只为循规蹈矩。她的态度非常坚决，宁可去死，也不愿行差踏错。

法拉告诉我，他的岳母因教女有方在家乡享有极高的声誉。在那里，她们就是潮流的引领者，是少女们争相模仿的楷模。这三位年轻女子确实自尊自持、温良恭顺。

她们个个贤淑高贵，极具淑女风范。她们华美的衣着更加凸显

---

① 据圣经记载，在书珊城有一个犹太人，名叫莫底改。莫底改抚养了他叔叔的女儿哈大沙（后名以斯帖）。以斯帖长大后成为波斯王后，使犹太人得免大难。

② 八岁到十四岁的孩子。

了自身的稳重得体。因为我经常帮她们买丝绸布料或印花棉布，所以我知道，她们一条裙子就要耗费十米布料。在层层叠叠锦衣华服的覆盖下，她们纤细的膝盖以一种神秘的节奏优雅地移动着，令人想入非非：

> 你高贵的双腿，踢起了裙边，
>
> 折磨着暗中的情欲，如煎如熬。
>
> 犹如两个巫婆晃摇一个深瓶子里的黑色媚药。[①]

这位母亲大人本人看起来也沉稳持重，不怒自威，就像一头母象一样，知晓自己的力量，强大而又慈爱。我从未见她生过气。即使是老师、学者也会嫉妒她身上那鼓舞人心的力量。在她手下，学习不再是一件苦差事，而是一项神圣的事业，没有人被强迫学习，能求教于她是一件光荣的事。

我在树林中为她们建了座小学，名为“白魔法”。三位姑娘款步姗姗地走在学校周围的林间小路上，就像三位苦读巫术的年轻女巫，学成之后，就能拥有无边的法力。她们志趣相投，同时也在争先夺优，就像在真实的交易场中自由竞价，竞争公开而坦率。法拉的妻子已经退出了竞争，地位特殊，就像一个已经在巫术方面获得学位的好学生一样，她可以落落大方地与巫师首领交谈，未婚少女们还承受不起这样的殊荣。

---

① 引自波德莱尔《恶之花》，据郭宏安译本。

这些年轻女人都自视甚高，伊斯兰少女绝不可能委身下嫁，不然会有辱门楣，遭到全家人的谴责。而男子如果可以娶到地位比自己低的女子就该感到知足，所以索马里小伙子娶马赛女子为妻的例子很多。虽然索马里女孩可能会嫁到阿拉伯半岛，但阿拉伯女孩绝不可能嫁到索马里，因为阿拉伯人与先知穆罕默德有千丝万缕的联系，地位非常尊贵，穆罕默德家族的女孩不得与外族男子通婚。这个民族的女孩们大多自命不凡，坚持要高攀更尊贵的人家。她们自己也天真地将这一规则与种马场里的原则相提并论，因为索马里人很重视母马。

我们彼此熟悉了之后，索马里女孩会问我，听说欧洲人会白白将女儿嫁给某家男子，什么也不图，这是真的吗？她们还听说，竟然会有民族堕落到自贴嫁妆把女儿嫁出去，这是她们无论如何也无法理解的。她们为这样的父母感到羞耻，也为那些自甘堕落的女孩感到羞耻。她们难道没有自尊吗？她们对女人、黄花闺女的尊重都到哪儿去了？女孩们告诉我，如果她们自己不幸出生在那样的部落，她们宁可死也不会结婚。

当时的欧洲，没有人研究那些大家闺秀的礼数，我读书读到这些内容时也会觉得意兴阑珊。现在我终于明白我的祖父和曾祖父为何会对她们献上自己的膝盖了。索马里习俗曾是自然的需要和优美的艺术的结合，它融合了宗教、战略、芭蕾舞等各种因素，被族人们当作金科玉律，巧妙而灵活地运用在生活的方方面面。它最美妙的地方在于内部的自相矛盾：墨守成规的背后是慷慨宽容；死板迂腐的背后是幽默风趣以及对死亡的蔑视。这个战斗民族的女儿们经历过呆板守旧的成人仪式，学习仪态礼数，就像在演练优雅的战舞；她们是不吃一口黄油的淑女，也是不饮尽敌人最后一滴血决不罢休的战士。她们就像三只披着羊皮、生性凶残的年轻母狼。索马里人个个坚韧不拔，在沙漠里、海洋上都摸爬滚打过。生活的重担、巨大的压力、惊涛骇浪和漫长的岁月，把这些女人磨成了坚不可摧而又熠熠生辉的琥珀。

这些女人们把法拉的房子装饰得颇具游牧民族风格，她们在墙上挂了许多毯子和绣花床单，就像随时都会拆掉帐篷搬走一样。熏香对她们来说是家里必不可少的元素，许多索马里人家里都散发着香甜的味道。我在农场上很少能见到女人，于是我养成了一种习惯：每到夜幕降临时，我总会去法拉家里跟老太太和姑娘们坐下来聊聊天。

她们对任何事物都兴趣盎然，很小的事也能让她们感到高兴。农场上的小灾小难、日常生活中的小玩笑，都能让她们发出银铃般的笑声。我教她们编织的时候，她们总是笑得前仰后合，就像看了一出木偶喜剧一样。她们虽天真，但并不无知。她们曾护理过产妇，处理过丧事，能和母亲一起冷静地讨论具体细节。有时为了让我开心，她们会给我讲类似于《一千零一夜》的童话故事，大多都是喜剧，描述爱情的方式也很直白。她们讲的所有故事都有一个共同的特点，那就是都有一位女英雄，她们比男性角色更加强大，总能从故事情节中脱颖而出，不论贞洁与否。母亲就坐在那里，面带微笑地听着。

在这个封闭的女性世界之中，在厚厚的城墙和层层防御背后，我看到了一个伟大的理想：女人终将主宰这个世界。没有这个理想，这里的“护卫军”们不会如此勇敢。在那样的世界里，这位母亲会是另一番模样：她会坐上王位，化身为体形硕大、皮肤黝黑的女神——生在远古时代的先知之前。姑娘们始终关注着自己的母亲，毕竟她们是务实的人，依然会着眼于当下的需要，捕捉着出现的所有信息。

这些年轻姑娘对欧洲的习俗非常感兴趣，每当我讲起那些礼仪、教育方式和白人女士的穿衣风格时，她们总是全神贯注，仿佛要汲取如何征服异族男子的所有信息，来丰富自己的战略知识一样。

服饰在她们的生活中扮演着至关重要的角色，这并不奇怪，因为对她们来说，服装也是战斗的物资，是战利品，是胜利的象征。她们的丈夫——索马里男人，天生懂得节制，对饮食和个人需求漠不关心，他们就像自己的祖国一样，坚韧不拔、节俭质朴，而女人就是他们的奢侈品。在女人面前，他们永远贪得无厌，她们是他们生命中最美好的部分。他们自然也希望拥有马匹、骆驼和牲畜，但这些都无法与他们的妻子相比。索马里女人会鼓励丈夫的两种天性——残酷和好色，但也会不留情面地痛斥丈夫任何软弱的行为。她们愿意牺牲自我，提高丈夫的价值。如果不通过男人，这些女人连一双拖鞋也得不到，她们不属于自己，必须归属于男性：父亲、兄弟或丈夫。即便如此，她们仍是男人生活中的最高奖赏。索马里女人会从她们的男人那里得到大量丝绸、金子、琥珀和珊瑚，这样双方都会有面子，这实在让人称奇。那漫长而艰苦的商旅，重重艰难险阻，机关算尽，数次出生入死，持久忍耐，最后都化成了女人身上的衣服。年轻的女孩们没有丈夫可供她们压榨，就在帐篷里精心打扮自己的头发，期待着有朝一日能去征服那些勇者，敲诈那些狡诈之人。她们从不介意互相借穿衣服，姐姐们总是乐于打扮自己的小妹妹。少女们穿上已婚姐姐的衣服，那真是美人儿中的美人儿。说笑之间，还会戴上镶金的头饰——习俗本不允许处女佩戴的。

索马里人总有诉讼案缠身，几乎每次都要法拉前往内罗毕或出席农场上的部落会议。每当这时，我去法拉家里，老太太总会用温和机智的方式给我讲这些事。她可能已经问过法拉了，而法拉也一定会知无不言，因为他非常敬重她，但我想她是应该是通过外交手段了解到这些事的。通过这种方式，她依然可以维持女人对男人的事一无所知的形象，装作一个字也听不懂。她会像女巫一样大胆预言，就像受到了上帝的点拨。但她不用负什么责任，也没人会跟她较真。

每逢索马里人在农场上举行大型会议或宗教庆典活动时，女人们要负责安排食物。尽管她们不会出席宴会，也不能进清真寺，但还是野心勃勃地希望派对能够大获成功。她们把想法都藏在心里，跟谁也不提起。

这种场合中，她们会让我想起故乡老一辈的女人们，记忆中她们总是忙忙碌碌的，她们挤在又长又窄的车厢里的样子不时地浮现在我的脑海里。我母亲和祖母的那个年代，每当举行一些男性的节日时，例如猎野鸡和秋季狩猎，斯堪的纳维亚的妇女们——那些善良的野蛮人家里的奴隶们，就会像这些索马里女人一样，全力以赴，精心准备，扮演好女主人的角色。

索马里人世代蓄奴，他们的女人与原住民相处甚欢，她们温和冷静，与人保持着一定的距离。对原住民来说，为索马里人和阿拉伯人服务要比为白人服务容易得多，因为有色人种的生活节奏基本相同。法拉的妻子在农场里的基库尤人中颇有人气，卡曼特也多次对我说她非常聪明。

我的一些白人朋友会频繁来访，比如伯克利和丹尼斯，几位年轻的索马里女人对他们都很友善。她们经常谈起他们。令我惊奇的是，她们对我的朋友们了解得还真不少。他们碰面后，这些小姑娘们会一边用手抚平裙子上的褶皱，一边亲切地与他们交谈。但是，其中的关系有一些复杂，因为伯克利和丹尼斯身边都有索马里仆人，而这些姑娘们一辈子都不会与他们见面。只要戴着头巾，消瘦黑眸的仆人贾马或比里亚一出现在农场，她们就会消失得无影无踪。如果这时候她们想见我，就会在大宅附近的角落里徘徊，拉起裙子的一角遮住脸。我的英国朋友们说，女孩们能这样信任他们，他们感到很高兴。但我相信他们虽然嘴上这么说，但还是会觉得有些心虚吧，因为这些女孩竟然认为他们如此人畜无害。

我有时候会带姑娘们出去兜兜风，或者去拜访他人，每次出发前，我都会谨慎地先征求她们母亲的同意，我绝对不想玷污她们像月神狄安娜[1]一样的清誉。农场的一边住着一位年轻的澳大利亚已婚妇女，几年以来，她在我心里一直都是位迷人的邻居。她会请索马里姑娘们去喝茶，这对她们来说可是颇为隆重的场合。

她们会穿得像绽放的鲜花一样，我开车的时候，她们就在后座上叽叽喳喳地聊天，就像后座放了个大鸡笼。她们对这里的一切都非常感兴趣：房子、服饰，甚至我朋友的丈夫——看到他在远处骑马或者犁地时。茶端上来后我才知道，只有结了婚的姐姐和小孩子才能喝，年轻姑娘们不能喝，喝完太激动就不好了。

吃蛋糕的时候，她们会故作端庄，姿态优雅地小口品尝。我们会

① 狄安娜，是罗马神话中的月亮与橡树女神，罗马十二主神之一。

就最小的姑娘是否能喝茶的问题讨论一番，不知她是否到了喝茶就会很“危险”的年纪。已婚的姐姐坚持说她可以喝，但是这孩子用她那深色眼眸骄傲地看了我们一眼后，推开了茶杯。

小表妹长着一双红棕色的眼睛，是个喜欢沉思的姑娘，她能读懂阿拉伯文，也能背诵古兰经中的一些片段。她的思想中夹杂着对神学的理解，我常跟她讨论宗教话题和世界上的奇闻逸事。从她这里，我听到了对约瑟和波提乏的妻子[1]的故事的详细解释。她肯定了耶稣为处女所生的说法，但表示耶稣并非上帝之子，因为上帝的儿子不可能拥有血肉之躯。可爱的童贞少女玛丽亚，曾漫步于花园之中，被上帝派来的大天使用羽毛碰了碰肩膀，因此受孕。有一天争辩过程中，我给她看了一张印有哥本哈根大教堂的明信片，里面展示了教堂里由托瓦尔森[2]雕刻的基督神像。从此，她温柔又惊喜地对救世主萌生了爱意。关于他的一切，她怎么也听不够，在我给她讲述的时候，她总是感叹不已，脸色也随着故事发展不时变化。她总是想，犹大到底是个什么样的人呢？怎么会有这种人啊？她恨不得亲自剜出犹大的眼睛。这种热情就像她们在家里焚香时散发出的浓烈香气，那香料采摘于远山上墨绿色的丛林中，闻起来甜美而又奇幻。

我问过神父，是否可以带年轻的伊斯兰姑娘们去教堂参观，他们欣然同意了，热情地表示很期待。一天下午，我们驱车前往，姑娘

① 《圣经·旧约·创世纪》中，约瑟被哥哥们卖给实玛利人，他被带到埃及以后，被法老的内臣——护卫长波提乏选中。波提乏之妻爱慕约瑟的美貌，勾引不成后诬陷他，使他入狱。

② 阿尔伯特·巴特尔·托瓦尔森，丹麦雕塑家。

们一个接一个庄重地踏入凉爽的教堂。她们从来没进过这么高的建筑里，一边抬头仰望着，一边还用手护着脑袋，生怕房顶塌下来砸到她们的头。教堂里摆着一些雕像，除了在明信片里，她们还从未见过这样的场面。其中一尊真人大小的圣母雕像，身着蓝白相间的衣服，手里拿着一束百合花。圣母像旁边是圣约瑟的雕像，他怀里抱着圣婴。这些雕像让女孩们感到非常震撼，她们对圣母的美丽赞叹不已。她们知道圣约瑟是一位忠诚的丈夫，对圣母无微不至，对其评价很高。现在，她们看到他为自己的妻子抱着小孩，更是向其投以感激的目光。法拉的妻子非常期待能有个孩子，因此在教堂的时候，她一直守在圣像旁边。神父们为教堂的玻璃颇感自豪，他们在彩色玻璃上糊上花纸，以此象征基督的热情。小表妹一直盯着这些玻璃，沉浸在美丽的画面中不能自拔，扭着双手，屈着双膝，就像被十字架压着一样。在回家的路上，她们依然感到非常敬畏，不敢多说话，怕一张口就会暴露她们的无知。几天后，她们才问我，神父们是否能让圣母或者圣约瑟从底座上走下来？

小表妹是从农场一幢漂亮的房子里出嫁的——小屋当时闲置，我便借给他们使用。婚礼非常盛大，持续了七天七夜。我出席了首场仪式，看到一列由妇女组成的仪仗队，她们唱着歌，领着新娘去迎接同样唱着歌的男方仪仗队。他们护送着新郎官正向她们走来。她还未与新郎见过面，我在想，她是否会参照托瓦尔森手下的基督形象，脑海里想象着两个形象：一个梦幻而神圣，一个像骑士小说里描述的那样踏实而世俗。在那一周里，我不止一次驱车去她家。无论我何时到达，都会发现房子里洋溢着喜庆的气息，散发着婚礼的香气。女人们随着轻快的音乐，跳着短剑舞，陶醉其中；礼枪声阵阵响起，老人们正做着牲畜交易；骡车往返于城镇之间，络绎不绝。晚上，在走廊防风灯的映照下，屋里屋外、车上车下，阿拉伯人和索马里人忙个不停，他们的衣服缤纷华美，洋红、紫红、苏丹褐、玫瑰红、橘黄色等各种颜色交织在一起，形成了一幅美丽炫目的画面。

法拉的儿子名叫艾罕莫德，他生在农场上，小名叫萨乌费。我想意思应该取自“锯子”。面对基库尤的孩子们，他可一点儿也不胆怯。在他还是襁褓中的婴儿时，被包得像橡子一样，脑袋又圆又大，身子却很小。有时他会笔直地坐起来，直勾勾地看着你的眼睛，就像你怀里的一只鹰雏，又像一只膝盖上坐着的幼狮。他继承了母亲的乐观开朗，等到他开始满地跑的时候，就像一个快活的冒险家一样四处探索。在农场上孩子们的世界里，他颇有影响力。

老努森

农场上有时会有来自欧洲的访客，他们流浪至此，像一块块飘入平静水中的枯木，翻动旋转，或者再次被冲走，或者四分五裂，沉入水底。

丹麦人老努森来到农场的时候就已经双目失明了，看起来病恹恹的。之后他一直生活在这里，直到死去，像一只孤独的野兽。他的一生经历了太多艰难困苦，以至于老了以后总是佝偻着直不起腰来。在很长一段时间里，他连话都懒得说，生活的重担榨干了他最后一丝力气，间或像狼或鬣狗一样发出阵阵哀号。

可一旦他缓过一口气，身上就疼得不那么厉害了，那即将熄灭的火堆又窜出新的火苗。然后他会来找我解释，说自己是如何同一种病态、阴郁、消极的心态做斗争的。他说，这种心态实在不好，其实一切也没那么糟糕，不必那么悲观，但那个时候就像着了魔似的，怎么也想不明白。悲观主义真是一个害人的恶习！

农场陷入困境的时候，老努森建议我烧木炭，然后卖给内罗毕的印度人。他向我保证，每天都能赚到上千卢比，还说在他的帮助下这买卖绝对赔不了。因为在他动荡的一生中，他曾经去过瑞典最北部的地方，在那儿学过这门手艺，他还主动提出要把这门手艺教给原住民。我们在树林里干活儿的时候，我和老努森总是聊个不停。

烧木炭是个挺让人开心的活儿，其中一定有令人着迷的东西。况且，烧炭的人看待事物的角度与旁人不同。他们时常诗兴大发，满嘴废话，就连丛林魔鬼都会被召唤过来，陪在他们身边。烧完的木炭非常美丽，炭窑一开，木炭散落一地，像丝绸般光滑，没有一丝杂质，轻盈而不朽，就像一个个黑色的小木乃伊。

烧木炭的时候，周围的环境也很宜人。太厚的木材烧不成木炭，所以我们只砍比较矮小的灌木。如此一来，我们依然保留了那一片树荫。在这片静谧、阴凉的非洲丛林中，砍下的木头如醋栗一样清香。燃烧着的窑炉气味刺鼻、酸臭，但又不失清新，像海风一样令人精神振奋。天赤道[1]下没有剧场，所以这里的戏剧氛围非常迷人，令人陶醉。远远看去，炭窑上升起了徐徐青烟，黑色的炭窑像是戏台上搭起的帐篷。在这出浪漫的戏剧中，常有走私犯和士兵在这里走动，皮肤黝黑的原住民也常在人群中穿行。在非洲，如果有树木被砍掉，椴木周围总是会出现很多蝴蝶，它们似乎很喜欢在树木的断根上聚集。林中的一切都如此神秘又天真烂漫，弯腰驼背的老努森与周围的环境完美地融合在一起，他顶着一头红发，行动敏捷，在树林中时隐时现。现在他找到了心仪的工作，就嘲笑起了其他人，但有时候也会鼓励别人，像一个又瞎又恶毒的老精灵。

---

① 天赤道，天球上一个假想的大圈，位于地球赤道的正上方。天赤道将天球等分为北天半球和南天半球。

他对自己的工作很认真，对待原住民徒工们也很有耐心，但我们在想法上总是产生分歧。我小的时候，曾在巴黎一所绘画学校上过学，知道橄榄木能烧出最好的木材，但老努森说橄榄木上连个节都没有，还以地狱里的七千个魔鬼起誓，说众所周知，任何事物的心都在那些节里。

森林里特殊的氛围缓解了老努森的暴脾气。非洲的树叶都很纤细，多呈指头状，矮小的灌木丛被砍掉之后，森林就被掏空了。在阳光的照射下，像家乡五月的山毛榉树林，那时山毛榉的树叶像将伸未伸的手，慢慢舒展开来。

我把这个想法说给老努森听，他听了很高兴。在烧炭的过程中，他一直幻想着我们身在丹麦老家，在降临日①的周日来森林里野餐。他还曾为一棵树洗礼过，并起名为洛特坦恩伯格。我把几瓶丹麦啤酒藏在洛特坦恩伯格的空洞里面，邀请他来一同品尝，他非常给面子地说这个笑话挺有意思。

我们把炭窑点燃之后，便坐下来谈天说地。老努森总是滔滔不绝地给我讲述他的过往，和他经历过的种种奇遇。我们每次聊天话题必定要围绕那个正直的老努森展开，不然你就会陷入他所谓的黑暗消极的情绪中。他的经历非常丰富：邮轮失事、瘟疫、不可名状的鱼、酒泉、井喷、三阳同天、虚伪的朋友、黑暗势力、短暂的成功，日进斗金，继而千金散尽。他的奥德赛流浪之旅中贯穿着一种强烈的情感：对法律极度厌恶。他生来叛逆，愿意结交法外之徒。英雄主义对

① 降临节，亦称圣灵降临节，设在复活节后的第五十天。

他来说就是对抗法律。他喜欢谈论君王、皇室、杂技演员、侏儒和疯子，因为他认为这些人都不必受法律的制约。他也喜欢谈论包括各种犯罪、革命、诡计和恶作剧等在内的直接与法律作对的事情。他蔑视所有遵纪守法的公民，任何人的守法行为在他眼里都是奴性的表现。他甚至不尊重也不相信万有引力定律——这是我在我们一起砍树的时候知道的，他还说那些心无偏见、积极进取的人应该站出来推翻这个理论。

老努森总是希望我能把那些他认识的人的名字深深地烙在心里，尤其是那些骗子、无赖的名字。但他从未提起过任何女人的名字，也许时光已经把他脑海里关于埃尔西诺[①]那些甜美可人的姑娘们，或者港口城市里那些无情的女人们的回忆统统抹去了。尽管如此，同他聊天的时候，我总感觉他的生命中存在过某位女子。我不知道这女子的身份：妻子、母亲、同学或是他第一位雇主的妻子，只在心里默默地把她唤作努森夫人。因为老努森个子不高，所以我猜测她应该也不高。她可能是那种总让男人感到扫兴、但还认为自己占理的女人，是关起门来教训自己男人的家庭妇女。她禁止所有的冒险行为，会给儿子们洗脸，会一把夺走丈夫面前的杜松子酒。她就是法律和秩序的化身。她是家里的绝对权威，颇有几分索马里妇女崇敬的女神的风范，但努森夫人从未幻想用爱让男人臣服，而是要通过理性和正义来统治他。努森遇见她的时候一定还很年轻，内心柔软，因此留下了不可磨灭的记忆。他离开她，逃到了海上，她讨厌大海，绝不会跟着他。但当他

① 丹麦东部的海滨城市，又称赫尔辛格。

在非洲上岸后，还是没能摆脱她。顶着一头红白相间的头发的他，在那狂野的内心深处，惧怕她甚于惧怕任何人，而且怀疑所有女人都是努森夫人乔装打扮成的。

我们的木炭生意最后不了了之。炭窑总是着火，我们期待的利润也化作了一缕青烟。老努森对我们的失败耿耿于怀，冥思苦想之后得出了结论：除非准备足够的雪，不然任何人都烧不出木炭。

老努森曾帮我在农场上挖了一个池塘。农场的公路会经过一片长满草的洼地，中间还有一汪泉眼，于是我萌生出一个想法：在泉水下面建一个水库，把这里变成一片湖。非洲是个极度缺水的地方，如果这里有一片湖水，田野上的牲畜们就不用长途跋涉到河边饮水，可以来这里喝水了。就这个想法，我们开始了没日没夜的讨论，商量了不知道有多少次。水坝最终顺利竣工，这对我们所有人来说都是一个巨大的成就。我们修成的堤坝足有两百尺长。老努森对它总是兴趣盎然，还教普兰·辛格做了一把坝铲。堤坝刚建成时问题不小，因为在漫长的旱季结束后它会变得非常脆弱，根本存不住水。之后雨季便开始了，倾盆大雨把很多地方都给冲垮了，有几次甚至冲走了一半多的堤坝。努森想出了一个办法：我们可以在棚民们把牛赶来喝水的时候，把牲畜全部赶到堤坝上，让它们把堤坝踩实，进行加固。所以每一头山羊、绵羊都为这项伟大的工程做过贡献。

老努森与这里的牧童们发生过非常激烈的冲突，因为他坚持说牲畜们应该慢慢走，但是放牧的小托托们只想尽快收工，让牲畜们全速前进。最后，我站在老努森这边，他赢得了胜利。牲畜们排着长队，在狭窄的堤坝上慢悠悠地走着，就像要走向诺亚方舟的动物们。而老努森胳膊底下夹着棍子，查着数，看起来就像建造了这艘方舟的诺亚本人，一想到其他所有人都会被淹死，只有自己会安然无恙，他就特别心满意足。

一段时间过后，湖里蓄了不少水，有些地方甚至达到七尺深；那条穿过池塘的小路看起来漂亮极了。后来我们又修了两座堤坝，一排池塘连在一起，就像一串珍珠。池塘现在已然成了农场的中心，在它的周围，牲畜和孩子们络绎不绝，气氛总是很热闹。在炎热的季节，平原和山川上的水源枯竭时，鸟儿们也会飞到农场上来：苍鹭、朱鹭、翠鸟、鹌鹑，还有十余种鸭和鹅。

晚上，群星乍现，我常出来坐在池塘边上，片刻之后，鸟儿们便飞回了林中。水禽与其他鸟有所不同，它们每次的移动目标都很明确，像是去参加一场有目的、有计划的旅行。你看这些野外游泳运动员们飞翔的姿势多美啊！野鸭在澄澈的天空中飞行着，一声不吭地一头扎进黑乎乎的水中，看起来就像天堂弓箭手射出的箭的箭尾。我曾射死过池塘里的一条鳄鱼，这条鳄鱼肯定是从十二英里外的阿西河游到这里的。这真是匪夷所思，它怎么知道这里有水呢？之前这里可是一片干涸啊！

第一个池塘完工后，老努森跟我说想把鱼苗放进去。我们一直在考虑壮大农场上的捕鱼事业，因此把这项计划纳入了日程。非洲有一种鲈鱼，口感非常好，但是不容易捕到。老努森向我吐露了一个不为人知的秘密：有这么一个池塘，我们想在那儿捞多少鱼就能捞多少。他说，我们开车过去，在池塘上撒网捞鱼，然后把鱼放在车上的罐子和大桶里，在水里放点儿水草，这样一来这些鱼就不会在路上死掉。

他说起这项计划的时候激动得浑身发抖，还亲手做了一条天下无敌的渔网。但是随着探险日期的逐渐接近，这件事变得越来越神秘了。他坚持一定要在月圆之夜、深夜之时出动。一开始，我们计划带上三个男孩一同前去，然后被他缩减成两个，再然后减成一个，还反复询问随行的人是否绝对可靠，最后他宣布最好还是他和我两人前去。我认为这个计划不怎么样，因为我俩都没有力气把桶抬进车里，但是老努森坚持这样做，还补充说，不能跟任何人提起这件事。

我有朋友在野生动物保护部门工作，于是我实在忍不住问他："努森啊，这些鱼到底是谁家的啊？"努森一声不吭，吐了口痰，就像一个老水手，伸出一只脚——鞋上满是补丁——碾了碾地上的痰，然后抬起脚后跟走开了，步速慢得要命。他走路的时候，头垂在肩膀中间。这个时候老努森双眼已经失明，只能拄着拐杖步履蹒跚地摸索着向前走。他再次变成了那个被击垮的男人，一个残酷、冰冷的世界里无家可归的亡命之徒。我站在原地，脚上穿着拖鞋，就像被他下了咒，成功地变成了努森夫人。

我和老努森再也没有提起过这项捕鱼大计。他去世之后，我在野生动物保护部门工作人员的帮助下，在池塘里投下了鲈鱼苗，这时，曾经的计划在我的脑海里突然一闪而过。鱼儿们在那里繁衍生息，沉默冷酷而又焦躁不安。白天有人经过池塘边的时候，会看见它们在水面下直立着，就像阳光照射下深色池水中的黑色玻璃鱼。如果有不速之客来到大宅，通博——我的小托托——就会被派去池塘边钓鱼，他会拿上一根简易鱼竿，钓上一两条两磅重的鲈鱼拿回家。

后来，我发现老努森死在了农场的小路上，于是立即派人去内罗毕警察局汇报他死亡一事。我的本意是将他埋葬在农场，但后来两名警官开车过来把他带走了，还带了一口棺材。正在此时，天降暴雨，雨水足有三英尺深，漫长的雨季开始了。我们冒着雨、蹚着水驱车来到了他家。我们把老努森抬出来时，天空中顿时雷声滚滚，就像大炮在轰鸣，四面八方布满了宽得吓人的闪电。我的车胎上没有防滑链，开起来非常不稳当，总是从路的一侧滑到另一侧。老努森如果知道自己是以这种方式离世的，冥冥之中一定会非常满意。

后来，我和内罗毕当局就老努森的葬礼安排一事没有谈拢，一直争执不下，我不得不反复进城协商。这是老努森留给我的遗产：最后一次直面对抗法律，只不过这次由我代他完成。从那以后，我不再是努森夫人，而是他的手足兄弟了。

农场上的一位逃亡者

农场上曾来过一位旅客，他仅仅停留了一夜，第二天便离开了，再没有回来，但我时不时还会想起他。他名叫伊曼纽尔森，是个瑞典人。初次见面时，他还是内罗毕一家饭店的领班。他体型微胖，脸庞红红的，看起来有点儿肿。我在那家饭店用餐的时候，他总是会站在我身边，用一种老朋友般的语气跟我说话，油腔滑调地逗我开心。他说起话来总是滔滔不绝，时间长了不免让人厌烦，所以一段时间后，我就去镇上另一家饭店用餐了。之后，我偶尔会听到关于他的消息。他似乎有让自己惹祸上身的天赋，品位和想法也和普通人不大一样，殖民地的北欧人都不太喜欢他。一天下午，他突然出现在农场，而且看起来恐惧不安。他是来跟我借钱的，想立即动身去坦噶尼喀，他说不然他就会被送进监狱。不知道是我的帮助来得太迟了，还是他把钱花在别的事上了，不久之后我就听到了他在内罗毕被捕的消息，他没被送进监狱，但也从我的视野里消失了一段时间。

一天晚上我骑马回家，天色已晚，星星都已经出来了，我突然看见有个人坐在大宅的石凳上，这人正是伊曼纽尔森。他热情地对我说：“男爵夫人，流浪汉来了。”我问他怎么会出现在这里，他说他迷路了，所以就跑到这儿来了。我问他要去哪里，他说去坦噶尼喀。

我才不信他的话，通往坦噶尼喀的那条路很显眼，很容易找到，而农场又离那条路很远。我又问他想怎么去坦噶尼喀，他说，他要走着去。我回答说，任谁也做不到啊，那意味着要走三天的路，还要穿过没有水的马赛保留区，那里还有狮子。那天马赛人刚来找过我，跟我抱怨狮子太多，请求我拿猎枪帮他们把狮子打死。

是，没错，伊曼纽尔森全都知道，但他还是要去坦噶尼喀，除了那里别无选择。他说，既然现在已经迷路了，不知能不能与我共进晚餐，在农场上借宿一夜，明天一早再启程。如果我不太方便，他就直接出发，反正现在星星也挺亮的。

我同他对话的时候，还坐在马上，以此强调他并不是客人，因为我不想跟他共进晚餐。但是听他说话的语气，我发现他也没指望我能邀请他。可能伊曼纽尔森不相信我是个好客的人，又或者觉得自己也没什么说服力。他就这么站在大宅外，孑然一人，孤独无助。

但他看起来依旧精神饱满，不过他不是为了自己的面子，他已经没什么面子了，而是为了照顾我的面子。如果我现在赶他走，不算失礼，也不算残忍，而是在情理之中，他身为“猎物”也应当理解。我喊马夫过来牵马，然后从马背上下来：“进来吧，伊曼纽尔森，”我说，“你可以在这儿吃饭过夜。”

在台灯灯光的映照下，伊曼纽尔森显得很憔悴。他身穿一件黑色长大衣，在非洲没人会这么穿。他头发没剪，脸上还胡子拉碴的，破旧的鞋也开口子了。说是要去坦噶尼喀，他却什么都没带，两手空空。看来我要扮演大阿訇的角色。我要向上帝献上鲜活的羔羊，再把它放到荒野里。我觉得这个时候应该来点儿酒。伯克利·科尔总是给我送酒，不久前还拿来一箱很稀有的勃艮第葡萄酒，我吩咐朱玛去开一瓶。我们坐下吃饭时，伊曼纽尔森一口气就喝了半杯酒，然后朝台灯举起酒杯，静静地看了很久，就像一个人在专注地听着音乐。"这酒太好了，"他说，"珍品啊，这可是一九零六年入窖的香贝坦啊。"他说得完全正确，这让我不禁心生敬意。

接下来他沉默了，我也不知道该说什么。我问他怎么不找工作，他说他对这里的行业一窍不通，他被饭店辞退了，不过他本来也不是个真正的领班。

"你会记账吗？"我问道。

"不会，一点儿都不会，"他说，"算数对我来说太难了。"

"那你会养牛吗？"我继续问道。

"牛？"他答道，"不不不，我怕牛。"

"那你会开拖拉机吗？"我问道。

他脸上浮现出一点儿希望的光芒："不会，"他说，"但是，我觉得我可以学会。"

"可别拿我的拖拉机练手，"我说，"伊曼纽尔森，你跟我说说，你到底做过什么工作？你是靠什么生活的？"

伊曼纽尔森一下子坐直了身体，对我说："我是做什么的？为什么问我这样的问题？我是一名演员啊！"

我心里想道：谢天谢地，我还真帮不了这个人。接下来我们进入到正常人的交谈中。"你是一名演员？"我说，"这真是个好职业。你最喜欢扮演什么样的角色呀？"

“哦，我是一名悲剧演员，”伊曼纽尔森说，“我最喜欢的角色是《茶花女》里的阿曼德和《群鬼》里面的奥斯瓦德。”

我们围绕这些戏剧讨论了一会儿，聊到了我们见过的一些演员，讨论了一些演技的问题。伊曼纽尔森环视了一遍我的房间，然后问道：“你手头不会刚好有易卜生①的戏剧吧？有的话我们可以一起演一下《群鬼》的最后一幕，你不介意的话可以演阿尔温夫人。”

但是我家没有易卜生的戏剧集。

“你记得里面的台词吗？”伊曼纽尔森突然来了兴致，“我对奥斯瓦尔的台词烂熟于心。最后一幕最精彩了，悲剧效果特别真实，简直无与伦比。”

这是一个温暖舒适的夜晚，天穹上群星闪耀，漫长的雨季就要来临了。我问伊曼纽尔森，他是不是真的要走着去坦噶尼喀。

“是的，”他说，“我以后只能自己给自己这出戏提词了。”

“这对你来说也是一件好事，”我说，“毕竟你还没结婚。”

“是，”他说，“是这样。”过了一会儿，他小心翼翼地说道：“我已经结婚了。”

接下来，他开始喋喋不休地抱怨白人在这里没法与廉价的原住民竞争，根本没有立足之地。“如果是在巴黎，”他说，“我很快就能找到咖啡馆服务生的工作。”

“那你为什么不去巴黎呢，伊曼纽尔森？”我问道。

他快速地看了我一眼。“巴黎？”他说，“不，绝对不行，我就

---

① 亨里克·易卜生（1828—1906年），挪威戏剧家，欧洲近代戏剧的创始人。

是在危急关头从巴黎逃出来的。”

那天晚上，他反复提起自己的一个朋友。声称如果能联系到他，状况会完全不同，因为那位朋友非常富有而且十分慷慨。那位朋友是一名魔术师，一直在周游世界。伊曼纽尔森上一次听到他的消息时，他在旧金山。我们不时会聊到文学和戏剧，然后又回到关于他的前途的话题上。他给我讲，他在非洲的老乡们是怎样一次又一次地把他赶出门外的。

“伊曼纽尔森，你现在确实很难，”我说，“我想不出比你更难的人。”

“我自己也想不出来。”他说，“但是，我最近产生了一个想法：所有人中，肯定会有人活得最惨，我不下地狱谁下地狱。”

他喝尽杯中酒，把酒杯稍稍推远一点儿。“这场旅行，”他说，“对我来说是一次赌博，不是红牌就是黑牌。我或许能借此机会摆脱一些事，甚至能彻底翻盘。但也有可能我到了坦噶尼喀以后，又会惹上新的麻烦事儿。”

“我觉得你能到坦噶尼喀，”我说，“你可以搭印度人的车啊。”

“是，但还是有可能遇见狮子，”伊曼纽尔森说，“还有马赛人。”

“伊曼纽尔森，你相信上帝吗？”我问他。

“那是必须的。”伊曼纽尔森说。他沉默了一会儿，又说：“你可能会觉得我是一个怀疑论者吧，我确实什么都不信，只信上帝。”

“伊曼纽尔森，你有钱吗？”我说。

“有啊，”他说，“我还有八分钱。”

“那怎么能够啊。”我说，“我现在手头也没钱了，可能法拉还有一些。”

法拉也只剩四卢比了。

第二天早上，天亮之前，我让仆人们先去叫醒伊曼纽尔森，再给我们做点儿早饭。我在夜里思来想去，觉得我应该开车送他十英里。这对伊曼纽尔森来说帮助也不大，毕竟他还要再走十英里，但我实在不想看见他顶着一张没把握的脸就踏出我家门槛，而且，我希望自己也能在他的悲喜人生戏剧中占据一席之地。我为他装上三明治、水煮蛋，还有一瓶一九〇六年的香贝坦，他说过爱喝。我觉得没准儿这是他此生喝的最后一瓶酒。

黎明中的伊曼纽尔森，就像传说中被埋在土里、胡子却还在疯长的死尸，但是他优雅地爬出坟墓，坐上我的车，行驶过程中，他一直非常冷静且清醒。

到了马巴加蒂河对面后，我就让他下了车。早晨的空气干净清爽，万里无云，他要向西南方向前行。我朝相反方向望去，太阳刚从地平线上升起，红彤彤的，就像水煮蛋的蛋黄。三四个小时之后，太阳就会变得毒辣，将烤得流浪者痛苦不堪。

伊曼纽尔森向我道别。他走了几步，又转过头来，再次向我道别。我坐在车里，注视着他，我想，这个时候的他一定希望有个观众目送他退场吧。在他极具戏剧性的心里，他一定想象着他的观众正在注视着他，他谢幕后，走下舞台，消失在了人们的视线中。伊曼纽尔森就这样走了，周围的山川、荆棘树和灰尘四起的小路不应该为他感到惋惜，换上另一种布景吗?

在清晨的徐徐微风中，他长长的黑大衣衣角在腿边飘动着，酒瓶的瓶颈从一个口袋里露了出来。此时，我的心里充满了爱和感激，那是一种居家者对旅行者、漂泊无依的人们、水手们、探险家和流浪者的情谊。到了山顶，他再次回望，脱下帽子，然后向我挥手，长长的头发在前额随风飘扬。

与我同坐在车里的法拉问我："那位先生要去哪里？"法拉称他为先生，他毕竟在我家留宿过，要有个体面的称呼。

"去坦噶尼喀。"我答道。

"走着去？"他问道。

"对。"我说。

"愿真主与他同在吧。"法拉说道。

那天我总是想起伊曼纽尔森，所以走出了大宅，凝望着通往坦噶尼喀的路。晚上大概十点左右，我听到西南方向传来一声狮吼，半小时后，又传来一声。我在想，此时那只狮子是不是坐在那件黑色长大衣上。接下来的一周里我一直在打听伊曼纽尔森的消息，还让法拉去问他在内尼亚和坦噶尼喀之间跑车的印度朋友，是否在路上见到过这么个人，但是没人知道他的消息。

半年后，我收到一封从多多马发来的挂号信，这让我感到非常惊奇，我在多多马没有熟人啊。这封信来自伊曼纽尔森，里面有他出逃的时候我借给他的五十卢比，和法拉借给他的四卢比。除了这些钱，还有我最想看见的宝贝——一封伊曼纽尔森写给我的、充满感情的、极其动人的长信。

他在多多马找到了一份酒保的工作，不知道是哪种酒吧，总之他在那里做得不错。他似乎天生就知恩图报。他记得那晚在农场上的所有事情，多次提到那天晚上感谢有朋友陪伴。他详细给我讲述了他的坦噶尼喀之旅。他对马赛人赞不绝口。他们在路上遇到他之后，热情友善地接待了他，并且陪他一同前行，走了一大半的路程，中间还换了好几拨人。他写道，这一路上，他给马赛人讲了好多发生在自己身上的冒险故事，逗他们笑得前仰后合，后来都不想让他走了。伊曼纽尔森不懂马赛语，我想他一定比手画脚地才把“奥德赛”的故事讲完吧。我想，伊曼纽尔森去马赛人那里避难，马赛人接待了他，这一切都在情理之中。在这个世界上，真正的贵族和真正的穷人都更能理解悲剧。他们认为这是上帝处理人间事务的基本原则，也是人类存在的要素。而中产阶级与他们的想法截然不同，他们否定悲剧的存在，无法忍受任何悲剧，甚至觉得这两个字本身就很晦气。中产阶级白人移民与原住民之间的误解大多归因于此。总是脸色阴沉的马赛人既是贵族又是无产阶级，他们看到了这个孤独的黑衣流浪者的悲剧形象，而这个悲剧演员在与他们相处的过程中，也重新找到了自我。

朋友来访

有朋友来访一直是我生活中的乐事之一，这一点农场上的人都知道。

每当丹尼斯·芬奇-哈顿游猎之旅快要结束的时候，某个双腿又长又细的马赛年轻人在某个早上就会站在大宅外面，重心落在一条腿上，对着我大声宣布："贝达先生正在回程的路上，两三天内就到了。"

下午，会有住在农场边上的棚区小托托在草坪上坐着等我，一看见我出来就说："河边拐弯的地方有一群珍珠鸡，你要是想打来给贝达先生吃的话，傍晚我可以带你过去。"

我朋友中有很多伟大的旅行家，他们都认为农场极具魅力。我相信对他们来说，农场最大的魅力在于它静止不动——每次他们回来，它都一如既往地伫立在那里。他们四处游荡，居无定所，而农场的车道就像恒星的轨道一样固定不变，每次开着车围着农场绕圈的时候，他们都满心欢喜。我在非洲时一直没换过仆人，我的朋友都很乐意看到那些熟悉的面孔。我久居农场，很想出去走走，而他们却期盼回到这里，躺在亚麻床单上静静地读会儿书，或者在拉上了百叶窗的房间里享受那份凉爽。他们围着篝火的时候总是想起在农场上的快乐时光。一回到这里，他们就会迫切地问我："你教你的厨师做那种煎蛋卷了吗？上次邮差把《彼得鲁什卡》[1]的黑胶唱片送来了吗？"即使我不在大宅，他们有时也会过来住上一段时间。我去欧洲的时候，丹尼斯就曾来住过。伯克利·科尔把大宅唤作"林中小窝"。作为对物质文明的回报，这些旅行者们总会给我带一些他们猎来的战利品：可以用来制作巴黎皮毛大衣的花豹皮和猎豹皮，可以用来做鞋的蛇皮和蜥蜴皮以及秃鹳羽毛。

为了讨他们欢心，我会从破旧的名菜谱中找一些新鲜的菜式，换着花样地给他们做菜。我还在花园里种下了欧洲花卉。

我在丹麦老家时，有一次，一位夫人送给我十二个芍药球茎，为了把它们带到非洲，我可谓费尽周折，因为这里的植物进口法规非常严格。我把它们种在这里之后，不假时日，一丛丛深红色的弯曲小芽就从地里蹿了出来，不久便展开了轻盈的叶片，又冒出了圆圆的蓓蕾。第一枝绽放的芍药花被我们唤作"内穆尔公爵夫人"：那是一枝白色的单头花，高贵美丽，芬芳馥郁。我把它剪了下来，插到装着水的花瓶里，放到了我的书房。每一个进到书房里的人，都会停下脚步，对它评论一番。为什么？这可是芍药花啊！但是不久之后，其余所有的蓓蕾都凋零了，再没开过第二枝芍药花。几年后，我同麦克米伦夫人的英国花匠讨论起我的芍药花来。"我们在非洲从未成功培育

---

① 《彼得鲁什卡》，俄国著名作曲家斯特拉文斯基（1882—1971年）创作的四幕滑稽芭蕾舞剧。1911年由俄罗斯芭蕾舞团首演于巴黎。

过芍药花。”他说，“除非先想办法让进口的球茎在这里开花，然后在这枝花中取种子，才有可能成功。翠雀花就是这样引进来的。”如果真是这样的话，我本该引进各种芍药花了呀，这样就能像公爵夫人一样名垂千古了。而我却把花剪了下来放进了水里，毁了这份触手可及的荣耀。我曾多次梦见这枝白色芍药还在茁壮地成长着，在梦里，我高兴极了，庆幸自己没有剪下它。

我的朋友们有的从乡村赶来，有的从城镇过来，纷纷聚集在大宅。休·马丁在土地管理局任职，经常从内罗毕过来陪我。他非常聪明，精通全世界各种罕见的文学作品，最后在东方作为一名文职人员平静地度过了一生。他看起来就像中国的弥勒佛，这也算是一种天赋吧。

他叫我“老实人”，把自己称作古怪的邦葛罗斯博士[1]。人性的卑劣、宇宙之无穷的理念在他心里根深蒂固，但他坦然面对并忠于自己的信仰：这世界不是本该如此吗？他总是一屁股坐在大椅子上就不再动了，面前放着酒，容光满面。他坐在那里侃侃而谈，宣扬着自己的人生理念，不时思如泉涌，迸发出物质与意识的磷火。这个胖男人与世无争、随遇而安，似乎跟魔鬼也能和平共处，而魔鬼的信徒们又似乎在他身上留下了“清白”的标记。因此，他比上帝的信徒们更能得到人们的厚爱。

一天晚上，古斯塔夫·莫尔突然从他经营的农场来到大宅。他是个长着大鼻子的挪威小伙子，住在内罗毕的另一边。他是一个充满活力

---

① 老实人的老师。

的农民，在农场事务上给我的帮助比其他任何人都要多，就像所有的农场主和斯堪的纳维亚人，都应该像奴隶一样为彼此卖命一样。

那天晚上，他就像火山口蹦出来的石头，内心燃起熊熊大火。他说，这个国家的人整天满嘴都是牛啊、剑麻啊，实在无趣，他再也受不了了。他一进屋就开始滔滔不绝地大吐苦水，一直说到后半夜，他讨论爱情、共产主义、卖淫、汉姆生[①]和《圣经》，在此期间一直抽一种对身体有害的烟草。

他什么也吃不下，也不愿意听人说话，我如果插一句嘴，他就会放声尖叫，脸上燃起熊熊怒火，还使劲摇晃他那神志不清的脑袋。他心里憋着太多话了，不吐不快，越说越多。到了夜里两点，他突然住口了。他平静地坐了一会儿，脸上又浮现出温和的表情，就像医院花园里的康复病人。之后他突然站起身来，开车走了，速度极快，再次回到了满是剑麻和牛的生活中。

人美心善的英格丽德・林斯特龙通常在她的农场上闲下来的时候，到我这里小住一两天，暂时摆脱她的火鸡和水果蔬菜。她的丈夫和父亲都是瑞典军官。起初，她们一家来非洲只是为了探险娱乐，来一场旅游，然后快速发上一笔横财。当时亚麻市值五百英镑一吨，于是他们买了一块亚麻地。但不久，市场风云骤变，亚麻价格突然跌至四十英镑一吨，一时间，那块亚麻地和亚麻机全都变得一文不值了。她不得不为了家人全力以赴拯救农场，养了一些家禽，还种了很多水果蔬

---

① 汉姆生（1859—1952年），挪威著名作家，1920年获诺贝尔文学奖。代表作《大地的成长》《神秘人》《饥饿》。

菜拿到市场上卖，每天累死累活，像奴隶一样玩命工作。在挣扎的过程中，她渐渐地爱上了自己的农场，爱上了自己养的牛和猪，爱上了原住民们、水果蔬菜，和自己在非洲的一亩三分地。她爱得不顾一切，甚至不惜“卖掉”丈夫和孩子也要保住自己的农场。

在农场光景不好的那些年，我和她一想到要失去我们的土地，就相拥痛哭。英格丽德来找我的时候总是特别欢乐，因为她既有瑞典农妇的宽广胸怀，又心直口快，很会逗人开心。她笑起来时，你会在她饱经风霜的脸上看到瓦尔基里[①]般洁白的牙齿。大家都爱瑞典人，因为他们胸怀博大，能够包容一切苦难；他们坚韧英勇，散发着无限的人格魅力。

英格丽德家有一位基库尤厨师兼家仆，名叫凯莫沙。他常常陪着女主人办理各种事务，尽心尽力，把她的事当作自己的事一样。他在花圃和饲养场为主人拼命干活儿，尽职尽责地接送英格丽德的三个小女儿上下学。我去乔恩罗农场看望她时，英格丽德对我说，凯莫沙简直像疯了一样，不顾一切地要给我准备一场最盛大的欢迎宴会，杀了好多只火鸡，因为他对法拉的慷慨印象非常深刻。英格丽德说，他把与法拉交朋友这件事看作此生最大的荣耀。

恩乔罗的德汤普逊夫人与我并不算熟，但也经常跑过来看我。那个时候，医生说她大限将至。她告诉我，她刚刚在爱尔兰订了一匹小马——跳马赛获奖者，骏马对她来说，是命中的珍宝和至高的荣耀。

① 女武神瓦尔基里是大神奥丁的侍女，在战场上赐予战死者美妙一吻，并带领他们前往英灵殿。

她与医生谈完后便立即发电报过去取消了订单，但后来她决定，在辞世之后，把小马留给我。我当时并没有想太多，但在她辞世半年后，这匹名叫波尔·博克斯的小马出现在了恩贡山农场上。来到了我们身边后，它证明了自己绝对是农场上最聪明的动物。从外表看，它不算标致，胖乎乎的，还有点儿显老。丹尼斯·芬奇-哈顿以前很喜欢骑它，但我很少骑。它机灵、谨慎、目标明确，在一群年轻急躁的马儿中显得非常亮眼，因此被殖民地的富豪们挑中，在王尔斯王子主持的卡贝坦跳马赛中大获全胜。

我们焦虑地等待了一个星期后，它以谨慎的姿态和高超的技艺，不声不响地给家里赢得了一枚大银牌，在我家和整个农场掀起了一阵欢乐的热浪。六个月后，它因病辞世，我们把它埋在马厩外的一棵柠檬树下，农场上所有人都为它感到难过。波尔·博克斯虽然死了，但它的名字常常被人们提起。

俱乐部人称查尔斯大叔为布尔派特老先生，过去常来跟我共进晚餐。他是我的一位挚友，也是我心中的梦想——维多利亚时期的英伦绅士，跟他相处起来非常轻松自在。

他曾横渡赫勒斯滂海峡①，也是最早登上马特洪峰②的人，大概在十九世纪八十年代，他还年轻的时候，曾是奥黛罗③的情人，后来被

① 赫勒斯滂海峡，又称达达尼尔海峡。它毗邻恰纳卡莱城，是土耳其西南部连接爱琴海和马尔马拉海德要冲，也是亚洲与欧洲两大陆的分界线，属连接黑海及地中海的唯一航道。

② 马特洪峰，别称马特宏峰，是阿尔卑斯山脉最为人所知的山峰。

③ 卡洛琳·奥黛罗（1868—1965年），西班牙传奇歌舞明星，著名交际花。

她抛弃。对我来说，与他一起用餐就像与阿曼德或格里沃克斯同席一样。他有很多奥黛罗的美照，也很喜欢谈起她。

一次，在恩贡山农场用晚餐时，我对他说："我看到奥黛罗的回忆录出版了，里面有提到你吗？"

"有，"他说，"提到了我，没用真名，但确实提到了。"

"她是怎么写你的呀？"我问道。

"她写道，"他说，"有个年轻的小伙子，为了她，在六个月里挥金如土。但是，钱花得很值得。"

"那你是怎么想的呢？"我笑着说道，"你觉得值得吗？"

他想了一会儿我的问题答道："是的，"他说，"很值得。"

他七十岁大寿那天，丹尼斯·芬奇-哈顿与我一同前往恩贡山山顶同他一起野餐。我们坐下来后，开始讨论一个问题：如果我们可以拥有一对真正的翅膀，但永远不能卸下来，我们会选择接受还是拒绝。

老先生坐起来，俯瞰着下面广袤的国土、恩贡山绵延不绝的绿色土地，以及两边的大裂谷，似乎已经跃跃欲试，准备起飞了。"我选择接受，"他说，"我绝对会接受。这应该就是我最想要的东西。"想了一会儿，他又补充道："不过，如果我是一位女士，我可得好好想想。"

高贵的拓荒者们

伯克利·科尔和丹尼斯·芬奇-哈顿把我家完全当成了人民公社。他们把这里所有东西都当成自己的，还引以为豪，家里缺了什么就赶紧添上。他们在我家里存了很多上等红酒和烟草，还常常从欧洲带回书和黑胶唱片。

伯克利从肯尼亚山农场来我家时，车里总是装满了火鸡、鸡蛋和橙子。他们都野心勃勃地想把我培养成红酒行家，也在这上面花了不少时间和精力。他们对我的丹麦玻璃器和瓷器兴趣盎然，总是把家里的玻璃器皿全都拿出来，乐此不疲地放在餐桌上摞起一座闪闪发光的玻璃高塔，然后饶有兴致地观赏一番。

伯克利在农场小住时，上午十一点钟，总会拿一瓶香槟去森林里小酌。有一次，他临行前为在农场里的欢乐时光向我致谢。他补充道，唯一的瑕疵是，我们在树下饮酒时用的杯子很粗糙。

“我知道，伯克利，”我说，“但是，我的好玻璃杯已经所剩无几了，要是让仆人们拿那么远会把它们摔碎的。”他看着我，握着我的手，沉重地说：“亲爱的，那真是太遗憾了。”自此之后，我们再去森林里喝酒时，我总是拿上最好的酒杯。

伯克利和丹尼斯决定移民时，他们的英国朋友都感到非常难过，虽然他们在殖民地广受爱戴，但仍是被驱逐的人。排斥他们的并不是某个社会群体，也不是世界上的某个地区，而是这个时代——他们不属于这个时代。除了英国，没有哪个国家能培养出他们这样的人，但他们是返祖的产物，他们代表着一个早期的英国，一个不再存在的世界。在远古时代，他们居无定所，只能四处游荡，我的农场也只是他们漂泊中的一个小站。

然而他们自己并没有意识到这一点，相反，他们对于离开英国这件事怀有罪恶感，他们认为自己仅仅因为心生厌烦，就抛弃朋友，逃之夭夭，简直是逃兵的行为。丹尼斯总会提起“他年轻的时候”（尽管他现在也很年轻），想起当初的愿景，和在英国时朋友们给他的建议，就会引用莎士比亚笔下杰奎斯[1]的台词进行总结：

> 倘有痴愚之徒，
> 忽然变成蠢驴，
> 趁着心性癫狂，
> 抛却财富安康。[2]

但他的看法并不准确，伯克利也是，或者说杰奎斯也是。他们认为自己是逃兵，还不得不为自己的适情任性埋单，但其实他们才是被

① 莎士比亚戏剧《皆大欢喜》中的角色。

② 据梁秋实译本。

流放的人，只是在流浪的过程中保持着优雅的姿态。

如果伯克利在小脑瓜上套一个带卷的丝质长假发，就可以在查理二世时代的法院中进进出出了。这个机灵的英国年轻人，还可能坐在《二十年后》中那个达达尼昂[①]的脚边，聆听他充满智慧的教诲，把他的话铭记在心中。万有引力定律可能并不适用于伯克利，我们晚上坐在炉火边聊天时，我总觉得他随时可能穿过烟囱飞出去。他对人很有判断力，但不会妄自猜测，也不会抱有偏见，像一种恶作剧似的，他对自己最讨厌的人反而会展现出自己最迷人的一面。如果他真的想要扮演小丑，一定能做到无人能敌。但是，如果他想成为康格里夫和威彻利[②]式的智者，那就要拥有这两位都没有的东西：更耀眼、更远大、更狂放的信念。当然，如果玩笑开得太过分了，有时就会显得可悲。伯克利每当头脑发热的时候，就会变得像酒一样透明，飘飘欲仙，仿佛在策马奔腾，他投在身后墙上的影子也会越来越大且摇曳不止。此时的他正沉浸在虚幻的梦境之中，开始变得不可一世，甚至认为自己胯下的马是堂吉诃德骑的那匹老瘦马的后代。但是，这个无与伦比的小丑，在非洲生活时，却时常感到孤独。他的心脏不好，几乎算半个残疾人，而他心爱的农场也眼看就要被银行收走。

他身材瘦小，手脚都很纤细，顶着一头红发，不管走到哪儿，总是挺直腰板，脑袋左右摆动的幅度很小，颇有战无不胜的决斗者的气

① 《二十年后》是法国作家大仲马《三个火枪手》所作的续集，达达尼昂是书中的新角色。

② 威廉·康格里夫（1670—1729年）和威廉姆·威彻利（1641—1716年）均为英国17世纪著名剧作家。

场。他走路时像猫一样静悄悄的。他与猫还有一点儿相同之处，就是不管他走进哪个房间，都能待得舒舒服服，就好像他自身能散发出能量和快乐的气氛似的。就算你的房子被烧成灰烬，上面还冒着白烟，只要伯克利走过来，跟你坐在一起，就能让你感觉到，此时的你们正坐在一个精心挑选过的舒适角落里。他感到安逸时，你会期待听到他像一只大猫一样咕噜咕噜地叫；他生病时，就不仅仅是悲伤和痛苦那么简单了，他会变得很可怕，像病猫一样令人胆战心惊。他做事没有原则，偏见却出奇得多，这点也很像猫。

如果说伯克利是斯图亚特[①]王朝的骑士，那么丹尼斯就应该出现在更早的伊丽莎白一世[②]时期。他会和菲利普先生[③]，或者法兰克斯·德雷克[④]手挽着手一起散步。那个时期的人会非常爱戴他，因为他会使他们想起让他们魂牵梦萦、极力描绘的古城——雅典。如果把丹尼斯放到十九世纪以前的任何文明时代中，他都看起来非常和谐，毫不突兀。他在任何时代里都会成为大人物，因为他不仅是音乐家、艺术爱好者，还是一名出色的运动员。他在我们这个时代，也锋芒毕露，但不管到哪儿，总有些格格不入的感觉。他的英国朋友们一直都非常想让他回去，为他策划了未来职业的种种蓝图，但他依然留在了非洲。

非洲原住民们对伯克利和丹尼斯，以及其他几位欧洲人有一种特

① 斯图亚特王朝：1371年至1714年统治苏格兰和1603年至1714年统治英格兰与爱尔兰的王朝。

② 伊丽莎白一世：亨利八世之女，英国著名的童贞女王，自1558年至1603年为英国女王。

③ 菲利浦爵士（1554—1586年），16世纪英国诗人、政治家。

④ 德雷克爵士（1540—1596年），16世纪英国航海家，私掠船船长。

殊的、本能的依恋，这一点使我想到：也许过去的白人对有色人种的理解和同情，比工业时代的白人要深得多。第一台蒸汽机发明以后，世界上各个民族的道路四分五裂，大家分道扬镳，从此再也无法找寻到彼此。

我和伯克利的关系因为一件事蒙上了一层阴影，他年轻的索马里仆人贾马所在的部落正与法拉所在的部落交战。我们都很熟悉索马里人的氏族情怀，我和伯克利同席吃饭时，站在我们身边的这两个人会用眼神交锋，你来我往，刀光剑影，让人心惊肉跳，这绝不是什么好兆头。我们开始谈论，如果某天早上出来，发现法拉和贾马胸口上都插着匕首，全身冰冷，我们该怎么办。在部落问题上，敌视的双方既不恐惧死亡，也不会保持理智，他们仅仅是因为对伯克利和我的依恋，才没有大开杀戒。

“今天我没敢跟贾马说，”伯克利道，“我改变主意了，这次我不会去埃尔多雷特了，那里住着一位他心爱的年轻女子。如果我跟他说了，他的心就会变成坚硬的石头，才不管我的衣服洗没洗过，会立即出去杀了法拉。”

不过贾马从来没用铁石心肠对待过伯克利。他陪在伯克利身边很久了，伯克利总把他挂在嘴边。伯克利告诉我，有一次，他们两人发生了争执，贾马固执已见，伯克利因此大发雷霆，狠狠地揍了这个索马里人一拳。“亲爱的，你猜他是怎么做的？”伯克利说，“他马上回了我一拳。”

“那后来呢？”我问伯克利。

“哦，后来没事了，”伯克利有点儿不好意思地说道。过了一会儿，他又补充道：“本来也不是什么大事，他还年轻，比我小十二岁呢。”

这件事在主仆心中并没有留下芥蒂。贾马对待伯克利态度平静，稍微带点儿迁就的心态，就像大多数索马里仆人对待雇主那样。伯克利去世后，贾马不想再留在肯尼亚，回到了索马里。

伯克利对大海无比的渴望，醒时梦里都念念不忘。他有个贪婪的梦想：如果我们发了大财，就买一艘独桅帆船去拉穆、蒙巴萨和桑给巴尔做生意。我们的计划都制订好了，船员们也都准备好了，只是从未发过大财。

伯克利每逢感到疲倦或不舒服的时候，心中会再次涌起对大海的渴望。然后，他会为自己的愚蠢而感到悲伤——一生周游各地，就是没能生活在海上，每每想起都悔不当初。有一次我要去欧洲，发现他又陷入了这种情绪中，为了哄他开心，我想出了一个计划：带一对船灯回来，左右舷各系一个，然后挂在大宅门口。然后我把这个想法告诉了他。

“那太好啦！”他说，“这样房子看起来就像船一样了。不过这两个灯一定要出过海才行。”

于是，我去哥本哈根的时候，在一条古运河旁一家水手商店里买了一对旧船的大灯笼，那对灯曾在波罗的海的航船上挂了很多年。我们把这对灯放在东门两边，并且对两盏灯放的位置很满意：这样地球在太空中沿着轨道运行的时候，就不会发生碰撞。这对灯极大地抚慰了伯克利的内心。他过去常常很晚才到家，而且通常开车速度极快，但这对灯亮起以后，他就放慢了速度，它们就像一红一绿两颗小星星，沉进伯克利的灵魂，让他内心深处的回忆翻涌不已，让他觉得，仿佛他真的在靠近黑暗的水面上一艘停泊的船。我们用这对灯为他做了一个信号系统，通过调整灯的位置，或者拿下一盏，给他传递信号。这样就算在森林中，他也能知道女主人的心情如何，有什么样的晚餐在等着他享用。

伯克利和他的哥哥加尔布雷斯·科尔，以及他的姐夫德拉梅雷，都是早期的定居者，是殖民地的拓荒者。当时他们与这片土地的主人——马赛人相处甚欢。所以在欧洲文明入驻之前，马赛人还居住在美丽的南方时，伯克利就已经与他们相识了。马赛人对欧洲文明深恶痛绝，因为欧洲文明斩断了他们的根基，迫使他们离开了美丽的北方家园。伯克利会用马赛语和他们谈论往昔，在农场的时候，马赛人会过河来看他。老酋长们坐在他身边，给他讲生活中的麻烦事，而伯克利也经常给他们讲笑话，逗他们开心，就好像坚硬的石头也神奇地笑了一样。

伯克利对马赛人的熟悉，以及他们之间深厚的情谊，促成了农场上一场盛大的仪式。

“一战”刚爆发时，马赛人得知了这一消息，这个古老的战斗部落立即变得热血沸腾。他们见过激烈的战争和血腥的大屠杀，此时仿佛再次看到了往日的辉煌。战争的头一个月，我受命出门，在原住民和索马里人的陪同下，带着三辆牛车，为英国政府运输物资，在马赛保护区里奔波。每到一个新地区，当地居民听说我来了，就会来到我的营地，喋喋不休地问我关于战争和德国人的问题，目光炯炯地望着我，他们会问“德国人真的是从天上来的吗？”在他们心中，德国人气喘吁吁、连滚带爬地跑来，只是为了迎接危险和死亡。到了晚上，年轻的战士们拿着长矛和长剑，身上涂着战争彩绘，成群结队地围着我的帐篷转来转去。为了向我展示自己的力量，他们还会模仿狮子的吼叫声。他们当时对自己能够参战这件事深信不疑。

但是，英国政府认为组织马赛人与白人交战并不明智，哪怕这些白人是德国佬。英国政府禁止马赛人参战，浇灭了他们希望的火苗。政府允许基库尤人参战，但只让他们负责运输物资，不能扛枪。1918年，殖民地开始面向原住民大范围征兵，英国政府认为马赛人可以上战场了。于是英王非洲步枪团的一名军官和他的军团被派往纳罗克，招募三百名莫拉尼士兵。这时，马赛人已经失去了对战争的热情，拒绝入伍。所有的莫拉尼人都躲到树林和灌木丛中，在追赶他们的过程中，英王非洲步枪团失手打死了两名老妇人。两天后，马赛保护区发生了叛乱，莫拉尼人成群结队，横扫全国，杀害了很多印度商人，烧毁了五十多个商铺。形势极其严峻，但政府不想使用暴力，于是派出德拉梅尔勋爵与马赛人谈判。最后，双方达成协议，马赛人可以将三百名莫拉尼人带走，但是要缴纳罚款，作为对破坏保护区的惩罚。莫拉尼人没有露面。停战协议签完，整个事件到此终结。

事件发生期间，一些资深的马赛酋长派出很多年轻人在预备役部队和边境侦察德国佬的动向，这给英国部队帮了不少忙。战争结束后，政府想表示对马赛人的认可，特地运来大批奖章，分发给马赛人。因为伯克利非常了解马赛人，也会说马赛语，因此亲手分发了十二枚奖章。

我的农场毗邻马赛保护区，所以伯克利来问我，他能否和我一起在我家分发这些奖章。他对这份工作有些紧张，因为不知道马赛人对他抱有怎样的期待。在一个星期天，我们一起驱车长途跋涉来到保护区，召集那里的酋长，通知他们颁发奖章的时间。伯克利年轻时曾是第九骑兵队的一名军官，那时他是团里最聪明的年轻军官。当我们迎着日落的方向驱车回家时，他向我讲起了军队的使命和思想，并站在普通人的角度上表达了对这些观点的理解。

奖章本身没什么特殊之处，但对在场的人来说很有分量、意义非凡。颁发奖章的人和接受奖章的人的智慧和机敏都蕴含其中。这些奖章代表了历史上重要的一幕，成了一种象征：

> 黑暗和光明之王，
> 彬彬有礼地向彼此致意。

马赛酋长们来了，身后跟着他们的儿子和随从。他们坐在草地上等待着，时不时地谈论着正在草地上吃草的牛；也许他们在心里暗暗期待，政府会将这些牛作为礼物送给他们。伯克利让他们等了很长一段时间，这应该是正常程序；与此同时，他在房子前面的草坪上放了一把扶手椅，他分发奖章时会坐在上面。最后，他从房子里走了出来，在皮肤黝黑的原住民的陪衬下，他的皮肤更显白皙，一头红发如火焰一般，眼珠的颜色也显得更浅了。他俨然一副干练的年轻军官的模样，举止轻松欢快。我发现平时面部表情非常丰富的伯克利，在需要的时候，会立即换上一张扑克脸。紧随其后的是贾马，他穿着一件非常漂亮的阿拉伯式马甲，上面布满了金色和银色的刺绣，这件马甲是伯克利嘱咐他准备的。此时，他的手里托着装有奖章的盒子。

伯克利从椅子上站起来，开始讲话，他瘦小的身体站得笔直，老酋长们受到他的感染，一个接一个地站了起来。他们站在伯克利面前，表情严肃地看着他的眼睛。不过具体说了什么我并不清楚，因为他说的是马赛语。不过听起来好像是他对马赛人说，一项难以置信的殊荣将会降临到他们头上，政府之所以嘉奖他们，是因为他们在战争中的行为值得赞扬。我是看着伯克利的动作和表情推测出来的，但从马赛人的脸上却什么也看不出来。他们的表情很复杂，可能包含了很多其他东西，我不得而知。他一说完，甚至都没停顿一下，就让贾马把盒子拿了上来。从里面拿出奖章，神情肃穆地念出了奖章上的名字，然后伸长手臂把奖章递给他们。马赛人伸手接过奖章，表情平静。这次仪式之所以能顺利完成，是因为双方拥有的高贵血统和良好的家庭传统。这话并没有冒犯民主制的意思。

酋长们都打着赤膊，奖章对他们来讲不太方便，因为他们身上没有可以挂奖章的地方。年迈的马赛酋长们就一直站着，手里拿着他们的奖章。过了一会儿，一位老人来到我面前，伸出拿着奖章的手，让我告诉他奖章上写的是什么。我尽量解释给他听。这枚银币一面上印着不列塔尼亚[①]的头像，另一面印着：世界文明之战。

后来，我给我的英国朋友们讲这次奖章事件，他们问道：“为什么奖牌上印的不是国王的头像？这不是大错特错吗？”而我自己却不

---

① 不列塔尼亚，大英帝国或不列颠的拟人化形象，是一位手持三叉戟、头戴钢盔的女战士。

这么认为：在我看来，这样的安排很合理，奖章本就不应该制造得太吸引人。或许当我们在天堂获得巨大的奖赏时，得到的可能也是这样的东西吧。

伯克利病倒时，我正准备在假期去趟欧洲。当时他是殖民地立法委员会的成员。我给他发电报："你不是要来恩贡山参会吗，记得带酒来。"他回答我说："这是从天堂发来的电报。将携酒到达。"但是，当他过来农场时，车里塞满了酒，自己却不想喝。当时他脸色苍白，有时会非常安静。他的心脏不好，没有贾马就什么也做不了。贾马还专门为了他学习了注射。他当时心事很重，一直在担心会失去他的农场。但是，他的出现昭示着他选中了我的家，把这里当成一个最舒服的角落。

"塔尼亚，既然我到了人生的这个阶段，"他严肃地对我说，"我就要开世界上最好的车，抽最好的雪茄，喝最烈的葡萄酒。"某天晚上，他告诉我，医生叮嘱他要卧床休息一个月。我对他说，如果他能听从医生的嘱托，在恩贡山农场休养一个月，我就放弃去欧洲旅游，留下来照顾他，明年再去欧洲。听了我的提议，他想了好一会儿。"我的天，"他说，"我做不到。如果我只是为了让你放心而这么做了，那下次为了让你放心，我又该做什么呢？"

于是，我怀着沉重的心情与他道了别。我坐船回家时，经过了拉穆古镇和泰考格，那是我和伯克利要去扬帆起航的地方，那一刻我不禁想起了他。但在巴黎的时候，我得知了他的死讯。他从车里下来，倒在了自己的房子前，与世长辞。遗体安葬在自己的农场里，算是遂了他生前的心愿。

伯克利死后，一切都变了，殖民历史的一个时代随着他的逝世结束。这段时间成了肯尼亚的一个转折点，从那之后风云骤变。人们在交谈时总是会说：“伯克利·科尔活着的时候”或者“自从伯克利死了以后”。他去世后，这个国家从一个随心所欲的狩猎场，一点儿一点儿地转变成了一个商业场所。他离开以后，很多标准也降低了：人们很快意识到，这里对智慧的评价标准降低了，然后感到非常沮丧；他去世之后，对绅士的标准降低了，人们开始喋喋不休地讨论生活琐事；对人性的标准也降低了。

伯克利辞世后，一个恐怖的身影从历史舞台的另一侧不声不响地爬了上来——那就是苦难。说来也怪，就是这么一个又瘦又矮的男人，生前竟能把“苦难”这个恶魔一直挡在门外。然而，伯克利就这么走了，就像这片土地上的面包失去了酵母。优雅、欢乐和自由弃我们而去，渐行渐远，一座功率强大的发电厂轰然倒塌，一只猫站起身来，从房间里走了出去。

翅膀

在非洲，我的农场是丹尼斯·芬奇-哈顿唯一的家。他不出去游猎的时候，就住在大宅里，就连他的书和留声机也都放在这里。他每次回到农场时，农场都会向他展示所有的一切，喋喋不休地倾诉个不停。到了雨季，第一阵雨来临之际，咖啡开花了，鲜嫩得像一团团雪白的云朵，湿漉漉地向他诉说着。丹尼斯回来时，我能听到他的车从车道上驶来的声音，同时还能听见农场上的一切都在诉说自己的故事。他随心所欲，想来的时候就回来，所以每次都在农场上过得乐不思蜀，而农场的人也在他身上发现了世人所不知的一种品质——谦卑。他向来都只做想做的事，嘴上也从不使诈。

丹尼斯很喜欢听人讲故事，他的这品质对我来说弥足珍贵。因为我一直认为，如果我生活在佛罗伦萨瘟疫[①]爆发期间，很可能会成为讲故事的名家。社会潮流已然改变，听故事的艺术在欧洲逐渐消失。而那些不识字的非洲原住民们却还记得这门艺术，如果你对他们讲：

① 佛罗伦萨瘟疫时期，《十日谈》的背景。《十日谈》的结构为十个逃避瘟疫的贵族男女轮流讲了十天故事。

“有一个人从平原上走来，然后他遇到了另一个人。”他们会立刻被你勾住魂儿，一直琢磨平原上的那个人发生了什么样的故事。但白人完全不同，即使他们觉得应该去听一场朗诵会，也会百般推辞。或者他们会感到烦躁不安，突然记起有事要做，或者他们就憨憨睡去。甚至在你读书的时候，他们也会朝你要点儿东西来读，然后不管你给他们什么，他们都会坐在那里，全神贯注地读一整夜，甚至还会去读演讲稿。他们已经习惯于用眼睛感受周围的一切。

丹尼斯更多的是靠耳朵来感受这个世界，他喜欢听人讲故事。他一来到农场就会问：“你有什么故事要讲吗？”他不在的时候，我会编很多故事，准备讲给他听。晚上，他把垫子像沙发一样铺在炉火前面，舒舒服服地躺在上面。而我坐在地板上，盘着腿给他讲故事，就像山鲁佐德[1]本尊一样。他会瞪着眼睛，聚精会神地听我讲述一个个长长的故事，从开始听到结束。他会把故事记得清清楚楚，当其中某个角色突然戏剧性地冒出来时，他会打断我说：“那个人在故事开头就死了啊，这也没关系吗？”

丹尼斯会教我拉丁文，给我读圣经，还有希腊诗人的作品。他本人把《圣经·旧约》的大部分内容都熟记于心，还会在旅途中随身携带《圣经》，这为他赢得了穆斯林教徒极大的尊重。

他还把一台留声机给了我。留声机成了农场之音，为我带来了极大的喜悦，也给农场带来了新的生命力，像“夜莺是林中的灵魂”这句话说的一样。有时丹尼斯会带着新唱片不期而至，那时我可能在

① 山鲁佐德，《一千零一夜》的女主角，给国王讲了一千零一夜的故事。

咖啡地里，或是玉米田里；他会打开留声机，日落时分，我骑马回家时，傍晚清凉的空气吹来一阵旋律，告诉我他来了，就像在朝我笑。农场上的原住民们非常喜欢留声机，常会站在房子周围听音乐；当我和他们单独在屋里时，几个仆人会挑最喜欢的曲子，让我放给他们听。令人好奇的是，卡曼特对贝多芬C大调钢琴协奏曲中的慢板情有独钟，他第一次告诉我要听这首曲子时，费了好大劲儿描述才让我听明白。

然而，我和丹尼斯的口味并不一致。我喜欢听那些老作曲家的曲子，而丹尼斯喜欢现代艺术，好像知道自己与这个时代不和谐，所以礼貌性地弥补一下似的。他喜欢听最新的音乐，他说："我应该会喜欢贝多芬，如果他不那么大众化的话。"

每次我和丹尼斯在一起时，我们总能遇到狮子。有时他会带一些欧洲人出去狩猎两三个月，回来时会因为没有猎获狮子而感觉懊恼。有时，马赛人会来到大宅，求我帮他们射杀狮子，因为狮子总吃他们的牛。每到这时候，我和法拉就会去他们的村子里安营扎寨，坐在那儿等待捕猎。有时我会在清晨出去走走，但根本看不到狮子的影子。而只要我和丹尼斯出去兜风，就会看到在草原上散步的狮子，就像它们在执勤一样。有时，它们正在进食，有时在穿过干涸的河床。

在一个新年的清晨，日出前，我和丹尼斯驾车驶上新修的纳罗克公路，飞奔在一条崎岖的路上。

前一天，丹尼斯有个朋友正准备跟一个游猎队南下游猎，于是丹尼斯把一支重步枪借给了他。到了深夜，丹尼斯才想起他忘了告诉朋友一件事：那把来福枪的扳机有问题，只要轻轻一扣动，枪就会响。

丹尼斯很担心朋友会伤到自己。我们想不出更好的补救办法，只能尽早出发，走新修的路，设法赶上游猎队。从农场到纳罗克要走六十英里，中途要穿过一条崎岖不平的乡村土路。游猎队走的是老路，卡车上还载着重重的货物，所以他们应该走得很慢。唯一的麻烦就是，我们不知道这条新路是否能直通纳罗克。

在这非洲高原上，早晨的空气如此清冽，令人陷入一种幻想中：你不是在陆地上，而是置身于黑暗的海底里，在深水中前进。甚至你根本无法确定自己是否在移动：冰冷的寒潮就像海底的洋流一样冲击着你的脸，而你的车就像一条鱼，车灯一样大的眼睛盯着前方，慢吞吞地行进着，任由水下的生物从身边经过。星星大得出奇，因为它们不是真的，而是倒映在水中的影子。沿着“海底”小径，各种生物不断突然出现，它们比周围的环境还要黑，时而蹦蹦跳跳，时而转身游进长长的水草中，就像螃蟹和海蚤钻进沙滩一样。日出之时，周围变得越来越明亮，海底升向海面，像一个新生的岛屿。各种气味交汇在一起从身边飘过：橄榄树林的新鲜气味，或是烧焦的草地的味道，又咸又腥。

丹尼斯的男仆卡努西亚坐在车厢后座，他轻轻地碰了碰我的肩膀，指向右边。在大约十二到十五码远的路边，有一只庞然大物，像一只正在沙滩上休息的海马，在它前面的深水里，还有什么东西在搅动。我后来才看清，这是一头已经死掉了的公长颈鹿，是在两三天前被射杀的。非洲禁止射杀长颈鹿，因此我和丹尼斯后来不得不为自己辩护，以免有人指控我们射杀长颈鹿。不过，我们可以证明，我们遇到它时，它就已经死了，尽管没人发现它的尸体，也没人知道它为什么被杀死了。此时，一头母狮正在啃食长颈鹿巨大的尸体，我们的车从它身边经过时，它抬起头，耸着肩膀，盯着我们的汽车看。

丹尼斯把车停下，卡努西亚举起了肩上的步枪。丹尼斯低声问我："我可以开枪打它吗？"——他总是有礼貌地把恩贡山当作我的私人猎场。以前总有马赛人向我哭诉狮子吃了他们的牲畜，如果就是这个家伙杀死了他们一只又一只的牛犊和母牛，那么，是到了该结果它的时候了。于是我点了点头。

他从车上跳下来，缓缓向后退了几步。就在这时，母狮潜到长颈鹿的身体后面。他绕开长颈鹿跑过去，瞄准母狮，扣动了扳机。我没有看到母狮倒地，于是下车走了过去，然后看见母狮已经倒在一片血泊中了。

没时间扒母狮的皮了，如果我们要截住去纳罗克的射击队，就必须继续赶路。我们环顾四周，记住了那个地方。长颈鹿的尸体散发出一股浓烈的恶臭，所以我们不大可能错过。

我们继续向前开了两英里，发现前路已到了尽头。筑路工人的工具就被丢弃在地上，工具前面是一片宽阔的石头地，在黎明的阳光中看起来灰蒙蒙的，还没有人工开凿的痕迹。我们看了看工具，又看了看周围，只好放弃了原来的计划，丹尼斯的朋友只能靠他自己的运气了。后来，他回来告诉我们他根本没有机会用那把枪。我们调转车身，面向东北，阳光映红了平原和山丘。我们一边向前开，一边谈论着那头母狮。

接着，那头长颈鹿又出现在我们的视线之中，这次我们看得很清楚，阳光照在它侧面的皮毛上，皮肤上深色的方形斑块清晰可辨。

就在我们走近它的时候，突然看见一只狮子正站在它的尸体上。此时我们的车身比尸体略低一点儿；狮子笔直地站在尸体上，看起来黑乎乎的，在它身后，天空一片火红，它浑身就像被镀了一层金。一阵风吹起狮子的鬃毛，画面非常震撼。我不禁从车里站起身，丹尼斯说："这次你来开枪吧？"我并不想用他的来福枪，因为他的来福枪对我来说太长、太重了，后坐力也太大了。但是，在此时，这一枪是爱的宣言，难道不该用最大口径的枪吗？我扣动了扳机，狮子直直地跳了起来，然后四腿并拢，倒地而死。我站在草地上，气喘吁吁地，激动得面红心跳，射击的时候你会感觉自己拥有无边的权力，毕竟相隔数米，就能取其性命。我绕过长颈鹿的尸体走过去，那里就像一出经典悲剧的最后一幕。它们都死了。那只长颈鹿身形巨大，四肢僵硬，它长长的脖子也已经僵直了，肚子已经被狮子们剖开了。那只母狮仰面躺在地上，依旧龇着牙，表情傲慢，一副悲剧女主角的模样。而那只公狮子躺在离它不远的地方。它怎么就没从另一只狮子的命运中吸取任何教训呢？它的头枕在两只前爪上，身上浓密的鬃毛看起来就像是国王的披风。它也倒在一大片血泊当中，在炫目的晨光中，血被染成了猩红色。

太阳冉冉升起，丹尼斯和卡努西亚卷起袖子，剥下了狮子的皮。他们休息时，我们在车里喝了一瓶红葡萄酒，吃了葡萄干和扁桃仁。因为那天是新年，我特意在车里备上了这些东西。我们坐在矮草丛里又吃又喝。那两只狮子就在不远处，即便失去了皮毛，它们看起来风采依旧：身上没有一丁点儿多余的脂肪，似乎每一块肌肉都是精心雕琢而成的，全身上下都散发着天生的贵族气息。这就是它们原本的样子，根本无须皮毛遮盖。

我们正坐在那里时，一道影子突然掠过我脚下的草地。我抬头仰望，依稀可辨淡蓝色的高空之中盘旋着秃鹫。我的心也随之变得轻盈飘忽，仿佛一个牵线风筝，天高任我飞。我即兴赋诗一首：

> 秃鹫的影子掠过平原，
>
> 飞向远方无名的蓝色高山。
>
> 圆滚滚的小斑马一动不动，
>
> 影子被藏在精致的马蹄之间，
>
> 待傍晚来临，便可将四蹄伸展。
>
> 待平原被砖红色的夕阳渲染。
>
> 漫步到泉水边。

我和丹尼斯刚认识不久时，还跟狮子打过一次交道，那是一次非常戏剧化的冒险经历。

南非人尼考尔斯先生是我的农场经理。一天早上，外面下着春雨，尼考尔斯先生神情激动地来到我家对我说，昨天夜里两只狮子闯进农场，咬死了两头公牛。它们撞破牛栏闯了进去，然后把死牛拖进了咖啡种植园，把其中一头吃了个干净，另一头还在咖啡树下躺着。他问我能否帮他写一封信去内罗毕，弄点儿马钱子碱回来，他想把毒药放在牛的尸体里，因为他觉得狮子们当天晚上一定还会再回来。

我想了又想，觉得给狮子下毒的做法很不妥。于是，我和他说，我绝对不会那样做的。听了我的话，他的兴奋立刻化为了愤怒。他说，如果我们对这些狮子犯下的罪行无动于衷，那么它们还会一而再再而三地搞破坏，它们杀死的那些牛可是我们最好的劳力，如果再受损失，我们可承受不起！他还提醒我，马厩离牛圈不远，难道我就没有想到这些吗？我对他解释了一下我的意思，我并不是对这些狮子放任不管，我只是觉得它们应该被枪杀，而不是毒杀。

尼考尔斯问道："那谁去射杀它们呢？我不是个胆小鬼，但我是一个有家室的人，我可不想白白拿自己的命冒险。"的确，他个子不高，胆量可不小，绝不是胆小鬼。他又说："这种冒险完全没意义。"我回答说，我并不是要让他拿着枪去杀狮子，芬奇-哈顿先生昨天刚到农场，我可以和他一起去。尼考尔斯说："这还差不多。"

我去找丹尼斯，对他说："走吧，让我们拿命去冒险吧！我们生命的价值就在于我们一无所有，不惧死亡才能获得真正的自由。"

我们到了那里，在咖啡树丛中找到了那头死牛，就像尼考尔斯告诉我们的那样，它基本上就没被狮子们动过。狮子们留下的爪印很深，在这松软的地面上清晰可见。显然，两头大狮子那天晚上来过这里。跟随着狮子留下的印记，我们轻松地穿过了咖啡种植园，来到贝尔纳普家附近的森林里。但等我们进去时，发现刚刚的大雨把脚印都给冲刷掉了。在树林边的草地里和灌木丛中，脚印消失了。

"丹尼斯，你怎么看？"我问他，"它们今天晚上还会来吗？"

丹尼斯很熟悉狮子的习性。他说，它们今天晚上肯定会来，而且会早早地来到这里，把剩下的肉吃光，所以我们需要给它们一些时间让它们专心吃肉，放松警惕。他还说，我们等到九点再去咖啡园。另外，我们还会用到他狩猎行囊里的手电筒，猎捕狮子时可以用来照明。他让我自己选角色，是射击还是辅助。我选择让他来开枪，我为他照明。

为了能在黑暗中找到那头死牛，我们把纸裁成条，绑在我们要经过的那条路两侧的咖啡树上，作为标记。就像汉塞尔和格雷塔[①]用白色的石头标记他们的路一样。这条路会直接将我们带到凶案现场。我们在离尸体二十英尺的地方，把一大张白纸绑到了树上。那里就是我们应该停下来打开手电筒，射击狮子的地方。傍晚，当我们拿出手电筒时，发现手电筒的电池已经快没电了，发出的光非常微弱。但我们现在已经没有时间再去内罗毕了，只能凑合着用。

这一天正好是丹尼斯生日的前一天。我们吃完饭后，他愁眉不展、闷闷不乐地说他还没活够呢。我安慰他说，我吩咐贾马在我们回来前准备好一瓶酒。那天，我一直在想这两头狮子：此时此刻，它们会在哪里呢？是否正在慢悠悠地穿过河流，一只在前一只在后，温柔冰凉的河水正在它们的胸膛和腹部打着旋儿。

九点的时候，我们出发了。

尽管下着小雨，但能看见月亮。在层层薄云中，它白色的脸庞时隐时现，高悬着，在白花烂漫的咖啡园里映出朦胧的身影。在我们离咖啡种植园还有一段距离时，路过了农场学校，看到学校里仍然灯火通明。

看到这种景象，我的心里涌上一股骄傲和胜利的暖流。我想起了

---

① 汉塞尔和格雷塔，《格林童话》同名故事中的小兄妹俩，被狠心的继母带到森林里抛弃，他们事先在口袋里准备了白石头，隔一段路扔一颗，以识别回来的路。

所罗门王[1]的一句话：懒惰的人说，外面到处都是狮子，我可不敢出门啊。现在，有两只狮子就在学校门外出没，但是我们学校里的孩子们却一点儿都不懒散，我也不可能让狮子成为他们学习路上的绊脚石。

我们找到了咖啡树上的标记，停了一会儿，便沿着标记一前一后行进。我们穿着软底鞋，走起路来没有声音。我兴奋得浑身发抖，但不敢离丹尼斯太近，否则他立刻就能感觉到我的恐惧，然后叫我回去。但同时我也不敢离他太远，因为他可能随时需要我为他照明。

不一会儿，我们发现了那两头狮子，它们正在吃那头死牛的肉。它们或许听到了什么动静，或者闻到了我们的气味，走远了一点儿，躲进咖啡田里，给我们让路。也许是它们嫌我们走得太慢了，左前方那只狮子发出了一声沙哑的低吼，它声音太小，以至于不确定是否真的听到了。丹尼斯停下脚步等了一会儿，没有转头地问我："你听到了吗？"我说："我听到了。"

我们又向前走了一点儿，那低声的咆哮再次出现。然而，这次声音却在我们的正右方。"打开手电筒。"丹尼斯说。为他照明一点儿都不轻松，因为他比我高出很多，我得把手电筒举过他的肩膀才行。光线照射之下，世界俨然变成了一个明亮的、光芒四射的舞台。咖啡树湿漉漉的叶子闪耀着光芒，就连地上的土块儿都清晰可见。

最开始，光圈落到了瞪圆了双眼的豺狼身上，它看起来就像一只小狐狸。然后我继续移动手电筒，终于照到了那只狮子。它正对着我

---

① 所罗门（约前1010—前931年），古以色列联合王国第二任君王大卫之子，天资聪慧，被以色列人誉为"智慧之王"。

们，身后是无尽的黑夜，而它看起来无比光亮。枪声突然在我耳边响起，我措手不及，甚至没反应过来那是什么声音，就好像刚刚的声音是一声雷响，又好像我变成了那头狮子。它的身体变得僵硬，像石头一样倒下去。“继续往前照，别停！”丹尼斯冲我吼道。我继续向前照去，但我的手抖得厉害。我们需要通过手电筒的光才能看清这个世界，但是这由我掌控的光圈却抖个不停。黑暗里，我听见丹尼斯在我旁边笑起来。“照到第二只狮子了，但是光怎么晃晃悠悠的。”他之后告诉我，好在乱晃的光圈还是照到了第二只狮子。那只狮子半隐蔽在一棵咖啡树后面，光照到它的时候，它还转过头躲了一下。丹尼斯开了枪，随后它倒在了光圈之外，但随即又站了起来，闯进了光圈之内，突然转身向我们猛扑过来。丹尼斯扣动扳机，枪声再次响起的同时，它发出了一声愤怒的吼叫声。

就在那一刻，非洲变得无限宽广，丹尼斯和我站在这片土地上，显得无比渺小。光圈之外一片黑暗。这两只狮子就这样倒在了暗夜之中，左右两侧一边一个。天空又开始下起了雨。低沉的吼叫消失之后，一切都回归了沉寂。狮子躺在那里一动不动，头偏向一边，好像在表达对我们的厌恶。现在，咖啡田里躺着两头巨大的死狮子，周围一片死寂。

我们一边走向狮子，一边用步子丈量着距离。第一头狮子距我们所站的地方有三十码，第二头距我们有二十五码。它们都已成年，看起来年轻健壮，通体浑圆。这两个亲密的伙伴一起跑进深山探险，或者在草原上狂奔，刚刚把美好的回忆储存在脑海里，然而今天它们就命丧于此了。

正在此时，孩子们放学了，一窝蜂地冲上马路，他们看到我们后停了下来，关切地低声喊着："姆萨布，是你吗？是你在那儿吗？姆萨布，姆萨布。"

我坐在一头狮子上，向他们喊道："是我，我在这里呢。"

他们朝我走过来，比之前更大声也更大胆地喊："贝达把狮子打死了？打死了两头？"发现确实如此之后，他们立刻分散开来，就像一群夜里的小兔子一样上蹿下跳。他们还为此编了首歌，是这么唱的："三声枪响，两头狮子。三声枪响，两头狮子。"之后，又把这首歌的歌词润色了一下，清亮的童音此起彼伏："神枪三声响，坏狮子哪里跑。"然后他们像喝醉了一样，不停地唱"A、B、C、D"，可能是因为他们刚从学校里出来，满脑子都是学问。

不一会儿，这里就聚集了一大堆人，磨坊里的劳工们、附近村落里的非法棚户，还有些仆人也都提着防风灯赶了过来。他们站在狮子周围议论纷纷。卡努西亚和车夫带了刀子过来，开始剥狮子皮。其中一张狮子皮后来被我送给了印度大阿訇。普兰·辛格也出现在这个舞台上。他穿着一件便服，身体在衣服里看起来很纤瘦，脸上挂着一种印度式甜甜的微笑，露出的白牙在浓密的黑色胡须里闪闪发亮。他特别兴奋，说话都不利索了，他希望我能把狮油留给他，因为他的族人将它奉为圣药。从他的手势看，我猜这可能是用来治疗风湿和阳痿的药。咖啡田里一时间变得非常热闹，雨停了，月光倾洒在每一个人身上。

我们回到家里，贾马为我们斟上葡萄酒。我们身上又湿又脏，沾满了泥土和鲜血，没法坐下来，只能站在餐厅的炉火前，烤着火，大口喝下美酒。我们俩相对无言。在狩猎中，我们是一个整体，彼此心灵相通，无须多言。

后来在招待朋友的时候，我总是讲起那次的冒险故事，每每都给大家带来不少乐趣。有一次，老布尔佩特同我们一起去俱乐部跳舞，整个晚上都没有机会跟我们说上一句话。

在非洲的时候，丹尼斯·芬奇-哈顿曾经经常带我在天空中飞翔——这是我在农场生活中体验到的最激动人心的乐趣。非洲的道路很少，有的地方甚至没有路，但是有大片平原可供降落。飞行成了我生活中真实而又至关重要的事，为我打开了一个新的世界。丹尼斯把他的俄式飞机带到了非洲。它能在距我家几分钟路程的农场平原上降落，我们几乎每天都会去飞行。

你在非洲高地上空飞行时，可以看到许多壮阔的景色，会对光和色的组合变化惊叹不已。在阳光的照射下，绿色草地上的彩虹、巨大的垂直云层和黑色风暴都在你的周围旋转跳跃，像是在赛跑，又像在跳舞。不时还会有倾盆大雨倾泻而下，之后空气中便泛起了白雾。飞行的极致体验用语言无法形容，希望随着时间的推移，能够想出新的词汇来形容它。飞过东非大裂谷、苏斯瓦火山和朗格诺火山后，我们感觉飞了好远好远，就像已经飞到月球的背面了。有的时候，我们还会在低空中飞行，低到能够看见平原上的动物。此时，我们感觉自己就像上帝，刚刚创造出这些动物，还没来得及派亚当去给它们起名字。

飞行真正让我们感到快乐的不是这些景物，而是它本身能带给飞行者无限的欢喜和荣耀。生活在城市里的人被禁锢和奴役在单一的生活中，多么可悲。他们仿佛被一个人牵着，始终走在一条线上。当你漫步在田野或穿过树林时，是从一维空间到二维空间的过渡，是对奴隶生活的解放，就像法国大革命一样；而在天空中的飞行，就像进到了自由的三维空间。熬过颠沛流离的漫长岁月，思乡的心终于投入了宇宙的怀抱。在这里，一切都靠万有引力和时间规则运行着。

……在生命的绿林中，
像驯服的野兽一样运动，
无人知晓它们何等温柔！

每当我坐上一架飞机，低头一看，意识到自己已经脱离了地面时，就会产生新的顿悟："我明白了，"我想道，"我什么都明白了。"

有一天，我和丹尼斯飞到了纳特龙湖。纳特龙湖位于农场东南部九十英里处，比农场海拔低四千多英尺，却比海平面高出两千多英尺。人们来这里提取苏打。纳特龙湖底和湖岸像一种白色的混凝土，散发着强烈的酸味和咸味。

天空一片蔚蓝，但当我们飞到这片土地上空的时候，眼前突然呈现出一片荒凉的景象。大地仿佛被烧焦了，所有颜色都消褪殆尽，看起来就像被精心雕刻过的乌龟壳。突然间，特纳龙湖出现在我们的视线中。从高空望去，白色的湖底在湖水中闪闪发光，湖水呈现出一种摄人心魄的蔚蓝，如此清澈，竟有些刺眼，以至于不敢长时间直视。整片水域就像一颗透亮的蓝宝石镶嵌在这黄褐色土地之上。

我们先是飞得很高，然后开始降低高度。我们向下飞的时候，在蔚蓝色的湖面上投下了深蓝色的倒影。这里生活着成千上万只火烈鸟，我不知道它们是怎样在咸水中生存的，而且这里肯定没有鱼。我们走近后，这些火烈鸟会呈扇形或圆形散开，就像落日的余晖，又像丝绸或瓷器上的中国艺术图案，在我们的注视中不断变换着队形。

我们降落在白色的湖边，在飞机机翼下乘凉，准备吃午餐。白天这里就像一个大烤炉，如果你把手从阴凉处伸出来，就会被灼伤。因为天气太热了，从乙醚中刚刚拿出的冰啤酒，还不到十五分钟，没等喝完，就热得像一杯茶了。

在我们吃午饭时，一队马赛武士出现在远处的地平线上，迅速向我们靠近。他们一定是从远处看到飞机降落，想要一探究竟。马赛人非常善于走路，即使是这样的荒郊野岭，对他们来说也不在话下。他们一个接一个地走了过来，打着赤膊，个个又高又瘦，他们的武器在阳光下闪闪发光。在这片黄灰色的土地上，他们就像一块块黝黑的煤块。他们每一个人的脚下，都有一个小小的影子随着他们移动。除了我们自己的影子，这是我们能在这里看到的唯一的影子。他们一共有五个人，排成一列向我们走来。他们把脑袋凑在一起，开始互相谈论飞机和我们的事。如果在二十年前，我们现在可能会有生命危险。过了一会儿，他们中的一位走上前来和我们说话。但他们只会说马赛语，我们又听不懂，对话很快就终止了。他退回到同伴那里，几分钟后，他们背对着我们，向着这片广阔而炽热的白色盐碱平原，排成一列，扬长而去。

丹尼斯问我："你想飞去奈瓦沙吗？但是，纳特龙湖到奈瓦沙之间道路崎岖，我们不能在途中任何地方着陆。所以，我们必须一直在一万二千英尺的高空中飞行。”

从纳特龙湖到奈瓦沙的这段行程可谓是真正的“飞行”。我们沿着蜜蜂航线向前飞行，一直保持在一万二千英尺的高度上，由于飞得太高，几乎看不见地面上任何东西。在纳特龙湖边，我摘下了那顶镶着羊皮的帽子，现在冰凉的空气挤压着我的额头；我的头发向后飞着，好像头皮都要被扯下来了似的。事实上，我们现在飞的路线是大鹏鸟的每日必经之路。它每天都要从乌干达的家飞向阿拉伯岛，两只爪子各抓一只大象回去给它的幼崽吃①。

如果你坐在飞行员前面，在飞行途中，其实是什么都看不到的。此时，你会感觉被飞行员的双手托举着，就像阿拉伯大精灵托着阿里王子在飞行一样，机翼就是他的翅膀。我们降落在奈瓦沙一位朋友的农场上。从空中看去，这房子实在小得可怜，周围的树木也很矮小。我们降落时，它们仿佛都在为我们让步。

丹尼斯和我没有时间进行长途旅行时，就会在恩贡山展开一次短途旅行，一般在日落时分。恩贡山的绝美山峦天下无双，从空中俯瞰，便可以看见它最美的一面。靠近四座主峰的山脊时，眼前的画面变得十分荒凉。在飞行的过程中，山峦随着飞机一起起伏，一会儿向上攀升，一会儿向前狂奔，一会儿又陡然下降，平铺成一小片草地。

山上也有水牛。我年轻的时候想猎遍这里所有的生物，不然就像活不下去了一样。我曾在这儿射杀过一头公牛。后来，我不那么热

① 两只爪子各抓着一只大象的大鹏鸟，是《一千零一夜》中的形象。

衷于射杀野生动物了，开始钟情于观察它们。我常常带着仆人、帐篷和粮食，在半山腰的山坡上扎营。凌晨天还未亮，法拉和我就摸黑起来，在冰冷的空气中爬进灌木丛和长草地，希望能看一眼水牛群。但两次露营都无功而返。但我知道居住在那儿的牛群是我的邻居，是我农场生活中的一种财富。它们是山里的贵族，心思缜密、自给自足，不喜欢被人叨扰，然而现在它们的数量在不断减少。

一天下午，当我和几个乡下朋友在屋外喝茶时，丹尼斯从内罗毕飞来，从我们头上向西飞去。过了一会儿，他掉头飞回来，降落在农场上。我和德拉梅尔夫人开车去接他，但他不肯下飞机。

他说："水牛在山上吃草呐，过去看看？"

我说："我去不了啊，家里还有客人在喝茶呢。"

他说："我们就去看看水牛，一刻钟就回来了。"

这听起来就像梦中人的提议。德拉梅尔夫人不肯坐飞机，所以我和他一起去了。我们在阳光下飞行，很快就进入了山坡上一片透明的棕色阴影里，恩贡山狭长圆润的山脊上绿草如茵。就像一大块带着褶皱的绿画布，堆放在山峰四周。没多久，我们就从空中看到了水牛，一共二十七头，它们正在吃草。刚开始，它们仿佛在很远的地方，就像老鼠在慢慢移动。而后，我们俯冲下来，绕着山脊盘旋，大概在它们上方一百五十英尺的地方，以保证在可视范围内。它们平静地吃着草，时而聚在一起，时而分开，这时我们开始在空中查起了水牛的数量。牛群里有一头年龄老迈的大黑牛，一到两头年轻的公牛，还有一些小牛。它们在一片开阔的草地上漫步，那里被灌木丛围了起来。如果有陌生人走近，水牛们会立刻听到声响或闻到他们的气味，但它们不会想到还有天上来的访客。我们一直在空中跟着它们。终于，水牛们听到了飞机的声音，停下了吃草的动作，但它们似乎没有抬起头的念头。最后，它们意识到有奇怪的事情发生了；老公牛率先走到牛群前面，举起它沉重的牛角，勇敢地面对看不见的敌人发起进攻。它的四只蹄子先是踩在地上，突然开始沿着山脊小跑，过了一会儿，它开始慢跑。所有水牛都跟着它一溜烟儿地跑下去，它们转身跳进了灌木丛，沙尘四起。它们跑到灌木丛后停了下来，紧紧地靠在一起，看起来仿佛山上的这片小空地是用深灰色的石头铺成的。它们自认为隐蔽得很完美，的确，从地面上确实看不见它们，但它们却逃不过在天空中飞翔的鸟儿们的眼睛。我们把飞机向上开，飞走了。这一路，我们就像沿着一条秘密通道，飞进了恩贡山的心脏。

我回到了茶话会，石桌上的茶壶还热得烫手。这不禁让我联想到了关于先知穆罕默德的一个故事：先知打翻了一壶水，而后随大天使加百列游遍了七重天，归来之时，罐子里的水竟然还没有流光。

恩贡山里也有雄鹰的巢穴。丹尼斯经常在下午说："我们出去看看鹰吧。"我曾见过一只鹰，站在山顶旁边的石头上，后来它展翅飞走了，其余时候都在天空中翱翔。有很多次，我们追着鹰飞来飞去，在自己的机舱里一会儿被甩向左翼，一会儿又被甩向右翼，我相信，这些视觉敏锐的鸟儿们一定是在逗我们玩儿。有一次，我们跟一只雄鹰并肩飞翔，丹尼斯在半空中关掉了引擎，就在这时，我听到苍鹰的一声尖啸。

原住民们都很喜欢飞机，画飞机这项活动曾在农场上风靡一时。我经常能在厨房看见画满了飞机的纸张，有人还画在了墙上，就连

“ABAK”这几个字母也被临摹了下来，但他们并不是真的对飞机和飞行有多大兴趣。

就像我们不喜欢噪声一样，原住民们不喜欢高速，甚至到了无法忍受的地步。他们很珍惜时间，脑子里从来没有消磨或浪费时间的念头。时间越充裕，他们就越开心，如果你在出访的时候，留给基库尤人一个任务——牵着你的马，从他的眼神中你能够看出来，你去得越久越好。他不想打发时间，而是会坐下来，享受这段时光。

原住民对任何机器和器械都不感兴趣。有些年轻人受到欧洲人的热情感染，也爱上了摩托车，但是，一位基库尤老人对我说：他们这么折腾肯定死得早。他说的可能是对的，因为一个民族的反叛者总是出自最弱的那一部分人群中。当地人欣赏的文明世界的发明有火柴、自行车和来福枪，但只要一提到奶牛，这些发明对他们来说根本就不值一提了。

弗兰克·格雷斯沃尔德-威廉姆斯先生住在肯度山脉附近，他回英国时，带了一名马赛人做他的马夫。他后来告诉我，他们到家一周后，这小子就在海德公园骑起了马，就像一个土生土长的伦敦人。这小伙子回到非洲后，我问他在英国发现什么好玩儿的了。他神情严肃地想了好一会儿，然后有礼貌地说：白人修的桥不错。

任何一位原住民老人，对那些不借助外力（人力或自然的力量）就能自己移动的东西都会感到不信任或觉得羞耻。人们就像避讳不雅行为一样回避着巫术。有时，人们会情不自禁地被巫术的效果所吸引，但不愿与它的内在运作方式扯上任何关系，没人会逼问女巫说出她药酒的配方是什么。

有一次，丹尼斯和我飞行后降落在农场的平原上。刚一落地，一位基库尤老人便走了过来，对我们说：“你们今天飞得真高，”他说，“我都看不到你们，只能听见飞机的嗡嗡声，就像一只蜜蜂。”

我表示认同，那天我们确实飞得很高。

“你们看到上帝了吗？”他问道。

“没有，”我说，“我们没有看到上帝。”

“啊哈，那你们飞得还是不够高啊。”他说，“但是请告诉我：如果你们飞得足够高的话，你觉得你们能见到上帝吗？”

“我不知道啊，恩德韦迪。”

他转头问丹尼斯：“老爷，您怎么看？如果飞得够高，能不能在飞机里见到上帝呢？”

“我真的不知道。”丹尼斯回答说。

“那我可搞不懂了，你俩还飞个什么劲儿呢？”恩德韦迪疑惑地问道。

第四章

移民手记

萤火虫

高原上，长长的雨季结束之后，从六月第一个星期的晚上开始，天气骤然变冷，这个时候，在树林里可以看到萤火虫。

某一天晚上，你会看见两三只萤火虫，它们就像逃出天际独自冒险的星星，飘浮在清澈的空气中，一会儿上一会儿下，就像在随着波浪起伏，又像在行屈膝礼。它们的小灯随着飞行的节奏忽明忽暗。你可以伸手去抓一只萤火虫，让它在你的手心上闪烁。它会散发出一种奇特的光芒，像在传达某种神秘的信息，将周围的空气晕染成淡淡的绿色。第二天，森林里就会出现不计其数的萤火虫。

不知为何，它们一直保持在距离地面四五英尺的地方飞行。看着它们，你不禁会想到一群六七岁的孩子，在树林里穿梭玩闹，手里拿着一支蘸了魔火的火炬，欢乐地蹦蹦跳跳。孩子们狂奔着，嬉闹着，欢快地挥动着手里的火炬。树林里充满了嬉笑打闹着的不羁生灵，却更显寂静。

生命之路

我小时候看过一张图——那是一幅即时创作的作品，艺术家一边画一边给你讲故事，即使每次讲的故事内容都一模一样。

从前有一座小房子，房子上有个圆圆的小窗户，前面还有一个小小的三角形花园，这里住着一个人。

房子不远处有个小池塘，里面有很多鱼。

一天晚上，这个人被一阵恐怖的噪声吵醒，便出门去查看情况。他走啊走，走了很远才到池塘。说到这儿，讲述者开始画这个人走的路线，就像在画军队的行军图。

他首先跑到南边。在那里，他被路上的一块大石头绊倒，摔进了一个水沟里；接着他站了起来，随即又掉进另一个沟里；站起来之后，又跌进第三个水沟里，最后终于爬了出来。

这时，他才发现自己走错路了，连忙跑到北边。但此时，噪声再次响起，似乎来自南边，他又连忙跑了回去。先是被路上的石头绊倒，然后又摔进了一个沟里，站起来之后又掉进另一个沟里，起身后又跌进第三个沟里，最后终于爬了出来。

现在他可以确定了：噪声来自池塘尽头处。他冲到那里，看见堤坝上漏了一个大洞，水流出来了，里面的鱼顺水而出。他大惊失色，连忙开始补窟窿，全都弄完了才回去睡觉。

第二天早上，他从圆圆的小窗户往外一看——到这儿故事就要结束了，结局极其戏剧化——他到底看到了什么呢？——一只鹳！

有幸听过这个故事，我感觉很高兴，而且每逢紧要关头，我都能想起它来。故事里那个可怜的人经历了残忍的欺骗，还遇到了重重阻碍。他一定是这样想的：“今天真是大起大落啊！真是噩运连连！”他一定很奇怪，为何上天要百般捉弄他，但他怎么也想不到，自己最后竟得到了一只鹳！历经重重阻碍时，他心里一直有一个信念——不撞南墙绝不回头。最后，他完成了该完成的事，守住了自己的信仰，也得到了应得的回报。早晨，他看见了那只鹳，我相信他一定会开怀大笑。

而我现在身处的黑暗深渊，又是哪只大鸟的利爪呢？当我经受住生活中的重重考验的时候，我或者其他人是否也能得到一只鹳呢？

“啊，女王，您令我品尝的是那无法言传的苦痛。”[①]正如特洛伊城在烈火中焚烧[②]，七年的流放生涯，十三艘上好的船只失事，最后，我能得到什么呢？是那“高贵典雅、尊贵庄严和甜蜜柔情”。

① “啊，女王，您令我品尝的是那无法言传的苦痛。”是古希腊诗人维吉尔名句，出自史诗《埃涅阿斯纪》。

② 《荷马史诗》中，特洛伊城遭木马屠城后，被放火焚烧。

读到基督教会的第二篇信条，你可能会感到困惑，里面是这样写的：他被钉在十字架上，与世长辞，被埋葬，然后在地狱里走了一遭，第三天又复活，升到天堂……从天上又降落到人间。

这样的大起大落，比故事里的男人所经历的更加悲惨。这一切的回报又是什么呢？——是半个世界的人们对他矢志不渝的信仰。

猛兽的救赎

战争期间，我的农场经理负责为军队购买公牛。他对我说，在马赛保护区的时候，他从马赛人那里买了几头马赛牛和水牛杂交的牛犊。本土牲畜能否跟野生动物杂交，这还是一个备受争议的问题。曾经有人试着让斑马和马配种，试图培育一种适合乡村环境的小马，但我也只是听说过，未曾见过。但是我的经理信誓旦旦地对我说，这些牛确实有一半水牛的血统。马赛人对他说：这些杂交出来的牛，长得要比一般的牛慢一些。曾经马赛人非常引以为豪的，现在却把它们当作烫手山芋，想赶紧脱手，因为它们非常桀骜不驯，别想指望它们干活儿。

训练这些牛去拉车或者犁地，可不是一件容易的事儿。其中一只曾给我的农场经理和他的原住民车夫惹了不少麻烦。它总是大发雷霆，会撞破牛轭，口吐白沫，咆哮不已。如果被绑了起来，它就会拼命刨土，弄得泥土飞溅，如厚厚的乌云一样，还会恶狠狠地瞪着充血的眼睛，鼻孔里鲜血直流。

挣扎过几个来回之后，角逐的双方——人和野兽都汗流浃背，精疲力竭。

我的经理说："为了驯服这头牛，我把它的四条腿紧紧地绑在一起，用缰绳勒住它的嘴，把它扔进了牛栏。它是叫不出声儿了，鼻子里还是冒出一股股滚烫的蒸气，喉咙里还会发出可怕的咕噜声和叹息声。"

我真希望它能乖乖戴上牛轭。晚上回帐篷睡觉的时候，我的梦里都是这头大黑牛。突然，我被一阵争吵声吵醒，外面人嚷狗吠，原住民围着牛栏声嘶力竭地喊着。两个牧童走进我的帐篷里，浑身颤抖不已，他们告诉我，有一头狮子混进牛群里了。我们提着灯，赶紧跑到现场，我手里拿着我的来福枪。我们靠近牛栏的时候，吵闹声稍微小了一点儿。灯光下，有个长着斑点的东西正望风而逃。原来是一只美洲豹袭击了这头被捆起来的牛，撕咬掉了它的右后腿。以后，我们永远都看不到它犁地的画面了。

"然后，"我的经理说，"我举起来福枪，把牛打死了。"

埃萨的故事

大战期间，大宅里有一名厨师名叫埃萨，他是个懂得人情世故、平易近人的老头。一天，我正在内罗毕的麦金农杂食店买茶叶和调味料，一位身材瘦小、表情严肃的女士朝我走来，对我说，她知道埃萨正在为我干活儿。我回答是的。“他之前是给我干活儿的，”女士说道，“现在我想让他回来。”我说，我感到很抱歉，但这不可能。“哦，那可不一定，”她说，“我的丈夫是政府官员。您到家的时候，麻烦转告埃萨，说我想让他回来，如果他不肯，我就把他送到运输军团去。而且，”她补充道，“据我所知，就算埃萨走了，您家的仆人也足够用。”

我并没有立即把这段小插曲说给埃萨听。第二天早上我才想起这件事，就跟他说了我遇见的这位老妇人，以及她对我说的话。

令我惊讶的是，他听完之后，立即陷入了极大的恐慌和绝望中。“姆萨布，你为什么没马上告诉我呢？”他说，“那个女人说到做到，今天我必须得走。”

“那根本是一派胡言。”我说，“他们根本不能把你带走。”

“我的老天爷啊，”埃萨说，“现在已经太晚了。”

“可是我不能没有厨师啊，埃萨，我该怎么办？”我问他。

“哎哟，”埃萨说，“我要是去运输军团的话，也没法给您当厨子了。或者干脆死翘翘了，更没法儿干活儿了。我看这次我是离死不远了。”

那个时候人们对运输军团闻风丧胆，不管我说什么埃萨都听不进去。他朝我借了一盏防风灯，用一块布包起所有行李，然后连夜赶到了内罗毕。

时光飞逝，埃萨离开农场已有一年。在此期间，我曾在内罗毕见过他几次，有一次还在内罗毕街道上与他擦肩而过。短短一年间，他变得又老又瘦，脸上皱纹密布。他圆圆的头顶已经长出了白发。如果在镇子里，他是不会停下来跟我说话的；但如果我们是在平坦的路上相遇，我就会把车停在路边，他也会把顶在头顶上的鸡笼放在地上，然后跟我好好聊聊。

他还是一如往常的温文尔雅，但是又变了很多，跟他聊天成了一件难事儿。我们聊天的时候，他总是心不在焉的，就像神游九霄之外似的。他被命运反复捉弄，所以总是处于极度恐惧的状态，不得不用我难以想象的、极其匮乏的物资过日子。历经千锤百炼的他，心思变得透明澄澈。他现在就像一位过了见习期，已经进入修道院的修道士。

他总是问起农场上的事，就像其他原住民仆人一样，担心自己一离开，其他的仆人就不会善待白人主人。“战争什么时候才能结束呢？”他问我。我说，听说就快结束了。“如果战争还要持续十年的话，”他说，“我可能就把你教的菜都忘光了。”

这个基库尤老人，站在纵横平原的马路上，竟然产生了和布瑞拉特–萨伐仑[①]一样的想法。这位美食家说过，如果革命再持续五年，蔬菜炖鸡肉的艺术就要失传了。

很明显，埃萨是在为我感到遗憾，而为了结束他的这种“同情”，我也问他过得怎么样。他仔细思考了一分钟，就像去把九霄云外的思绪拉回来似的。

“你还记得吗？姆萨布。”他终于开口说道，“你曾说过，那些印度承包商给牛戴上牛轭，整天让它们干活儿，根本没有休息日。现在啊，我就像一头印度承包商养的牛。”埃萨说话的时候，眼睛望向一边，表情中带着歉意。原住民对动物一般没有过深的感受。印度人养的牛的说法对他来说，可能比较牵强，而现在他竟然把这个说法用在自己身上，不免有些难以想象。

战争期间，我的所有信件都被一个迷迷糊糊的瑞典检察官打开过，而这让我感觉非常气恼。他不可能从这些信件中嗅到一丝可疑的气息，或许他的生活过于单调，才对信件中出现的人产生了兴趣。他津津有味地读着我的信，就像在读杂志中的连载故事。

我常在自己的信中专门为他准备几封威胁的信，我告诉他，战争结束之后我绝不会放过他，一定会睚眦必报。战争结束之后，可能是因为他还记得我说的话，又或许是因为他心怀歉意，专程派人到农场来告诉我停战的消息。

跑腿的人过来时，我正一个人在家，得知这个消息后便走到树林

---

① 布瑞拉特–萨伐仑，法国法学家，曾任最高法院法官，同时还是美食家。

中，那里万籁寂静，想到现在的法国和弗兰德斯也是一片寂静——那里已经停火了，不禁感觉有点儿奇怪。在这片寂静中，欧洲和非洲似乎变得近在咫尺，仿佛穿过林间小道就能走到维米岭。回家的时候，我在门外看到一个人影，是埃萨。他拿着行李站在那里，一见我过来，便立即对我说，他回来了，还给我带了一件礼物。

埃萨的礼物是一幅被镶进画框、嵌上玻璃的画，画上是一棵树，笔触很细致，上百片树叶都被涂成干净的绿色，每一片叶子上都用红色墨水写了一个小小的阿拉伯字母。

我觉得这些字母应该出自《古兰经》，但是埃萨无法解释这些字母是什么意思。他不停地用袖子擦玻璃，信誓旦旦地对我说，这是一份很好的礼物。他告诉我，这是在他受尽折磨的那一年里，内罗毕的伊斯兰老阿訇创作的一幅画。我想，这幅画一定花了那位老人不少时间、精力才创作完成。

从那以后，埃萨一直留在我身边，直到去世。

鬣蜥

马赛保留区里常有鬣蜥出没。巨型鬣蜥有时会在河床里的平石上晒太阳，我也曾有幸见过几只。它们的模样算不上漂亮，但是皮肤的颜色十分绚丽，超乎想象的美，在阳光下闪闪发光，像一块块大放异彩的珍贵宝石，又像一片片色彩纷呈的教堂窗户玻璃。当你走近时，它们“嗖”的一下溜掉，石头上闪过一道蔚蓝、绿色和紫色的光，仿佛彗星发光的尾巴。

我曾射杀过一只鬣蜥，我想用它的皮做一些漂亮的玩意儿。但是之后发生了一件让我永生难以忘怀的怪事。当时它死在一块石头上，我向它走过去，仅仅是短短几步路的距离，它皮肤上的颜色就全部褪去了，就像随着一声长叹，所有的颜色都消失殆尽。我摸到它的时候，它已经变成了灰色，看起来就像一块水泥。正是这动物体内鲜活、沸腾、有规律地流动的血，才让它散发出无比炫目的光彩。现在火焰被熄灭，灵魂被抽走，鬣蜥也死了，变成了无聊透顶的沙袋。

自从在保留区射杀了那只鬣蜥之后，我一直对它念念不忘。在梅鲁[1]，我看见一位年轻的原住民女孩戴着一只手镯，那是一条两英寸宽的皮带，上面缀满了小颗的绿松石珠子，珠子的颜色深深浅浅各不相同，它们泛着绿色、浅蓝和天青的光泽，看起来非常有生命力，就像从女孩的手臂上吸了一口灵气一样。我非常想要这个手镯，于是就叫法拉去把它买下来。但是，就在我戴上的那一刻，它立即失去了灵气，变成了一条一无是处的、廉价的装饰品。原住民女孩明快甜美、像泥炭又像黑陶的肤色，与手镯的颜色交相辉映，色彩的变化与协调，完成了松石绿色和黑色之间精妙绝伦的二重奏。

在彼得马里茨堡的动物博物馆里，我曾看到了同样的颜色组合。那是一条深海鱼标本，被摆在陈列橱里。它们栩栩如生，没有随着死亡褪去颜色。这让我不禁在想，海底究竟有怎样的力量，能够让这些生物如此生机勃勃而又如此梦幻。

我站在梅鲁的大街上，呆呆地看着我苍白的手臂上死气沉沉的手镯，就像一件神圣的东西被玷污了，像真理被封锁了起来一样。此时的它如此悲凉，让我不禁想起儿时读过的一本书中一位英雄的话：“我征服了所有人，而我却站在凄凉的荒冢之上。”

身处异国他乡，跟异国物种打交道，要考量它们永恒的价值。对于东非的定居者们，我有一言相告：为了赏心悦目的美好，请别射杀鬣蜥。

---

① 坦桑尼亚北部活火山。

法拉与《威尼斯商人》

一

曾有一位朋友从家中给我寄了一封信，信中描述了新上演的《威尼斯商人》。晚上，我又把信读了一遍，读着读着，那戏剧舞台仿佛被搭建在大宅之中，呈现在了我的眼前。我顿时心潮澎湃，于是把法拉叫来，给他讲这部戏，还对其中的喜剧情节解释了一番。

就像其他土生土长的非洲人一样，法拉非常喜欢听故事，但他只有确定家里没有旁人的时候，才会愿意听上一小会儿。因此，仆人们都回到自己的小屋之后，所有路过农场的行人，透过窗户往里看的时候，都会认为他正在和我讨论家务事宜。我说他听，两人一动不动地站在桌子旁，他一本正经地盯着我的脸，听得非常认真。

法拉在听到安东尼奥、巴萨尼奥和夏洛克的部分的时候总是全神贯注。故事里有一宗数目庞大而错综复杂的商务交易，或多或少地游走在法律的边缘，正合索马里人的心意。他问了我几个关于那一磅肉的问题：他感觉有点儿奇怪，但认为也不是不可能，可能也会有人做那种事吧。故事慢慢开始有了一丝血腥的味道，他对这个故事的兴趣也越发高涨起来。当鲍西亚登上舞台时，他竖起了耳朵。我想他一定把她看作了自己部落的法蒂玛[1]，聪慧机灵，言谈举止迂回婉转，此时正准备扬帆起航，誓要胜过所有的男人。有色人种在听故事时，并不会偏袒里面的任何一个人物，只会把注意力放在精妙的情节本身。即使是日常生活中非常重视价值、天生容易愤慨的索马里人，在听小说的时候也会放平心态。尽管如此，法拉仍对将要损失一大笔钱的夏洛克产生了同理心，他为夏洛克的败诉感到愤愤不平。

“什么？”他说，“那个犹太人放弃索赔了？他不应该这样做。那磅肉就应该归他啊，毕竟他花了那么多钱，得这么点儿东西是应该的啊。”

“但是他还能怎么做呢？”我问道，“他做不到不流一滴血地把肉割下来啊。”

“姆萨布，”法拉说，“他可以拿一把烧红了的刀，那样就不会流一滴血了。”

“但是，”我说，“他做不到割下不多不少、正好一磅的肉啊。”

“但是谁会被那点儿事吓住啊，尤其他还是个犹太人？他可以一次只割一点点，然后用手来称重量，直到正好切下来一磅肉。难道那个犹太人身边没有朋友给他建议吗？”

索马里人个个表情丰富，极具戏剧性成分。此时，法拉依旧举止端庄持重，一副不动声色的样子，但已经不自觉地变了脸色，神色

① 法蒂玛（605—632年），伊斯兰教先知穆罕默德之女。因系亚裔，被尊称为“圣女”及法蒂玛·宰赫拉（意为“佳丽法蒂玛”）。

非常紧张，仿佛置身于威尼斯法庭之中。他全力支持着他的朋友，或者说是伙伴——夏洛克，与安东尼奥一伙人和威尼斯总督对峙。他的眼神闪烁，上下打量着面前的商人。此时，商人的胸膛已经袒露在刀锋前。

“你看，姆萨布，”他说，“他本来可以切小块的，非常小的小块，然后就可以狠狠地伤到那个人，让那个人在割下那磅肉之前受很久的罪。”

我说：“但是在这个故事里，那个犹太人就是放弃了。”

“是的，真是太遗憾了，姆萨布。”法拉说。

伯恩茅斯的上流社会

我有一位白人移民邻居，他在家乡的时候是位医生。有一次，我一个仆人的妻子难产，生命垂危，而当时正值雨季，大雨将道路冲垮，致使我无法开车赶去内罗毕请医生，我只好写了一张字条给这位邻居，问他是否能帮我这个大忙，过来救救她。他爽快地答应了。当时风雨交加，大雨如注，正在最后紧要时刻，他凭借高超的医术，把那个女人和她的孩子从鬼门关拉了回来。

之后他给我写了一封信，信中说，尽管这次在我恳求下，他破例救治了一名原住民，但以后若还有这样的事，他再难从命了，请我务必理解。他自信地认为我早就知道这件事，因为他曾提醒过我，在伯恩茅斯，他只为上流社会人士看病。

骄傲这件事

农场与野生动物保护区毗邻，与野生动物为伴给农场带来了别样的气息，仿佛我们就住在帝王家附近。这些傲慢的生物大摇大摆地走来走去，也愿意委身与我们亲近。

野蛮民族很享受自己的骄傲，但却憎恨或者不相信别人的骄傲。我是文明世界的人，我尊重敌人、仆人和爱人的骄傲。我心怀谦卑，偏居一隅住在这蛮荒之地上，而我的房子成了这里的文明之地。

所谓骄傲，其实就是上帝在创造我们的过程中对我们的信任。骄傲的人感受到了这一点，然后便渴望去实现它。他并不想追求幸福或者舒适的生活，这些与上帝的想法都不相关。上帝的理念是要让他成功，他也势必要贯彻下去，同时也矢志不渝地深爱着这份使命。正如遵纪守法的好公民在履行对社会的责任时发现了自己的快乐，骄傲的人在实现自己的命运时，也找到了自己的幸福。

没有骄傲感的人，无法感受到上帝在创作过程中对他们的期许。有时，他们会让人怀疑：这种期许是否真实存在过？或者已经全部被遗失了，那么谁能重新找回它呢？他们只会复制别人的成功，把自己的幸福，甚至是自我，建立在别人的引述中。他们面对命运的时候，一定会畏首畏尾，战战兢兢。

要珍爱神的骄傲，胜过一切；要珍爱邻人的骄傲，如同爱自己的骄傲；珍爱狮子的骄傲，就不要把它们关进动物园里；珍爱狗的骄傲，就别让它们长得太胖；珍爱同伴们的骄傲，就不要让他们自怨自艾。

要珍爱被征服的民族的骄傲，就要容他们光耀父母。

牛

星期六下午是农场上最安逸的时光。首先，到星期一下午之前，我都不会被那些恼人的商务信件叨扰。这段时光，就像在农场四周围建起了一座城墙，将我们保护在这一片净土之中。

其次，大家都很期待周日的到来，那天他们可以安心休息，或者玩上一整天，棚民们也可以在自留地上自行劳作。在周六这天，对我来说，想想我的牛是件再开心不过的事了。我常常在六点钟去牛栏看它们，那时它们结束了一天的辛苦劳作，吃了草，刚刚回来。我想，明天它们就可以什么都不用干，吃一整天草啦。

我们在农场上养了一百三十二头牛，它们组成了八个工作小组，还有几头作为储备军。在夕阳余晖中，它们排成一长列走回家，步伐沉稳——一如它们一贯的做事风格。我就安稳地坐在牛栏的栏杆上，气定神闲地抽着烟，静静地看着它们。恩约西、恩古福、法如，还有穆萨古——意为白人，正迈步朝这儿走来。车夫们经常给牛起白人的名字，“德拉米尔”就是牛的常用名。迎面走来的是马林达——我最爱的那头大黄牛。它的皮肤上有奇怪的模糊斑点，就像海星一样，或者它就是因此得名，因为“马林达”的意思就是“腰裙”。

就像所有文明国家的人都会对贫民窟居民有一种习惯性的歉意，我想到他们便会生恻隐之心，在非洲，想到牛的时候，我也会心中隐隐作痛。我对农场上的牛的感觉，恰似君王对他的贫民窟人民的感受：“你就是我，我也就是你。”

非洲的牛承载着欧洲文明进步的重担。每一块新开垦的地上，都有它们的汗水，它们气喘吁吁地在没过膝盖的泥土里辛勤地拉着犁，长长的鞭子在它们头上呼啸生风；每条铺好的路都有它们的贡献。在车夫们此起彼伏的叫喊声和训斥声中，它们拖着铁器和工具跋涉过宽阔的土地，踏过沙尘飞扬的小路，穿过长满长草的平原，开拓出一条条崭新的道路。天还未大亮，它们就被套上牛轭，上山下山，玩命地干活儿，穿过峡谷，走过河床，在炎炎烈日下挥汗如雨。它们身体两侧布满鞭痕，你常能看见一些牛的一只眼或者双眼都被锋利的鞭子抽瞎了。许多印度和白人承包商养的牛每日都要辛苦劳作，一生都在埋头苦干，永无休息之日。

在我们的影响下，公牛的改变令人称奇。它们总是狂躁不安，翻着白眼，使劲刨土，看到什么都一副愤愤不平的样子——但它们仍渴望拥有自己的生活，鼻孔里会冒出燃烧的火焰，生殖器里有着蓬勃的新生命；它的生命中充满着对未来的渴望和对自我满足的追求。

我们从牛身上夺走了一切，作为回报，我们也会承认它们的存在。牛与我们的日常生活息息相关，它们拖着沉重的负担，没有自己的生活，而其存在的意义就是为我们所用。它们有着清澈、湿漉漉的紫罗兰色大眼睛，嘴巴柔软，耳朵柔滑，对待所有事都极具耐心，又有些迟钝，有时看起来心事重重的。

我在非洲的时候，当时有一条法律，本地所有长坡都要求车辆使用刹车，禁止没有刹车装置的牛车或马车上路。但是这条法律后来不了了之了，因为要么上路的一半牛车和马车都没有刹车装置，要么即使有刹车装置也是形同虚设。所以下山对牛来说极其艰难。它们不得不用身体抵住载满货物的牛车，重负之下，它们的头极力向后仰，牛角都碰到了拱起的牛背，侧腹就像风箱一样起伏着。我多次看见木材商人的马车沿着恩贡山马路赶往内罗毕，一个接着一个，就像一条长长的毛毛虫，而到了森林保护区，下山的时候速度加快，拉车的牛儿们跌跌撞撞地走着，队形变得歪歪扭扭。我曾见过一头牛到了山脚下时不堪重负，摔了个嘴啃泥。

牛儿们一定在想："我的命真苦啊，这个世界对我真是太不公了。太难了，真是太难了，实在难以承受啊。想把牛车拉下山比登天还难，一不小心就小命不保，难道就没人来帮帮我吗？"

如果那些膘肥体壮的印度车主们能花上两卢比，规规矩矩地安装上刹车装置，又或者如果那些懒散的原住民车夫们能从满载货物的车上下来，拉起刹车——如果有的话，牛儿们就不会那么辛苦，就能安安稳稳地下山了。但是牛儿们对这些一无所知，只是日复一日循规蹈矩地拉着车，面对生活给予的苦难盘剥，它们抵死抗争，即使前路一片黑暗。

两个种族

在非洲，白人和黑人两个种族之间的关系类似于两性关系。

不管男人还是女人，如果知道自己在对方的生命中微不足道，而对方在自己的生活中至关重要，他们一定会深受打击，心如刀绞。如果一位爱人（或者丈夫）被妻子（或者情妇）告知，他的存在无足轻重，不像自己这样，能左右对方的生活，他一定会感觉迷惑不解，进而愤愤不平。反之，如果发生在妻子或者情妇的身上，她们一定会恼羞成怒，大发雷霆。

过去，男人聚在一起把酒言欢，谈天说地，却不想让谈话内容传进女人的耳朵里，这一行为证明了这一理论；而女人们聚在一起畅所欲言，不希望有任何男人听到她们说的话时，也证明了这个理论。

白人给你讲的关于原住民仆人的故事，同样也反映了这样的想法。如果有人告诉他们，他们在原住民的生活中所起的作用，不比原住民在他们的生活中所起的作用更重要，他们就会愤愤不平、局促不安。

如果你告诉原住民，他们在白人的生活中所起的作用，不比白人在他们的生活中所起的作用大，他们绝对不会相信，还会对此冷嘲热讽。在原住民圈子里流传着一些故事，一传十，十传百，到最后人尽皆知。这些故事都在证明一件事：白人对基库尤人或者卡维朗多人相当信任，并深深依赖。

战时远征

战争爆发后，德拉米尔勋爵在德国边境组织了临时情报机构，我丈夫和农场的两名瑞典助手自愿前往从军。我独自一人留在了农场。没过多久，有流言蜚语说要把白人妇女集中在营地里，以免遭受原住民的威胁。

我当时被彻底吓住了，心想：如果真去妇女集中营住上几个月，我一定活不下去，天知道战争还要持续多久。几天后，我抓住机会和一个年轻的瑞典农民——我们的邻居，一起去基加贝——铁路沿线地势较高的一个车站。在那里，我们负责搭建营地，有人会从边境跑过来送信，然后发电报把消息传给内罗毕的指挥部。

在基加贝，我把帐篷搭在车站附近，四周是一堆堆为铁路机车准备的木材。送信人无论白天夜里随时可能回来。他一回来，我跟果阿站长就一起热火朝天地忙了起来。他个子矮小，性情温和，求知欲旺盛，而且心态极好，丝毫不受战争的影响。

他问了我许多关于我家乡的问题，还让我教他一点儿丹麦语，他认为说不定以后能用到。他有个十岁的儿子，名叫维克多。一天，我在去车站的路上，穿过走廊时，隔着栅格窗听见他正在教维克多语法：“维克多，什么是代词？告诉我，维克多，我都给你讲了五百遍了，你还不知道吗？”

前线部队不断地要求给他们送去粮食和军火。我丈夫写信指示我，装满四辆牛车物资，尽快送去。他又写道：随行必须有个白人当指挥官，因为没人知道德国人埋伏在哪里，而马赛人又对战争热血沸腾，整日在保留区游荡。那段时间，到处草木皆兵，人们还在基加贝的铁路桥上安插了哨兵，以防敌人炸桥。

我雇用了一位名叫克拉波若特的南非青年押车。可就在出发前夜，他被当作德国人给抓了起来。他不是德国人，也能提供证明，不久就被放了，他随即更名改姓。就在他被捕的一瞬间，我看见了上帝的安排：除了我，没人能押送车队长途跋涉穿过整个国家。

于是，天刚破晓，古老的群星还未退去，我们便启程了，沿着基加贝山脉的漫漫长路前行，穿过马赛人保留区的广袤原野。黎明时分铁灰色的微光洒落在我们脚边，马车上挂的灯晃来晃去，呼喝声、鞭声此起彼伏。我有四辆大车，每辆配有十六头牛，另外还有五头机动牛，随行人员有二十一个基库尤小伙子和三个索马里人：法拉、扛枪人伊斯梅尔，还有一位老厨师，也叫伊斯梅尔，是一位气质高贵的老人。我的狗黄昏也陪在我身边。

遗憾的是，警察在抓走克拉波若特时，也把他的骡子抓走了。我找遍基加贝，也没有找到它。没有坐骑，头几天我不得不跟着车在飞扬的沙尘中步行。后来，我在保留区一个人手中买下了一头骡子和一个骡鞍，几天之后，我又为法拉买了一头。

这一走就是三个月。我们刚到达目的地时，得知有一支大型美国狩猎队曾在附近驻扎过，他们得知战争爆发，便卷起铺盖走人了，留下了大批储备物资，所以我们又被派去收集这批物资。从那以后，车队就不停赶往不同的地方。我渐渐熟悉了马赛保留区的浅滩和水沟，也会说一点儿马赛语了。

这里道路状况奇差无比，有满是尘土的深坑，还有比车身还高的石头拦路。后来，我们主要还是在平原上穿行。非洲高原上的空气像甘醇的美酒，源源不断地灌进我的脑袋里：几个月来我一直都处于微醺的状态，那种美妙体验用文字无法形容。我也曾参加过远征狩猎，但是，我从未单枪匹马地在非洲大陆上游荡过。

索马里人和我都有保护政府财产的强烈责任感，一直担心牛群会受到狮子的威胁。这一路上，狮子一直虎视眈眈地盯着大车上的绵羊和补给品，并一路尾随我们到了边境。

黎明启程之际，我们总能在牛车留下的印迹上发现狮子刚留下的新鲜足迹。到了晚上休息时，狮子就在营地附近蠢蠢欲动，吓得牛群胆战心惊，到处乱窜，躲到我们找不到的地方。我们只好在牛群和露营地周围用荆棘树筑起高高的圆形篱笆，坐在篝火旁，拿着来福枪彻夜守候。

在这里，法拉、伊斯梅尔和老伊斯梅尔会觉得与文明社会隔了一段安全距离，说话变得随便了起来。他们会讲述索马里兰的奇闻逸事，或是《古兰经》和《天方夜谭》中的故事。法拉和伊斯梅尔都出过海，因为索马里兰是航海国家，而且我相信，曾几何时，他们也是红海上叱咤风云的大海盗。他们对我说，地球上的每种生物在海下都有它的复制品：马、狮子、女人和长颈鹿都生活在那里，而水手们时不时地就会窥探到他们。他们还讲述了生活在索马里兰河底的马的故事，它们会在月圆之夜，来到草原与在那里吃草的索马里母马交配，繁育出美丽机敏的小马驹。

在我们头上，夜的穹顶摇曳退去，新的群星从东方升起。清冽的冷空气中，火焰在热烈地燃烧着，火花四溅，烟雾缭绕，新鲜的柴禾散发出阵阵酸味。牛群中时不时爆发一阵骚动，它们跺着脚，挤在一起，嗅来嗅去，老伊斯梅尔就爬上那辆满满当当的马车的顶上，用力摇晃手里的灯，观察并吓跑围栏外的觊觎者。

我们曾多次与狮子交手，每次都惊心动魄。"千万当心西亚瓦。"我们在路上遇到了一位朝北行进的运输队长，他如是说，"别在这里停留，西亚瓦至少有两百头狮子。"所以我们尽力赶路，希望在日落之前穿过西亚瓦。然而在野外赶路，太过心急反而得不偿失，暮色降临时，最后一辆大车的车轮卡在一块大石头上，不管怎么推都纹丝不动。大家伙儿齐心协力，打算把大车抬起来，我提着灯给他们照亮，就在此时，一只狮子袭击了我们的一头机动牛。我的来福枪不在手边，只能朝那只狮子大声呼喊，连连挥鞭。最后，我们吓走了狮子，牛跑了回来，但是它的后背被狮子狠狠咬过，伤势过重，几天之后还是死了。

后来发生了一些怪事。有一次，一头牛喝光了我们所有的煤油，然后在我们眼皮子底下死掉了。这样一来，我们连灯都点不了了，只能摸黑前行。后来到了保留区，我们发现了一家印度人开的店铺，找到了我们需要的煤油。值得一提的是，店中无人看管，许多商品原封未动，完好如初。

我们在马赛莫拉尼的一个大营地附近驻扎了一个星期。年轻的战士们身上涂着战时彩绘，手持长矛和长盾牌，戴着狮子皮的头饰，日夜在我的帐篷周围徘徊，并打探着战争和德国人的消息。

我手下的游猎者们也很喜欢这个营地，因为在这里他们可以从莫拉尼的牛群那里买牛奶，牛群跟着莫拉尼人一起四处漂泊。被称为“莱奥尼”的马赛族少年们则负责放牧，他们年龄尚小，还不能当武士。马赛战士的女儿们正值妙龄，天真烂漫、甜美可人，总是来我的帐篷大声叫我，央求我把手镜借给她们，然后互相传照，她们对着镜子龇着闪闪发光的牙，就像愤怒的食肉幼兽。

敌方的所有信息都必须传达给德拉米尔勋爵。但是，德拉米尔勋爵在保留区内频繁移动，神出鬼没，具体位置无人知晓。我对情报工作一无所知，但是我很奇怪他手下的人到底是怎样运作的。

有一次，我鬼使神差地走到距德拉米尔勋爵营地只有几英里的地方，便和法拉一同骑马前去拜访，并和他一起喝了茶。虽然他第二天就要撤营，但那里仍像一座城池一样挤满了马赛人。因为他一直友善待人，对来客也都盛情款待，以至于这里就像那则关于狮子的寓言一样：脚印都是向内走的，没有向外走的。

给德拉米尔勋爵送信的跑腿人，再也不会带着回信走出来。处于喧哗的人群中心的德拉米尔勋爵显得非常瘦小，他礼数得当，行为举止非常文雅，白发披肩，在这里显得格外从容淡定。他会把关于战争的信息一五一十地讲给我听，并以马赛人的方式给我端上了加了烟熏牛奶的茶。

我对牛、马具和远征的常识少得可怜，但手下的人都百般包容我，并像我自己一样竭力掩饰我的无知。远征途中，他们任劳任怨地为我工作，即使我因为经验不足，对人、对牛的要求过于苛刻，他们也绝无怨言。他们会不辞辛苦地穿过宽阔的平原，用头顶着，将洗澡水送到我面前。中午，给牛卸轭之后，他们会用矛和毯子搭起一个帐篷，方便我在里面稍作休息。他们忌惮马赛野蛮人，而且还被有关德国人的流言蜚语搅得心神不宁。在这种情况下，我相信，我对于远征队来说就是守护天使，就是吉祥物。

大战爆发前六个月，我第一次来到非洲，与冯·莱托-福尔贝克将军同坐一条船——而他现在是德军东非前线最高指挥官。当时，我还不知道他会成为一位大人物，在旅途中还跟他成了朋友。后来，他要南下坦噶尼喀，而我要北上内地，我们在蒙巴萨共进晚餐。他送了我一张他骑马的戎装照，并在上面写了几行诗：

人间的天堂

在马背上；

人生的享受，

在女人的胸脯上。

法拉在亚丁与我碰面时，曾见过这位大将军，知道他是我的朋友。在这次远征途中，他一直带着这张照片，把它同钱和钥匙放在一起，他打算如果我们被德军俘虏，就把这张照片拿给德军看。因此，他一直非常珍视这张救命符。

夕阳西下，我们一行人来到河边或者泉水边，正打算卸轭扎营，此时的马赛保留区的夜色极其迷人。散布着荆棘树的平原已是漆黑一片，但是空气却澄澈无比。穹顶之上，西边有一颗孤星越发耀眼，如同一个银点，在黄水晶一般的天空上独自闪耀。

空气冷彻心扉，长长的草湿漉漉的，上面的药草散发着辛辣、生涩的独特香气。再过一会儿，四面八方的蝉就会开始歌唱。此时，草变成了我，空气变成了我，远处若隐若现的山变成了我，疲惫的牛也变成了我。我在荆棘树丛中，伴随着夜里的微风，静静呼吸着。

三个月后，我突然被命令回家。当时一切事物正在迈入系统化，正规军也从欧洲出发了，而我的远征队看起来不太规矩。于是，我们开始往回赶，经过之前的驻扎地点时，我不禁心里一沉。

这段远征的回忆在农场久久挥之不去。尽管之后我也远征了很多次，但既不是为政府做事，也不是因为战争。这次特殊的远征经历，对于参与其中的所有人来说都弥足珍贵，那次之后，他们都把自己看作远征贵族了。

多年之后，他们还会来到大宅，与我聊起那次远征，只是为了让回忆更加鲜活，也让自己再体会一下冒险的感觉。

斯瓦赫里语的数字系统

在我初来乍到非洲的时候，一个年轻的瑞典挤奶工教我用斯瓦赫里语查数。因为斯瓦赫里语中的数字9在瑞典人听来会有歧义，所以他不愿意给我讲这个数字，他是这样查数的：“7，8。”然后停下来，眼神飘向一边，再接着说：“斯瓦赫里语中没有9。”

“你的意思是，”我说，“他们只能数到8？”

“哦，不是这样的，”他立即回答道，“他们有10、11、12，以此类推，但就是没有9。”

“那样也可以吗？”我疑惑地问道，“那数到19的时候怎么办？”

“他们也没有19。”他一边说一边羞红了脸，但依旧很坚定自己的说法。“也没有90、900，因为这些数字都由9组成，但是其余的数字都有。”

之后很长一段时间，我都在思考这种数字系统，并乐在其中。我想，这真是一个有独创精神、敢于打破陈规的民族。

我想，1、2、3是唯一的三个顺序质数，所以8和10可能是唯一的顺序偶数。如果人们想证明有数字9的存在，可能会用3×3的方式表达。但这是为什么呢？如果数字2没有平方根，数字3也可能没有平方根。如果你能把某个数字的各位数字相加，直到最后成为个位数，你会发现，不管有没有9或9的倍数，都没什么区别。所以，说不定数字9真的不存在。我想，这就证明了斯瓦赫里语的数字系统是合理的。

那时，我有一个名叫扎卡赖亚的仆人失去了左手无名指。我想，这在原住民中应该是稀松平常的吧，对他们来说，用九根手指查数可能还更方便呢。

当我向别人表达我的想法的时候，被果断制止，并被点醒。但是我仍有种感觉：没有数字9的数字系统是真实存在的，而且运行起来没有任何问题，从中还能产生许多新灵感。

由此，我还想到一位丹麦老牧师曾对我说的话，他说，他根本不相信上帝创造了十八世纪。

“你不祝福我，我就不让你走”

经历过四个月的酷热干燥之后，三月时，非洲终于开始了漫长的雨季，各种植物争先恐后地破土而出，四面八方的香气将人们包裹其中，到处都是生机勃勃的景象。

但农民还在保持冷静，不敢轻易相信大自然的慷慨：他们静静聆听着，唯恐大雨的咆哮声变小。现在地表吸收的雨水，要保证农场上所有蔬菜、动物和人类撑过接下来没有一滴雨的四个月。

农场上的小道都变成了奔腾的溪流，看起来让人满心欢喜。农民们欢欣雀跃地蹚过泥泞的田野，到咖啡园里查看。咖啡园里花团锦簇，正在滴着水珠。雨季刚过了一半，有天夜里，星星从薄薄的云彩中探出头来，仿佛即将放晴。农人站在门外，望着天空，恨不得把自己吊在天上挤出点儿雨水来。他向天空大喊：“多给我点儿雨水吧，这还远远不够啊。我的一颗真心已经完全袒露给你了，你不祝福我，我就不让你走。如果你愿意，就淹死我吧，但不要这样反复无常地折磨我。老天爷啊老天爷，别挑逗完就这样离去啊，不要停下啊。”

雨季过后的几个月里，天气会变得冷飕飕的，天空没有任何色彩。这种天气会让人回想起“马尔卡姆巴娅”的日子，就是那些大旱的灾年。在那些日子里，基库尤人常在我家附近放牧，其中有个男孩有一支长笛，他总是会在放牧的时候吹上一小段曲子。后来，当我再次听到这首曲子的时候，总是会想起那些痛苦不堪、绝望透顶的日子。

那段日子充斥着苦涩的泪水。但与此同时，我也从曲调中发现了一种意料之外的、令人惊喜的活力和一种奇怪的甜蜜。可是，那些艰苦岁月中真的有那些因素吗？那时我们还年轻，心中充满希望。正是在那些艰难漫长的时光里，我们融为一体，不分彼此，即使到了另外一个星球，我们也能认出对方。所有的东西都在大声呐喊，我的布谷鸟时钟和我的书，会对草坪上瘦骨嶙峋的奶牛和悲伤的老基库尤人喊道："你们也在这里啊，你们也是恩贡农场的一部分啊。"而那段痛苦的时光在给过我们祝福之后，便扬长而去了。

朋友们来来往往，他们不是那种会逗留在一个地方悄然变老的人。他们会在盛年死去，不再回来。他们曾围坐在火炉边，大宅将他们围在其中，然后对他们说："如果你不祝福我，我是不会让你走的。"他们哈哈大笑，送出祝福，于是它便放手让他们离去。

在一个派对上，一位老妇人谈起了自己的人生。她称，她愿意重活一遍，以此证明自己活得很明智。我想：她的人生如戏，不活两遍都不好意思说自己真正活过。你或许可以将一段短暂的咏叹调唱上两遍，但却不能重复一首完整的乐曲，交响乐和五幕悲剧也是如此。一旦重复，就说明曲子完成得并不成功。

我的人生啊，如果你不祝福我，我就不让你走；如果你祝福我，我就放你离开，松开我的手。

月食

有一年，我们遇到了月食。月食之前不久，我收到了基库尤车站一位年轻印度站长寄来的一封信：

尊敬的夫人：

有人善意地通知我，将会有七天没有阳光。火车暂且不提，我是应该把牛留在外面吃草呢，还是把它们赶回牛棚呢？请您大发善心知会我一声，除了您，我再无别人可问了。

您最忠实的仆人

帕特尔

原住民和诗

一向很有节奏感的原住民，对诗歌却一无所知，或者至少在他们上学之前是这样的。上学之后，老师会教他们赞美诗。有一天晚上，我们正在玉米地里收割玉米，掰下玉米棒，扔到牛车里。为了打趣，我开始为那些田野里的年轻劳工们用斯瓦赫里语作诗。这些诗其实没什么道理，只是为了押韵：尼古姆比——纳彭达——查姆比，玛拉雅——玛拉雅，瓦卡姆巴——纳库拉——玛姆巴。意思是公牛喜欢吃盐——妓女都很讨嫌——瓦卡姆巴对蛇垂涎。男孩们对这首诗很感兴趣，在我身边围成一个圈，但他们很快就明白这些诗句没有什么含义，所以并没有问诗句的主题，只是迫切地等待着韵脚的出现，一出现就笑个不停。我开了头，然后试图让他们找韵脚，来完成这首诗，但是他们找不到或者不想找，就不情愿地转过了头。他们熟悉了诗的概念之后，便央求我："再说一遍吧，就像下雨一样哗啦啦。"他们为什么觉得诗句像雨，我不得而知。这可能是一种赞美吧，毕竟在非洲，雨可是个好东西，人人都时刻盼望它，渴求它。

关于千禧年[1]

得知基督即将重返人间已成定局，人们便成立了一个委员会，来决定接待耶稣的安排细则。经反复讨论之后，委员会发布公告：禁止所有人挥舞和投掷棕榈枝，以及乱喊“和撒那”[2]。

千年纪念持续了一段时间，当时普天同庆，一天晚上，基督对彼得说，他想等外面安静下来的时候，单独同彼得出去走走。

“主啊，您想去哪里呢？”彼得问道。

“从基督府出发，沿着那条长路，一直走到骷髅山[3]。”万能的主说。

---

① 千禧年是指耶稣基督复临世界建立国度的神圣千年。

② 和撒那，亦作和散那、贺撒纳等，为圣经用语，赞美上帝时的欢呼之声。

③ 基督耶稣被钉上十字架的地方。

基托什的故事

基托什的故事当年闹得沸沸扬扬的，还登过报纸，因为这是一桩命案。当时陪审团把这个案子从头到尾审了一遍，得出了结论，并记录在案。如果现在去查阅，还能从旧文件中查到一些蛛丝马迹。

基托什是一个原住民小伙子，给一个莫洛白人移民干活儿。六月的一个星期三，主人把一匹马借给自己的朋友骑去车站，他派基托什去把马牵回来，并告诉他不能骑，只能牵回来。但基托什没有把主人的话放在心上，他跳上马背一路骑了回来，这一幕被人看到了。星期六早上，主人得知基托什是骑马回来的，顿时火冒三丈，他狠狠抽了他一顿鞭子，然后把他吊在仓库里，以示惩罚。到了晚上，基托什就死了。

八月一日，政府在纳库鲁的铁道研究所里设立最高法院，专门审理这一案件。

聚集在铁道研究所附近的原住民们一定感觉一头雾水，为什么要这么大张旗鼓呢？按照他们的想法，这个案子很简单，基托什死了，他的亲人自然要获得赔偿。

欧洲人与非洲人对于公正的观点大相径庭，对白人陪审团来说，有罪无罪一看便知。本案的结论无非三种：谋杀、过失杀人或重伤。法官提醒陪审团，犯罪的程度取决于有关人员的作案动机，而不是结果。那么，在基托什一案中，有关人员的动机和心态是什么呢？

为了判断这位移民的动机和心态，当天法官审讯了他好几个小时。他们试图将案件发生过程的画面拼凑起来，然后通过细节做出判决。案件有关报道这样写道：这位死者名叫基托什，他被主人叫来以后，一直站在三码[①]远的地方。这个看起来无关紧要的细节，在后来发挥了巨大的作用。在这出戏剧的开头，一个黑人和一个白人保持着三码远的距离。

但是自此之后，随着事件不断推进，画面的平衡被打破了。移民的形象开始变得模糊，而且越来越渺小了。这是任何人都无力改变的事。他变成了一幅巨大的风景画中的一个无关紧要的人物，小小的脸庞，面色苍白，失去了重量，就像一个纸人，被风或者随便什么力量一吹就不见了。

这位移民说道，一开始他质问基托什，谁允许他骑那匹小棕马的，他把这个问题重复了四五十遍，随即他承认，没人有资格允许基托什这样做。事情发生了转折，白人移民在一步步走向无可挽回的深渊。在英国，不会有人允许他把一个问题问上四五十遍，四十遍之前就会有人阻止他。只有在非洲，他才可能尖叫着把问题问上五十遍。最后，基托什回答道，他不是贼。移民者说，这个答案过于傲慢无礼了，所以他才让人鞭笞了他。

---

① 1码=0.914 4米。

此时，卷宗中出现了第二个看起来无关紧要、却极具影响力的细节：在移民者实施鞭刑的过程中，有两位自称是他朋友的欧洲人来访。他们围观了十到十五分钟，然后离开。

鞭刑结束后，白人移民没有放走基托什。

他把基托什用缰绳捆起来，锁在了库房里。陪审团问他为什么要这样做，他牵强地回答，只是不想让这个男孩在农场上到处乱跑。晚饭之后他回到库房，发现基托什已经不省人事了，他倒下的地方离绑住他的地方有一小段距离，缰绳也松了。于是，他叫来他的巴干达厨师，在厨师的协助下，把基托什捆得更紧了一些，双手绑在身后的柱子上，右腿绑在前面的柱子上。然后他锁上门，离开了库房。一个小时之后他又回到这里，命令厨师和帮厨的小托托待在库房里看着基托什，自己回去睡觉。他说，接下来只记得小托托从库房跑过来，告诉他基托什死了。

陪审团把"犯罪的程度取决于作案动机"这句话谨记在心，并尽力寻找动机所在。他们详细询问了鞭刑和之后的诸多细节。你在阅读这份文件时，仿佛能看到他们在不住地摇头。

但是基托什的动机和态度又是怎样的呢？随着案情的逐渐深入，情况开始变得不同。基托什确实有一个强烈的动机，并且这个动机对于整个案件产生了至关重要的影响。这么说吧，这个非洲人的动机和态度，让他即使躺在棺材里，也饶了那欧洲人一命。

基托什并没有机会表达自己的动机。他被锁在仓库里，因为有关他的信息非常简单，他只有一个诉求。守夜人说，他哭了一整夜，但事实并非如此，因为在凌晨一点钟的时候，他曾跟守在库房内的小托托说过话。他对那个孩子说，自己的耳朵被打聋了，只能喊着说话。他哀求小托托帮他松一松脚上的绳子，并解释说，自己是无论如何也跑不掉的，小托托照办了。这时，基托什对他说，自己很想死，凌晨四点的时候，他又说了一次自己想死。片刻之后，他向另一边翻了个身，嘴里喊道："我死了。"随后咽了气。

有三位医生到场取证。

做完尸检之后，当地外科医生断言基托什的死亡是由身体上的伤口所致，他认为，任何治疗措施都无济于事。

两位从内罗毕前来的辩护方的医生则持相反意见。

他们坚持说，鞭打不足以致死。此时，另一个至关重要的因素显露了出来：就是求死的愿望。第一位医生说，关于这一点他非常有发言权，他在这个国家生活了二十多年，非常了解原住民的想法。如果一个原住民真的想死，那么他真的会因此而死。许多医学界人士都能证明这一点。目前，这个案件已经很明朗了，是因为基托什自己想死。第二位医生赞同他的观点。

第一位医生继续说，如果基托什不是这个态度，他可能就不会死。比如，如果他吃点儿东西，或许就会好一些，但是他已经失去了勇气，因为饥饿会使人失去勇气。他补充道，死者嘴上的伤口不是外力踢打造成的，可能在痛苦之中自己咬伤的。

同时，他相信基托什在晚上九点之前还没有下定死的决心，他那时正试图逃跑，但逃跑不成反被抓的事实，彻底压垮了他。

内罗毕的两位医生做了最后总结，基托什之死是由鞭打、饥饿和求死的愿望共同导致的，且后者是主要因素。他们认为：求死的愿望可能因鞭打而起。

根据这两位医生的证词，这起案件的判决依靠便转向了所谓的“求死愿望理论”。唯一见过基托什尸体的那位本地外科医生反对这一理论，并且举出实例：他主治的许多癌症患者都有求死的愿望，但最后并没有因此而死。然而，这些病人最后被发现都是欧洲人，并非土著人。

最后陪审团给出的裁决是重伤罪，被指控的两名原住民也难辞其咎，但考虑到他们只是听从其主人——一名欧洲人的指令，如果监禁他们有失公正。因此法官决定对移民者实施两年监禁，两名原住民各一天监禁。

这个案件让人觉得荒谬且耻辱：在非洲，欧洲人不该有夺走非洲人生命的权利。这个国家是他们的家园，无论你对他们做了什么，如果他们不想留下，是可以遵从自己意愿离开的。但谁来为房子里发生的一切负责呢？当然是房子的主人和房子的继承人。

时过境迁，基托什已经死去多年，但他内心深处的正义和高傲，仍在熠熠生辉。他对死亡的决绝，让他的形象永垂不朽，更加美好。这种死亡愿望为野生生灵的逃亡提供了去向，危急关头他们会想到，这世界某个地方终会成为他们的避风港。想走的时候，他们断然不会停留，而我们永远无法掌控他们。

一些非洲鸟

非洲的长雨季是在三月份的最后一周或四月份的第一周来临的，森林里开始飘荡着夜莺的美妙歌声。那不是一首完整的曲子，只是几个音符，就像在排练某个协奏曲开篇的几个小节随意地唱唱停停，仿佛在湿漉漉、静悄悄的丛林某处，有人正坐在树上为小提琴调弦。同样优美的旋律很快就要飞入欧洲的丛林，从意大利的西西里岛一路飘到丹麦的埃尔西诺。

在欧洲，鹳常常在乡村茅屋屋顶上筑巢，是个“大家伙”。非洲有黑鹳和白鹳，但因为这里还有秃鹳和蛇鹫那类体型硕大的鸟，它们就显得没那么威风凛凛了。非洲的鹳与欧洲的鹳习性也有所不同，欧洲的鹳总是出双入对，是家庭幸福的代表。而在这儿它们成群结队地出现，大部队一起活动。

非洲人又管它们叫“捕蝗鸟”，它们总是跟随在蝗虫大军之后，以吃蝗虫为生。当高原燃起大火时，它们会在五光十色的火焰上方高高盘旋，透过灰蒙蒙的烟雾，留神看是否有老鼠和蛇跑出来。鹳鸟在非洲过得不亦乐乎。但它们并不是真的在这里生活，春风一吹，它们又产生了交配和筑巢的念头，立即心向北边，想起旧时光和老地方便心情荡漾，于是成双成对地飞回家乡，很快就在家乡冰冷的沼泽里蹒跚涉步了。

雨季初来，被火烧过的莽莽草原开始萌生出新鲜的绿芽。此时，上百只鸻鸟在草原上空盘旋。草原上总是有种海洋的气息，宽阔的地平线和阵阵微风让人不禁想起海洋和长长的海岸线，烧焦的草闻起来咸咸的，风一吹，长草涌动就像海浪一样。

平原上绽放着大片的白色康乃馨，让人想起船只在海湾调头时，船头堆叠起的层层白色浪花。鸻鸟的外貌、行为都酷似海鸟，它们会在密实的草丛中快步疾走，然后突然惊声尖啸，在你的马前展翅高飞，天空中满是振动的翅膀和鸟鸣声，热闹非凡。

玉米地刚刚被开垦完毕，鹳鹤便登门造访了，偷走了地里的玉米，但因为它们能预报降雨的喜讯，便将功折罪，没人怪罪它们；它们也是舞技娴熟的舞蹈家，颀长优美的鸟儿们聚集在一起，惊鸿艳影，妙不可言。

它们的舞蹈极具个性，但稍显做作，明明能飞，却像被地球磁场吸住了一样，只是在地面上蹦蹦跳跳。同时有一种神圣的意味，就像某种祭祀舞蹈。也许鹳鹤上通天堂灵气，下接地气，就像长着翅膀的天使，沿着雅各的天梯[1]上上下下一样。

它们通体呈现出精致的浅灰色，羽冠呈扇形，顶着一顶黑丝绒小帽子，宛如壁画中走出来的仙子，身姿轻盈，非常优美。一曲舞毕，

---

① 雅各的天梯，出自《圣经·旧约·创世纪》：“雅各……梦见一个梯子立在地上，梯子的头顶着天，有神的使者在梯子上，上去下来。”

便腾空而起，身后还萦绕着圣洁的余韵。它们拍打着翅膀，发出银铃般的叫声，就像教堂里的钟长出了翅膀，飞向天际。即使鸟儿们的身影已经消失不见，清脆的鸣叫依然响遏行云。

身形更加硕大的犀鸟也是农场的常客，它们会过来吃好望角金栗树的果实。这种鸟非常罕见，与它们的不期而遇颇让人长见识，但过程并不愉快，因为它们看起来十分老辣，无所不知。

一天早上，天还没亮，我就被屋外一阵叽叽喳喳的声音吵醒了。我出门来到平台上，只见41只犀鸟正坐在草坪的大树上。

它们看起来不像鸟，更像小孩子随手挂在树上的玩具，这儿挂一个，那儿挂一个。它们通体发黑，那是一种在岁月流逝中沉淀下来的、属于非洲的温柔高贵的黑，就像陈年老炭。这让你意识到，这世界上没有一种颜色比黑色更优雅、更鲜活、更生机勃勃。

犀鸟们心情愉悦地在一起谈天说地，它们举止得体，就像葬礼之后继承者们办起了派对。清晨的空气像水晶一样清透，这气氛阴沉的派对就沐浴在这纯净的空气中。在树和鸟儿的身后，太阳徐徐升起，像一个暗红色的火球。此时你会想，这样一个奇妙的早晨过后，你将度过怎样的一天呢？

在所有的非洲鸟类中，火烈鸟的颜色最鲜明艳丽，粉红相间的华丽羽衣就像夹竹桃的树枝在空中飞舞。它们有着难以置信的长腿，脖子和身体的曲线非常奇异，像是精心雕刻出来的。它们平日里言谈举止都十分拘谨，似乎是为了装扮出某种古典美。

有一次，我乘坐一艘法国船，从塞得港到马赛去，船上装载了一百五十只火烈鸟，它们将被送往马赛儿童乐园。

它们被装在肮脏不堪的箱子里，四周用帆布围起来，每个箱子里装十只，箱子被紧密地摞在一起。接管这批鸟的饲养员告诉我，这次旅行中会有百分之二十的损耗。这种生活不适合它们，天气不好的时候，它们就会站不稳，腿会断掉，而箱子里的其他鸟则会踩在它们身上。

到了夜里，地中海的海面上卷起层层骇浪，船只随着海浪上下起伏，每次颠簸，我都能在黑暗中听到火烈鸟的尖叫声。第二天早上，我就会看见饲养员拖出一两只死鸟，扔进海里。

啊，高贵的尼罗河畔的漫步者，荷花的姐妹啊，它们畅游于山水之间，宛如一片片流动的晚霞，光彩夺目，而现在却变成了一堆破败的粉红色羽毛，中间夹杂着两根又长又细的棍子。死去的鸟儿在被船掀起的海浪中浮浮沉沉，很快便被卷进了水底。

潘尼亚

猎鹿犬世世代代都与人类生活在一起，于是也有了人类的幽默感，还学会了微笑。它们与原住民的笑点如出一辙，别人做错事，它们就会在一旁乐不可支。如果你没有一定的艺术修养或宗教信仰，恐怕难以理解这个层次的幽默。

潘尼亚是黄昏的儿子。有一天，我和它一起在水池边散步，这里种着一排又高又细的蓝桉树。它从我身边跑开，朝其中一棵树跑去，跑到一半折了回来，让我跟它一起去。我向树的方向走去，然后看见树上站着一只薮猫。薮猫个个都是偷鸡贼，所以我叫住路过的托托，派他回大宅取我的枪。枪取来之后，我便举枪射杀了这只薮猫。它从高处坠下，“砰”的一声落在地上。潘尼亚立即扑到它身上，把它叼在嘴里又甩又扯，拖来拖去，玩得不亦乐乎。

过了一会儿，我经过池塘，再次走过这条路；我本来是出门打松鸡的，但一无所获，我和潘尼亚都很沮丧。突然，潘尼亚跑到那一排最远的树边，极度兴奋地围着树狂吠，然后冲回我身边，又跑到那棵树那儿。我心里暗自庆幸带了枪，想着如果能再打上一只薮猫，那真是再好不过了，因为它们带有斑点的皮毛漂亮极了。我快步跑到那棵树下，但当我抬头看时，却发现上面只有一只黑色的家猫，它拼命地往上爬，气呼呼地看着我们。我放下了枪，嗔怪道："潘尼亚，你个小傻瓜！那是一只家猫！"

我转过头看向潘尼亚，它站在稍远处，咧开嘴冲我笑了起来，见我看它，索性扑过来，手舞足蹈，摇头摆尾，呜呜地叫，把两个前爪搭在我的肩膀上，鼻子贴着我的脸，又跳开来，肆无忌惮地哈哈大笑着。它的一系列动作是在向我表达："我知道，我知道那是一只家猫，我一直都知道。但是，请原谅我，你刚才拿着枪对着一只家猫的样子，实在太好笑了。"

那一整天，它时不时又会把那套动作来一遍，向我表达最为热烈的友情，然后又后退几步，对着我哈哈大笑。

它的友好中明显带着曲意巴结的意味："你知道的，"它说，"在大宅里我只会嘲笑你和法拉。"

即使到了晚上，它在火炉前睡着了的时候，我也能听见它带着笑意的哼哼声和呜咽声。我相信，即使在很久之后，每当我们经过池塘和那片树林，今天的一幕就会自动闪现在它的脑海里。

埃萨之死

战争期间，埃萨被人从我身边抢走，停战之后，他才回来，在农场过着平静的生活。他的原配妻子名叫玛丽亚莫，体型纤瘦，皮肤黝黑，工作起来非常努力，她负责给大宅搬运柴禾。埃萨性格极其温和，在我所有的仆人中，他最为和善，从未与别人发生过口角。

但在他在外漂泊的时候，经历十分坎坷，从而导致他性情大变。有时我担心他会不声不响地死在我面前，就像一颗被砍掉根的植物。

埃萨是我的厨师，但他并不喜欢烹饪，心心念念想成为一个园丁。植物是唯一让他感兴趣的东西。可我家不缺园丁，刚好缺个厨师，所以我一直把他留在厨房。我虽然承诺过以后会让他回到园丁的岗位，但却日复一日地让他在厨房里煎炒烹炸。

埃萨曾独自在河边筑起一小段堤坝，打算种出一些花草来，给我一个惊喜。但是，不太强壮的他仅凭一己之力无法把堤坝筑得足够牢固，所以长长的雨季一来，它就被彻底冲毁了。

埃萨有个兄弟住在基库尤保留区，这位兄弟死后给他留下了一头黑牛。这头牛打破了他平静的生活。从这件事可以明显地看出来，埃萨已经被生活榨干了，无法承受任何强烈的刺激，尤其是突然降临的幸福。他向我请了三天假，去把牛牵来。回来的时候，他疲惫不堪，就像一个手脚都被冻麻木了的人突然进到温暖的房间里一样，手足无措，坐立不安。

所有的原住民都是赌徒。那头黑牛让埃萨产生了幻觉，误以为幸运之神在对他微笑，他开始对任何事物都产生了一种可怕的自信，甚至还有了远大的理想。他感觉未来可期，于是决定再娶一位妻子。他跟我说起这个计划的时候，已经在跟未来的岳父商谈了。这位岳父大人住在内罗毕公路边上，妻子是斯瓦赫里人。我试图让他改变心意，对他说："你已经有一位温柔贤惠的妻子了，你现在头发都花白了，不需要再娶一个了，就过好你的安稳日子吧。"埃萨知道我的话没有冒犯之意。这位瘦小的基库尤老人直直地站在我面前，用他含糊的方式坚持己见。不久之后，他把新妻子法图玛带回了农场。

埃萨应该对他的新婚生活产生过美好的幻想吧，但事实证明，他判断有误。这位新娘非常年轻，但总是沉着脸，穿着斯瓦赫里传统服装，和她母亲所属的民族一样作风淫乱，跟优雅二字根本不搭边儿。但埃萨的脸上总是闪耀着胜利的光辉，并且一副胸有大志的样子。他不自觉地表现出将要全身麻痹的人才有的样子，而默默无闻的玛丽亚莫则一直置身事外，看起来毫不在意。

可能埃萨确实拥有过幸福快乐的短暂时光，但这段时光并没有持续太久，他在农场上的平静生活，很快就被这位新婚妻子打破了。一个月不到，她就抛弃了他，跟一名原住民士兵去内罗毕的兵营里生活了。

在很长一段时间里，他总会请一天假进城，天黑了才把满脸不情愿的黑皮肤女孩抓回来。第一次去时，他自信满满，而且很有决心，他就是要抓她回来，怎么着，她不是他的合法妻子吗？后来，他再出去寻找梦想和幸运之神的微笑的时候，却感到非常迷茫，不知所措。

“埃萨，你找她回来做什么啊？”我对他说，“就让她走吧。她不想回来，逼她回来也没什么好处。”

但埃萨丝毫没有放她走的念头。到最后，他对生活已经没什么期待了，只想留住那女人代表的那笔钱。每当他步履艰难地离开的时候，其他男孩总是嘲笑他，还告诉我说，那些士兵也嘲笑他。但是埃萨从不在意别人的看法，现在也没有精力去在意了。他执着地试图找回自己的财产，就像丢失了一头牛，不惜一切代价也要找回来一样。

一天早晨，法图玛通知仆人们，说埃萨病了，今天不能做饭，但明天应该可以。但是那天下午，仆人跑过来告诉我，法图玛不见了，埃萨中了毒，已经快死了。我跑过去的时候，大家正把他从床上抬到小屋中间的空地上。很明显，他大限将至。

他被下了一种原住民毒药，与马钱子碱类似。他在小屋里一定饱受折磨，那年轻的妻子一双眼睛恶毒地盯着他，直到确定他活不成了，才起身离开。他依旧抽搐着，全身僵硬、冰冷。他的脸扭曲着，青紫色的嘴角不停流出混着鲜血的白沫。法拉开车去了内罗毕，所以我无法把埃萨送到医院。我知道，即使送去了也无济于事，他现在已经无力回天。

埃萨临死之前，盯着我看了很久，但我不知道他是否还认得出我。他那动物般的黑眼睛里，现在正闪过在这片土地上经历的种种。他正回忆着这里还像诺亚方舟的时候的样子，我一直都想知道，那是怎样一番景象。画面中，一个原住民小男孩在帮他的父亲牧羊，身边围满了野兽。我托起他的手，那是一双人类的手，也是灵活精巧的工具，那双手曾拿过工具，种过蔬菜，培育过鲜花，抚摸过女人，也曾在我的指导下做过蛋饼。埃萨认为他的人生是失败还是成功呢？很难做出评判。他缓缓地走过自己选择的那条狭窄、蜿蜒的小路，饱经风霜，但依旧保持着平和的心态。

埃萨是虔诚的伊斯兰教徒，所以葬礼一定要按照伊斯兰礼仪安排，因此回家之后的法拉费了九牛二虎之力才给他下了葬。我们从内罗毕请的牧师第二天晚上才能到，所以埃萨的葬礼在晚上举办，穹顶之上繁星闪烁，送葬队伍灯火辉煌，他就在这光辉中离我们而去。按照伊斯兰教的传统，他的棺材被安置在森林里一棵大树下。玛丽亚莫走上前来，站在哀悼者中放声痛哭。

法拉和我开了一个小会，商讨如何处置法图玛，最后我们决定什么都不做。法拉非常反对用法律制裁一个女人。他对我说伊斯兰法律中没有惩罚女人这一项。她的丈夫会为她做的一切事情负责，她闯祸，他就会代替她付罚金，就像自己的马惹了祸，他就会赔偿别人的损失一样。但如果马抛弃了主人，并且杀死了主人呢？法拉同意这是个可怕的意外。毕竟，法图玛也有理由抱怨自己的命运不公，她现在可以去走自己选择的那条路，去内罗毕的军营里自由自在地生活了。

有关原住民和历史

我们的父辈不辞辛苦地带领我们蹚过历史的长河，一步一个脚印，才走到现在，而有人却奢望原住民能欢欣雀跃地从石器时代一步跨到机动车时代。

我们能制造出机动车和飞机，也能教会原住民如何使用这些东西，但对机动车辆的热爱不是一蹴而就的，可能要花费几个世纪的时间。苏格拉底、十字军东征和法国大革命都是在时代的召唤下应运而生的。现如今，热爱机器的我们难以想象古时候的人们没有这些东西是怎么生活的。但是，我们无法创作出《亚大纳西信经》、弥撒或五幕悲剧，甚至连十四行诗也创作不出来。如果不是我们发现古人已经创作出来了，拿起便可用，可能这些东西根本都不会出现。即便如此，我们必须要想到，这些作品之所以会被创作出来，是因为以前的人们内心在呼唤这些东西，而当这些深刻的情感被抒发出来的时候，这些作品便自然而然地产生了。

有一天，法国教父伯纳德骑着摩托车来到农场，他布满大胡子的脸上洋溢着喜悦和胜利的光芒。他来与我共进午餐，还说有个喜讯要告诉我。他对我说，前天有九位年轻的基库尤人登门拜访，他们来自苏格兰传教团，请求他允许他们皈依罗马天主教，因为经过缜密的思考和多次讨论之后，他们决定支持天主教圣餐变体论[①]的教义。

听说了这件事的人都对神父伯纳德冷嘲热讽，说这些年轻的基库尤人只是看到了有个机会能给他们带来更高的工资、更轻松的工作，或者还有个摩托车可以骑一骑，因此才编了这么一套说辞，谎称自己支持圣餐变体论。他们说，因为我们自己并不理解这个理论，也不愿意去想，所以对于基库尤人来说更是高深莫测。但事实并非如此，神父伯纳德非常了解这些基库尤人。

这些年轻人或许正走在祖先走过的那条影影绰绰的路上，我们不能忽视祖先们的丰功伟绩，而他们关于圣餐变体论的想法非常清晰。五百年曾有人将高官厚禄、幸福生活双手献到他们面前，而他们不为世俗所动，依然选择坚持圣餐变体论。那些年轻人并没有得到自行车，而有一辆摩托车的伯纳德神父却认为，相对九位基库尤人皈依的重大意义，摩托车根本不值一提。

在非洲居住的现代白人们相信进化论，却不相信任何突然的生命创造性行为。然后，他们可能会给原住民上一堂简短的历史课，让他们追上我们的历史进程。我们接管这些民族还不足四十年。如果把接管非洲的那一刻比作耶稣诞生，把原住民的三年看作我们的一百年，然后让他们尽力追赶我们，那现在就到了为他们派去阿西西的圣弗朗西斯的时间了。也许过几年，他们的拉伯雷就会横空出世。也许他们

① 圣餐变体论是基督教神学圣事论学说之一。这种理论认为圣餐中的面包与酒是耶稣的肉和血所变。

会比我们更热爱和欣赏我们的时代。

几年之前，我试着把阿里斯托芬[1]的作品《云》中农民和他儿子的对话翻译给原住民听，他们很喜欢阿里斯托芬。二十年内，他们应该可以接受百科全书派，再过十年，他们应该就可以读吉卜林了。我们应该鼓励他们中出现梦想家、哲学家和诗人，为福特先生的出生铺垫好良好的基础。

他们应该在哪里找到我们呢？是否那个时候，他们会策马扬鞭，扬长而去，而我们只能死死地抓住他们的马尾才能跟上他们呢？还是说，那个时候我们或许正在追求一些阴暗的、虚幻的东西，拿起手鼓敲个不停呢？他们会不会低价收购我们的机动车，就像现在接受圣餐变体论一样呢？

① 阿里斯托芬，古希腊早期戏剧代表作家。

地震

有一年圣诞节前后，我们经历了一次地震。震感非常强，就像一头愤怒的大象在疯狂跺脚。几个原住民的小屋都被震翻了。前后总共震了三次，隔几秒震一次，每次持续几秒钟，就是这些间隔给人们留出了反应的时间。

丹尼斯·芬奇-哈顿当时正在马赛保留区露营，地震发生时，他正在卡车里面睡觉。回来之后他告诉我，被震醒之后，自己第一个想法是：“一定是有一只犀牛跑到卡车底下了。”而地震发生的时候，我正在卧室里准备睡觉。第一次晃动的时候我想：“是猎豹跑到屋顶上了吗？”第二次晃动的时候，我想：“完蛋了，我要死了，原来这就是要死了的感觉。”但是第二次和第三次中间，我意识到到底是怎么回事了：是地震，我从未想过有生之年还会遇上地震。过了一会儿，我想地震应该是停了。但是第三次也是最后一次地震来了，我突然感受到一种巨大的喜悦，我这一辈子再未有过如此突然而透彻的喜悦。

天体在运行过程中，以其无穷的力量左右着人的喜悦程度。我们通常意识不到它们的存在，而当我们突然注意到它们的存在的时候，视野会一下子被打开。开普勒[①]经过多年的努力，终于发现了行星运动的规律并记录了下来：

“此刻我惊喜万分，大局已定，我此生从未像此刻一般狂喜。我在颤抖，我的血液在沸腾。上帝已经等了六百年，终于等来了一个旁观者。它的智慧是无穷的，却包容着我们的无知，和我们极其浅薄的那一点点知识。”

地震发生时，就是这样一种狂喜牢牢占据了我的心，让我全身颤抖不已。

这种狂喜的感觉主要来源于你的一种意识，你原本认为有些东西是固定不动的，但其实它随心所欲，想动就动，而你碰巧感受到了这种狂喜。这可能是世界上最强烈的快乐和希望的感觉之一。这枯燥乏味、死气沉沉的地球，突然在我脚下挺起了身板，开始舒展筋骨。它给我传递了一个信息：一个小小的举动，会有无限的影响力。它只是笑了笑，于是原住民的小屋便坍塌了，然后喊道：“但它还在动。”[②]

第二天一早，贾马给我端来茶，对我说道：“英格兰国王去世了吗？”

我问他为什么这样问。

“姆萨布，昨晚你难道没感受到地球晃来晃去吗？那英格兰国王

① 约翰尼斯·开普勒，德国杰出的天文学家、物理学家、数学家。

② “但它还在动”这句话出自伽利略。1633年伽利略被罗马天主教会裁决为“最可疑的异教徒”，强迫伽利略否定和表示再也不会支持哥白尼的日心说。在被押解至锡耶纳进行监禁时，69岁的伽利略踏出囚车后，手指触地，说道：“但它还在动。”

肯定去世了呀。”

幸运的是，英格兰国王在地震之中“幸存”了下来，还安安稳稳地活了好多年。

乔治

有一次，在去往非洲的货船上，我交了一个好朋友，他是一个名叫乔治的小男孩，他当时正在和妈妈及年轻的阿姨外出旅行。一天，在甲板上，他挣脱开家长的怀抱，在她们的注视下，向我走来。

他说明天是他的六岁生日，他的妈妈会邀请英国乘客们来一起喝茶，他问我会不会来。

“但是我不是英国人呀，乔治。”我说道。

“那你是哪国人呢？”他大吃一惊。

“我是霍屯督人[1]。”我回答道。

他笔直地站着，深深地看着我。

“没关系，”他说，“我还是希望你能来。”

他回到妈妈和阿姨的身边，向她们宣布了这个消息，语气轻描淡写却又不容置疑：“她是霍屯督人，但是我请她来。”

---

① 霍屯督人是西南非洲的一个土著民族。

小汤匙

我曾经有一头体型圆润的骡子，名叫莫莉，而马夫却给它另取了一个名字叫凯吉柯，其意为“小汤匙”。我问他为什么叫它小汤匙，他回答道：“因为它看起来就像个小汤匙。”我绕着它走了几圈，想知道他是从哪儿产生这个想法的。但看来看去，怎么都觉得它一点儿都不像汤匙。

有一次我把小汤匙和其他三头骡子拴到车上，坐上了车夫的高座，像鸟一样俯视它们，然后我突然发现，那个马夫说的是对的。小汤匙肩部极窄，而臀部非常圆润宽大，看起来活脱脱就是个倒扣的汤匙。

如果马夫卡莫和我各自为小汤匙画一幅画像，估计两幅画会完全不同。但是上帝和天使看到的小汤匙，一定跟卡莫看到的如出一辙。“从天上来的是在万有之上，他将所见所闻的见证出来。”[①]

① “从天上来的是在万有之上，他将所见所闻的见证出来。”出自《圣经·新约·约翰福音》。

长颈鹿去汉堡

在蒙巴萨的时候，我住在阿里·比·萨利姆酋长家里。这位颇具骑士精神的阿拉伯老绅士是沿海地区的官员，为人非常热情慷慨。

蒙巴萨就像儿童手绘的天堂，岛屿边深深的海岸线形成了一个完美的海港。这片土地布满了白色珊瑚，悬崖边上生长着大片的绿色芒果树和美丽的、光秃秃的灰色猴面包树。蒙巴萨的海就像矢车菊一样蓝，就在港口的入口外面，印度洋细浪翻腾着，在海面上画出一条纤细的白色曲线。海浪发出低沉的轰鸣声，就算在晴空万里的天气里，也能听到这种声音。有着狭窄街道的蒙巴萨城镇里的房子是由珊瑚岩建造而成的，大大小小，颜色不一，有美丽的浅黄色、玫瑰色和赭色，色彩缤纷艳丽，引人注目。这里还矗立着一座巨大的古老堡垒，里面建有城墙和炮台。三百年前，葡萄牙人和阿拉伯人曾在这里展开过激烈的对抗。它比城镇里的建筑更加耀眼，在岁月的流逝中，它身居高处，曾多次在日落时分酣饮暴雨，醉生梦死，不亦乐乎。

蒙巴萨花园里的红色合欢花鲜艳如火，花朵绚丽，叶子精致，美得令人难以置信。这里骄阳似火，灼烧着蒙巴萨的一切。空气闻起来是咸的，海风每天都会把新鲜的海水从东边吹来，这里的土地是被盐渍过的不毛之地，光秃秃的，仿佛舞池的地板。古老的杧果树枝叶繁茂，善良地为人们提供了一片绿荫。它们在地面上创造出一个个圆形的凉爽之地，是人们会面的绝佳场所，就像乡村里的人很喜欢在井旁边谈天说地一样，这里成了人们交流的中心地带。人们也会把集市办在杧果树下，树旁的空地上放着鸡笼和一堆堆的西瓜小山。

阿里·比·萨利姆在岛上海岸线的拐弯处有一栋怡人的白色房子，门口有一列长长的石阶直通大海，两侧是客房，长廊的后面是主体建筑，里面陈列着令人眼花缭乱的阿拉伯的和英国的珍品：古旧的象牙和青铜器、拉穆古镇的瓷器、天鹅绒面料的扶手椅、各种照片和一部很大的留声机。其中，在一个缎子内衬的盒子里，装着一套二十世纪四十年代出品的英式茶具中残余的几件。当年，桑给巴尔苏丹的王子与波斯的公主喜结连理时，年轻的英国女王和她的丈夫送出这套茶具作为结婚礼物，祝福小两口像他们一样恩爱美满，白头到老。

“那他们恩爱美满吗？”我问道。希克·阿里·比·萨利姆正把茶具一个一个地拿出来，放在桌子上展示给我看。

“唉，并没有。”他说，“新娘不愿放弃骑马，她在运送嫁妆的船上带来了她的马，但是桑给巴尔人不允许女人骑马。这就引出了很多麻烦，因为公主宁愿放弃她的丈夫也不愿意放弃骑马。最后婚约解除，公主又回到了波斯。”

在蒙巴萨港，停着一艘锈迹斑斑的德国货轮，即将返航。我经常坐在阿里·比·萨利姆的划艇上出海游玩，他的斯瓦赫里划船手会为我划船，我进进出出的时候每次都能看见这艘货轮。船的甲板上立着一个高高的木箱，箱子的边缘露出两只长颈鹿的脑袋，后来，法拉告诉我，那两只长颈鹿来自葡属东非[1]，即将被运往汉堡做巡回展览。

长颈鹿转动着它们纤瘦的脑瓜，从一边看到另一边，似乎对眼前的景象非常惊奇。它们从未见过海洋。在狭窄的箱子里，它们只能站立着。整个世界突然缩小了、变形了，化成了一个箱子，紧紧包裹着它们的身体。

它们不知道、也不会去想象未来会有多么不堪。它们是骄傲无邪的生物，总是在大草原上悠闲地踱步，与世无争。它们不知道什么是囚禁、冷酷、恶臭、烟雾和兽疥癣，也不知道在一成不变的世界里无聊至极的生活会是怎样的。

穿着深色衣服的人们，一个个散发着汗臭味，将迎着寒风，穿过街道来看这些长颈鹿，来展现在这个愚蠢的世界中，自己那可怜的优越感。当那些优雅的、极具耐力的、长着雾蒙蒙的大眼睛的脑袋从动物园栏杆上伸出来时，傲慢的人们就对它们细长的脖子指指点点。它们看起来真的太高了。孩子们会被吓得哇哇大哭，又或者会爱上这些长颈鹿，向它们投喂面包。然后家长们会觉得这个野兽性情温和，会让孩子们享受一段快乐的时光。

在漫长的岁月中，这些长颈鹿是否会梦见它们回不去的故土呢？它们现在置身何处，又将去往何方？是去草原上或是合欢树树林中，河边或者泉边，还是青山之中呢？草原上甜美的空气飘起飘落。其他的长颈鹿都去哪儿了呢？那些曾经与它们肩并肩，一同在起伏的草原上漫步的同伴们都在哪儿呢？它们早已相隔千里万里，它们都消失不

① 葡属东非为莫桑比克的旧称。

见了，而且，似乎永远都不会回来。

夜幕降临，满月去哪儿了呢?

在展览会的火车里，长颈鹿被惊醒了，浑身颤抖着，逼仄的箱子里满是烂草和啤酒的腐臭味。

永别了，永别了。我希望你们两个在旅途中死去，这样你们就不必抬起高贵的头颅，在蒙巴萨蔚蓝天空的映衬下，伸长脖子从箱子的边缘向外看，脸上写着疑惑和害怕；你们就不必在汉堡左右张望，在那里，没人了解非洲。

至于我们，只有在受到最为严重的伤害之后，才会恍然大悟，恳求长颈鹿能原谅我们，原谅我们对它们造成的伤害。

在动物展览上

大约一百年前，丹麦旅行家梅尔曼伯爵来到汉堡，巧遇了一个小型旅行动物园，并深深喜欢上了它。在汉堡时，他每天都去那附近转转，尽管他自己也很不明白，那些肮脏破旧的大篷车真正吸引他的地方是什么。事实是，这个动物园在不经意间撩拨了他的心弦。那时是冬天，外面寒冷彻骨。饲养员一直在棚子里给老炉子添柴，直到把炉子烧成了透明的粉红色，昏暗走廊的旁边放着动物笼子，穿堂风带来的新鲜空气依旧寒冷透骨。

动物园的主人走过来对他讲话的时候，梅尔曼伯爵正沉浸在对鬣狗的思考之中。主人是个小个子男人，脸色苍白，鼻子扁趴趴的，他以前是一名神学学生，但后来陷入了一桩丑闻，不得不辍学，从那以后，日子过得一天不如一天。

“阁下能够欣赏鬣狗，真是好眼光，”这位老板说道，“把鬣狗带到汉堡来还真是一件了不得的事，汉堡过去一直都没有鬣狗。所有的鬣狗都是雌雄同体，鬣狗来自非洲，在非洲，每逢月圆之夜，它们就会凑到一起，首尾相连，串成一个圈子，在这个圈子里每只鬣狗都身兼雌雄双重角色，大家一起完成交配，您知道吗？”

“闻所未闻。”梅尔曼伯爵不太掩饰他的嫌恶。

“那么阁下，您现在是否认为，”老板说道，“鉴于这一事实，对鬣狗而言，把它单独关在笼子里，会比其他动物更受煎熬呢？它会受到双重欲望的折磨吗？还是因为它自己拥有动物互补的特质，就可以自我满足，倍感和谐？换言之，既然我们都是生活中的囚犯，我们会因为拥有更多的才能而更快乐，还是更悲惨？”

梅尔曼伯爵一边听店主说话，一边还停留在自己的世界里，他说：“试想一下，有数百只，甚至数千只鬣狗本该经历它们的生生死死，结果都被我们做成了标本，只是为了让汉堡的人们知道鬣狗是什么样子，让自然科学家去研究他们，这不是很奇怪吗？”

他们走过去看隔壁笼子里的长颈鹿。

伯爵继续说道：“在荒野中奔跑的野生动物，实际上并不存在。只有我们看见了它的模样，给它取了名字之后，才算真实存在。其他长颈鹿虽占多数，但也相当于不存在。自然界好奢侈浪费啊。”

老板把头上的皮帽子往后推了推，露出锃亮的光头。“但它们可以看见彼此啊。”

“这个颇有争议，”梅尔曼伯爵停顿了一会儿，然后说道，“比如，这些长颈鹿的皮肤上有些方形的图案。长颈鹿看在眼里，却并不知道那是个方形图案，因此就相当于没有看到。这样一来，还能说它们看到了彼此吗？”

老板盯着长颈鹿看了一会儿，然后说道：“上帝能看到它们。”

“上帝能看见长颈鹿？”伯爵笑了。

“哦，是的，阁下，”老板说，“上帝看到了长颈鹿。它们在非洲四处游走玩耍的时候，上帝一直在看着它们，内心满是喜悦。上帝创造了这些长颈鹿，是为了自己高兴。这些都写在《圣经》里，大人。”老板又道：“上帝如此喜爱长颈鹿，所以创造了它们。图案是方是圆都由上帝决定，阁下您当然也无法否认这一点，它们的方形图案和有关它们的一切，上帝都看在眼里。阁下，野生动物也许是上帝存在的证明。但它们到了汉堡，”他戴上帽子，说道，“这个论断就有歧义了。”

习惯于人云亦云的伯爵陷入了沉默，他默默地向火炉旁的蛇笼走去。为了逗他开心，老板打开了装蛇的箱子，想把冬眠的蛇弄醒。最后，这条爬行动物半梦半醒地缠上了他的胳膊。

伯爵看着这一人一蛇，笑容有些阴沉：“如果你是我的仆人，或者如果我是国王，而你是我的大臣，我即刻就会让你回家。”

老板抬头看着他，表情十分紧张：“阁下，”他说着把手臂上的蛇慢慢地顺回箱子里，“这是为什么呢？”

“啊，坎内吉尔特，你可不像你自己说的那么简单。”伯爵说道，“为什么呢？朋友，因为厌恶蛇是人类的一种本能，而且是合情合理的。有了这种本能，人才能活下来。在人类所有敌人中，蛇是最致命的，但除了我们自己区分善恶的本能，还有什么能让我们明辨这一点呢？狮子的爪子、大象的长牙、水牛的角，危险与否我们一眼便知。但蛇这种动物却很美丽，它们身形圆润，皮肤光滑，和我们珍爱的东西看起来没什么差别；它们的颜色细腻柔和，动作优雅温和。对敬虔的人来说，这种美丽和优雅本身就很可憎，它们散发着毁灭的气息，会使人联想到人类的堕落。如果有什么能让他像逃离魔鬼一样逃离蛇，这想法就是所谓的良知的呼唤，所以能够爱抚蛇的人做事一定不择手段。”伯爵说罢笑了笑，系上华丽毛皮的大衣扣子，转身欲离开小屋。

老板站在那里，沉思了一会儿，最终开口说道：“阁下，您一定要爱惜蛇，这是必须做到的。我通过自身体验告诉您，这也是我能给您的最好建议：务必爱惜蛇。阁下，您一定要记住这一点，不要忘记，因为每次我请求上帝赐给我一条鱼的时候，他都会给我一条蛇。”

旅伴们

前往非洲的船上，我坐在一位比利时人和一位英国人之间，前者要去刚果，后者曾十一次前往墨西哥，都是去捕猎一种特殊的野生山地羊的，现在正准备去捕猎紫羚羊。和这两个人说话时，我把语言搞混了，我想问那个比利时人，他一生中是否旅行过很多次，却说成了法语："你这一生中工作得多吗？"他没有生气，而是从嘴里拔出牙签，严肃地回答："我一直都在工作，夫人。"然后他就开始专心致志地讲起自己的一些经历。他所讨论的每一件事，总会指向一个特定的表达：我们的使命，我们在刚果的伟大使命。

一天晚上，我们正准备打牌，那位英国游客讲起了他在墨西哥的经历：有一位西班牙老太太，住在山区一个偏僻的农场里，每当听说有外人来访，便会请那个人给她讲外界的见闻。"人们现在都可以飞起来了，夫人。"他跟那老太太说。

"是的，我听说过，"她说，"我和牧师为此争论了很多次。现在，你可以给我们讲讲了，先生。人是像麻雀一样，两腿蜷在身下飞，还是像鹳一样，把两腿往后伸展着飞？"

在我们谈话的过程中，这个英国游客还谈到了墨西哥本地人，说那里的学校和居民有多么无知。比利时人正在发牌，他手里拿着最后一张牌，停了下来，恶狠狠地看着英国人，说：“只要告诉那些黑人什么是诚实和怎样干活儿就足够了，不用教别的！”他“砰”的一声把扑克摔在桌上，又决绝地重复道：“不用！不用！不用！”

博物学家和猴子

一位瑞典自然史教授来到农场，请我替他同肯尼亚野生动物保护部门进行交涉。他告诉我，他来非洲是为了弄明白猴子的脚在胚胎状态的哪个阶段开始与人类的脚变得不同。为此，他打算去埃尔贡山射杀几只疣猴。

“你在疣猴身上发现不了什么有用的东西，”我对他说，“它们生活在雪松树顶上，性格羞怯，不容易逮到。恐怕你要非常运气好，才能得到想要的胚胎。”

但教授依旧满怀希望，他说，即使要等上好几年，他也要一直在外露营，直到得到疣猴胚胎的脚。他已向野生动物保护部门申请许可射杀疣猴。考虑到这次行动的高度科学性，他肯定会得到许可，但到目前为止他还没有得到答复。

“你申请射杀多少只猴子？”我问他。

他告诉我，先申请个一千五百只。

因为我有朋友在野生动物保护部门，我便帮他寄出了第二封信，并要求尽快回复，这样教授能够尽快着手开始研究。野生动物保护部门立即通过回信给出了答复，信中写道：野生动物保护部门很高兴地通知兰德格伦教授，鉴于他这次行动的科学性，他们决定破例予以批准，并将他许可证上可猎杀的猴子数量从四只增加到六只。

我不得不把信念了两遍，教授才接受这个现实。他变得非常沮丧，极其震惊，心碎欲绝，始终一言不发。我不停地安慰他，但他毫无反应，只是走出家门，上了车，伤心地离开了。

情况没有这么糟的时候，教授非常健谈，且幽默风趣。我们讨论猴子的过程中，他教给我很多知识，并提出了他的许多想法。有一天他说："我给您讲发生在我身上的一次有趣的经历。在埃尔贡山上，我发现上帝可能是真实存在的。您怎么想？"

我敷衍道："这很有趣。"但心里却暗想：我还有另一个有趣的问题，那就是：在埃尔贡山上，上帝有没有可能不承认兰德格伦教授的存在呢？

卡罗门亚

农场里有一个九岁的小男孩，名叫卡罗门亚。他又聋又哑，只能发出一种声音，那是一种短促沙哑的吼叫声，但他很少发声，因为他不喜欢自己的声音。一旦他发出叫声，总是立即停下来，然后大口大口地喘气。其他孩子害怕他，抱怨他老是打人。我第一次看到卡罗门亚的时候，他的同伴正在用树枝抽打他的头，他右边脸颊已经红肿隆起，还有碎渣扎进皮肤里，伤口也已经溃烂发炎，需要用针把碎渣一个个挑出来。但卡罗门亚并没有把皮肉之苦看成是一种折磨，他确实受伤了，但也给了他同别人接触的机会。

卡罗门亚皮肤黝黑，有一双湿润的黑眼睛和浓密的睫毛；他表情严肃，不苟言笑，看起来活像一头原住民小黑牛犊。他是一个活泼积极的生灵。因为无法用语言与这个世界对话，对他来说，打斗就成了存在的重要标志。他擅长投掷石子，可谓百发百中。有一次，卡罗门亚得到了一套弓箭，但用起来并不顺手，他似乎会用耳朵听弓弦的声音，这是弓箭手必备的素质之一。相对他这个年龄来说，卡罗门亚体型算是非常健硕的。如果要拿他的优势去换其他男孩的听说能力，可能他也并不愿意，对于他们的逖听遐视和伶牙俐齿，他并没有多羡慕。

卡罗门亚喜爱打斗，但依然非常友善。一旦意识到你在对他说话，他的脸立刻就亮了起来，虽然不带笑意，但表情变得非常轻快。卡罗门亚手脚不干净，逮住机会就顺走一些糖和烟，但他会立即把偷来的东西分给其他孩子。有一次，我看见他站在一群孩子中间，正在分发糖果。他没看见我在那儿，那也是我唯一一次看见他快要笑出来的样子。

有一段时间，我尝试在厨房和大宅里给卡罗门亚找点儿事做，但屡屡失败，因为总是没过多久，他就失去了兴趣。他喜欢搬重物，或者把重物从一个地方拖拽到另一个地方。我的车道旁曾有一排刷白的石头，有一天，我叫他来帮忙，把一块大石头推到房前，这样车道两旁的石头就对称了。第二天，我出门之后，卡罗门亚把这些石头一块一块全部推到房前，摆放得整整齐齐，他这个年纪的孩子能有这样的力量，真令人难以相信，这一定花了他不少力气。这样看起来，似乎卡罗门亚很明白自己该做什么，并且会坚持做下去。他耳朵听不见，人也傻傻的，但他力气绝对不小。

卡罗门亚最大的心愿就是得到一把刀，但是我不敢给他，因为我怕他在极力与别人打交道的时候，情急之下会用刀杀死农场上的孩子。他以后会得到一把属于自己的刀的。他这一愿望如此强烈，上帝才知道他到底要拿刀来做什么。

有一次我送给他一枚口哨，这让他非常感动。我过去常用这枚口哨唤狗。一开始，我给他看的时候，他兴趣索然，然后，在我的指导下，他把口哨放到嘴里用力一吹，两边的狗都齐刷刷地向他跑来。他震惊不已，脸被吓得发青。他又试了一次，发现再次产生了相同的效果，他立即转过头，目光炯炯地看了我一眼。后来用得顺手了之后，他很想知道这口哨到底是怎么一回事。出于这个目的，他仔细地观察了一番，他吹吹口哨，狗儿们又争先恐后地跑来。他皱着眉头，仔细地观察它们，想知道它们是怎样被吸引过来的。这次之后，卡罗门亚变得对狗喜爱有加，经常带狗出去散步。在他们出发之前，我总是指指西边的天空，表示太阳到那个位置的时候他必须得回来，他也指指那个位置，然后总是准时归来。

一天，我外出骑行，看见卡罗门亚带着狗儿们已经走出了好远，正在马赛保留区散步。他没看见我，一定以为周围只有他一个人，没人能看见他。他让狗儿们尽情撒欢儿奔跑，然后再吹口哨把它们叫回来。他重复表演了三四次，我坐在马上，将这一切尽收眼底。在这平原之上，不受外界打扰的他，投身到了新的思维方式和生活方式之中。

他把口哨用绳子穿起来，挂在脖子上，但有一天，口哨不见了。我用哑语问他怎么回事，他用哑语回答：口哨丢了。他从未朝我要过另一个口哨。或者是他不想再拥有一个口哨，又或者誓要远离生活中不属于他的东西了。我甚至怀疑是他自己把口哨扔掉的，因为觉得它并不属于自己。

五六年之后，卡罗门亚或许会历经重重磨难，或者会突然升入天堂。

普兰·辛格

普兰·辛格的位于磨坊旁边的小小铁匠铺子堪称农场上的一个微型地狱，它有着地狱的所有特征。它用瓦楞铁建成，当太阳照在屋顶，炉火在里面升起时，小屋内外就会蒸汽腾腾。整整一天，这地方都回荡着锻炉震耳欲聋的声音——铁器击打着铁器，一下又一下——小屋里堆满了斧头和破损的轮子，看起来像古代的刑场一样可怕。

尽管如此，铁匠铺还是魅力非凡。我去查看普兰·辛格工作的时候，发现总有人在一旁围观。普兰·辛格工作速度非常惊人，仿佛在五分钟之内，他必须完成工作，不然就会有生命危险。他腾空而起，跳到打铁炉边，厉声指挥两个年轻的基库尤助手。他声音尖得像鸟叫，脚底板仿佛着火了一样蹿上蹿下，那样子分明是一个在工作过程中被激怒了的大恶魔。

但普兰·辛格并不是魔鬼，他性格极其温和，工作之外的他，举止文雅，还有点儿娘娘腔。他是农场上的“富迪”，意思是全能工匠，除了锻铁，木工活儿、制马鞍、做家具无不手到擒来。他为农场做过好多货车。但他最喜欢锻造厂的工作，他给马车安车轮的画面看起来非常优美，令人为他感到骄傲。

普兰·辛格的外表有一定的欺骗性。他穿着外套，戴着白色头巾，又留着黑色的大胡子，又肥胖又笨重。但是在炼铁炉边打着赤膊工作的他，体态轻盈，动作敏捷，宛如一个印度沙漏。

我很喜欢普兰·辛格的炼铁炉，这个炉子在基库尤人中人气颇高，主要有两个原因：

第一，因为铁是最令人着迷的原料，可以引发人们的无限想象。人类文明的结晶——铁犁、刀剑、大炮和轮子彰显了人类征服大自然的力量。这些工具都很容易上手，原住民们也能通晓它们的用法，而普兰·辛格正是打铁的专家。

第二，锻铁炉的鸣唱声对原住民世界也极具吸引力。锻铁声高亢、轻快而又有规律，这种令人称奇的节奏有一种神奇的魔力。打铁声中蕴含着无尽的男子气概，声声透露着血气方刚的男儿本色，敲着敲着，就敲进了女人的心房，让女人们魂牵梦萦，夜不能寐。它如此直率，毫不矫揉造作，句句真言，绝不掺假。有时更是直言不讳，无所顾忌。它热烈、强壮，有着超乎寻常的力量。它忠于你，它愿意为你效犬马之劳，而且心甘情愿，就像玩闹一样轻松。对节奏非常敏感的原住民挤在普兰·辛格的小屋里，心情无比放松。根据古代北欧的一条法律，人们不必为在锻造厂里说的话负责。在非洲，人们一聚到锻造厂里，嘴上就没个把门儿的了，天南地北，毫无顾忌；激动人心的铁锤之歌让人们的想象力更加天马行空。

普兰·辛格为我做事多年，也算是农场上的高薪员工了。他的工资和需求并不相称，因为他活脱脱就是个苦行僧。他不喜肉食，也滴酒不沾，抽烟、赌博统统与他无关，衣服穿到烂也不愿意扔。他把钱全都寄到印度，供孩子们读书。他沉默寡言的小儿子德利普·辛格曾从孟买过来看望父亲。那孩子对锻铁技艺一无所知，身上唯一的铁器就是口袋里的钢笔。普兰·辛格神奇的技艺并没有传承给下一代。

但普兰·辛格在锻铁炉前锋芒毕现，在农场上的时候始终散发着万丈光芒，我希望他余生能一直带着这种光芒。他是上帝的仆人，经历过千锤百炼，血管里的血液沸腾炽热，灵魂就像铁一样坚韧。于我而言，人们抡起铁锤，仿佛敲打出了一首古老的希腊诗篇。一位朋友曾经这样翻译过：

> 厄洛斯[1]射出了箭，
> 就像铁匠扬起铁锤锻炼，
> 火星四溅，
> 我毫不留恋，
> 他让我的心体会眼泪与悲伤的凛冽，
> 如同烧得通红的铁，
> 在冰冷的河流中淬炼。

① 厄洛斯，阿佛洛狄忒之子，是一位手持弓箭的美少年。

一件怪事

战争期间，我在马赛保留区为政府做运输工作时，有一天遇到了一件闻所未闻的怪事。事情发生在正午时分，当时我们正在草原上奔波着。

非洲的空气对景色的贡献远大于欧洲。它充斥着若有若无的幻象，从某种程度上说，这也是真实的舞台，异彩纷呈的节目在此上演。白天，地面升起的雾气晃动摇曳着，就像小提琴的琴弦。它悬浮在广袤的草原上、合欢树间和起伏的山川上，在枯草上幻化出一片银光闪闪的广阔水域。

我们在滚烫的蒸汽中跋涉着，我一反常态，远远地走在大车前，法拉、我的狗黄昏、照看黄昏的托托跟在我的身后。天气太热，我们都不愿意张口说话。突然，地平线上有什么东西在移动，一大群野兽声势浩大地出现了，从右边斜前方以排山倒海的架势穿过我们面前的舞台。

我对法拉说："你看那些牛羚。"但我并不能确定它们是不是牛羚。我举起望远镜仔细观察，但是正午的阳光太刺眼，根本看不清。"是牛羚吗？法拉，你说是吗？"我问他。

我看见黄昏已经警觉起来，密切观察着这些动物，它竖起耳朵，透亮的双眼观察着它们的一举一动。在草原上，我通常都任由它追赶瞪羚和羚羊，但是今天太热了，我老早就告诉托托给它系上项圈。就在此时，黄昏发出一声短促而凶狠的吼叫，向前猛扑，把托托掀了个大跟头。我一把抓起它项圈上的皮带，使出吃奶的力气拽着它。我看着那些大型动物："它们到底是什么？"我问法拉。

在非洲大草原上，很难准确判断距离，颤抖的空气、单一的景象都会对视觉产生干扰。周围的合欢树，远远看去就像原始森林中的古树一样高大，其实不过十二英寸长，所以长颈鹿抬起头的时候比这些树还高。在这里，只要隔上一段距离，你就会误判动物的大小，尤其是在正午，把豺看作大羚羊，把鸵鸟看作水牛都是常事。一分钟之后，法拉说："姆萨布，那些是野狗。"

野狗通常都是三三两两结伴出行，而现在一股脑儿来了一打之多。原住民非常害怕它们，会提醒你说它们都是杀人不眨眼的恶魔。有一次，我在农场附近的保留区骑马的时候，曾遇见四条野狗，它们跟在我身后，离我只有十五米。

我带在身边的两只小狗被吓得胆战心惊，紧紧地贴着我的马，几乎躲到了马肚子底下，直到我们穿过河，到了农场，它们才松了一口气。野狗相比鬣狗要小一些，体型跟德国牧羊犬差不多大。它们通体发黑，只有尾巴和耳朵尖是白色的，皮肤十分粗糙，毛发不均匀，散发着一股恶臭。

此时，眼前至少有五百条野狗向我们跑来。它们以一种奇怪的姿势慢跑着，目不转睛地看着前方，就像被什么东西震慑住了，又或者此行目标明确，不想分神。就在快要接近我们的时候，它们突然转了个弯，似乎没看见我们，还在匀速奔跑着。队伍离我们越来越近，只有五十米了。它们几只一行，排成一长列不停地跑着。过了好一会儿，整个队伍总算过去了。法拉看着它们说道："这些狗累了，看起来已经跑了很久了。"

它们完全消失在我们视线中之后，我们环顾四周，前方还有一段路，但是我们现在已经被搅和得疲惫不堪。我们席地而坐，等着车队靠近。黄昏焦躁不安，想挣脱项圈去追赶野狗。我搂住了它的脖子，我想，如果我没有立即拉住它，可能它现在已经被吃得骨头渣子都不剩了。

马车车夫离开车队，向我们跑来，问刚才发生了什么事。我没法向他解释，自己也是一头雾水，为什么会出现那么多野狗，一切都太诡异了。原住民会认为这是凶兆——预示战争即将来临，因为野狗们是食尸的动物。他们一贯喜欢讨论远征途中发生的所有事，但这一次，他们没再讨论过这件事。

我曾给很多人讲过这次奇遇，但他们都不相信。无论如何，这是真的，我的仆人们可以为我作证。

鹦鹉

一位丹麦老船主曾讲起过他年轻时的光辉岁月。十六岁那年，他曾同父亲的船员走进新加坡的一家妓院，在那里度过了销魂的一夜。

当时，接待他的是一位中国老妇人。听说男孩来自遥远的国度之后，她便拿出自己的一只鹦鹉请他看，说这是她年轻时一位出身名门的情人送给她的礼物。男孩心想，这只鸟一定有一百岁了吧。

这里的人来自天南地北，哪个国家的都有，莫名地让这个房子有一种世界大都市的氛围。她的情人送出鹦鹉前，教给鹦鹉一段话，但她并不明白那段话是什么意思，而来到这里的访客无一可以解开她的疑惑。日子久了，她也就不再问。但既然这个男孩远道而来，说不定鹦鹉说的恰好是他的母语，他可以翻译给她听。

男孩奇怪地被这个提议深深地打动，他看着这只鹦鹉，一想到他可能会听到那可怕的喙中说丹麦语，就差点儿夺门而出。

他还是留下了，只是为了帮这位中国老妇人一个忙。但是鹦鹉一张口，说的却是古希腊语。这只鸟语速很慢，而男孩刚好听懂了它所说的，那是一首萨福[①]的诗：

> 月亮下沉，昴宿隐去，
> 夜已深，
> 逝者如斯夫，
> 唯我茕茕孑立，形影相吊。

他把这首诗翻译给她听，老妇人嘴唇翕动，细长的凤眼眸光闪闪。她请他再说了一遍，然后轻轻点了点头。

① 萨福，古希腊女诗人，西方文学史上有记载以来的第一位女诗人，以颂扬女性间的爱情闻名。

第五章

永别了，我的农场

“众神和人，都被欺蒙。”

艰难岁月

我的农场地势过高，并不适合种咖啡。在寒冷的季节里，地势较低的地方会遭受霜冻，第二天早上，咖啡树上的嫩枝和刚长出的果实会变成褐色，皱成一团。阵阵冷风从平原上呼啸而来，即使在五风十雨的好年头，我们的收成也不算好，比不上海拔约四千英尺的锡卡[1]和基安布[2]。

恩贡山区干燥少雨，一年要经历三次大旱，每每都让咖啡产量跌入谷底。有一年，降水量达到五十英寸，咖啡产量八十吨；有一年，降水量达到五十五英寸，产出了九十吨咖啡；但在两个灾年里，降雨量只有二十五英寸和二十英寸，咖啡产量只有十六吨和十五吨，这两年农场损失非常惨重。

与此同时，咖啡市价也狂跌不止：从每吨一百英镑跌到了六七十英镑。农场的日子一天比一天难过。账单满天飞，我们没钱再继续经营下去了，我的一些亲友也持有农场的股份，他们写信告诉我：农场

---

① 肯尼亚南部城市。

② 肯尼亚中南部城市，南部距内罗毕8千米。

必须要卖掉。

但我依旧费尽心思全力拯救农场。有一年，我试着在空地上种亚麻。栽种亚麻的过程很有趣，但是需要相当多的技术和丰富的经验。有一位比利时难民给我提供了意见，他问我要种多少，我说种三百英亩，他立即说道："哎呀，夫人，这是不可能的。"然后说，能成功种上五英亩或者十英亩已经可喜可贺了，再多肯定没戏了。但是十英亩对我们来说只是杯水车薪，所以最后我种了一百五十英亩。亚麻田里遍地都是天蓝色的花朵，仿佛一片天空坠落到了人世间，令人赏心悦目。亚麻织品的质感非常舒适，它们坚韧光滑，摸起来略感滑润。亚麻被打包送走之后，你不禁会想，用它制成的床单、睡衣一定令人爱不释手。但是因为缺乏持续、专业的监管，基库尤人始终没有学会收麻、沤麻和打麻。我的种亚麻事业最后以失败告终。

这些年来，本地的农民不断做出新的尝试，但取得收益的少之又少。恩乔罗的英格丽德·林斯东总算是苦尽甘来：我离开这里的时候，她已经在农场里艰苦奋斗了十二年，种菜、养猪、喂养火鸡、培育蓖麻，培植大豆……全都以失败告终，令她伤心不已。最后她凭借种植除草菊转危为安，这些可以用于制造杀虫剂的除草菊远销伦敦，给她带来了丰厚的收益，救农场于水火之中。但是我就没那么走运了，大旱年间，阿西河平原上刮来阵阵冷风，咖啡树被吹得萎靡不振，树叶干枯发黄，部分田里的咖啡树还经历了严重的虫灾，遭受了蓟马和椿象的侵害。

为了提高咖啡产量，我开始试着施肥。我满脑子都是欧洲的那套务农理论，认为不施肥就收获作物并不现实。农场棚民们听了我的计划之后纷纷伸出援手，从牛棚羊圈里拿出了不少陈年粪肥。这些泥粉一样的粪肥非常细腻，易于处理。我们在一排排的咖啡树间耕出一条条犁沟，用的是一种从内罗毕买来的一头牛就能拉的小号犁，因为无法把两轮牛车拉到田里，农场上的女人们就把粪肥装进麻袋里背起来，然后用手把肥料洒在沟里，一棵树洒一袋肥。之后我们再拉牛调头犁地，在粪肥上盖上一层土。大家都如此全情投入，我也对它寄予厚望，但是实施过之后，却收效甚微，令我大失所望。

真正的困难还是资金短缺，在我接手农场之前，资金就已被耗尽了，所以我们承担不起什么大动作，只能勉强糊口——在最后几年，这已经成为我们生活的常规模式。如果我资金宽裕的话，我想我会放弃种植咖啡树，干脆抡起斧子全部砍掉，然后在我的土地上种上一片树林。

非洲的树都长得飞快，你只需在和风细雨中把小树苗以十二棵为一箱装起来，从温室搬到田里，十年之后便能收获一片绿荫，到时候你便可以在蓝桉树和金合欢树下惬意地散步。我忍不住地想，我的木料和柴禾在内罗毕一定会供不应求吧。种树是一种高尚的事业，你多年后想起它仍会感觉很有成就感。过去，农场上有大片的原始森林，但在我接手之前就早已被卖给印度商人，被他们砍伐殆尽，实在令人伤心。在艰难的日子里，我不得不砍掉农场厂房外的树林获得经费，用来购置蒸汽机。那片树林高大挺拔，根深叶茂，为农场的人提供了一片阴凉。我平生未做过任何亏心事，但唯独这片树林时常出现在我的梦中，让我心神不宁，懊悔万分。偶尔我手头宽裕点儿了，就种上一小片桉树，但数量不多。以这种方式，如果我想种上一百英亩的树，将农场变成万木葱茏、科学管理的树林，还要在河边兴建伐木场，就要花上五十年的时间。农场上棚民们的时间概念与白人大不相同，我刚刚种下小树时，他们已经满怀期待，盼望着有一天能像过去的人一样，有烧不完的柴禾。

我曾计划在农场上养牛，想经营一个奶牛场。当时农场属于疫区，“东海岸热病”肆虐。如果想培育出优质牲畜，就必须将牛浸水消毒，这样一来就更难跟非疫区的内地牛竞争了，但是农场离内罗毕比较近，也算近水楼台先得月，我可以在早上开车把奶送过去。我们曾饲养过一批优质奶牛，还在平原上建起了一座不错的消毒池。但最后我们不得不把牛卖掉，而那座消毒池也长满了草，看起来就像一座底朝天的废旧空中城堡。之后，到了晚上挤奶的时候，我就会走到莫吉或卡尼努的牛棚附近，嗅着奶牛身上的清甜奶香，心中又涌起一阵渴望，希望能拥有属于自己的牛棚和奶牛厂。我在平原上骑马的时候，心里还是想着那些让我魂牵梦绕长着斑点的奶牛，这些奶牛就像花蕾，在我心头热烈绽放。

日子一天天过去，这些计划变得越来越遥远，最后几乎淡忘了。只要咖啡园还能赚钱，能够维持农场的运转，其他的都无关紧要。

维持农场的负担重重地压在我身上。为我做事的原住民、白人只关心自己的事儿，把恐惧、焦虑都留给我。有时，我甚至觉得农场上的牛和咖啡树也不放过我，不管是会说话的牲畜还是不会说话的动植物，似乎都统一口径，认为雨季迟了或者夜里太冷都是我的过错。

到了晚上，我根本无法静下心坐下读书，将要失去农场的恐惧让我不自觉地走出房门。法拉了解我心里的苦楚，但并不同意我夜间出行。他说，太阳一落山，猎豹会在附近走来走去。他总是站在露台上注视着我，白色的长袍在黑暗中看起来格外显眼，他久久地伫立着，一直到我回去。但是我太过悲伤，根本没有心思考虑猎豹的事儿。我知道在农场道路上走来走去也无济于事，但我依然会这样做，就像一个四处游荡的鬼魂，不知为何而走，也不知走到何处去，只是麻木地走着，走着。离开非洲的前两年，有一次我回欧洲探亲，到了咖啡采摘季节，便开始往回赶，到达蒙巴萨之前，我没有听到任何关于收成的消息。上了船之后，我便开始想这个问题：我过得不错，老天爷也对我不薄，估计今年怎么也有七十五吨吧，但之后我又紧张不安了起来，想道：至少会有六十吨吧。

法拉来蒙巴萨迎接我，见面的时候，我不敢立即询问咖啡收成如何，只是聊聊农场上的近闻。但到了晚上就寝的时候，我知道不能再拖了，于是我问他，今年咖啡收成如何。

索马里人通常是乐于宣布噩耗的。但此时，法拉并不开心，反而看起来很严肃。他站在门边，半闭上眼，头向后微仰，努力隐藏自己的悲伤，然后开口说道："姆萨布，四十吨。"听到这个数字的那一刻，我便知道我们撑不下去了。一瞬间我的世界里的所有颜色和生命力都被抽走了，蒙巴萨旅馆那间阴暗而令人窒息的房间、水泥地板、旧铁床架和破旧的蚊帐，都是这冰冷世界的象征——没有任何装饰品，也没有任何人情味儿。我没再说话，法拉也不发一言，转身离开了。对我来说，他是这世界上仅存的一点儿人情味儿了。

但是人心的自我修复能力很强大，夜半时分，我想到了老努森。那四十吨确实不是小事，但悲观主义害死人啊。无论如何我现在要回家了，我还能策马扬鞭在草原上飞驰。大家都在等我，我的朋友们会出来迎接我。十个小时之后，我就能在火车上看到恩贡山在天空下的青色剪影。

同年，蝗虫也前来造访。据说它们从阿比西尼亚飞来，它们在那里经历了两年大旱，因此动身向南迁徙，一路吃光了沿途的所有植物。我们未见其身，就听说了关于它们的诡异传说：在北方，无论是玉米地、小麦田还是水果农场，只要出现了它们的身影，必然会被扫荡成一片荒漠。定居者会派跑腿的去通知邻居，蝗虫大军即将来袭。但即使提前得知了这一消息，也于事无补，人们纷纷在农场上摞起柴禾和玉米秆，蝗虫一到，就立即点火。他们一声令下，农场上的劳工全员出动，拼命敲打着手里的空罐子，大声叫喊，吓唬这些蝗虫，不让它们落地。但这也只是缓兵之计，无论农民们怎么吓唬这些蝗虫，它们不可能永远不落地。农民们只能指望把它们赶到南边的下一个农场那儿去。但越是赶它们，它们就越是饥饿和疯狂，对最后落脚点的破坏性就越强。

农场的南面是马赛保留区的广袤草原，所以我希望这些蝗虫不要落地，一直飞过河，到马赛保留区去。

已经有三四个跑腿的来向我通风报信了，他们都是从邻居那里来的，但是什么也没有发生，我开始怀疑是不是虚张声势。一天下午，我开车去农场附近的杂货店。这是一家专为农场劳工和棚民提供便利的小店，由法拉的弟弟阿卜杜莱管理经营。小店所处位置地势较高。门外停着的马车上坐着一位印度人，我经过他身边的时候，他起身向我示意，因为他无法开车去平原找我，有事只能现在告诉我。

“夫人，蝗虫就要来了，请快回去吧。”我骑马走过他身边的时候，他开口说道。

“好多人都这么跟我说，”我说，“但是我连个蝗虫影儿也没看到，可能没有大家说的那么糟糕呢。”

“请您转个身，夫人。”印度人说道。

我转过身，放眼一望，南方地平线上的天空中已经黑压压一片了，“就像一座有百万人口的城市燃起了熊熊大火，浓浓黑烟铺天盖地而来。”我想，又像一朵薄云升起。

“那是什么？”我问道。

“蝗虫。”印度人说道。

我骑马回去的时候，看见几只蝗虫，或许有二十个，散布在横穿平原的道路上。途中经过农场经理的房子时，我嘱咐他蝗虫已经入境，务必做好万全准备。我们一同望向北方，天空中的黑云又升高了一些，时不时地有一只蝗虫从我们身边“嗖”的一下飞过去，或者落在地上，爬来爬去。

第二天早上，我打开窗户向外看，外面已是一片赤色。树木、草坪、车道，目光所及之处都被沾染上了这种颜色，仿佛昨天夜里，赤色大雪从天而降，将地面严严实实地盖住了。这赤色大雪正是蝗虫。我站在窗边静静地看着，突然，眼前的画面开始震颤瓦解，蝗虫们展开翅膀腾空而起，几分钟之后，空气都随着蝗虫的翅膀开始震颤，它们要离开了。

那次农场损失不算惨重，它们只停留了一夜。我们清楚地看到了它们的模样，大概二十五毫米长，灰褐带粉，摸起来有些粘手。车道边上有几棵大树已经被压坏了，而它们只是在大树上停了一会儿。看到这棵大树的时候，你会不禁咋舌，要知道一只蝗虫不过几克重，数量之多，可以想象。

之后，蝗虫又卷土重来。在两三个月的时间里，我们持续受到蝗虫的侵害。很快，我们不再吓唬它们了，那样做只是徒劳无功而且显得很可笑。有时会有小群蝗虫飞来，它们是从主力部队中脱离出来的虾兵蟹将，来去匆匆，不会停留太长时间。

但其他时候蝗虫都是大部队一起飞来，数日之后才会离开农场，从早到晚地在空中肆意冲撞。它们飞到最高处向下俯冲的时候，就像家乡的大暴雪，劲风阵阵，呼啸不止。它们小而坚硬的翅膀在你身边猛烈地扇动着，就像纤薄的铁片，在阳光下闪闪发光，遮天蔽日，地面上一片黑暗。

蝗虫大军排成带状，从根到顶，把一棵树围得密密实实，而树上方的空气依然清澈透亮。它们“嗖嗖”地撞到你的脸上，然后顺着领口、袖子和鞋钻进去，或者在你眼前乱飞，让你头晕目眩，一时狂躁万分而又绝望透顶。在浩浩荡荡的蝗虫大军中，一只两只根本不算什么，打死它又能如何？当蝗虫一溜烟儿地飞向地平线，终于离开的时候，你会感觉它们还在你身上爬来爬去，这种厌恶感会一直纠缠着你，久久不散。

蝗虫大军身后往往跟着飞鸟军团，它们在蝗虫上空盘旋，一旦蝗虫落地，它们会立即俯冲到田里大快朵颐。鹳与鹤都会如此，它们完全就是扬扬得意的“奸商”。

蝗虫逗留在农场上的日子里，对咖啡树的破坏倒不算大。咖啡树叶就像月桂叶一样硬，它们嚼不动，只能随意破坏一些树干。

但玉米田可就遭殃了，那里被洗劫一空，断裂的茎秆上只挂着几片残枝败叶。我在河边有一座花园，一直被精心浇灌着，一片翠绿，但现在就像个垃圾堆——花朵、蔬菜、草药一株都不剩。棚民们的自留地就像被大火烧过一样，作物被啃得干干净净，这些爬虫还把土地翻了个底朝天。这里到处都是蝗虫尸体，就像土地里唯一的果实。棚民们站在田边，看着它们。那些每天在自留地上孜孜不倦地耕耘的老妇们，被蝗虫气得几近疯癫，她们望着渐渐消失在天际的黑影，攥紧了拳头。

蝗虫大军过境之后，留下了无数死尸。它们栖身的马路上，不时有车辆经过，车轮碾死了不少蝗虫。现在，蝗虫群离开之后，车辙上仍留着不计其数的蝗虫死尸，就像铁轨一样，甩向远处。

蝗虫在土里产了卵，第二年，长长的雨季过后，小小的黑棕色幼虫就开始四处活动。处于生命第一阶段的蝗虫还不会飞，它们爬来爬去，看见什么吃什么。

我手里没有钱，农场入不敷出，我不得不卖掉我心爱的农场。内罗毕的一个大公司买下了它，他们认为这里地势太高不适合种咖啡，之后不打算经营农业。他们计划砍掉所有的咖啡树，划分土地，铺设道路，等内罗毕商区向西辐射的时候，他们会把这块地卖给地产开发商。计划在年底实施。

即便是这种情况，我心里始终没放弃农场。树上的咖啡豆还未被采摘，仍然是属于农场主人的吧，或者已经属于对农场持有优先抵押权[1]的银行了。直到五月，甚至更晚，这些咖啡才会被采摘，经工厂处理后，打包运走。这段时间我一直留在农场上，打理一切，维持农场运转，看起来一切照旧。我一直抱有幻想，认为事情或许还有转圜的余地，毕竟这世界变幻莫测，谁知道下一秒会发生什么呢。

就这样，我的农场生活进入了一个奇怪的时期。真相已经昭然若揭：农场不再是我的了，即便如此，所有未意识到这一点的人都对此置若罔闻。日子一天天过去，农场一切照旧，似乎什么都没有改变。那段日子里，我时时刻刻都告诉自己要“活在当下”，或者说是“活在永恒里”，纵使此刻千变万化，在永恒的长河中都只是微不足道的一点。

奇怪的是，我自始至终从未相信我会真正放弃农场或者离开非洲。身边的人都劝我必须要放弃，他们都很理智。家中亲友的信件也都在劝我，我生活的方方面面纷纷指向这一点。但我依然不为所动，坚信自己会终老于非洲。除了坚定不移的信仰，我再无别的倚证或者理由，只是当时的我已经再无余力考虑其他。

在这几个月里，我心中暗暗制订了一个计划，或者说是战略方案，来应对命运和命运的追随者们。我计划在小事上处处让步，以免惹来不必要的麻烦，不管是在谈话过程中还是书面文件上，我会处处放任我的敌人，他们爱怎么样就怎么样，因为到最后我一定会取得成功，保住农场和农场上的人，我不敢想我会失去他们，我不能失去他们，这绝不可能。

① 优先抵押权是指对于被抵押的财产有优先权。

就这样，我是最后一个意识到我必须要离开的人。想起在非洲的最后几个月里，似乎连没有生命的物体都知道我要离开了，山峦、森林、平原、河流、风……都比我更早地知道离别在即。

我第一次开始与命运妥协，开启出售农场的谈判时，眼前的风景骤然改变。之前，我一直是这片土地的一部分，干旱对我来说就像一场发烧，平原上的花朵就是我的一件新装。然而现在，这里的一切都从我的身边退开，让我不得不直面命运。

雨季来临前一周的山川也是这样。某一个夜晚，遥望远山的时候，它们突然大摇大摆地出现在你眼前。它们颜色鲜明，形象生动，就像要毫无保留地把自己袒露出来，而我内心蠢蠢欲动，仿佛将即刻起身，踏上那绿油油的山坡。如果这时候有只羚羊从空地中走出来，它转过头，我便能看见它明亮的双眸和微微颤动的耳朵；如果一只鸟落在灌木枝上，我便能听见它清亮的鸣唱。三月的山川，这种欲擒故纵的状态预示雨季即将来临。但在此时，这样的动作却意味着别离。

之前我去其他国家造访，离别之际，它们通常也会对我敞开心扉，而我早已忘记那种感受。我只是单纯地觉得，从未见过如此让人心旷神怡的山野景象，就像它在有意讨好我，让我回味一生。动人的风景中光影交错，彩虹也从天空中探出头，向我甜甜一笑。

我和内罗毕的律师、商人，或者给我提供旅行建议的白人朋友们交谈时，总觉得格格不入，有一种生理上的排斥感，令我窒息。在他们中间，仿佛众人皆醉我独醒，但有那么一两次，我突然反应过来：莫非疯了的是我，其他人都很理智？

农场上的原住民都是现实主义者，他们对我的处境和想法了如指掌，就像我亲口告诉过他们，或者一字一句地写下来一样。即使这样，他们还是依赖我，希望得到我的帮助和支持，从未为自己的未来打算。他们竭尽全力让我留下来，还偷偷告诉我，他们想出了很多计划。移交农场的手续办完后，他们从早到晚地坐在大宅周围，并不是为了对我说什么，只是注意着我的一举一动。在领导者和追随者之间有一个矛盾的时刻：他们能够清楚地看到领导者身上的每一个弱点和缺点，能够给出中肯的评判，但仍然毫不犹豫地依赖他，仿佛除了依赖他，再无其他出路。这就像羊群对牧童的感觉，它们一定比他更了解山野环境和天气变化，但还是会义无反顾地跟在他身后，如果必要的话，即使坠入深渊粉身碎骨也无怨无悔。基库尤人比我更能适应形势，因为他们对上帝和魔鬼有着超凡的了解，但他们却围坐在我家里等待我发号施令。可能他们聚在一起畅所欲言的时候，总会说起我的无知和举世无双的无能吧。

你可能会想，他们一直在我家附近这么守着，而我知道自己已经无能为力，帮不了他们，他们却把生活的重担沉沉地压在我身上，我已经不堪重负了吧？其实不然。

我相信，在这最后时刻，在彼此的陪伴下，我们感受到了一种独特的放松和宽慰。我们深深地理解彼此，一切尽在不言中。这最后的几个月，我总是想起拿破仑从莫斯科撤兵的场面。

大家普遍认为，一个人看见自己的大部队一批批死去，身边血流成河，尸横遍野，他一定痛苦万分，但也有可能，如果不是他们身先士卒，横尸在此的可能就是他自己了。到了晚上，我一分一秒地数着时间，直到再次看到基库尤人的身影出现在大宅之外，才松了一口气。

吉南朱伊之死

就在同一年，吉南朱伊酋长过世了。一天深夜，他的一个儿子突然登门，请我到他父亲的村庄去，他快不行了："那塔卡库法。"意思是他不想活了。

此时的吉南朱伊已垂垂老矣。他的老年生活中发生了一件大事：马赛保留区暂停了隔离制度。这位基库尤老酋长闻讯之后，立即带上几名随从，直接深入保留区南部，去跟马赛人清算那些错综复杂的账目，带回了属于他的牛群，还有隔离期间牛群生的小牛犊。在此期间，他生了一场大病，据我所知，他被一头牛撞伤了腿，伤口发炎生疽，后来病情逐渐恶化，最后关头他才动身回家。那时他已经跟马赛人在一起待了太久，重病在身，经不起这漫长旅程的折腾。可能是因为他已经下定决心要带所有属于他的牲畜回家，不集齐绝不回家；也有可能是因为他生病期间，一直被一个已经嫁给马赛人的女儿照料着，但他怀疑女儿是否诚心希望他痊愈。最后，他终于启程了，随从们费尽九牛二虎之力，赶了好远的路，用担架把这位濒死的老人一路抬回家。最后他躺在自己的小屋里，气息奄奄，派人赶紧来找我。

晚餐时间刚过，吉南朱伊的儿子来我家找我，我和法拉立即驱车前往。那时周围已是一片漆黑，天空中弦月高悬。路上，法拉提到了吉南朱伊死后谁将承袭酋长之位的事情。这位老酋长儿孙满堂，显然在他的世界里，众多影响因素错综复杂，我难以揣测。法拉告诉我，吉南朱伊有两个儿子是基督教徒，但其中一个属罗马天主教，另一个信奉苏格兰长老会，两家都绞尽脑汁助自家教徒一臂之力。而基库尤人则希望由第三位更年轻、无信仰的儿子继位。

到吉南朱伊家的最后一英里已经没有路了，我们的车沿着牛在草地上踩出来的小路艰难前行。草上挂着露珠，灰蒙蒙的。进入村庄之前，我们需要穿过一个河道，中央有一条闪着银光的小溪蜿蜒而过，车子在一片白色薄雾中向前驶去。

我们到达的时候，只见皎皎明月下，吉南朱伊庞大的村寨很是繁荣——茅屋、尖顶的小石屋、牛棚等星罗棋布，令人眼花缭乱。车子缓缓驶入，借着车灯的光，我看见一个茅草棚下，吉南朱伊从美国领事馆买来的车正停在那里，当初他就是坐着这辆车来到我的农场，为万扬格里一案做出了判决。这辆车已经完全被吉南朱伊抛弃了，车身锈迹斑斑，成了一块废铁。他走回了父辈的老路，在牲畜和女人的簇拥下安然老去。

村里一片黑暗，却并未入眠，人们听到车声纷纷围了上来。但这里的气氛变了，以往这里人声喧嚷、热闹非凡，就像一眼泉水从地表喷涌而出，向四面八方蔓延。村寨里的事务都按部就班、有条不紊地进行着，而这一切都在浮华而宽厚的中心人物吉南朱伊的监视之下。此时，死亡之翼在村寨上方盘旋着，就像一个吸力极强的磁铁，移星换斗，改变了旧有的模式，形成了新的组合。家族和部落中每一个成员的利益都命悬一线，你能感觉到，在牛群的强烈气味里，黯淡的月光下，在君王病榻旁边，各种心怀鬼胎的阴谋诡计正在激烈上演。

我们打开车门，一个男孩提着灯走上前来，将我们带到吉南朱伊的小屋门口，一群人跟在我们身后，但并没有进去，只是站在门口。

我从未进过吉南朱伊的房间，这气派的皇室府邸远比普通基库尤人的小屋大得多，但进去以后，我发现里面并没有奢华的装饰，只有一张用木头和缰绳做成的床架，和几张可以坐的木凳。泥地上点着几堆火，小屋里热气扑面，浓烟缭绕，令人窒息，尽管地上放着防风灯，我依然看不清里面都有谁。适应了周围的环境之后，我看见屋里还有很多人：三个光头老人，应该是吉南朱伊的叔叔或者参谋；一位老妇，拄着拐杖，紧靠在床边；一个年轻漂亮的女孩；一个十三岁的少年——在酋长临终前的床边，到底谁会接过他的衣钵，成为新的领袖呢?

吉南朱伊平躺在床上，此时已危若朝露，半只脚踏入了鬼门关。他身上散发出阵阵恶臭，刚开始我不敢说话，怕一张口就会吐出来。老人全身赤裸，躺在我以前送给他的格子呢地毯上。他的腿肿得厉害，分辨不出哪里是膝盖，他的病体已经承受不了任何重量。在灯光的照映下，我看到他从臀部到脚踝布满了黑色或黄色的条痕，腿下的毯子上黑乎乎一片，湿淋淋的，仿佛一直在往外流脓水。

吉南朱伊那个去农场接我的儿子拿来了一把四腿不齐的旧欧式椅子，放在床边请我坐下。

吉南朱伊脑袋和身体非常纤瘦，骨架显得特别突出。他整个人看起来就像用小刀草草刻出的一块黑色木雕。他双唇微张，牙齿和舌头露了出来。黝黑的脸上，双眼暗淡浑浊，几乎没有任何光亮。但他还能依稀看见，我走到窗边的时候，他转动眼珠望向我，然后视线一直没有从我身上移开。

他缓缓地挪动右手，越过身体，抚了抚我的手。他浑身赤裸躺在床上，虽然身体承受着巨大的痛苦，但仍然挺直腰板，保持着往日的尊贵，脸上依然带着胜利归来的神采。毕竟他不顾马赛女婿的万般阻挠，成功带回了属于自己的牲畜。我看着他，想到他有一个弱点：他很害怕打雷，在我家的时候，雷声轰隆一响，他立即吓得像老鼠一样，恨不得躲进地洞里。但现在，他不再害怕闪电和骇人的雷声了。我想，他已然完成了自己在这世间的使命，即将满载收获荣归故里。如果他怀着一颗澄澈的心回顾自己的一生，会发现自己几乎战无不胜，任何事都办得几近完满。一个极具活力的生命、一种满足的力量和一个活跃的个体，此时正迈步走向终点，在吉南朱伊躺着的地方圆满落幕。“您安息吧，吉南朱伊。”我心中默念。

小屋里的老人们安静地站着，一言不发，仿佛失去了说话的能力。我进来的时候看见的那个吉南朱伊的小儿子走到他父亲的床前，开始与我谈话，我想我来之前，他们就已经商量好了。

他向我解释说，听说了吉南朱伊生病的消息后，传教团的医生立即赶来查看他的病情。医生说晚上还会再来一趟，接病重的酋长去教会医院治疗。但吉南朱伊不想去医院，他派人去找我，想让我把他接到大宅，最好赶在教会的人回来之前带走他。男孩说话的时候，吉南朱伊一直注视着我。

我坐在椅子上静静地听着，心情无比沉重。

如果是在一年前，哪怕是三个月前，只要吉南朱伊提出请求，我一定二话不说立即带他走。但现在我自顾不暇，而且担心事情会越来越糟。我每天在内罗毕的办公室里听商人和律师跟我长篇大论，跟农场债权人大会小会开个不停。关键是，吉南朱伊想去的大宅，已经不属于我了。

吉南朱伊大限将至，已经无力回天了。如果我载他回大宅，可能刚刚到达他就会死去，或者在回程的路上他就会驾鹤西去。教会的人会把他的死怪到我头上，在场的人也都将随声附和。所有的一切，对于坐在这张破椅子上的我，都太过沉重。我没有力气反抗，我已经失去了所有的勇气，分毫不剩。

有那么两三个瞬间，我鼓起勇气想带吉南朱伊走，但每每又临阵胆怯。最后，我想，我必须要弃他而去了。

法拉站在门口听到男孩说的话，他看见我沉默不语，呆呆地坐在那里，便走上前来，用低沉而又迫切的声音对我说："我们最好现在就把吉南朱伊抬到车里。"我站起身来，带他走远一些，与床上的老人和散发出的臭味拉开一段距离后，告诉法拉，我不会带吉南朱伊走。法拉非常惊诧，旋即目光转为阴沉。

我本可以再陪吉南朱伊一会儿，但我不想看见传教团的人来把他带走。

我走到他的床边，告诉他我不能带他回大宅。无须陈述理由，我就这么开门见山地说了。小屋里的老人们此时正围在我身边，得知我拒绝之后，显得不知所措。男孩后退了几步，然后一动不动地站着，他也束手无策。吉南朱伊没有做出任何动作，只是像之前一样目不转睛地看着我。他的表情像是在说，他不是第一次经历这样的事了，这情有可原。

“卡瓦赫里，吉南朱伊。”我说。再见了，吉南朱伊。

我托起他的手，他炽热的手指在我的手掌上微微一动。我走到小屋门口，转身回望，基库尤酋长的伟岸的身躯已经被黑暗和烟雾吞没。我跨出门口，外面寒风刺骨，地平线上低悬的明月预示着此时已过午夜。正在此时，村子里的一只公鸡发出了两声啼叫。

那天晚上，吉南朱伊在教会医院里与世长辞。第二天下午，他的两个儿子来到大宅，通知我，并邀请我出席第二天在邻村达戈雷蒂举行的葬礼。

如果由基库尤人自己处理，他们不会选择土葬，而是会把尸体放到地面上，留给土狼和秃鹰。我一直很欣赏这种风俗。把尸体安放在日辉和星光下，任由尸体被迅速、熟练、公开地处理干净，然后变成这片风景中的一个因子，与自然融为一体。我觉得这样的做法很自然，令人愉快。西班牙流感在农场上肆虐的时候，到了晚上，香巴田周围总是传来土狼的嚎叫声。之后几天里，我常会在森林的长草丛里或平原上看到光滑的棕色头骨，就像从树上掉落的坚果。但这样的操作方式并不被文明世界所接受。当地政府人员煞费苦心地劝说基库尤人改掉这种方式，还教他们如何进行土葬，但是他们对这种方式并不感冒。

而现在他们告诉我吉南朱伊将被土葬，我想基库尤人之所以会破例，因为死去的是他们的酋长，他们想借此机会举办一场大型的原住民表演和集会吧。第二天下午，我驱车抵达达戈雷蒂，希望能见到本地所有的老酋长，并能目睹一场基库尤的治丧盛事。

但吉南朱伊的葬礼是一场彻彻底底的欧式教会葬礼。几名政府代表到场出席，还有两名从内罗毕赶来的地区官员。这一天的大事小情都由神职人员安排，所以，在午后的阳光下，草原上黑压压的一片。法国、英格兰、苏格兰教会的神职人员全员出席。如果他们想向基库尤人表示，现在死去的酋长已经属于他们了，一切都要听从他们的安排的话，显然，他们大获全胜。

他们俨然成了当权者，吉南朱伊不可能逃脱他们的掌心，而且没人会提出异议。这是教会常耍的把戏。在这里，我初次见到一批教会男孩。这些原住民男孩转变信仰，皈依了基督教，穿着半僧侣式的服装，不知道他们在教会从事什么样的工作。这些身材圆润的年轻基库尤人戴着眼镜，双手交叠着站着，就像一群尖酸刻薄的太监。吉南朱伊那两个信奉基督教的儿子应该也在现场，他们可能会暂时放下宗教分歧，站在人群中，但我并不认得他们。有些老酋长也参加了葬礼，但此时只是背景的一部分。基奥伊酋长也来了，我和他聊了一会儿吉南朱伊的事。

吉南朱伊的坟墓在草原上的一棵桉树下，四周围了一圈绳子。我来得比较早，站在绳子边靠近坟墓的位置。眼看着周围人群越聚越多，就像苍蝇一样聚集在坟墓周围。

他们用卡车把吉南朱伊的棺椁从教会拉回来，把他放在了坟墓旁边。看到他的棺椁时，我想我此生从未如此惊骇过。我还记得他在随从的簇拥下，迈步朝农场走来的高大样子，即使两天前他躺在床上的时候也不算矮小，但是现在，用来装吉南朱伊的遗体的棺材只是一个方形盒子，绝对不超过五尺长。第一眼看到的时候，我没有意识到那是一个棺材，还以为那里面装着丧葬用品，但那确确实实是吉南朱伊的棺材。我不明白为什么要选这么一个盒子，或许是苏格兰长老会的习俗吧。但是他们是怎么把吉南朱伊塞进去呢？他是怎样躺在里面的？他们把棺材放在地上，就放在我旁边。

棺材上有一块带有铭文的银牌，后来有人告诉我，那是教会为吉南朱伊题的字，还附了一段《圣经》中的内容。葬礼内容很繁杂，过程非常漫长。教士们一个接一个地站出来发言，我想他们说的应该都是一些宗教誓言和箴言吧。但是我一个字也没听，只是紧紧握住吉南朱伊的坟墓周围的绳子。一些原住民基督徒随后走上前去，对着绿色原野放声哭嚎。

最后，吉南朱伊被放入家乡的土地里，被这里的泥土所覆盖。

我还带来几个随从随行，这样他们可以跟亲友们聊天。返程的时候，我和法拉驾车，他们步行回去。

回去的路上，法拉一言不发，他很难接受我没带吉南朱伊回大宅的事实。这两天，他就像丢了魂儿似的，被疑问和失望的情绪所纠缠。

当我们的车在大宅前停下时，他终于开口了："姆萨布，没关系的。"

山间坟茔

丹尼斯·芬奇-哈顿每次游猎结束之后，都会来农场上住一段时间，但当我不得不遣散仆人，准备卷铺盖走人的时候，他也没法在这里住了。于是他跑去内罗毕，在休·马丁家里住。他每天都会开车过来跟我一起用晚餐，我的家具一件件地被卖掉，我们只能坐在行李箱上用餐。我们就一直坐着，有时会聊到深夜。

有那么几次，丹尼斯和我的聊天内容就像我真的要离开这里了似的。他把非洲当作了自己的家，他理解我心里所想，为我感到悲伤，但也会嘲笑我面对离别时的多愁善感。

“你真的觉得，”他说，“离开西朗加就活不下去吗？”

“是的。”我说。

但大多数时候，我们言谈举止一切正常，毫不考虑未来。未来从来都不是他操心的事儿，似乎他知道，只要他愿意随时都能动用我们不知道的力量。因此他非常支持我顺其自然的生活方式，不去管别人怎么想、怎么说。有他在，即使是坐在空房子里的行李箱上吃饭也正常的，也符合我们的品位。他曾引用过一首小诗：

即便吟唱悲伤的歌曲，

也要用欢快的方式，

我不会为怜悯而来，

而会为欢乐而至。

离开前的几个星期里，我们常常做短途飞行，有时飞过恩贡山，有时飞到野生动物保护区去。一天早晨，丹尼斯早早过来接我，那时太阳刚刚升起。我们在山区南边的平原上还看到了一头狮子。

他曾说，要把放在我家多年的书打包带走，但他迟迟没有动手。

“你留着吧，”他说，“反正我也没地方放。”

我的房子就快要被收走了，他还没决定到底要去哪里。有一次架不住朋友的一再劝说，他开车去了内罗毕，那里有一栋小别墅要出租。但他回来之后一直情绪不佳，不愿意提起在内罗毕看到了什么。晚餐时，他向我描述了那些房子和家具，说着说着就沉默了，脸上满是厌恶和悲伤。很显然，那种生活是他绝对无法忍受的。

这是一种客观的、不自觉的排斥，他已然忘记自己也是这种生活中的一员。但当我把这个想法告诉他时，他打断了我的话，说道：“哦，我啊，在马赛居留区搭个帐篷也会活得很开心，或者，干脆在索马里的村子里找个房子住。”

就这个话题，他第一次谈起了我在欧洲的未来。他认为我在那儿会比在农场开心得多，而且会完全脱离非洲的文明世界。

“你知道的，”他继续说道，“在非洲大陆上，人们总把对别人的冷嘲热讽当作幽默。”

丹尼斯在海边有一片土地，位于蒙巴萨北部三十英里的塔卡普纳大溪湾。那里是一片阿拉伯殖民地的遗址，还保留着一座庄重的尖塔和一口水井——盐碱地上散落着一块块灰色风化石，零星还有几棵古老的杧果树。他在那块地上建了一间小房子，我曾在那里住过一段时间。房子前面是蔚蓝的印度洋海域，海水清澈，视野极其开阔，令人如置仙境。南面是塔卡普纳大溪湾，目光所及全都是陡峭的、连绵不绝的浅灰色海岸线和黄色的珊瑚石。

退潮之后，你可以朝海的方向一直走，走到离房子几英里的地方，那里就像一片广阔但不平坦的广场，触目皆是形状各异的、又长又尖的贝壳和海星。斯瓦赫里渔民们腰间缠着布，头上戴着红色或蓝色头巾，常在这里走来走去，就像水手辛巴达[①]来到了人间。他们会卖一种色彩斑斓的尖鱼，有些口感极佳。房子下面有一排深洞和岩穴，你可以坐在里面，一边乘凉，一边观赏远处闪闪发光的蔚蓝海水。涨潮时，海水会将这些洞穴填满，与地面齐平，海水灌入珊瑚岩的窟窿里时，会发出一种奇怪的鸣唱声和叹息声，脚下的地面仿佛是有生命的；长长的海浪向塔卡普纳大溪湾奔涌而来，就像来势汹汹的军团。

在塔卡普纳住的时候，我恰巧遇上了满月。月圆之夜，这里万籁俱静，而又光芒四射，绝美景色令我臣服。晚上睡觉时，打开一扇门，对着银色的大海，调皮而温暖的微风徐徐吹过，会把细细的沙砾带到房间里，留在石头地板上。有天晚上，一排阿拉伯帆船悄然到

---

① 水手辛巴达是阿拉伯《一千零一夜》种的人物，故事中水手辛巴达与一些同伴怀着相同的理想，展开了征服七海的奇异旅程。

来，在季风的吹动下，船只缓缓靠近海岸。明月当空，船只在沙滩上留下一条长长的棕色影子。

丹尼斯有时会说，干脆就在塔卡普纳住下来，以后这里就是游猎的出发点。当我被迫要离开农场的时候，他提议我可以在这里住，就像在非洲高原他也可以住在我家一样。但是白人不会在海边住太久，这里对我来说地势太低，而且过于炎热。

我离开非洲的那一年的五月，丹尼斯去塔卡普纳住了一个星期。他计划建一座更大的房子，再种上一些杧果树。他开飞机离开，计划回家之前先在沃伊附近转转，看看有没有可以猎杀的大象。原住民常常提到，有一群大象从西边来，在沃伊附近逡巡。还有一头巨大的公牛，体型是普通大象的两倍，常单独在灌木丛中出没。

丹尼斯总自诩是极度理性之人，却常常被一种特殊的情绪或预感左右，有时会连续沉默好几天或一周，他自己却浑然不知，而且在我问他怎么了的时候，还会觉得很惊讶。这次出发之前，他常常心不在焉，一副心事重重的样子，我问他怎么了，他却笑话我胡思乱想。

我让他带上我，从高空俯瞰大海是一件令人心旷神怡的事。开始他一口答应，然后又改变了心意，对我说不行。他说他不能带我去，这次旅程要绕过沃伊附近，路上会非常艰难，可能会在灌木丛中降落，然后就地休息，所以此行他会带上一个原住民男孩。

我提醒他，他承诺过要带我飞过非洲。他说，是的，如果沃伊那里真的有大象，他会在安排好落地地点、扎好帐篷之后再来接我。这是丹尼斯第一次拒绝我。

他在八号启程，那天是星期五。“我下星期四回来，”他离开前说道，“我会准时回来，跟你一起吃午饭。”

他发动汽车，准备去内罗毕的机场了，突然又停下来，回来找一本之前送给我的诗集，想随身带着。他一只脚踩在脚踏板上，手指着我们之前讨论过的一首诗。

“这是你的‘灰雁’。”他说。

> 我看见灰雁飞过平原，
>
> 在高空中，纵情飞扬，
>
> 从一个天际，直直地飞到另一个天际。
>
> 灵魂顶在喉咙，即刻蹦出，
>
> 浩瀚的天空被系上了灰白色的缎带，
>
> 太阳光碾过层层叠叠的山峦。

然后他向我挥挥手，永远地离开了。

丹尼斯在蒙巴萨降落时，折断了飞机的一根螺旋桨。于是他发电报到内罗毕的东非航空公司索要配件，航空公司派了一个男孩把配件带给他。

飞机修好之后，丹尼斯准备再次起飞，他邀请这位男孩跟他一起走，但男孩拒绝了。这个男孩经常飞行，也跟很多人一起飞过，包括丹尼斯。丹尼斯开飞机技术精湛，飞行能力与其他能力一样强，在原住民中享有一定的声望。但那天，这个男孩无论如何都不愿意跟他一起飞。

很久之后，这个男孩在内罗毕遇见了法拉，聊天时他对法拉说：

“当时就算给我一百卢比，我也不会跟贝达先生走的。”早在丹尼斯离开恩贡山之前，命运的阴影就已经笼罩在他的头顶，而那个原住民男孩的预感要比他强烈得多。

所以丹尼斯带上了自己的仆人——卡马莫一起飞。可怜的卡马莫害怕飞行，他在农场的时候跟我说过，一旦上了飞机，离开地面，他就会盯着自己的双脚，一动也不敢动，直到落地。他只要抬头往外看一眼，看到飞得这么高，地上的景物都看不清了，立即就会被吓得魂飞魄散。

星期四那天，我一直等着丹尼斯回来，想着他会在日出时从沃伊起飞，两个小时就能到恩贡山，但他一直都没回来。我突然发现我还要去内罗毕办事，于是立即开车进城。

在非洲，我一旦生病或者心事重重时，就会像得了强迫症一样，立即产生一种偏执的心态，认为周遭的一切都危如累卵，不幸马上就要发生。处于这种状态之中的我难免做出错误的选择，所以人人都对我又惊又怕，敬而远之。

这些梦魇其实是战争留给我的创伤。那几年，殖民地的人认为我是亲德派，一直都不信任我，但我是无辜的。他们以为，我在战争爆发前曾在奈瓦沙为德属东非的冯·莱特托将军买过马匹；六个月前，我们同坐一艘船抵达非洲，他请我帮他购买十匹阿比西尼亚的母马。但当时我初来乍到，每天要考虑很多事，便把这件事忘在脑后了。后来，他写信提醒我，我才跑到奈瓦沙为他买了十匹马。很快，战争爆发了，这些马也并没有被运出去，但我还是无法摆脱为德国军队买马的“事实”。人们对我的怀疑没有持续到战争结束。后来，我哥哥自愿加入英国军队，在法国鲁瓦南部的亚眠战役中立下战功，被授予了维多利亚十字勋章。至此，众人对我的猜疑彻底消除了。当时这件事还被登上了《东非旗帜报》，标题为“一枚十字勋章”。

当时我并没有把被孤立这件事看得很严重，因为我并不亲德，我想，如果有必要，我会站出来澄清此事。但事实上这件事对我的影响超出了我的想象，多年以后，在我疲惫不堪或者发高烧的时候，这种感觉就会卷土重来，涌上我的心头。我在非洲的最后几个月里，总觉得诸事不顺，这种感觉突然就像一团黑雾席卷了我的心，我突然心生恐惧，甚至怀疑自己是不是精神不正常了。

那个星期四，在内罗毕，这个噩梦突然又偷偷地钻入了我的心中，恐惧的感觉越来越强烈，我想我可能是疯了。一时间，我眼前的城镇、遇见的人都被笼罩在悲伤当中，似乎每个人都在离我而去。没人愿意停下来与我交谈，即使我的朋友也对我视而不见，钻进车扬长而去。即使是来自苏格兰的杂货商老邓肯，在店里看见我以后也大惊失色，落荒而逃。我常常来他的铺子买东西，还在政府大厅里跟他跳过舞，这实在太奇怪了。我突然感觉热闹的内罗毕成了一座孤岛，而我独立于孤岛之上。

那次我没带上法拉，自己去接丹尼斯，所以路上连个说话的人都没有。基库尤人在这种时候帮不上什么忙，因为他们对于现实的理解和他们所经历的都与我们截然不同。不过我要去奇罗莫饭店与麦克米伦女士一起用午饭。我想，到了那儿就能跟白人聊聊天，能平复一下我的心情。

我驱车经过一条长长的竹林大道，来到奇罗莫饭店，那是一栋漂亮的内罗毕式老房子，里面正在举行午餐会。我迈步走了进去，但发现这里和内罗毕街头的情况一样。大家看起来都极其伤心，我一走进去，谈话声便戛然而止。我坐在老朋友布尔佩特的身边，他低着头，用寥寥数语应付着我。我试图摆脱压在身上的重重阴影，跟他谈起了他在墨西哥爬山的经历，但他似乎一点儿都不记得了。

我想这些人也帮不了我，我要回农场去，丹尼斯一定已经到了。我们可以像平常一样大聊特聊，那样我就会恢复正常，头脑也会清醒。

但用完午餐之后，麦克米伦夫人请我随她一同移步小客厅。坐在小客厅里，她告诉我，丹尼斯在沃伊发生意外，飞机坠毁，不幸丧生。

我刚一听到丹尼斯的名字就明白了真相，一瞬间，一切都变得清清楚楚。

后来，沃伊地区的长官给我写了一封信，说明了事故的细节。丹尼斯到了沃伊之后，在地区长官家中留宿，第二天早晨，他带着仆人朝农场飞去。但升空不久后他突然调头，在离地面两百英尺的低空快速飞行。突然，飞机开始摇摆，不停旋转，随后像一只鸟一样向下俯冲，撞到地面的那一瞬间飞机燃起大火，人们见状立即飞奔过去，但热浪滚滚，他们根本无法接近，只能不断扔树枝和泥土，试图灭火。火被扑灭之后，他们发现飞机完全被撞毁，里面的两个人在坠落过程中停止了呼吸。

事故发生多年之后，殖民地的人们仍然觉得丹尼斯的死是无法弥补的损失。虽然丹尼斯的很多价值超出了他们的理解范围，他们仍心生敬畏。大多数殖民者也开始对他转变了态度，他们总是提起丹尼斯运动员的身份，讨论他在板球和高尔夫球上的成绩。我从未听他本人提起过这些事，后知后觉地发现他在运动领域也取得了不小的成就。人们在热火朝天地讨论他的职业生涯的时候，也会补充一句："当然了，他相当的出色。"人们真正怀念的，是他的大公无私、毫不为己，对任何人都无条件地鼎力相助。我只在傻瓜身上看见过这样的品质。在殖民地，这些品质并不会被人们争相模仿，只有在人死后，他们才会对此由衷地赞美一番。

原住民比白人更加了解丹尼斯，对他们来说，失去丹尼斯就是失去了一位至爱亲朋。

得知丹尼斯的死讯，我立即准备赶往沃伊。航空公司派汤姆·布莱克到沃伊做这起事故的相关报告，我打算请他带我一同前去。可等我开车赶到机场的时候，他的飞机已起飞了。

我还可以开车过去，但是雨季已经开始了，我必须先了解路况如何。等待路况信息报告的时候，我突然想起一件事：丹尼斯曾跟我说过，他希望被埋葬在恩贡山。很奇怪我之前竟然一点儿都没想起来。可能是因为我认为埋葬他这件事还很遥远。现在那画面已是历历在目。

曾几何时，我认为我会在非洲一直生活下去，最后被埋葬在这里。野生动物保护区所处山区的第一座山脊上，有这么一块地方，就是我理想的埋骨之处。晚上，我和丹尼斯坐在家里遥望山川时，他对我说，他也想葬在那里。

从那以后，每次我们开车进山的时候，丹尼斯就会说："开到我们的墓地那里吧。”有一次我们为了寻找水牛在山中露营，到了下午，我们走上斜坡，想和水牛来个近距离接触。落日余晖下，肯尼亚山脉和乞力马扎罗山脉映入眼帘，视野极佳。丹尼斯一边吃着橘子，一边躺在草丛里对我说，他想一直待在那儿。

我的墓地在稍高一点儿的地方。从这两个地方向西边望都能看见伫立在丛林中的我的房子。大家都知道，人终有一死，但我觉得，死去的第二天，我们一定会回家。

得知丹尼斯的死讯之后，古斯塔夫·莫尔从农场来大宅找我，发现我没在家又去了内罗毕。过了一会儿，休·马丁也来找我们了。我跟他们说了丹尼斯的心愿，于是他们给沃伊的人发了电报。回农场之前他们通知我，明天早晨他们会用火车把丹尼斯的遗体运过去，这样中午可以举行葬礼。所以在那之前，我务必要把他的墓地准备好。

古斯塔夫·莫尔跟我一起回到农场过夜，这样第二天一早可以帮我处理相关事宜。我们必须在日出之前上山，确定墓地的具体位置，在中午之前把坑挖好。

雨下了一整夜。第二天早上我们出发的时候，外面还在下着毛毛细雨。路上，牛车灌满了水，咣当咣当直响，驶进山区后就像进入云层中一般，我们看不到左侧的草原，也看不到右侧的山坡和山峰。同行的仆人开着卡车，在我们身后十码远的地方远远地跟着，他们已被隐没在浓雾之中。越往上走，雾就越浓。

路边的指示牌显示，我们已经到了野生动物保护区，我们继续向前开了几百码便下了车，留仆人们在公路上看着卡车，我们先去找墓地的位置。早晨的空气非常冷冽，冰得人手指痛。

墓地的位置不能离公路太远，也不能太陡峭，不然卡车开不进去。我们一起向前走了一会儿，讨论着雾有多浓，然后兵分两路，沿不同的小路去找墓地的合适位置，几秒钟之后，我们就看不见彼此了。

山间原野不情愿地向我敞开大门，而后又无情地关闭了。这样的天气让我想起了北欧的阴雨天。法拉就在我身边，手里的来福枪已经变得湿漉漉的，他觉得再这么走下去，我们可能会遇见一群水牛。走着走着，周围的一切突然闯入视线，巨大的橄榄树的灰色树叶、高过头顶的长草，都在滴滴答答地滴着水，气味非常强烈。我穿着雨衣和雨鞋，但没一会儿就全身湿透了，好像刚刚蹚过一条小溪。

山间的一切静谧无声，只有雨下大了，四周才会响起一阵柔声细语。雾散开的时候，眼前会出现一片靛蓝色的土地，像是一块板岩——那一定是远处的一座高峰——片刻之后，飘扬的灰色雨水和浓雾又会聚到一起。我走啊走，最后停下脚步。除非天空放晴，不然我们什么也做不了。

古斯塔夫·莫尔呼喊了三四次才找到我在哪儿，然后他向我走来，脸上、手上全是雨珠。他对我说，我们已经在浓雾中徘徊了一个小时了，如果我们现在不把墓地的位置定下来，就来不及做好准备了。

“但我现在都不知道我们在哪儿。”我说，“我们不能随意把他葬在一个被山挡住视野的地方。再等等吧。”

我们站在长草里，沉默地等待着。我抽了一支烟，正要把烟蒂扔掉的时候，雾稍微散开了一些，周围的一切渐渐变得清晰。十分钟内，我们看清了我们所在的位置。草原在我们脚下铺开，来时的路也变得清晰——它们在山坡上蜿蜒前行，爬向我们，然后再向前逶迤远去。远远地向南方望去，在变幻莫测的云朵下，乞力马扎罗的青色山脚若隐若现。我们望向北边，天空更加明亮了一些，偶尔还有几道白色亮光倾泻而下。一道闪闪发光的银色光线勾勒出肯尼亚山的轮廓。突然，东方山脚下，一片灰绿色中出现了一个红点，唯有这一点红，那是我房子的屋顶，红色的瓦片在绿油油的森林中很是显眼。不需要再走了，这里就是我们要找的地方。片刻之后，大雨再次落下。

离我们站的地方高出二十码的山腰上，有一块空地，墓地就选在那里，然后我们用指南针确定方向，让墓地坐东朝西。我们把仆人们叫来，吩咐他们用砍刀清理掉周围的长草，然后开始在潮湿的地上挖墓穴。莫尔带了几个仆人去为卡车开路，把从公路到墓地的路铺好。他们把土地整理平整，因为路面实在太滑了，还从树上折下一些树枝铺在路上。但是附近有一处太过陡峭，没法一直铺到墓地这里。仆人们干活儿时的声音打破了这里的宁静，山间传来阵阵回响，就像小狗的叫声，这是大山对铁锹声的回应。

从内罗毕来了几辆车，我们派了一个小伙子去给他们引路，因为在广阔的原野中很难注意到这一小群人。内罗毕的索马里人也来了，他们把驴车停在路边，自己慢慢走上来，三四个人一组，用索马里的方式哀悼着，双手抱头，仿佛要隐遁避世一般。

丹尼斯的朋友们听到他的死讯后，立即动身从奈瓦沙、吉尔-吉尔、埃尔门泰塔开车赶来。他们千里迢迢地赶到这里，车开得飞快，到的时候，车身上都蒙着一层厚厚的泥。现在，天放晴了，恩贡山的四座山峰巍然耸立于天空之下。

正午刚过，他们就从内罗毕把丹尼斯的遗体运来了，他们沿着丹尼斯从前去坦葛尼喀游猎时曾走过的那条路，慢慢驶过泥泞潮湿的道路，来到这里。经过最后一段陡坡时，他们把棺材抬了出来。棺材看起来很窄，上面盖着一面国旗。

棺材被放入墓穴，一时间，山野风景骤变，换上了葬礼的布景。山峰沉默不语，静静伫立，仿佛在为死者默哀，它们明白我们在做什么。紧接着，它们接管了这个仪式。这场葬礼成了它们和丹尼斯之间的仪式，在场的所有人都成了渺小的旁观者。

丹尼斯观赏过非洲高原上的所有风景，走过这里所有的路，比任何白人都更熟知这里的土壤、四季更迭、一草一木和所有生灵、穿行的风和丰富的气味。他观察过高原上四季的变化、来来往往的人、云朵和夜晚的星星。

不久之前，我们还来过这里。他不戴帽子，就站在午后的阳光下，环顾着这片土地，举起望远镜仔细观看，不想错过周围的一切风景。这片土地上的一切都已经融入他的骨血里，他眼之所见、心之所感都与别人不同，结合他的个人色彩，成了他的一部分。现在，非洲接受了他，并将改变他，使他成为自己的一部分。

有人告诉我，因为丹尼斯的墓地来不及被封圣[①]，所以内罗毕的主教不愿过来。另一位教士出席并主持了葬礼，那些繁杂冗余的内容我

① 封圣，即在经过一定调查核实之后，由宗教颁发谕令，宣布将某一或某些已故天主教徒的名字“列入圣人名册”，同时要求天主教徒将之作为楷模加以敬礼。

从没听说过，在这宽阔的山间空地中，他的声音越来越小，就像山中之鸟的鸣叫声。教士诵读经文：“我要向山举目。”[①]

其他白人都离开后，古斯塔夫·莫尔和我又在这坐了一会儿。伊斯兰教徒们等我们走了，开始在墓边为亡者祈福。

丹尼斯刚刚去世的那段时间，他的游猎仆人们聚集在了农场上。他们没说为何而来，也没有任何要求，只是背靠着墙，手背撑在砖地上，静静地坐着。他们多数时候都沉默不语，这在原住民中实属反常。

马里姆和撒·西塔也赶来了。他们是丹尼斯英勇无畏、机灵敏捷的扛枪手和向导，丹尼斯每次游猎时他们都陪伴左右。他们也曾陪维尔亲王出行过，多年以后，亲王依然记得他们的名字，并说这两个人配合在一起如虎添翼，无人能敌。现如今，伟大的向导失去了方向，呆滞地坐在一旁。丹尼斯的摩托车司机卡努西亚也来了，他曾驶过数百英里的崎岖山路，驾驶经验丰富。他是个身材纤瘦的基库尤小伙子，有一双猴子般机灵的眼睛。现在的他，就像一只被困在笼子里的猴子，神情悲伤，不停发抖。

比利阿·伊萨，丹尼斯的索马里仆人，从奈瓦沙专程赶到农场。比利阿曾随丹尼斯去过两次英国，在那里还上过学，说起英文来就像一位优雅的绅士。几年之前，丹尼斯和我去内罗毕参加了比利阿的婚礼。婚礼非常盛大，狂欢持续了七天。

---

① “我要向山举目”，出自《圣经·九月·诗篇》：“我要向山举目，我的帮助从何而来？”

在那个特殊的场合，这位伟大的旅行家和学者重拾祖先的传统，身穿白色长袍，看到我们时弯腰鞠躬以示欢迎。他还跳起了一种狂野的剑舞，颇有沙漠中亡命之徒的气质。比利阿走过去瞻仰主人的坟墓，在旁边坐了会儿。回到农场之后，他变得沉默寡言，然后去跟其他人一起，靠墙席地而坐，把手背抵在砖地上。

法拉走向哀悼者，跟他们说话。他也很悲伤，他对我说："如果贝达先生还在这里，就算你走了，我们也不会这么难过。"

丹尼斯的仆人们在这里住了一周后陆续离开。

我常开车去丹尼斯的墓地看看。走捷径的话会很近，离我家不过五英里，但走大道需要十五英里。墓地所在位置比我家高出一千英尺，那里的空气就像水一样清澈，与农场截然不同。摘掉帽子之后，阵阵微风会轻柔地拂过你的头发。群山之巅，云朵向东飘移，在起伏绵延的山峦上投下片片阴影，最后在东非大裂谷上瓦解消散。

我在杜卡买了一块白布，原住民称之为"美国布"，然后法拉和我在墓地竖起三根杆子，把白布钉在上面。远远看去，那里就像青山中的一个小白点，这样我在家就能辨认出丹尼斯墓地的位置。

长长的雨季中，雨总是下得太大，我担心草会长得太高，盖住坟冢，那我们以后就不容易找到它了。于是，我把家里车道上的白石头搬上车，就是卡罗门亚费尽周折搬到门前的那些石头，然后把它们运到山上。我们清理掉墓地周围的长草，用石头将它围起来作为标志，现在这个地方显眼多了。

因为我常去墓地，还经常带上家里的孩子们，他们便逐渐轻车熟路起来。如果有人想去墓地，他们便可以带路。他们在墓地边的山间丛林里还建起了一个小凉亭。夏天的时候，丹尼斯的一位老友，阿里·宾·萨利姆从蒙巴萨赶来吊唁他，以阿拉伯人的传统吊唁方式，伏在草地上，放声痛哭。

一天，我到墓地时，发现休·马丁也在那儿，我们坐在草地里，聊了好久。休·马丁对丹尼斯的死难以释怀。如果有人能在他奇怪、孤僻的生活中占据一席之地，那就是丹尼斯了。

“完美化身”是一个奇怪的东西。你不会想到休·马丁会对任何人授此殊荣，你也不会想到，失去这个东西会对他造成怎样的创伤，就像失去了一个器官一样。但丹尼斯死后，他骤然变老，模样大变，脸上也长出了斑点，面容非常憔悴。但与此同时，他的脸上依然保持着平和的笑意，就像中国的弥勒佛一样，仿佛他心中藏着超越世俗的大喜乐，不愿把悲伤示人。他对我说，有天晚上，他突然想到一段最适合丹尼斯的碑文。我想他应该是从某位希腊作者那里引用的，他先用希腊语说了一遍，然后为了让我听懂，又翻译了一遍。这句话是这样说的：“死后，我的骨灰会同烈火纠缠在一起，但我并不在乎，因为现在的我，一切安好。”

后来，丹尼斯的兄弟温奇尔西勋爵在他的墓地上立了一块方尖碑，碑文引用了一首丹尼斯心爱的诗，名为《老水手》。我还记得，我和丹尼斯去参加比利阿婚礼的时候，他第一次向我念起这首小诗，之前我从未听过。我没有见过这座方尖碑，我离开非洲之后，它才被立在那里。

在英国，也有一座丹尼斯的纪念碑。他的老校友为了纪念他，在伊顿的一条小河上建起了一座石桥，其中一段栏杆上刻着他的名字和他在伊顿生活的日期，另一侧的栏杆上刻着这样一句话："此人在当地享有盛名。多位挚友敬上。"

丹尼斯的人生在英国的柔美风景和非洲的山脊间奔流而过，看似百折千回，其实改变的只是周围的环境。他在伊顿石桥上拉动了生命之强弓，生命之箭沿着它的轨道向前飞驰，然后准确击中了恩贡山上的方尖碑。

我离开非洲之后，古斯塔夫·莫尔给我写信，说了一件发生在丹尼斯墓地上的闻所未闻的怪事，他写道："马赛人向地区长官汇报说：日出和日落的时候，总是看见一对狮子在芬奇-哈顿的坟墓上走来走去。它们常常出双入对地出现，或站或卧，在墓地边久久不愿离去。一些印度人开着卡车前往卡贾多途中路过这里的时候，也曾看见过这些狮子。你走了以后，墓地周围的地面已经被踏平了，变成了一块平台。我想这块地已经成为狮子们的好去处，站在这里它们可以纵览平原风光，牛和野生动物都能被它们尽收眼底。"

狮子守护着丹尼斯的墓地，为它竖起了一块非洲纪念碑，这真是最好的安排，丹尼斯一定很高兴。我想到一句话："墓草长新，永留记忆。"[①]我又想到特拉法尔加广场上纳尔逊勋爵的雕像旁也有狮子守护，不过那仅仅是石狮子。

① "墓草长新，永留记忆。"出自莎士比亚的《辛白林》。

我和法拉变卖家当

如今只剩我一个人孤孤单单地在农场上了。而且它也不再属于我了，买主说我想在这里住多久都可以，但从法律上讲是租给我的，我需要支付每天一先令的费用。

离开之前，我开始售卖所有的家具，法拉和我为此忙得不可开交。我们需要把瓷器和玻璃制品陈列在餐桌上。餐桌被卖掉之后，我们又把它们排成一长列，摆在地板上。布谷鸟时钟被放在这一长排中，傲慢又吵嚷地报告着时间，然后把自己叫卖了出去，头也不回地飞走了。一天，我卖掉了玻璃制品，到了晚上，心里越想越难过，所以第二天一早，我立即开车赶到内罗毕，请求那位买主取消订单。我确实没有地方可安置这些玻璃制品，但我的朋友们曾碰过这些东西，用这些东西喝过他们给我的美酒。那里面保留着我们围在桌边谈话的回音，我不想与它们分离。况且我想，这些东西极其易碎，说没就没了。

我还有一块老式木质屏风，上面描绘着各种人物：中国人、苏丹人、黑人，另外还有一条带着项圈的狗。这块屏风被我放在壁炉边，到了晚上，壁炉里的火热烈燃烧的时候，这些人物会从屏风上走下来，为我给丹尼斯讲的故事做画面展示。后来，我静静地盯着它，看了好久，最后把它叠了起来，装进了箱子里。我想这下画中的人物可以好好歇歇了。

当时，麦克米伦夫人为了纪念自己的丈夫诺斯拉普·麦克米伦爵士，在内罗毕建造了一座麦克米伦纪念馆。纪念馆看起来高大宏伟，非常壮观，里面设有图书馆和读书室。她开车来到农场，与我促膝长谈，说起种种往事，不觉黯然神伤。大多数我从家乡带来的老式丹麦家具都被她买下来，放进了图书馆。想到我的那些聪慧可人、热情如火、令人欢欣鼓舞的箱子和柜子被摆放在一起，还能被书香和学者包围，我就高兴得不得了，就像在革命期间，一小群女士在大学里找到一处避难所一样。

我把书都装在箱子里，暂时把这些箱子当椅子或餐桌用。在殖民地，书籍在人们生活中扮演的角色与在欧洲大不相同，从某种程度上来说，它们掌控着人们的生活，人们会因为书中的内容，一下子心中充满感激，一下子又愤愤不平，情绪比在文明国家里强烈得多。

书中虚构的人物会偷偷溜到农场上，有时随着你的马一起狂奔，有时还会在玉米地里漫步。他们就像机智的士兵，立即就能找到适合自己的藏身之处。

一天晚上，我读了一本名叫《克罗姆庄园的铬黄》[①]的书，我从未听过这位作者的名字，这本书也是我在内罗毕的书店里随手挑的。但读完之后，我就像在茫茫大海之中寻得一个绿油油的岛屿，高兴极

① 《克罗姆庄园的铬黄》发表于1921年，是奥尔德斯·赫胥黎的第一部小说。

了。第二天早晨，我骑马走过野生动物保护区里面的一个峡谷，突然看见了一只小羚羊，它在我眼中立即化身为《克罗姆庄园的铬黄》中的牡鹿，带着赫尔克里士和他的妻子，及他们的三十条黑黄相间的哈巴狗向前狂奔。

沃尔特·司各特[①]塑造的人物都非常生动形象，仿佛就生活在这片土地上。你可能会遇见奥德修斯和他的军队，甚至还能遇见拉辛笔下的许多人物。彼得·施莱米尔[②]穿着七里格靴正在翻山越岭，蜜蜂小丑阿格赫[③]就住在我河边的花园里。

房子里的其他东西在那几个月里也陆续被打包送走，房子渐渐变回了原本的样子，就像一个高贵的头盖骨。房间里很凉爽，空间也很大，说话还会有回声。草坪上的草长得比台阶还高。最后，房子里一件东西都没有了，我反倒觉得现在这样比之前更适合居住。

我对法拉说："我们应该一直保持这样才对。"

法拉懂得我想表达的意思，因为索马里人在某种程度上都是禁欲主义者。这段时间，法拉一直尽心尽力地协助我打理大小事情。他现在越来越像一个真正的索马里人了，就像我刚来到非洲，他被派来迎接我，与我初次见面时的样子。他很担心我脚上的那双旧鞋子会破，还说他会为我祈祷，希望这双鞋能顺利撑到巴黎。

最后几个月里，法拉总会穿上最华丽的衣服。他的好衣服真不

① 沃尔特·司各特爵士是英国著名的历史小说家和诗人。

② 《彼得·施莱米尔的神奇故事》是沙米索的成名作，被认为是德国文学史中最迷人的作品之一。

③ 英国诗人艾迪特·锡特韦尔的诗集《乡村谐剧》中的人物。

少：我给他的金色刺绣阿拉伯背心；伯克利·科尔送给他的一件非常优雅的猩红金色系带制服背心；还有各种色彩艳丽的丝绸头巾。通常他都把它们珍藏在箱子里，只有在特殊场合才会穿。但是现在，他把最好的都装扮上了。不论是跟我走在内罗毕的街道上，还是站在政府大楼和律师事务所脏兮兮的楼梯上，他都光彩照人，像所罗门大帝[1]一样。索马里人极少能做到这样。

到了最后关头，我不得不决定我的马儿和狗儿们该何去何从。我想过开枪把它们打死，但很多朋友都给我写信希望能领走它们。从那之后，每次我骑马外出，带着狗同行的时候，都觉得杀了它们太不公平了——它们如此有活力，理应继续活下去。我思量良久，摇摆不定，最后我决定把它们送给我的朋友们。

一天，我骑上最心爱的马胭脂前往内罗毕。我们走得极慢，我不停地左顾右盼，四处张望。我想，此行一去无回，胭脂一定会感觉很奇怪吧。我费尽九牛二虎之力才把它弄进奈瓦沙火车的运马车厢里。

我站在车厢边，最后一次抚摸了它丝绸般顺滑的口鼻，再贴贴它的脸。胭脂啊，如果你不祝福我，我就不让你走。我们曾一同穿梭在原住民香巴田和小屋间，寻找去河边的小路；曾一同冲下陡峭湿滑的山坡，它动作敏捷，就像一头骡子；在湍急的棕色河水中，我和它的头紧紧靠在一起。日后愿你在白云朵朵的山谷中，在康乃馨和紫罗兰的簇拥下，快意度过半生。

---

① 所罗门大帝即所罗门王，是以色列联合王国的国王，在耶路撒冷作王四十年，是大卫的儿子，犹太智慧之王。

那时我还有两只小猎鹿犬，大卫和戴娜，是潘尼亚的孩子，它们英勇强壮而又幽默顽皮。我把它们送给了我的一位朋友，他住在吉尔-吉尔附近的一个农场上，在那里，它们还能纵情打猎，享受快乐时光。离开农场的时候它们心情不错，跳上车，大口大口地喘着粗气，紧紧地靠在一起，头从一侧车窗伸出来，吐着舌头，就像在玩儿什么新鲜刺激的游戏一样。那敏锐的双眼、灵活的四肢、热烈跳动的心脏，都要离开大宅和这片平原了。它们会在一片新的土地上呼吸新鲜空气，跑跑跳跳，嬉闹玩耍。

我的工人们开始陆续离开农场。没有了咖啡和咖啡工厂，普兰·辛格突然发现自己失业了，他不想在非洲做别的工作，最后，他决定回印度。

“金属矿产专家”普兰·辛格走出工坊就变成了一个孩子。他还没意识到农场已经走到终点。虽然他伤心不已，涕泪俱下，黑胡子都被打湿了，但还在千方百计地试图让我留下来，还一直跟我说他的各种计划，这让我不免有些担心他。他还像平常一样，为我们的机器感到骄傲，整个人就像被钉在蒸汽机和咖啡烘干机上一样玩命工作，温柔的黑色明眸紧紧盯着每一颗螺丝钉。最后，当他知道任何努力都无力回天时，只能难过消极地听之任之了。有时遇见我，他会大谈旅游计划。离开非洲的时候，除了一小盒工具和焊接设备，他几乎什么都没带，仿佛他的心和人生早已被送到大洋彼岸，现在只需将他单薄、平凡的躯干和一口焊接锅运送过去就足够了。

我想送普兰·辛格一件礼物，希望手头的东西里有他喜欢的物件儿。当我向他说起这件事的时候，他立即特别开心地说想要一枚戒指，可我没有戒指，手里也没钱再给他买一枚。这是我离开农场前几个月的事，一次，丹尼斯来农场跟我一起用餐的时候，我跟他提起了普兰·辛格的心愿。丹尼斯曾送给我一枚阿比西尼亚软黄金戒指，大小可以调节，适合任何人戴。他立马想到我一定是动了这枚戒指的心思，因为他过去常常抱怨，不管他送我什么，我扭头就送给家里的有色工人们。为防止这种事情再次发生，他把戒指从我手上摘了下来，戴在了自己手上，说普兰·辛格离开之前，他先替我保管。几天之后，他去了蒙巴萨，再然后，这枚戒指随着他一起入土为安了。

后来我靠卖家具筹到一些钱，就去内罗毕买了一枚他心心念念的戒指。那是一枚重金戒指，上面有一块玻璃一样的大红宝石。普兰·辛格见了，开心得潸然泪下。我相信，在他与农场和他的机器分别之际，这枚戒指极大地宽慰了他。他离开前的最后一周里，每天都戴着这枚戒指，每次到大宅时，都举起手，向我展示一番，脸上绽放着光芒四射而又温柔的笑容。我去内罗毕车站为他送行，他留给我最后的印象就是那双消瘦黝黑的手，那是一双曾在锻炉前风驰电掣、上下翻飞的手。普兰·辛格挤在拥挤闷热的原住民铁路车厢里，坐在工具箱上，把手伸出车窗外，上下挥动，向我道别，红色宝石就像星星一样闪闪发光。

普兰·辛格回到了旁遮普[1]的家人身边。他与家人已经多年未见，但他们常常给他寄去自己的照片，与他保持联系。他把照片保存在工厂旁他的瓦楞铁小屋里，时不时地拿给我看，脸上写满了温柔和

① 旁遮普省是巴基斯坦人口最多的省份，是旁遮普人的聚居地，省会拉合尔。

骄傲。普兰·辛格在乘船回印度的路上给我寄了几封信，开头一律都是：“亲爱的夫人，再见了。”然后说说他的近况，汇报一番旅游中的冒险经历。

丹尼斯去世后一星期左右，一天早上，我遇到了一件诡异的事。

当时我正躺在床上，想着最后这几个月发生的种种，试图搞清楚到底是怎么回事儿。现在的我，似乎脱离了正常的生活轨道，被卷入了一个大旋涡里面。我走到哪儿，脚下的土地就随之瓦解崩塌，群星从天穹纷纷坠落。我想起关于诸神黄昏[①]的诗篇，里面描述了星星的坠落，以及侏儒藏在山间洞穴里连连叹气、恐惧致死的画面。我想，这一切不可能只是巧合，无论是天灾还是人祸，其中必有可循的规律，找到其中的规律，方能得救。如果我找对了方向，一切就能串联起来，真相便昭然若揭了。我想，我必须起来寻找神谕。

许多人认为寻找神谕是件不切实际的事。但我认为，只要人的思想达到了一定境界就能感知到，而一般人永远都达不到这样的境界。如果以正确的心境去祈求神谕，就一定能得到答案。所谓精诚所至，金石为开，心诚则灵。就是以这样的方式，一位牌手突然来了灵感，从桌上随手拿起十三张牌，定睛一看，这一手牌整整齐齐，完全是一个整体。在别人叫牌[②]之前，他就已经看到一副大满贯亮在他面前。桥牌里面会有大满贯吗？当然有，但是对的人才能摸到。

我走出房门，寻找神谕，不知不觉走到了仆人们的小屋附近。

---

① 诸神黄昏是指北欧神话预言中的一连串巨大灾难，包括造成许多重要神祇死亡的大战。

② 叫牌是桥牌术语。在桥牌游戏中，发牌后和发牌前都要叫牌。

鸡刚被放出来，在屋前屋后到处溜达。我停下脚步，盯着它看了一会儿。

法提玛的白色大公鸡在我面前大摇大摆地走着。突然，它停下来，先把头偏向一边，然后又偏向另一边，头上的冠“嗖”的一下子立了起来。原来在另一边的小路上，一只小小的灰色变色龙刚刚从草丛里爬出来，就像大公鸡一样，在早晨出来侦查情况。公鸡径直向它走去——因为鸡很爱吃这些东西——还发出几声心满意足的咯咯声。变色龙在公鸡的注视下一动不动。此时的它极度恐惧，但同时也非常勇敢，它把脚插进泥土里，尽力把嘴张大震慑敌人，电光石火间，它向公鸡吐出棍子一样的舌头。公鸡大吃一惊，怔怔地站了几秒，然后果断低头，用锤子一样的尖嘴把变色龙的舌头连根拔了出来。

十秒之内，这场尖峰对决就结束了。我把法提玛的鸡赶走，拿起一块大石头把变色龙砸死了，因为没有了舌头的它根本活不来。它们抓虫子全靠这条长长的舌头。

眼前的一幕让我惊恐万分——这就是命运的缩影吧，残忍无情，又无法抗拒——我跌跌撞撞地逃走，在大宅边的石凳上，呆呆地坐了许久。法拉为我端来热茶，放在石桌上。我垂着头，看着地上的石头，不敢面对这可怕危险的世界。

接下来的几天里，我渐渐明白，那天发生的事就是上天对我发出的呼唤的回应。神灵以这样的方式赐福于我，给我以指引。我苦苦追寻的力量在不经意间维护了我的尊严，这不就是神明赐予我的答案吗？我不再自怨自怜，上天默许了我的请求。诸神在嘲笑我，笑声在山谷间回荡不绝，老天爷用公鸡和变色龙的一场对决和号角向我传递了信息。哈哈哈！

幸好那天早上我赶上了那一幕，给了那条变色龙一个痛快，没有让它在痛苦折磨中慢慢死去。

送走马匹之前的那段日子里，英格丽德·林斯东特意从恩乔罗的农场来陪我小住。她的到来让我感到非常温暖，她的农场根本离不开人。她丈夫为了赚钱维持农场的正常运转，在坦噶尼喀的一家大型剑麻公司找了一份工作，此时正在海拔两千英尺处挥汗如雨。英格丽德为了拯救农场，把自己的丈夫像奴隶一样“租”了出去，只留她自己处理农场里林林总总的事物：扩建家禽养殖园、打理菜园、养猪和火鸡，常常忙得脚打后脑勺，一点儿休息的时间都没有。

但她为了我，把所有事都交给克莫莎，急急忙忙来到我家，就像来帮我灭火一样。她此行没带克莫莎，对法拉来说可能是件好事。因为带着某种强大的力量，或是自然元素本身的力量，英格丽德对我的心境感同身受，她懂得一个女人放弃自己心爱的农场的痛楚。

英格丽德陪着我的时候，我们不讨论过去，不计划将来，没有提到任何一位朋友或熟人的名字，只把注意力集中在当前的灾祸上。我们在农场上漫步，每走过一处，就道出它们的名字，一个接着一个，就像在计算我的精神损失；或者就像英格丽德在为我收集材料，准备写一本书，向命运讨个公道。历经风雨的英格丽德深知这世上没有那样的书，但她认为这也是女人生存的一部分。

我们走到牛棚，坐在护栏上，一头一头地数着走进去的牛。我不发一言，只是指着牛给她看，意思是：“这些牛啊。”她也无声地回答道：“是啊，这些牛啊。”然后默默地记录下来。

我们走到马厩，给马儿们喂糖，它们吃完之后，我伸出黏糊糊、湿漉漉的手掌，指着它们，大声喊道："这些马啊！"英格丽德叹了口气，说道："是啊，这些马啊。"然后把它们也记录下来。

河边的花园里还有很多花，她无法忍受我抛下这些从欧洲带来的植物不管。她绞着手看着这些薄荷、鼠尾草和薰衣草，似乎心里在盘算我怎样能把这些花带走。后来，她还跟我提起过这些花。

那天下午，我们看着正在吃草的牛群，思考该如何安顿它们。我把每头牛的年龄、性格和产奶量一一告诉她，英格丽德哀叹连连，心疼不已，仿佛她的肉体也受到了打击。她仔细地检查着每一头牛，并不是打算买下来，因为我已经把牛都送给仆人了，她只是在估算我的损失。她使劲儿嗅着牛犊身上的甜美气味，然后深深地看了我一眼，像是在责怪我抛弃了它们。当然，这并不是她的本意，她也没有理由责怪我，只是她当初费尽周折才得到几头牛犊，深知其中艰辛。

如果一个男人的朋友不幸逝世，这人站在旁边，心里会一直重复道："感谢老天爷，还好不是我啊。"我想他一定会为自己的想法感到惭愧，并努力压制这种念头。但女人的情况就不同了，她们会对对方的不幸更感同身受，同时，比较幸运的那一方也会在心里想："感谢老天爷，幸好不是我。"这不会让彼此心生怨恨，反而会让她们更亲近，对彼此更加掏心掏肺。我认为，男人很难在嫉妒别人的成功时，还能与其和平相处。而女人不同，新娘会向伴娘们炫耀幸福，临盆的女人会嫉妒已经生完孩子的母亲，尽管如此，双方并不会因此心生嫌隙。一个失去孩子的女人可能会向朋友展示孩子的小衣服，虽然知道朋友会这样想："感谢老天爷，还好不是我。"但这对她们来说很自然，没有什么不妥。现在，英格丽德和我就是如此。我们一起在农场散步的时候，我知道她在想自己的农场，在感谢老天爷的眷顾，让自己保住了农场，还能继续竭尽全力牢牢抓住它。我理解她的想法，心里并没有什么不适。我们身穿破旧不堪的卡其布外套和长裤，但其实是神话中的女人，一个全身素白，一个一袭黑衣团结在一起，是非洲农夫生活的守护神。

几天后，英格丽德向我道别，坐火车返回恩乔罗。

我的马都被送走了，我没法儿再外出骑行，出去遛弯儿的时候，身边也没有狗儿们的陪伴，安静得吓人。庆幸的是，车还留着，这让我很开心，因为这几个月里我会忙得焦头烂额。

农场上棚民们的命运像一块大石头压在我心上。因为买下农场的人计划砍掉咖啡树，重新规划土地，作为建筑用地出售，棚民对他们来说并无用处，交易手续完成之后，买主立即通告所有棚民六个月之内搬离此地。这对棚民们来说无异于当头一击，他们茫然不解，手足无措。因为他们一直有种错觉，以为这块地是属于他们的。许多人在这里土生土长，另外一些打小就跟着父亲搬过来住在这里。

棚民们知道，要想留在这里，他们每年要为我工作一百八十天，薪资为每三十天十二先令。这些都在农场办公室里的账簿中。

他们也知道必须要向政府缴纳房屋税，每间茅屋十二先令，这对他们每个人都是沉重的负担，因为除了那两三间茅屋他们几乎一无所有——茅屋数量根据妻子数量决定，每位妻子一间茅屋。他们有时也会不守规矩，我也曾威胁说要把他们赶出去，所以他们也知道自己在这是也不是稳如泰山。他们对房屋税深恶痛绝，每次我帮政府收取税费的时候，他们都会给我出难题，长篇大论地说个不停。但他们把这些事看作生活中必经的磨难，并坚持不懈地认为，有朝一日一定能摆脱掉。他们从未想过，会有一条致命的法则，在某个时间突然蹦出来摧毁一切。他们一度把农场新主人想象成妖魔鬼怪，告诉自己要勇敢地忽略他们。

从某些方面来看，土著人对白人的印象，颇像白人心中的上帝。有一次，我和一个印度木材商人签了一份合同，里面含有这样的文字：不可抗力。我对这种表达不是很熟悉，为我起草合同的律师试图向我解释。

"不，不，夫人。"他说，"您没明白这句话的意思。所谓不可抗力就是无法预见的、不合常理的、无法解释的情况。"

最后，他们得知自己必须要离开了，于是乌泱泱一片挤在我家周围，他们认为就是因为我要离开这里，迫使他们也必须要离开——我的厄运波及了他们。他们并没有指责我，只是想知道，他们该去哪儿。

我发现这个问题很难回答。根据法律规定，原住民无权购买土地，而且据我所知，这里也没有能容纳这些棚民的另外一个农场。我对他们说，我咨询过这件事，政府给的答复是：他们必须去基库尤保留区找地方住。接着他们又问道，他们要带上自己的牲畜，保留区能找到足够大的空地吗？然后继续问，他们还能住在一起吗？他们不想分开。

他们决意生活在一起令我有点儿惊讶，因为在农场上，他们总是争执不断，恶语相向，一直不太平。现在他们却手拉着手一起过来了。有卡塞古、卡尼纽和梅格这样趾高气扬的牲畜大户，还有卑微的、一头羊都没有的农场雇工沃沃尔和乔撒。此时的他们同仇敌忾，下定决心要像守护他们的牛一样，守护团结在一起的权利。我认为他不只是在向我讨要一个住的地方，更像是要我许给他们一个未来。

对于他们来说，夺走他们的土地等于夺走了他们的未来、他们的根和命运。如果你拿走了他们过去所见、未来所期，就等于挖走了他们的眼睛。对于这一点，原始人类比文明世界的人类感受更深，就算是动物，也会历经重重磨难，不远万里地找寻自己熟悉的地方，找回遗失的自我。

当年，马赛人从铁路沿线以北的家园，迁移到现在的马赛保留区时，带来了故乡山川、河流、平原的名字，用在新家园的山川、河流、平原上。这会让旅行者感觉丈二和尚摸不着头脑。马赛人把他们被斩断的根像药一样带在身边，四处漂泊时，会用某种方式保存他们的过去。

现在，我的棚户区居民出于同样的自我保护本能，彼此依偎在一起。如果他们要离开自己的土地，也要跟熟悉的人一起走，这样才能证明自己的存在。几年后，他们仍然可以一起谈论农场的地理环境和历史故事，即使有人忘了，另外一些人也会记得。事实上，他们感到灭绝的耻辱将要降临在自己身上。

“去吧，姆萨布。”他们对我说，“去帮我们求求政府吧，让他们允许我们搬到新家的时候带上我们的牲畜，无论去哪儿，让我们住在一起吧。”

自此，我开始了漫长的朝圣之旅，或者说是乞讨之路，这就是我在非洲最后几个月唯一的大事。

受基库尤人之托，我先去找了内罗毕和基安布[①]地区长官，又去了原住民事务部和土地局，最后去找了总督约瑟夫·波恩爵士，他刚从英国调来，所以我之前没见过他。最后我忘了自己此行的目的，在一波又一波的海浪中起起伏伏。有时我不得不在内罗毕待上一整天，或者一天之内要折腾两三次。每次回家的时候，总会发现门口聚集了一群棚民，但他们从不问我情况如何，只是默默注视着，用一种原住民的魔力和耐力与我进行精神上的交流。

政府官员都很有耐心，还很热心肠。不是他们办事不力，而是这事确实难办，棘手之处在于想找到一块能容纳所有人和牲畜的空地实在太难了。

大多数官员都已经在非洲工作多年，对原住民了如指掌。他们只能含糊地建议道：让基库尤人卖掉牲畜才是良策。但他们也知道这不可能。但他们如果把牲畜带到本来就不宽裕的土地上，未来数年里一定会与居留地上的邻居冲突不断，再生事端，到时候还得需要其他地区长官劳神费力地介入，解决问题。

我们讨论到第二个问题——棚民们想住在一起的时候，他们表示，这实在没必要。

我想："哎哟，别说什么必不必要，'最卑贱的乞丐，也有他不值钱的身外之物。[②]'"我这一生始终坚信，你可以根据人们在李尔

① 基安布为肯尼亚中南部城镇，南距内罗毕8千米。

② "最卑贱的乞丐，也有他不值钱的身外之物。"出自莎士比亚《李尔王》第二幕第四场。

王[1]面前的表现来区分他们的等级。你不会在李尔王面前谈什么必要不必要，也不能同基库尤老人说这些道理，从一开始他就要求过多，但他是国王，没人会与他争论。

实话说，原住民将国家交给白人的时候的确心不甘情不愿，所以在某些方面，与老国王和他女儿们的故事有所不同，白人是以保护者的名义接管肯尼亚的。但我还记得，在不久之前，原住民在自己的土地上居住没有任何争议，也从未听过白人和他们的法律。虽然没什么安全感，但起码住处是稳定的。他们有些人被送到奴隶市场，被当作物件一样售卖，有些人被留下了。被卖掉的那些人，被当作奴隶在西方世界漂泊无依，但仍会回头遥望故乡，因为那里是他们的家。那些皮肤黝黑、双眸明亮的非洲原住民老人们，就像大象一样，他们站在这片土地上，沉稳庄重，冷静地审视着，周遭的一切都在聚集，在生长，一点点积累在他们混沌未开的心中，他们成了这片土地的象征。他们眼前的一切都在剧烈变化中，斗转星移间已是天翻地覆，他们感到迷惑不解，会问你现在是在哪儿啊，而你将用肯特[2]的台词回答："在您自己的国土上，陛下。"

最后，就在我以为自己就要在往返内罗毕的路上和政府办公室里搭上一辈子的时候，突然收到通知说申请通过了。政府同意划拨达戈雷蒂森林保护区里的一块地，给农场上的棚民居住。那里离农场不远，他们可以自己慢慢建起一个村落，农场不复存在之后，他们还能

① 李尔王是莎士比亚悲剧《李尔王》的主人公。

② 肯特是《李尔王》中的人物，对李尔王忠贞不贰。

保留自己的身份，如愿以偿地跟熟悉的人生活在一起。

消息通知下去之后，农场上陷入了一片寂静。从基库尤人的脸上很难分辨出他们是信心满满还是已然放弃。事情尘埃落定之后，他们又向我提出五花八门、错综复杂的各种问题和要求，我一概拒绝。他们仍会到我家来，用一种异样的眼光观察着我。原住民很相信运气这回事儿，他们认为首战告捷之后肯定会好运连连，还觉得我也会留在农场。

解决了棚民的问题，于我而言是极大的安慰，我感到了一种前所未有的满足。

两三天之后，我觉得自己在这个地方的所有工作全部完结了，咖啡采摘完毕，加工厂安然伫立，大宅内空无一物，棚民有了栖身之所，雨季结束，平原与山峦上长草猛长，放眼望去，已是绿油油的一片。而我，该走了。

我最初的计划是，放弃所有无关紧要的琐事，保住最重要的东西，最后这个计划也失败了。为了赎回自己的人生，我把珍爱的东西一件件拱手让人，最后我孑然一身，一无所有，自己更是轻如鸿毛，被命运无情抛弃。

最后的那些天，皓月当空，皎洁的月光倾泻入光秃秃的房间，将窗户的图案投影在了地板上。我猜，月亮往里看的时候一定在想，其他东西都没有了，我还要待多久呢？“哦，不，”月亮说，“时间对我来说没有任何意义。”

我本想看到棚民们搬到新家后再离开，但测量土地需要很长时间，他们什么时候搬走还不确定。

永别

离开农场之前，附近的老人们计划举办一场恩格玛为我饯别。

传统恩格玛内容非常丰富，但现在老人们基本上都不跳舞了，我在非洲期间未曾见过一次。基库尤人非常敬重这些跳舞的老人，我也希望能有幸一观。恩格玛将在农场举办，老人们的舞蹈将让农场蓬荜生辉。舞会还未举行，农场上的人们就开始议论纷纷。

就连一向不把原住民恩格玛放在眼里的法拉，这次也被老人们的真心打动了。“这些人已经很老了，姆萨布，”他说，“非常非常老了。”

就连雄狮一般的基库尤小伙子们，谈起老年舞者的表演时，也心怀敬畏，赞不绝口。

但关于恩格玛，有一件事我有所不知——它们已被政府明令禁止。具体原因我不得而知。但基库尤人一定心知肚明，但他们选择置之不理。要么他们认为在这艰难时刻，情况会有所不同；要么就是过于期待舞蹈，把这件事抛诸脑后了。他们甚至没有保持低调，反而四处张扬要举办恩格玛了。

一百名老年舞者同时亮相，这画面实属罕见，令人心生敬意。他们一定是在前往大宅的路上提前集合了，才能同一时间出现。原住民老人们都很怕冷，通常会用皮草和毯子把自己一层层裹起来，但是现在，他们全都打着赤膊，就像在庄重地宣布一个令人生畏的事实。他们佩戴着精致的饰品，身上涂满战时的彩绘，其中有几个还像年轻人一样，在光秃秃的头上戴上了黑鹰羽毛制成的头饰。他们其实不需要任何饰品，本身就足够抢眼了。他们并不像欧洲舞池中的半老徐娘，费尽心思把自己打扮得再年轻点儿。对于他们自己和观众来说，舞蹈的亮点和深刻之处，就在于舞者们还宝刀未老。他们身上有一种奇怪的标记，我从来没有见过这种标记，粉笔条纹沿着他们弯曲的四肢延伸着，就像在赤裸裸地展示他们皮肤下僵直而脆弱的骨头。歌曲前奏还未响起，他们就开始向前踏步，动作很奇特，让我不禁好奇接下来会看到什么样的表演。

我静静地站着，看着他们，突然一种曾经占据我心头的幻想再次袭来：不是我要走了，我并没有离开非洲的力量，而是这个国家正在缓慢而沉痛地离我远去，就像退潮的海。这从我眼前经过的队伍，其实是昨日、甚至更早以前的年轻舞者们组成的，他们就在我的注视下慢慢枯萎，最后老去。他们以自己独有的方式，温柔起舞，他们与我同在，我也与他们同在，彼此共情知意。

老人们在为接下来的表演节省体力，因此一言不发，彼此之间也不沟通。但就在舞者们排好队形，准备起舞的时候，一名从内罗毕来的民兵跑到我家，给了我一封信，命令我们立即停止恩格玛。

一切发生得太突然，完全在我意料之外，我把信读了两三遍才明白是怎么一回事儿。送信来的民兵也被舞会的阵仗吓住了，并没有对老人和仆人们吆五喝六，这很反常，平日里民兵们总是一副趾高气扬的样子，拿着鸡毛当令箭。

我在非洲从未有过如此心酸的时刻，没想到我的心会在这从天而降的风暴中遭受这等折磨。我一时无言以对，深深体会到了语言的苍白无力。

基库尤老人静静地站在那里，就像一群老绵羊，他们皱巴巴的眼皮下的眼睛盯着我的脸。他们无法在一秒钟内就放弃他们心中渴望的东西。他们的腿微微抽搐着。他们是来跳舞的，他们必须跳舞。最后，我只能告诉他们，恩格玛取消。

我知道，这条消息在他们心里会有不同的看法，但我说不清。也许他们立刻意识到，这场恩格玛彻底没戏了，因为我一只脚已经踏出了这里，他们也不必跳舞；也许他们认为恩格玛已经举办过了，场面宏大，表演精彩绝伦，无与伦比，那力量如此之大，让周围的一切都相形见绌。而现在，恩格玛结束了，一切都结束了。

草坪上的一只原住民的小狗在寂静中大声叫了起来，回声一直萦绕在我的心头：

> ……这些小狗：托雷、布兰奇、小甜心，
>
> 瞧，它们都在向我狂吠。[1]

---

① "……这些小狗：托雷、布兰奇、小甜心，瞧，它们都在向我狂吠。"出自《李尔王》第三幕第六场。

卡曼特常常会不声不响地表现出一种智慧。他本来负责在舞蹈结束之后给老人们分发鼻烟，此时，他看准时机，拿着装满鼻烟的葫芦迈步向前，开始分发鼻烟。法拉向他挥挥手，但卡曼特是基库尤人，做事有自己的一套方法。他很了解老年舞者们的心思，知道鼻烟是很现实的东西。果然我们给老人们分发完鼻烟之后，没一会儿，他们就离开了。

我想，农场上对我的离开感觉最伤心的应该是老妇人。基库尤妇女一生艰苦，被生活磋磨得像打火石般坚不可摧，又像那些老骡子，惹急了可能会反咬你一口。我行医的时候发现，她们比男人体质更好、抵抗力更强，同时也更野蛮、更不懂感恩。她们生过很多孩子，也失去过很多孩子，她们早已不在乎。扛起三百磅的柴禾也不在话下，她们将绳子的一端捆住柴禾，另一端缠在额头上固定住，然后把柴禾背起来，蹒跚前行，即便如此，她们也绝不服输。她们在香巴田里拼命干活儿，头不抬眼不睁地从早忙到晚。

“她们从那里寻觅猎物，眼睛向远处眺望；她的心坚如磐石，如下磨石一样坚不可摧；她们面对恐惧哈哈大笑；她们展翅高飞的时候，藐视马匹和骑马的人。她们会低声下气地恳求你吗？她们会对你说温柔的话吗？”[①]这些女人心中储存着无限的能量，散发着蓬勃的生命力。对农场上的大事小情都兴趣盎然，愿意走上数十英里路去看年轻人的恩格玛舞会。一个笑话、一杯土酒都能让她们皱巴巴的脸上绽

① 出自《圣经·旧约·约伯记》，皆为呈送上帝伟业的话语。作者此处把“他”改成了“她”。

放出灿烂的笑容。这种力量和对生命的热爱，在我看来，不仅值得尊重，还令人为之着迷。

我与农场上的老妇人一直相处甚欢。她们都叫我“杰莉”，男人和孩子——除了特别小的孩子——从不这样称呼我。杰莉是基库尤女性的名字，有着特殊的含义——在基库尤家庭里，如果一个女孩比哥哥姐姐年龄要小很多，就会被叫作杰莉，这个名字中藏着别样的怜爱。

对于我的离别，她们伤感不已。最后这段日子里，我记住了一位基库尤女人的面孔，我不知道她的名字，对她也不甚了解。我猜她可能来自卡塞古的村子，可能是某个男人的妻子或者遗孀。她穿过平原上的一条小路向我走来，背着一捆细竹竿。基库尤人常用这种细竹竿搭房顶，这是女人们的工作。这些细竹竿大约十五英尺长，女人们把它们拢到一起，绑住一端。她们背着这圆锥形的重担，在平原上迤迤而行，远远望去，就像史前动物或者长颈鹿的剪影。这些竹竿已呈焦黑色，可能是茅屋里多年烟熏火燎的结果。她背着这些竹竿，意味着她已经拆掉了房子，拖着建筑材料要去新的地点建房子了。我们相遇的时候，她呆呆地站住，挡住我的去路，直勾勾地盯着我，像长颈鹿一样。你可能会在平原上遇见它们，但你并不了解它们的生活方式和所感所想。片刻之后，她突然号啕大哭，泪流满面，就像一头牛在你面前突然哗哗地撒尿。我和她相对无言，几分钟之后，她侧过身为我让路，我们朝着相反的方向，渐行渐远。我想，毕竟她还有一些材料，可以盖新房子，我想象着她开始动工的样子，她会把木棍绑在一起，给自己搭起一片遮风挡雨的屋顶。

农场上的小牧童自打出生起，我就已经在这里了，得知我将离开，他们突然情绪亢奋，忐忑不安。对他们来说，想象一个没有我的世界是困难的，也是大胆的，仿佛知道上帝即将退位一样。我经过的时候，他们会突然从草丛里探出头来，大声问我："姆萨布，你什么时候走呀？姆萨布，还有多少天你就走了？"

离别避无可避地到来了，我恍然明白了一个奇特的道理：有些事无论是提前预测、事中分析、事后回想，发生的时候与我们的想象总有出入。形势本身有其强大的原动力，它们能够自然而然地促使事情发生，全然不顾人们的猜想和担忧。在这种情况下你只能被事件推着走，时时刻刻留神当下发生了什么，就像一个被牵着走的盲人，谨慎地用一只脚先探探路，然后才敢迈步，但浑然不知要去往何方。

事情降临到你头上，你也深知这一点，但除此之外却无法做得更多，你掌控不了它的动态，不得其要领，也不知其深意。我想，动物园中上台表演的动物就是这种心情吧。有过这种经历的人，甚至可以说自己死过一次了——死亡游离于想象之外，却铺陈于经历之中。

古斯塔夫·莫尔一大早就开车过来，要送我去车站。那天早晨天气很冷，天空和大地都惨淡无色。他脸色苍白，眼睛眨个不停，我记得一位德班[1]的挪威捕鲸老船长曾对我说，挪威人面对狂风暴雪时眼睛都不眨一下，但却受不了绝对的安静，那样就会紧张不安。我们坐在磨盘石桌边一起喝茶，就像从前一样。从这里遥望西边，群山在我们

① 德班为南非东部港市。

眼前纵横蔓延，溪流上漂浮着淡淡灰雾。此时只不过是数千年沧海桑田中的一匹过隙白马。我突然感觉周身发冷，仿佛正身处山巅。

我的仆人们还留在空荡荡的大宅里，但他们的生活已经走了，他们的家人和行囊都已被送往别处。法拉的女人们和儿子索费前一天已经搭卡车前往内罗毕的索马里村庄。

法拉和朱马的儿子通博将会送我到蒙巴萨，这孩子最大的心愿就是去蒙巴萨。作为离别的礼物，我让他在一头牛和蒙巴萨之旅中选一样，他选择了旅行。

我向仆人们逐个道别，临行前嘱咐他们关好门，但他们却故意没关。这是原住民的典型做法，这样就意味着我还会回来。又或者，他们这么做只是为了强调房子里已经空了，没有必要再关门了，就任由它们开着，迎接八面来风吧。

法拉开车送我，速度极慢，像骆驼一样慢吞吞的。车绕过车道，离房子越来越远，越来越远，再也看不见了。

经过池塘的时候，我问莫尔我们是否还有时间停一会儿，于是我们下了车，站在池塘边抽了支烟。水里还有一些鱼，日后把它们抓来吃的人们不会知道老努森是谁，也不知道这些鱼有多重要。棚民卡尼纽的那个患有癫痫的小孙子西朗加突然冒出来，向我道别，这几天他一直在大宅附近转来转去，一遍遍地同我道别。我们再次上车离开的时候，他用尽全力跟着车跑。他是那么瘦小，此时被车后的风卷起的沙尘团团裹住，他跃动的身影仿佛是我生命之火残留的最后一颗小火星。

他一直跑到农场车道和公路的交会处，我担心他会跟着我们跑上公路。此刻的农场已然星落云散，如风中飘摇的败叶。但他在转角处停下了，毕竟他仍属于农场。他直直地站在那里，注视着我们的方向，直到我再也看不见那个路口。

去内罗毕的路上，我们看见一群蝗虫在草地里钻进钻出，有的爬到公路上，有几只还飞进了车里，看来它们又要光顾这里了。

许多朋友都来车站为我送别，休·马丁赶来了，还是那么肥硕，看起来有几分漫不经心。他与我话别的时候，我在他身上又看到了帮葛罗斯博士的影子。他一贯独来独往，向来一副遗世独立的英雄形象，他倾尽所有换来这份孤独，从某种程度上说，他很像非洲的缩影。我们愉快地道别：我们曾度过那么多快乐的时光，有过那么多次充满智慧的谈话啊。

德拉米尔勋爵有些显老，皮肤更白了，头发剪短了一些。我上次见到他还是在战争初期，我在马赛保留区运输物资，我们一起喝了一杯茶。他虽然模样变了，但还是一如既往的谦逊文雅、风度翩翩。好多内罗毕的索马里人都站在平台上，牛贩子老阿卜杜拉也来了，他送给我一枚镶着绿松石的戒指，希望给我带来好运。丹尼斯的仆人比利阿郑重托我代他向他故主住在英国的兄弟致意，他曾在他家中借住过数日。法拉告诉我，索马里的女人们也坐着人力车赶来为我送行，但看见这里有这么多索马里男人便泄了气，掉头回去了。

火车在桑布鲁站停下，趁火车加水的间隙，我和法拉去平台上散步。

从这儿向西南遥望，恩贡山映入了眼帘。蔚蓝色的天空下，高贵巍峨的山峦在平原上拔地而起，绵延起伏。但距离太远，四座主峰看起来朦朦胧胧，难以分辨，与我在农场上看见的截然不同。天悬地隔，距离仿佛一只无形巨手缓缓抚过叠嶂层峦，抚平了起伏的曲线，最后将山峰揉进了地面。